KB123523

한국고전소설의
생활문화와 감성

한국고전소설의
생활문화와 감성

정선희 지음

보고사
BOGOSA

머리말

　이 저서에서는 한국의 고전소설을 통하여 옛 사람들의 생활문화와 감성을 탐구하였다. 먼저, 고전소설을 통해서 고찰할 수 있는 '생활문화', 즉 선인들의 여가생활과 취향, 일상생활과 의식주, 혼례와 상례 등 예법의 실행, 삶의 방식과 처세 등에 대해 살폈다. 문학이 곧 삶은 아니지만, 삶의 다양한 국면들이 반영되거나 굴절되면서 당대인들의 생활을 보여주기 때문이다. 특히 이 저서의 주된 대상인 고전소설은 당대의 풍속이나 생활과 같은 일상의 모습을 잘 보여주었다.

　고전소설 중에서도 생활 문화와 감성이 생생하게 살아 있는 국문 장편소설, 애정소설, 가정소설, 판소리계 소설, 한문 소설 등을 주로 검토하였다. 특히 국문장편소설들은 당대인들의 의식과 생활, 예법, 부부갈등, 정서, 공동체와 개인과의 관계 등 역사서에서는 포착하기 어려운 세밀한 부분들에 대한 정보들을 주었다. 이들은 공적인 역사서 등에서는 드러나지 않는 삶의 다양한 양상들과 보다 솔직하고 정확한 정보들을 담고 있었다. 이 소설들을 통해 선인들은 여가생활을 어떻게 했는지, 이는 어떤 삶과 취향을 반영하였는지, 일상생활은 어떠했는지, 예법은 어떤 식으로 실행했는지, 삶의 방식과 처세술은 어떠했는지 등에 관해 알 수 있었다.

아울러 우리 고전소설을 통해 볼 수 있는 선인들의 '감성'에 대해서도 주목하였다. 앞에서 다룬 '생활문화'가 겉으로 드러나는 삶에 관한 것이라면, '감성'은 그 안에 들어 있는 내면에 관한 것으로 감정, 정서, 느낌을 포괄한다. 인간관계 속에서 자기를 어떻게 성찰하고 생애를 돌아보며 표현했는지, 공동체 안에서 한 개인으로서 어떻게 소외되었는지, 부부관계 속에서 여성이 어떤 감정을 느끼고 욕망을 표출했는지, 세대 간 갈등은 어떠했으며 이를 푸는 방법은 어떠했는지, 위로와 치유는 어떤 방식으로 했는지, 어쩔 수 없이 죽음을 택한 여성들의 의지와 감정은 어떠했는지, 그녀들을 추모하는 방식은 어떠했는지 등에 대해 살폈다.

조선 후기의 사람들이 일상 속에서 부담 없이 즐길 수 있는 대상으로 많이 읽었던 고전소설에는 이들을 위로하거나 이들의 욕구를 반영하거나 또는 이들을 교육시키려는 내용과 시각이 들어 있었기에 당대인들의 감성과 심리 등을 여실하게 읽어낼 수 있었다. 또한 감성은 당대의 도덕 기준에 따라 달라지기도 하고 상황이나 이데올로기에 따라 달라지기도 하므로 아울러 고찰하였다.

요컨대 이 저서는 '고전소설'을 일반 독자가 이해하기 쉬우면서도 자신의 실제 삶과 연계하여 생각해 볼 수 있도록 하기 위해, '선인들의 생활 문화와 감성'에 주목하여 고찰한 것이다. 현대를 사는 많은 독자들이 고전소설을 통해 앞선 이들의 삶을 간접 경험함으로써 자신의 뿌리가 되는 사람들의 생활과 감성에 대해 더 잘 이해할 수 있게 되었으면 한다. 문학은 구체적인 사실에 대한 체험을 기반으로 형성되는 사상과 감정을 다룸으로써 이 세상의 다양함, 인간 삶의 다양함을 알게 하고 깨닫는 경험을 확충하여 결과적으로 개인의 정신적 성장을 이루게 한다. 이 저서가 이러한 깨달음과 성장을 도울 수 있었으면 한다. 아울러 이 저서를 통해 문학과 삶의 긴밀한 연관, 작자와 독자의 은밀한 교감과 소통 등에 대해 느낄 수 있는 자리도 마련될 것을 기대한다.

2020년 10월
저자 정선희

차례

3장
고전소설을 통해 보는 선인들의 감성 ──── 193

1장

들어가는 말

이 저서에서는 고전소설을 통해 선인들의 생활문화와 감성을 살피고자 한다. 삶을 살아가면서 만들어내는 문화를 총체적으로 일컬어 '생활문화'라 할 수 있는데, 사회구성원들이 삶을 풍요롭고 아름답게 하고자 습득하고 공유하고 전달하는 행동양식 내지는 생활양식과 그 과정에서 이룩한 물질적·정신적 소산을 이른다. 생활양식이라는 말이 어떤 사회 또는 집단의 구성원이 자연환경과 사회적 환경에 적응하면서 생활해 나가는 특유한 행동양식 및 사고방식을 이르는 것에 비교할 때, 생활문화라는 말은 '삶을 풍요롭고 아름답게 만들고자', '습득, 공유, 전달'되는 것이라는 점이 중요하다. 따라서 고전소설을 통해 당대인들의 생활문화를 알아본다는 것은, 선인들이 삶을 풍요롭고 아름답게 만들기 위해 습득하고 공유하고 후세에 전달한 것들을 재구하는 일을 뜻한다. 이는 인류학이나 민속학, 역사학에서 재구하는 선인들의 삶과 일정 부분 같을 수도 있고 다를 수도 있다. 다를 때에는 문학적으로 가공되었기에 굴절되거나 과장되거나 축소되었을 가능성이 있지만, 그렇게 가공한 것이기에 더 유의미한 결과를 얻어낼 수도 있을 것이다. 이러한 가공에는 당대인들의 소망과 욕망, 의식과 무의식, 과거와 현재, 미래까지 담겨 있을 것이기 때문이다.

기존의 저서들에서는 생활문화라 하여 가족생활문화, 의생활문화, 주거생활문화, 소비생활문화, 여가생활문화 등으로 나누어 고찰하거나[1], 생활사라고 하여 출생, 성장과 사망, 부부생활, 가정생활, 경제

생활, 풍속 등을 고찰하였다.[2] 저자도 국문장편 고전소설에서 여성과 관련된 생활문화만을 추출하여 그 교육적 활용 방안에 대해 고찰한 바 있는데, 세부적으로는 옛 여성들의 일상적 의무와 의식주생활, 가족 내 인간관계, 놀이와 여가생활에 대해 논하였다.[3]

이제 이 저서에서는 연구 대상의 범위를 고전소설 전반으로 넓히고, 여가생활, 일상생활, 혼례·상례 등의 예법, 삶의 방식과 처세관 등에 대해 고찰할 것이다. 사소해 보이거나 덧없어 보이는 일상의 시시한 것들이라도 그 구체성의 축적을 통해 전체 세계를 이해하려고 시도하는 것이 소설이며 문학이다. 포장되거나 관념화된 현실이 아니라 생생한 열기와 압력을 함께 느끼게 하기에 더욱 중요한데[4], 소설 속에서 핍진성을 얻은 현실과 인물의 상황과 감정들은 독자들을 몰입하게 하며 공감하게 한다.

일상사(日常史)가 주목 받기 전에는 개개인의 자잘한 행위나 정치적·경제적인 변동과 무관하게 일상적으로 반복되는 사건들은 무의미하고 중요하지 않다고 생각해왔다. 그러나 1970년대 말 독일에서부터 일상에 대한 연구가 시작되면서 생활 조건뿐만 아니라 사람의 행동, 인식, 관습, 심성에 대해서도 다루게 되었다. 서민들의 주거, 복장, 식사 등 일상적인 의식주의 양상을 묘사하거나 그들의 사랑과

---

1) 박명희, 『한국의 생활문화』, 교문사, 2003.
2) 한국고문서학회, 『조선시대 생활사』 2, 역사비평사, 2000.
3) 정선희, 「고전소설 속 여성 생활문화의 교육적 활용 방안 연구」, 『한국고전연구』 22, 2010. 12.
4) 오탁번·이남호, 『서사문학의 이해』, 고려대 출판부, 1999. 167면.

증오, 불화와 협력, 기억, 두려움 그리고 장래에 대한 희망에 대해 관심을 가지게 된 것이다. 그리하여 중요한 업적이나 위인들의 삶에만 주목하지 않고 보통 사람들의 반복 행위, 사회적 요구, 관계들, 행위 양식에도 주목하게 되었다.[5] 하지만 이전 세대 사람들의 고통과 기쁨, 근심과 열망은 역사서에 제대로 기록되어 있지 않고, 희미해지거나 각양각색으로 암호화된 형태로만 잔여물들에 새겨져 있기에 이러한 자료들을 새롭게 읽어내는 일이 필요하다. 그래서 일기, 서신, 메모, 목록, 사진 등을 해독하거나 구성적으로 연결하는 '분석과 해석'의 작업이 필요하게 되었다. 그렇기에 일상사적 관찰방식은 상황과 해석 즉 계급과 문화를 구체적으로 결합하는 것이며 재구성하는 것을 의미한다.[6]

따라서 일상이나 생활문화를 탐구하는 학문에서는 객관적이고 물질적이며 구조적이고 제도적인 요소들에 주목하는 일과 더불어 주관적이고 문화적이며 상징적이고 감정적인 요소들을 배제하지 않는 일이 반드시 필요하다.[7] 개인들이 살아나가면서 전유할 수 있는 계급, 집단, 세대 등의 객관화된 집단경험으로서의 생활문화(생활양식)와 그것들의 규칙적인 실천인 일상을 함께 연구하면서[8] 그 안에 담긴 삶의 진실을 밝혀야 하는 것이다.

그렇기에 이 저서에서도 선인들의 '생활문화'에 주목하는 것이며 기존의 역사서로는 미비하기에 고전소설이라는 자료를 통해 알아보

5) 알프 뤼트케 외, 나종석 외 역, 『일상사란 무엇인가』, 청년사, 2002, 15~23면.
6) 위의 책, 35~43면.
7) 위의 책, 111면.
8) 위의 책, 194면.

려는 것이다. 이를 알아가는 가운데 그 안에 담긴 삶의 진실, '감성(감정)'에 대해서도 알아보려 한다. 개인과 개인, 개인과 사회는 독립적이고 개별적인 존재라기보다는 서로 겹쳐 있는 존재론적 공생 관계이기에 감정은 사회적이고 정치적인 것이 될 수 있다는 면에서 중요하다. 개개의 감정(emotion)은 사회와 타협하거나 조율하는 안정적인 방식으로 작동해왔는데, 그 시대인들의 감성(affect)으로 조직되기 마련이다. 따라서 감정의 확인은 곧 자기 정체성의 확인이자 자기의 역사화 과정에 대한 반추이다.[9]

'감성'이라고 했을 때에는 심리적 차원에 한정된 '감정' 요소에 국한되지 않는, 사회·역사적인 제반 요소가 결합하여 작동하는 움직임과 변화의 의미를 함축하고 있다. 심리학, 철학, 문학, 문화학 등의 분야에서 흔히 '정동(情動, 靜動)' 또는 '정서', '감정', '감성' 등으로 번역되는데[10], 감성을 감정으로, 정서로, 정동으로 번역하는 것을 허용하는 것처럼 이 글에서도 감정, 감성, 정서라는 단어를 같이 사용해도 무방하다. 다만, 사회적인 요소가 결합되어 작동하는 움직임이라는 점을 강조할 때에는 affect의 번역으로서의 감성이라는 단어가, 감각이 외부 사물에 접촉한 뒤에 의지를 발생시킬 때까지 그 사이에 나타나는 정신적 능력이라는 점을 강조할 때에는 sensibility의 번역으로서의 감성이라는 단어가 더 적합하다. 이러한 감성이 산출해 내는 것이 개개의 감정[11]이다.

---

9) 최기숙, 「감정이라는 복잡계, 인문적 신호와 접속하기」, 최기숙 외, 『감정의 인문학』, 봄아필, 2014. 17~22면.
10) 최기숙, 「춘향전을 둘러싼 조선시대 감정 유희」, 최기숙 외, 『감성사회』, 글항아리, 2014. 180면 참조.

이 둘의 관계를 다른 측면으로 설명하자면, 감정은 슬픔, 기쁨, 공포 같은 것인데 비해 감성은 인간과 세계 사이의 교호(交互) 작용 사이에 발생하고 작용하는 것이기에 관계와 과정이 중요하며 행위에 동기를 부여하는 거대한 심리 현상(macro psychological phenomena)이라고 할 수 있다. 감성은 감정 및 느낌(feeling)과 불가분의 관계에 있기 때문에 우리 내부에서 일어나는 사건이기는 하나 거기에서 그치지 않고 주위 세계와 교호하는 형태를 살펴볼 때에 드러나는 것, 그 과정 사이에 내재한 일정한 기능이라 할 수 있는 것이다.[12] 따라서 감성을 살필 때에는 한 개인의 감정에만 그치지 않고 이들이 교류하고 전달하고 관계 맺고 감염하는 등의 작용에 주목해야 한다. 유교에서도 감정, 감성의 유행과 확장, 감응 등의 중요성을 알았기에[13] 감성 정치를 했던 것이고 가부장제와 왕권제라는 이데올로기를 고수하기 위해 감정을 관리하고 통제하는 시도를 지속적으로 해왔던 것이다.

이 글에서 취향, 예의, 관계, 관점, 성찰, 판단, 기준, 표현 등을

---

11) '감성'이라는 말을 일본에서 처음 학문적으로 사용하고 그 위상을 정립한 니시 아마네라는 학자의 이론에 따르면, 인간의 정신은 영혼(soul), 감성(sensibility), 감정(emotion)으로 나눌 수 있는데 감정을 산출하는 것이 감성이라 했다. 정용환, 「한국 감성의 개념사적 이해」, 『감성 연구』 2, 2011. 60면.

12) 김청우, 「예술의 소통 과정과 감성의 구조」, 『감성 연구』 4, 2012. 75~78면.

13) 유교에서는 감응설에 기초하여 나쁜 감정의 유포를 줄이고 좋은 감정의 유포를 극대화하는 것을 문화예술 정책의 중심으로 삼았다. 이러한 목적을 위한 감정통제방법은 감성적 감수성 자체를 약화시키는 것, 특정 감정을 강화시키는 환경적 요인에 감성적 초점을 맞추지 않는 것, 감성의 지향적 양태를 조절하는 것 등이다. 〈악기(樂記)〉에서도 슬픔, 즐거움, 기쁨, 성냄, 공경, 사랑 등의 여섯 가지 감정은 사물과의 교류를 통해 형성된 것이니, 감정이란 본성이 아니라 느낌을 매개로 하여 주변으로 감염되는 특징을 갖는다고 하였다. 그렇기에 통치자들은 이러한 감염의 중요성을 매우 민감하게 생각하고 통치에 반영한 것이다. 정용환, 앞의 논문. 76~77면.

논할 때에 그 내용들이 감정, 감성과 연관될 것이다. 선인들이 인간관계 속에서 자기를 표현하고 공감하거나 위로하려는 시도를 하면서 한 개인으로서의 자기 존재를 느끼기도 하고 처세를 고민하기도 하고 세대 간 갈등과 가족 간 갈등을 조정, 해결하려 했던 자취를 소설문학을 통해 찾아볼 것이다. 선인들이 어떤 행동을 보고 듣고 느낀 후 감정이 생겨나고, 그 후 이런 감정을 발생시키거나 고조시키고 싶은 의지가 생겨난 과정들을 읽어내는 일이다. 부정적인 감정의 경우에도 마찬가지로 부도덕한 행위를 접하여 그런 감정이 생겨나고 이를 배척하려는 의지가 생겨난 과정들을 읽어내는 일이 될 것이다. 특히 조선시대처럼 유교적 전통이 강한 사회에서는 자신의 감정을 쉽게 드러낼 수 없었기에 그들의 감정을 직접적으로 알기는 어려운 면이 있다. 또한 사람의 행동은 엄격한 합리성과 계산에 근거하기보다는 기억과 습관, 전통의 영향을 더 많이 받는다.[14] 따라서 그들의 생활문화와 관련된 소설 속 서술과 묘사를 통해 은근히 드러나는 감정들을 읽어내고 사회적으로 공유되었던 감성이나 전통을 알아내는 일이 동반되어야 하는 것이다. 고전소설은 독자들의 공감과 전파를 생명으로 삼았기에 작품과 독자의 연관이 더욱 긴밀했으므로 이들에서 드러나는 기억과 습관, 전통을 통해 당대의 생활문화와 감성을 엿보는 일에 적절할 것으로 보인다.

요컨대, 이 저서에서 먼저 다루는 '생활문화'가 겉으로 드러나는 삶에 관한 것이라면, '감성'은 그 안에 들어 있는 내면에 관한 것으로,

---

14) 홍성민, 『취향의 정치학—피에르 부르디외의 〈구별짓기〉 읽기와 쓰기』, 현암사, 2012, 19면.

사회와 역사의 제반 요소가 결합하여 움직이는 정서, 감정, 느낌을 포괄한다. 감정은 보통 기초감정과 복합감정으로 나눌 수 있는데, 기초감정이 배고픔이나 갈등 등에 따르는 욕구, 신체의 건강에 대한 느낌, 혐오감이나 행복, 좌절, 위험에 대한 공포, 성욕 등 생물학적인 토대에 기초한다면, 복합감정은 자신의 이상적인 모델, 대안적 가능성, 역사적 모델, 상상적 가설 등을 비교하는 의식적 추론에 의해 형성된다. 후회, 분개, 자부심, 당황감 등이 이에 해당하는데, 문화적인 성취가 그 형성에 영향을 끼친다.[15] 이 저서에서 논의하는 감성의 내용들을 통해 우리는 선인들의 단순감정뿐만 아니라 복합감정까지 읽어낼 수 있을 것이다. 특히 인간관계 속에서 자기를 어떻게 성찰하고 생애를 돌아보며 표현했는지, 제도나 공동체 안에서 한 개인으로서 어떤 갈등을 느끼고 이를 감내하거나 상처받았는지, 부부관계 속에서 어떤 감정을 느꼈는지, 부부간, 부자간, 조손간, 주종 간에 느끼는 공감과 이해, 그 표현을 통한 위로와 치유는 어떤 방식으로 했는지, 자신이나 가족의 죽음을 대하는 자세와 감정은 어떠했는지 등 감성적인 면에 대해 고찰할 것이다.

또한 일상사나 미시사 연구에서 놓치지 않고 중요하게 다루는 부분이 그동안 소외되어 있던 계층에 대한 것이듯이, 이 저서의 논의에서도 서민(평민), 여성들의 일상과 생활문화와 감성에 대해 더 잘 알 수 있게 될 것이다. 이들의 삶은 비공식적이고 사적이며, 권력과 조직의 영역 바깥에 있었기 때문에 소외되어 왔었다. 따라서 그들의 경험

---

15) 정용환, 「자기기만의 감정과 반사실적 자아」, 호남학연구원 인문한국사업단 편, 『감성담론의 세 층위』, 경인문화사, 2010. 28~29면.

과 감성에 대해 알기 위해 고전소설 작품들을 좀 더 미시적으로 정밀하게 읽어나가고자 한다.

우리의 고전소설은 오랜 시간 동안 우리 민족에게 가치 있다고 여겨지면서 계승되어 온 작품들이기에 우리의 생활, 사상, 미학, 감성, 가치관 등이 모두 담겨 있다. 그렇기에 우리는 고전소설의 깊이와 품격, 작가들의 사유와 미의식, 그 안에 녹아 있는 선인들의 삶과 감성을 놓쳐서는 안 될 것이다. 문학 전공자나 학자뿐만 아니라 일반 성인이나 학생들의 인문학적 소양 함양, 이를 통한 교양 교육의 질적 향상, 자신의 삶에 대한 반성적 성찰, 문화·예술적 안목과 창의력 함양 등을 위해 가장 좋은 독서 대상이 될 수도 있다. 문학이 곧 삶은 아니지만, 삶의 국면들이 다양하게 반영, 굴절되면서 당대인들의 생활을 보여준다. 특히 고전소설들은 당대의 풍속이나 생활과 같은 일상의 모습을 보여주어 공적인 기록에서는 잘 드러나지 않는 다채롭고도 정직한 정보들을 얻을 수 있게 한다. 또한 핍진한 현실감을 확보하기도 하고, 당대인들의 감정과 소망을 담았기에 그 시대인들의 감성을 보여준다는 의의도 있는 것이다. 따라서 문학과 삶의 긴밀한 연관, 작자와 독자의 은밀한 교감과 소통 등에 대해 느낄 수도 있게 될 것이다.

이 글에서 논의하는 고전소설 속 생활문화와 감성은, 현대의 독자들이 고전소설을 통해 선인들의 삶을 간접 경험함으로써 자신의 뿌리가 되는 사람들의 생활과 감성에 대해 더 잘 이해하는 효과가 있을 것이다. 더불어 한국적 가치관과 정체성, 선인들의 생각과 말과 글, 인간관계 등을 알려주어 삶의 본질적인 문제에 대해 숙고하게 할 것이며, 우리 민족의 생활문화와 감성을 느끼게도 할 것이다.

2장

고전소설을 통해 보는 생활문화

여가생활과 취향

1) 여가생활 서술의 양상

(1) 놀이의 양상

생활문화 중 첫 번째로, 선인들의 여가생활이 고전소설에 어떻게 형상화되어 있는지 살펴보기로 한다. 여가(餘暇)에 하는 일이니 크게 '놀이'와 '취미'로 나눌 수 있는데, 놀이는 쌍륙, 바둑, 투호, 가무와 음주, 뱃놀이, 격구, 유산과 구경 등이, 취미는 작시(作詩), 회화, 연주, 원예 등이 묘사되어 있다.

일반적으로 '놀이'라고 하면 특별한 시공간에서 자발적으로 하는, 즐거움과 긴장이 있는 행위를 뜻하기에[1] 유산(遊山)과 구경도 포함시

---

1) 산스크리트어에서 놀이를 의미하는 단어들 중의 하나인 '디뱌티(divyati)'는 농담, 익살, 잡담, 조롱 등의 의미로서의 놀이를 뜻한다. 게르만어에서는 갖가지 시합을 놀이

킬 수 있다. 고전소설에서 구경은 과거 급제 후 집으로 돌아오는 행차 구경, 임금님 사냥 구경 등이 해당된다.

먼저, 놀이가 고전소설에서 어떻게 형상화되었는가를 찾아볼 것인데, 재인(才人)이나 사당패 등이 직업적으로 하거나 상업적인 공간에 가서 노는 것은 제외하고 주로 친구나 가족들과 함께하는 놀이를 다루도록 한다. 그래야만 일상 속에서 여가생활로 즐겼다고 할 수 있기 때문이다. 특히 놀이는 장편소설들에서 긴장 완화의 분위기 조성뿐만 아니라 어떤 사건이나 인물에 대해 중요한 정보를 준다든지 갈등을 조장하기도 하는 등의 서사적 기능을 한다. 내기를 통해 결연을 매개하거나, 앵혈을 노출하게 하여 동침 여부를 확인하게 한다. 인물의 인품이나 능력을 알아볼 수 있게 하기도 하고, 갈등을 야기하거나 해결하며 상황을 정리하는 기능을 한다.[2] 장편소설들이 거질임에도 애독되었던 이유 중 하나가 이처럼 재미와 긴장감을 줄 수 있는 화소들을 효과적으로 활용했기 때문이다. 그러나 판소리계 소설이나 여타 단편소설들, 한문장편소설들에서는 다른 양상과 의미를 보일 수 있으므로 이를 포괄하여 고찰하고자 한다.[3]

라고 하였으며, 경기, 내기, 사냥 등과 비슷한 의미로 사용하였다. 또 일본어에서 '아소부'라는 단어는 놀이를 비롯하여 오락, 휴식, 여흥, 여행 또는 소풍, 도박, 빈둥거리기, 찻잔을 돌리며 칭찬 주고받기 등을 포함한다. 이렇게 조금씩 다른 정의를 내릴 수 있지만, 이 글에서는 위와 같이 정의하고 범주를 정하도록 한다. 호이징하, 김윤수 역, 『호모루덴스─놀이와 문화에 관한 한 연구』, 까치, 2009, 47~70면 참조.

[2] 정선희, 「장편가문소설의 놀이 문화의 양상과 기능」, 『한민족문화연구』 36, 2011, 181~209면. 이 글에서는 서사적 기능에 집중하지 않고, 생활문화를 탐색하는 일환으로 고찰한다.

[3] 참고문헌 목록에 제시한 백여 작품들을 모두 살펴보았으나, 이 장에서 예문으로 제시하는 정도의 양상을 찾을 수 있었다. 국문장편소설에서 월등히 많이 추출된 것은 이 유형이 생활문화를 많이 담고 있기 때문인데 이 같은 판도를 확인하게 된 것도 이

기존의 놀이에 관한 연구[4]는 주로 〈옥루몽〉에서 19세기 유흥문화로 표출되는 양상과 서사적 기능에 대해 탐구하거나, 실제 생활에서의 놀이와 비교하는 것을 통해 놀이문화를 고찰하는 쪽이었다. 이후, 장편소설에서의 놀이가 서사적으로 어떤 기능을 하는지를 살피거나, 상층 여성의 놀이 문화를 고찰하거나, 중심 가문의 속성을 드러낸다고 하는 등의 논의[5]가 있어왔다. 하지만 한두 작품에서의 서사적 기능이나 시대적 상황에 주목하다 보니 소설의 하위유형별 특성이나 구체적인 양상을 종합적으로 고찰하는 데에는 다소 소홀했다. 이에 이 글에서는 선인들의 여가생활 향유의 일환으로 놀이를 어떤 방식으로, 어떤 때에, 어떤 감정으로 즐겼는지 살펴보고 이것이 어떤 의미를 지니는지 생각해보기로 한다.

　글의 소득이라 할 수 있다. 애초에 국문장편소설들만 고찰했던 결과와는 다른 것이다.

4) 정선희, 앞의 논문에서 정리한 바 있는데 요약하면 다음과 같다. 목록은 참고문헌에 제시한다. 조혜란은 〈옥루몽〉의 서사미학을 밝히면서, 상춘원에서의 가족 놀이나 압강정에서의 기녀 놀이 등이 서사적으로 중요하게 기능한다고 설명하였다. 이민희는 〈옥루몽〉에 삽입된 놀이들을 설명용, 여가용, 대결용, 세태반영용 놀이로 나누고, 그 서사적인 역할을 박람강기(博覽强記)·재학형 서사, 서사적 갈등의 증폭 및 이완의 기제, 오락성의 강화, 세태 및 현실의 반영과 비판 등으로 나누어 살핀 뒤 이는 19세기의 유흥문화의 세태를 이해하고 이 시기의 소설사적 특질을 밝히는 단서로도 유용하다고 하였다. 이후, 37종의 고전소설에 삽입된 놀이들을 대상으로 그 서사적 성격과 놀이문화를 분석한 논문에서는, 〈구운몽〉, 〈남원고사〉, 〈숙향전〉 등 중단편소설들을 중심으로 하여 장편가문소설도 서너 편 다루었다. 하지만 〈옥루몽〉을 제외하고는 거개의 소설들에서 놀이가 명칭이나 간략한 설명만 제시되어 있으므로 이 글에서 제시하는 예문들이 좀 더 자세한 양상을 드러낸다고 할 수 있다. 차충환·김진영도 고소설에 나타난 놀이문화를 고찰하였는데, 〈옥루몽〉과 〈옥선몽〉에서의 격구, 선유, 전춘, 쌍륙, 낙성연 등에 대한 설명과 실제와의 비교 등에 초점을 맞추었다.

5) 정선희, 앞의 논문. : 한길연, 「〈유씨삼대록〉의 여성의 놀이문화 연구」, 『여성문학연구』 28, 2012. : 허순우, 「국문장편소설 〈소현성록〉을 통해 본 17세기 후반 놀이 문화의 일면」, 『한국고전연구』 31, 2015.

① 쌍륙

'쌍륙'은 여러 사람이 편을 갈라서 주사위를 차례로 던져 나오는 사위대로 말을 써 궁에 먼저 들여보내면 이기는 내기 놀이로, 삼국시대에 중국에서 들여와 조선시대에 양반층에서 즐기던 놀이이다.[6] 아내 간호에 소홀할 정도로 빠지기도 했다 하며, 남녀노소 모두 실내외에서 즐길 수 있는 놀이이다.[7] 고전소설에서도 종종 등장하는 대표적인 놀이인데, 〈구운몽〉, 〈옥루몽〉, 〈옥선몽〉 등에서는 내기의 일환으로, 〈이춘풍전〉, 〈계우사〉, 〈변강쇠가〉 등에서는 한량들의 유흥으로, 〈소현성록〉이나 〈유씨삼대록〉 등 국문장편소설들에서는 가족 화목의 장을 보여주는 자리 또는 중요한 정보를 노출하는 자리로 묘사되거나 거론된다.

특히 〈옥루몽〉에 놀이하는 장면이 자세하고 길게 서술되어 있는데[8], 여성인물들의 힘 겨루기의 일환으로 놀이의 승패가 흥미진진하게 전개된다는 면에서 눈길을 끈다. 〈옥루몽〉은 19세기의 장편소설로 여성인물들의 활달함과 개성이 돋보이는 작품 중 하나이다. 그런 특성을 잘 보여주는 장면으로 이 쌍륙 대결 장면과 뒤에서 다룰 격구 대결 장면을 들 수 있다.[9] 격구에 비해 다소 정적인 놀이인 쌍륙 대결에, 검술 보여주기라는 동적인 벌을 추가함으로써 긴장감이 배가 되었다. 윤부인, 강남홍, 벽성선, 일지련이 한 편이고, 진나라 공주,

6) 한국학중앙연구원 편, 『한국민족문화대백과사전』.
7) 허경진, 『소대헌·호연재 부부의 사대부 한평생』, 푸른역사, 2003, 174~176면.
8) 남영로, 김풍기 역, 〈옥루몽〉 49회, 『옥루몽』 4권, 그린비, 2006, 168~171면.
9) 이민희, 「한국 고전문학 작품 속에 나타난 놀이문화의 실제와 의미」, 『한국체육학회지』 46-1, 2007.

철귀비, 반귀비, 꾁귀비가 한 편이 되어 쌍륙 놀이를 하는데 실력이 비슷하여 승부가 쉽게 나지 않는다. 귀비들이 강남홍 등에게 늘 지니 공주가 나서서 주사위를 던지다 철귀비가 호기롭게 던지니 거의 이길 뻔 한다. 하지만 강남홍이 기를 모아 던지니 높은 점수가 나와 이기게 되고 공주가 벌주를 마신다. 이후 몇 차례의 치열한 대결들이 팽팽하게, 속도감 있게 묘사됨과 동시에 벌주, 벌 공연 등을 내걸어 여성인물들의 호쾌함과 재능을 잘 보여주고 있다.

이런 장면처럼 쌍륙을 하는 자체에 대한 관심과 흥겨움보다는 놀이를 함으로써 살짝 드러나는 팔뚝의 앵혈로 중요한 정보를 제공하는 장면들도 종종 등장한다. 특히 국문장편 고전소설들에서 여주인공들이 첫날밤을 보냈는지를 다른 가족들이 알게 되는 계기가 된다. 〈임씨삼대록〉에서 옥선군주가 남편의 사랑을 받지 못하고 있는데도 어느 날 앵혈이 없어진 것을 드러내 간통 사실을 알리는 장면[10] 같은 것이 그것이다. 〈옥루몽〉에서도 공주가 쌍륙 놀이를 하던 벽성선의 팔뚝에 아직도 앵혈이 있는 것을 보고 그녀의 외로운 처지를 알게 되는 장면[11]이 있다. 이렇게 놀이가 정보 제공을 하는 자리로 기능하

---

10) 이때 군계부인의 딸 천혜소저가 네 살이었다. 천혜가 옥선군주가 잡고 있는 쌍륙을 달라며 옥선군주의 손을 잡고 다투었는데, 이때 군주의 팔찌가 빠졌다. 옥선군주가 몹시 놀라 팔찌를 잡으려 하였다. 그러다가 군주의 팔 위에 앵혈 흔적이 없는 것을 보게 되었다. 〈임씨삼대록〉 14권 63~64면. 김지영·최수현·한길연·서정민·조혜란·정언학 역주, 『임씨삼대록』 1~5권, 소명출판, 2010. 이하 모든 삼대록계 국문장편소설들은 최초에만 현대역본의 서지를 밝히고, 이후에는 원문의 권과 면수만 제시함.
11) 하루는 공주가 벽성선과 쌍륙을 놀면서 점수를 다투고 있었다. 공주가 웃으면서 벽성선의 손을 잡았는데, 비단 적삼이 얼핏 걷히면서 앵혈 한 점이 드러났다. 공주는 마음속으로 놀랍고 탄복하여 그 까닭을 알고 싶어 하였다. 남영로, 김풍기 역, 〈옥루몽〉 41회, 『옥루몽』 4권, 그린비 출판사, 2006. 42면.

는 것은 늘 옷 속에 감춰져 있던 팔이 사람들에게 노출되는 때이기 때문인데, 바둑과 투호도 같은 기능을 하곤 했다.

그런데 이렇게 가족들이 모두 모여 쌍륙을 하며 담소를 나누거나 여성들이 모여 내기를 하는 것은 실제로도 일상적인 일이었다고 하니, 소설 속에서 당대의 생활문화를 흡수한 예라 하겠다. 그러나 '앵혈'이라는 것은 소설 속에서만 존재하는 화소이므로 놀이 도중에 앵혈이 드러나는 일 같은 것은 현실이 아니다. 또 〈옥루몽〉처럼 흥미진진하고도 팽팽한 긴장감 속에서 진행된 경우도 많지는 않았을 것이다. 그러니 현실의 반영과 변용이라 할 수 있겠다.

② **바둑**

바둑을 두는 자리에서 여인의 팔이 드러나면서 앵혈을 확인하는 장면은 〈현몽쌍룡기〉 등에서 나오지만[12], 더 주목되는 경우는 〈유씨삼대록〉에서처럼 바둑을 둠으로써 여성이 자신의 능력을 은근히 드러내어 존경이나 사랑을 받게 되는 경우[13]이다. 가족들이 모여 놀면서 바둑을 두는데 늘 겸손하던 여성이 훈수를 두어 이기게 한다든지,

---

12) 앉아 있던 모든 사람들이 크게 웃고 석학사 부인이 낭랑하게 웃으며 정소저와 양소저의 옥 같은 팔을 빼며 말하였다. "오늘 두 소저의 팔에 붉은 점을 서로 견주어 살펴보니 알 만한 일이 있구나." 석학사 부인이 두 소저를 보니 고개를 숙이고 부끄러운 기색을 나타냈다. 옥 같은 팔에 붉은 표시가 찬란하였다. 여러 소저가 크게 웃으며 말하였다. "용흥은 정씨에게 소박을 맞아 붉은 점이 그대로 있다고 해도 용창아, 너도 양씨에게서 소박을 맞았다고 하느냐? 어찌하여 두 아우가 다 한결같이 여자에게 박대를 당함이 이렇게까지 될 줄 알았겠는가?"〈현몽쌍룡기〉 3권 53~56면, 김문희·조용호·장시광 역주, 『현몽쌍룡기』 1~3권, 소명출판, 2010.

13) 〈유씨삼대록〉 4권 87~91면, 한길연·김지영·정언학 역주, 『유씨삼대록』 1~4권, 소명출판, 2010.

남편과 직접 대결하여 이기면 모두 놀라고 감탄하면서 존경하게 되는 것이다.

〈조씨삼대록〉에서는 다른 일로 남편과 사이가 안 좋게 된 여성이 계속하여 기를 못 펴고 살자 할머니가 가족들을 모두 모이게 하여 바둑을 두게 하는데, 거기서 이기자 총명하다고 칭찬하면서 손자에게 손자며느리를 박대하지 말고 잘 대하라고 하는 경우도 있다. 잘못을 뉘우친 여성이 다시 가족에게 잘 편입되도록 배려하는 자리로 놀이 장면[14]을 넣은 것이다.

국문장편소설들에서 자주 등장하는 장면 중 하나는 임금과 신하가 바둑을 두는 장면이다. 그런데 이 경우에는 놀이 자체에 관심이 있기보다는 신하의 혼인에 더 큰 관심이 있다. 임금이 원하는 혼처에 혼인시키기 위해 내기를 하는 것이다. 〈조씨삼대록〉에서 양인광을 곽씨에게 혼인하게 하기 위해[15], 〈임씨삼대록〉에서 임천흥과 임재흥 등을 원치 않는 이들에게 혼인하게 하기 위해[16] 바둑을 둔다. 하지만 이 경우도 당대의 여가문화를 반영한 설정이라 할 수 있다.

③ 투호

투호(投壺)는 우리나라에서는 삼국시대부터 즐겼으며 조선시대에

---

14) 유현이 모시고 앉아 있는데 태부인이 웃으며 말하였다. "오늘 네 부인 셋이 내 앞에서 바둑을 두는데 강씨가 제일이다. 예전의 잘못이 있지만 마음을 고쳤으니, 명랑하고 총명한 것이 진실로 내게는 효부다. 네가 어찌 계속 박정하게 대하여 부부의 은혜를 생각하지 않느냐? 내가 강씨를 불쌍히 여기니, 너는 내 청으로 강씨를 후하게 대우해라. 그러면 어찌 좋지 않겠느냐?" 〈조씨삼대록〉 19권 102~104면. 김문희·조용호·정선희·전진아·허순우·장시광 역주, 『조씨삼대록』 1~5권, 소명출판, 2010.
15) 〈조씨삼대록〉 15권 66~67면.
16) 〈임씨삼대록〉 24권 24~27면.

는 궁중과 명문 가문들에서 많이 했다고 한다. 『예기(禮記)』에 나오는 예식인 사례(射禮)에서 비롯되었으며 상층 남성들이 주로 했던 놀이로, 화살같이 만든 청홍(靑紅)의 긴 막대기를 병 속에 던져 꽂아 넣는 놀이이다. 고전소설 속에서는 양반 가문에서 가족들이 후원에 모여 하곤 하는데, 친목을 다지거나 분위기를 부드럽게 만들어 직접 말하기 어려운 사안을 풀어가는 장으로 마련되기도 한다.

　　하루는 화부인과 석부인이 세 며느리에게 투호(投壺)를 치게 하였는데, 모두 형씨에게 미치지 못하였다. 그러자 화부인이 웃으며 말하였다. "형씨가 잡기(雜技)를 묘하게 잘 하니 진실로 운성의 배필이로구나."
　　말이 끝나기도 전에 석파가 소영을 이끌고 나와 석부인에게 말하였다. "낭군의 사나움 때문이었지 이 아이가 무슨 죄가 있겠습니까?"
　　석부인이 낭랑히 웃으며 말하였다. "이것도 하늘의 운수입니다. 서모는 어찌 운성을 꾸짖습니까? 하지만 어머님과 승상이 허락하셨으니 어찌 죄를 일컫겠습니까? 다만 정실(正室)을 공경하여 섬기고 마음을 공손히 하면 복을 받을 것입니다."
　　석파가 크게 웃고 나서 소영을 돌아보며 말하였다. "이미 승상과 부인이 허락하셨으니, 너는 형소저를 뵈어라."
　　소영이 나아가 돗자리 앞에서 네 번 절하고 난간 밖에 앉았다. 형씨가 태연한 기색으로 흔쾌히 절을 받고 나서 모든 동서와 함께 말씀을 하는데, 유순하고 편안하며 온화한 기운이 온 자리에 쏘였다. 그러니 태부인이 칭찬하고 석부인이 애중함이 비길 데가 없었다.[17]

〈소현성록〉에서 소운성이 어렸을 때에 석파의 조카 소영을 겁탈한

---

17) 〈소현성록〉 5권 92~93면. 조혜란·정선희·허순우·최수현 역주, 『소현성록』 1~4권, 소명출판, 2010.

뒤, 장성하여 첩으로 맞고 싶어 하지만 첫째 부인인 형씨의 눈치를 보느라 말하지 못하는 상황에서 가족들의 놀이 시간에 석파가 말을 꺼내는 장면이다. 투호를 잘하는 형씨가 계속하여 이기자 이를 칭찬하면서 형씨의 눈치를 보며 소영을 소개하고 남편의 다른 아내로 맞아달라고 부탁하는 것이다. 이 일이 있고 나서 한참 뒤에는, 소영이 운성에게 고분고분하지 않다는 이유로 운성이 살기(殺氣)까지 보였기에 소영을 피신시켜 놓은 상황에서 다시 운성에게 보내고 형제가 공모하여 투호 놀이를 하기도 한다.[18]

놀이의 공간이 대화와 소통의 자리가 된 예인데, 실제로도 남녀가 함께 모일 수 있었던 것은 쌍륙, 바둑, 투호 등을 겨루는 자리였기에 국문장편소설들에 이런 장면들이 빈번히 그려진 것이다. 특히 운성은 혼인 전에 형씨를 처음 본 것도 형씨 가문의 투호 놀이 공간을 엿보아서였다.[19] 그의 활달하고 자유로운 기질이 놀이 공간과 잘 맞기에 그와 관련된 일화에 자주 등장한 듯하다.

④ 가무와 음주

고전소설에서 남성들이 여가에 하는 일 중 가장 빈번히 등장하는 것은 가무(歌舞)와 음주(飲酒)일 것이다. 하지만 작품마다 특징적으로 묘사되기보다는 일상적으로 갖는 술자리, 춤추고 노래하는 자리 정도

---

18) 〈소현성록〉 9권 59~60면.
19) 미인이 순순히 이기니, 형공자 불운이 웃으며 말하였다. "강아가 이렇듯 잡기를 좋아하니 우리들이 잡기를 좋아하는 매부(妹夫)를 얻어야겠다." 그 미인이 특별히 부끄러워하지 않으면서 낯빛을 엄숙하게 하고 단정히 걸어 안으로 들어가니, 좌중이 크게 웃었다. 운성이 이를 보고 숨을 길게 쉬며 문득 서쪽 울타리 안에 드러누웠다. 〈소현성록〉 5권 64~67면.

이고 주인공의 풍류 또는 고독감 표현, 남녀 주인공의 연애 분위기 조성 등의 역할을 한다. 그런데 몇몇 국문장편소설에서는 가족들이 많이 모이는 잔치 자리에서 가무를 함으로써 그 인물의 성품과 자질을 보여주고 있어 주목할 만하다. 〈소현성록〉에서 양부인의 장수를 비는 잔치에서 사위들과 아들이 노래하는 것을 보고 품평이 이루어진다.

며칠 후 큰 잔치를 열어 양부인께 헌수(獻酬)하는데, 이원(梨園)의 풍류와 상방(上房)의 맛있는 음식들, 물과 뭍에서 난 것들이 산같이 많았다. 서울의 명창(名唱) 천여 명이 모두 모였는데 승상이 단지 임금님께서 내려주신 풍류만 내당에 들여 양부인이 보시게 하였다. 그 노랫소리가 우아하게 무수히 울려 퍼지니, 양부인이 잔을 들고 눈물을 드리우며 좌중(座中)에 아뢰었다. (중략)

그 후 자제들이 잔을 드리는데, 큰 사위 한생의 벼슬이 상서에 있었으니 자줏빛 도포에 금색 띠를 두르고 검정 사모(紗帽)를 빗겨 쓰고 나아왔다. 유리잔을 드리는데, 그 헌걸찬 행동과 풍요로운 모습이 이태백이 다시 살아난 듯하였다. 축수(祝壽)하는 노래 한 곡을 부르니 정말로 풍류 있는 장부였다. 둘째 사위 유생은 용도각(龍圖閣) 태학사(太學士)로 조정에서 일하는 재상이라 홍포(紅袍)를 나부끼며 띠를 높이 둘렀는데, 술잔을 들고 나아와 노래를 부르며 양부인께 잔을 드렸다. 관옥(冠玉) 같은 얼굴과 빼어난 기상, 준수한 골격이 빛나서 관우(關羽)와 사마상여(司馬相如) 같았다.

차례가 소승상께 이르렀는데, 한생이 유생에게 웃으며 말하였다. "그가 평소에 우리에게 가무(歌舞)를 즐긴다고 웃었으니 오늘 장모님께 술을 드리고 나서 축수하는 노래를 어떻게 부르는지 봐야겠다."

유생이 말하였다. "그가 본래 목소리가 깨끗하고 시원스러우니 어찌 잘 못 부르겠습니까?"

한생이 말하였다. "비록 그렇지만 나서부터 한 번도 익히지 않았으니 어찌 생소하지 않겠는가?"

승상이 비단 도포에 옥띠를 두르고 자줏빛 비단 갓을 쓰고 옥으로 된 잔을 들어 모친 앞에 이르러 잔을 바쳤다. 그 아름답고 준수한 풍도가 빼어나게 아름답고 빛났으며, 노래를 부르니 소리가 구천(九天)에 어리어 맑고 뛰어남과 시원스러움이 비길 곳이 없었다. 음률이 맞고 청탁(淸濁)도 분명하여 유생과 한생, 두 사람이 일생동안 익힌 노랫소리라도 그 맑고 그윽함에는 미치지 못하였다. 모든 사람들이 다 듣고 나서 손뼉을 치며 어린 듯이 앉아 있었다.[20]

큰 사위 한생은 크고 걸출하며 풍요로운 분위기의 장부 같은 모습의 남자이고, 둘째 사위 유생은 옥을 깎은 것 같은 얼굴에 기상과 골격이 준수한 남자라는 것을 노랫소리와 그 태도에서 보여주고 있다. 〈조씨삼대록〉에서도 아버지 진왕의 생신 잔치 자리에서 유현과 기현, 광현 등이 춤을 추는 것을 보고 그들의 기질을 평가하는 장면[21]이 있다.

이렇게 비교적 공식적인 잔치에서는 주로 아들들과 사위들 즉 남성 인물들의 가무가 행해지고 이를 품평하지만, 가족끼리의 비공식적인 술자리는 주로 여성들의 이야기 자리가 되곤 한다. 여성들의 자유로

---

20) 〈소현성록〉 4권 94~98면.
21) 유현이 흔연히 기현과 마주 보고 춤을 출 것을 청하였다. 진왕이 웃으며 운현에게 명하고 기현과 광현에게도 명하여 마주 보고 춤을 추게 하였다. 광현의 기상은 지상의 신선과 같아 옥 같은 골격과 영웅의 풍모로 하늘거리는 춤추는 소매가 봄바람에 흩날려 떨어지는 백설에 복숭아꽃이 섞여 있는 것 같았다. 봉황 같은 눈이 가늘고 용마(龍馬)의 채색처럼 영롱하여 나가고 물러가며 춤추는 늠름한 기골이 소와 말 중에 기린이 있는 것 같았다. 허리에 금옥 띠를 두르고 어깨에 붉은 도포를 입고 연꽃 같은 흰 귀밑에 재상의 관을 쓰고 있으니 기특한 춤 솜씨가 일대에 대적할 사람이 없었다. 더욱이 유현과 운현의 신기한 놀이는 귀신이 돕는 듯 유희하니 온 자리에 있던 손님들이 바라보고 구경거리로 삼으며 노공과 진왕, 초공이 기쁨을 이기지 못하였다. 〈조씨삼대록〉 14권 57~60면.

운 의사 표현이 비교적 잘 묘사되어 있는 〈소현성록〉에서도 할머니, 어머니, 딸, 며느리들이 모여 술을 마시며 꽃을 감상하기도 하고, 서로의 인생에 대해 이야기하면서 위로 받고 위로해 주는 자리가 된다.

소씨가 윤씨와 함께 백화헌으로 갔는데 상서가 마침 나갔기에 이곳이 고요하였다. 두 사람이 꽃들을 구경하다가 시녀에게 이·석 두 서모와 화부인과 석부인을 나오게 하였다. 네 사람이 모두 오니, 소씨가 좌우 시종들에게 소나무 정자 아래에 용문석을 깔라 하고 벌여 앉아 술과 안주를 내오게 하였다. 석소저가 술을 먹지 못하니 소씨와 윤씨 두 사람이 강제로 권하였다. 소저가 억지로 한 잔을 먹으니 아름다운 얼굴빛이 눈부시도록 어지러웠다. 석파가 기특하게 여기고 어여삐 여겨, 갑자기 주흥(酒興)이 솟아나 팔을 걷고 일어나 말하였다. (중략)

석파가 크게 웃고, 먼저 한 잔을 부어 소씨 앞에 가 치하하며 말하였다.

"부인이 열네 살에 한씨 집안에 들어가 어사의 방탕함을 만났으나, 기색과 행실이 맑고 여유로워 마침내 방탕한 사람을 감동케 하시고 옥 같은 자녀를 좌우에 벌여 계시니 태임, 태사와 같은 덕이라도 이보다 더하겠습니까?"

소씨가 웃으며 말하였다. "서모가 나를 어린아이 놀리는 듯하시는군요."

석파가 웃으며 답하였다. "제 진심입니다."

소씨가 기분 좋게 잔을 기울이니, 석파가 또 윤씨에게 나아가 위로하며 잔을 바치고 말하였다.

"부인은 하늘이 내신 우아한 자질을 지녀 보통 사람들보다 빼어나시니 윤평장의 천금같은 따님입니다. 그런데 가문의 운수가 좋지 않고 운수에 액이 있어 호랑이 굴 같은 곤경에 빠져 계셨습니다. 그러나 하늘의 도가 밝게 살피셔서 예전의 유하혜와 같은 소상서를 만나게 하시어 부모의 원수를 갚게 하고 소부의 양녀가 되어 은혜와 사랑을 철석같이 맺게 하셨습니다. 또 풍류 있고 총명한 유학사를 맞아 아름다운 공자를 연이어 낳으시고 부모 사당을 세워 제사를 이으시니, 효녀와 열부(烈婦)의 도리가 가득

하심을 감탄합니다." (중략)

　또 잔을 부어 화씨에게 나아가 말하였다.

　"부인은 화평장의 사랑하시는 딸로 명문가 규방의 훌륭한 숙녀입니다. 나이 어려서 이 가문에 들어오시되 덕행이 마황후와 등황후를 압도하시고……"[22]

　집안의 중재자 역할을 하고 웃음과 화해를 자주 이끌어내는 서모 (庶母) 석파가 딸들과 며느리들에게 술을 한 잔씩 주면서 그녀들의 인생을 평가하는 이 장면은 더 길게 계속된다. 놀이의 자리가 대화의 자리가 됨으로써 카타르시스의 장이 되는 예이다.

　한편, 19세기의 소설 〈옥루몽〉이나 〈옥수기〉 등에서는 좀 더 유흥적인 음주와 가무를 즐기는 장면들이 나오는데, 〈옥루몽〉에서 양창곡의 아들 양기성이 두 사람의 문객을 거느리고 장안에서 제일 큰 동산이었던 탕춘대를 찾아가서 기녀와 음악으로 질탕하게 노는 장면 등이 그것이다. 화류놀이 하는 사람들을 보고 지나다가 거문고 소리를 듣고 청루에 들른 것인데, 당시에 제일 유명했던 설중매와 전춘연 (餞春宴)을 하며 춤도 추고 사귀게 되기도 한다.[23] 이 작품들을 비롯하여 〈게우사〉, 〈이춘풍전〉 등에서도 기녀들과 가무를 즐긴다는 서술이 나오는데, 뱃놀이 부분에서 더 보기로 한다.

　⑤ 뱃놀이

　고전소설 속 인물이 여가에 뱃놀이를 하는 것은 주로 두 가지 분위

---

22) 〈소현성록〉 2권 65면.
23) 남영로, 김풍기 역, 〈옥루몽〉 60회, 『옥루몽』 5권, 그린비, 2006. 146~160면.

기 속에서 이루어졌다. 하나는 〈소현성록〉에서 아버지 소현성이 여섯 아들을 데리고 집 근처 큰 연못에 작은 배를 띄우고 한적하게 노닐면서 신선 같은 분위기로 시를 읊는 장면[24] 같은 것이다. 신선이나 처사와 같은 삶을 지향하는 소현성 가문답게 여가에 아버지와 스승, 아들들이 모여 한가로이 뱃놀이를 한다. 그러나 음주를 하거나 떠들썩한 분위기가 아니라 조용한 가운데 돌아가며 노래를 부르고 이야기를 나누는 정도이다. 소리의 품격과 분위기로 성품과 기질을 평가하기도 한다.

이 작품에서는 한 번 더 뱃놀이 장면이 나오는데, 소운성이 그 처남들과 함께 놀면서 돌아가며 시 짓기 내기를 하는 것이다.[25] 여기서도 놀이 그 자체보다는 인물들의 시 짓기 능력에 대한 평가, 평가에 의한 놀림이 주가 된다.

하지만 대다수의 고전소설에서 뱃놀이는 '강 중류에 배를 띄워놓고 풍악을 울리고 음식을 나누어 먹으며 새롭고 아름다운 경치를 즐겼다.'라는 정도의 서술로 그친다. 주인공의 풍류를 보여주거나 서사 전개에 필요한 정도만 서술하는 것이다.

---

24) 이때 소승상이 단선생과 함께 소매를 이끌고 한가히 걸어 앞동산에 올랐다. 완룡담 가운데 작은 배 한 척을 띄우고 작은 동자가 삿대를 희롱하여 배를 저었다. 배 위에 여섯 소년이 늘어 앉아 있으니 옥같이 아름다운 모습과 영웅과 같은 풍모가 훌쩍 세상을 벗어난 신선의 무리인 것 같았다. 운성이 읊는 소리를 듣고 나니 슬퍼하는 사람은 즐거워지고 근심하는 사람은 상쾌해졌다. (중략) 운성이 읊는 것을 마치고 나서 운경, 운희가 〈채련가(採蓮歌)〉를 부르니 아름다운 소리가 비록 맑으나 넉넉하지 못하고 또 들림이 분명하지 않아 한결같지 못하였다. 단선생이 탄식하며 말하였다. "안타깝군요. 단정하고 아담한 옥 같은 문사(文士)로 의지와 기개가 호탕하고 시원하나 골격이 뛰어나지 못하며, 목소리가 절묘하나 멀리 가지 못하니 반드시 그 목숨이 길지는 못할 것입니다." 〈소현성록〉 9권 8~10면.
25) 〈소현성록〉 9권 73~76면.

그러나 19세기의 유흥의 분위기와 연결되면 좀 더 규모가 커져 배도 여러 척이 되고 악공이나 기녀, 손님들을 많이 부르기도 하며 거문고나 통소 등을 연주하기도 하면서 화려하게 묘사된다. 〈옥루몽〉에서는 양창곡과 여러 여성들이 완월정 근처에서 달구경을 하며 고즈넉하게 뱃놀이를 하는 장면이 있는데, 강남홍의 피리 연주, 벽성선의 거문고와 피리 연주를 감상하는 것이 주가 된다.[26] 이후, 양창곡이 진왕과 보름달을 구경하는 행차에서 즐기는 뱃놀이는 규모가 커진다. 이번에는 취성동의 어부 수십 명에게 각각 한 척의 배를 띄우게 하고 강남홍과 벽성선이 피리를 불었으며 꾁귀비는 통소를, 반귀비는 명월시를 노래하고 물결을 따라 강을 오르내리며 술을 마시니 가슴이 시원해지고 하늘로 올라가는 듯하다고 하였다. 때맞춰 황제가 법주(法酒) 몇 말을 보내고 진나라 공주도 음식을 보내주어 술상 다섯 개를 배 안에 가득 실으니 진수성찬이라고 하였다. 작은 배라고 했지만, 그 안에서 밥을 하고 회를 떴다고 할 정도로 규모가 있는 듯하며, 주변에는 다른 낭자들이 여러 척의 배에 나누어 타고 있는 정황으로 보인다. 돌아가며 노래도 부르며 취흥을 즐기다가 완월정으로 돌아가 연왕과 진왕이 시를 한 수씩 짓는 것으로 이 날의 뱃놀이는 끝난다.[27]

　　뱃놀이를 화려하게 차리는 상황을 실감나게 묘사한 작품으로는 판소리계 소설 〈게우사〉를 들 수 있다. 〈게우사〉는 〈무숙이타령〉, 〈왈자타령〉이라고도 부르는 판소리 사설 정착본으로 19세기 중반 이후의 작품이고 현전하는 필사본이 1890년 정도이니 그 무렵의 뱃놀이

---

26) 남영로, 김풍기 역, 〈옥루몽〉 53회, 『옥루몽』 4권, 그린비 출판사, 2006, 242~244면.
27) 남영로, 김풍기 역, 〈옥루몽〉 54회, 『옥루몽』 4권, 그린비 출판사, 2006, 249~259면.

상황을 알 수 있다.

　　미친 광인 무숙이가 뱃놀이할 채비를 차릴 때에 한강 사공, 뚝섬 사공,
하인 시켜 급히 불러 놀잇배 둘을 만드니, 너비는 삼십 발이요, 길이는
오십 발씩 만들되, 물 한 점 들지 않게 잘 만들라고 각 사람당 천 냥씩
내어주니, 양 사공이 돈을 타서 주야로 재촉하며 배를 만든다. 삼남의
제일 광대 심부름꾼을 급히 불러, 아무개 아무개 칠팔 명을 호사시켜 준
비시키고, 좌우편 훈련도감의 포수 급히 불러 산대놀음 차릴 채비를 하
고, 새 화복(華服), 새 탈, 뱃놀이 때에 대령하라고 이천 냥씩 내어준다.
정읍, 동막, 창평, 하동, 목골, 함열, 성불의 일등 거사, 명창, 사당, 골라
빼어 이삼십 명을 하인 시켜 불러오고, 산대놀음 하는 때에 총융청에 악
기 연주 할 사람들을 준비시키고, 놀음할 날을 택하기를 칠월 십육일로
하였것다.[28]

　　뱃놀이할 준비가 요란한데, 놀이하는 배를 두 척 만들고, 광대 7~8
명과 산대놀음 차비에 각각 2천 냥씩, 명창, 사당패, 악기 연주자 등
을 30여 명 부르는 등 부자 양반 흉내를 실컷 내는 장면이다. 뱃놀이
하는 장면 묘사도 길게 이어지며 배를 장식한 것들, 배에 함께 탄
스님, 사당패, 관기들, 명창들의 규모부터 시작하여, 이름까지 세세
하게 열거하고 있다.

　　배를 띄워 물에서 놀 제, 흰 포장막과 서양포며 몽고삼승, 구름무늬의
햇빛 가리개, 꽃돗자리, 민돗자리, 청사등롱, 종이연꽃을 벌여 꽂고, 삼승
돛 묶어 좌우로 갈라 딱 붙이고, 마루판을 비스듬히 대어 강 위를 육지처럼

---

28) 최혜진 역, 〈게우사〉, 『게우사·이춘풍전』, 지만지, 2009, 51~52면.

만들어 놓았구나. 좌우 산대에서 하는 만석중 춤은 구름 속에 넘노는 듯, 사당 거사 노랫소리는 허공에 낭자하고, 관기들은 한 소리 높이 하여 어부사로 화답하고, 서빙고 한강과 압구정을 돌아들어 동작강 노량진이며, 용산, 마포, 서강이며, 양화도 따라 저어가니 (중략) 고기 잡는 어부들은 크고 작은 물고기를 낚아내어 회도 치고 탕도 끓여 실컷 먹은 후에, 명창 광대 각자의 장기를 펼치려고 나는 듯이 북을 들여놓고 일등 고수 삼사인이 번갈아 쳐나갈 제, 우춘대 화초타령, 서덕염의 풍월성과 최석황의 내포제, (중략) 놀음에 들어간 돈을 셈해보니, 삼만삼천오백냥이라.[29]

주인공 무숙이가 양반들을 흉내 내느라 10여 일 동안 뱃놀이를 하면서 무려 3만 3천 5백냥을 소비했다는 구절로 이 놀이 장면은 끝나는데, 그의 사치스러운 행실을 보여주기 위한 것이기는 하지만 당대의 풍속을 반영했다 할 수 있다. 〈배비장전〉에서도 제주 목사가 뱃놀이를 가는 장면에서 화려한 배 치장에 관한 묘사가 있고, 〈청구야담〉등에 실린 한문단편에서도 평양감사의 뱃놀이에는 연회를 베풀 수 있는 규모의 누선(樓船) 두세 척을 동원하기도 하고 음식을 장만하는 배, 호위하는 비선(飛船)까지 있기도 하며, 풍류 있는 양반들은 가객과 함께 손님들을 모아 호탕하게 뱃놀이를 했다고 되어 있는 것으로 보아, 비교적 보편적으로 할 수 있던 놀이였던 듯하다.

⑤ 격구

고전소설에서 인물들이 여가에 하는 놀이 중 유독 이 '격구'는 〈옥루몽〉에서만 자세히 설명되고 있다.[30] 말을 타고 구장(毬杖) 혹은 공

29) 최혜진 역, 〈게우사〉, 『게우사·이춘풍전』, 지만지, 2009. 52~54면.

채라는 나무 막대기로 공을 쳐서 구문(毬門) 안에 넣는 경기이자 놀이인데, 〈용비어천가〉 주석에 그 방식이 자세히 소개되어 있으며 태조 이성계가 매우 능했다고 한다. 고려 때부터 단오절에 무관(武官)의 연소자와 귀족 자제들을 선발하여 행했다고 하는데 오색 비단으로 화려하게 꾸미고 말 치장도 화려하게 하며 기녀들이 음악을 연주하기도 하는 등 연희성 짙은 풍류로 즐겼다고 한다. 하지만 조선에서는 인조 때에 왕이 모화관에서 군사들에게 격구를 시험한 것을 마지막으로 하였기에, 정조 무렵에는 그 방식을 아는 사람이 거의 없었다고 한다.[31] 그런데 19세기 소설에서 그 자세한 방식을 설명하면서 흥미진진한 분위기를 만들어냈으니 작가가 특별히 관심을 가지고 활용한 듯하다. 이 작품이 세세한 묘사와 백과전서적 지식 설명이 많다는 특성이 있기는 하지만, 격구라는 놀이가 조선 중기까지는 왕과 군사들에게 인기 있던 놀이였음을 알려준다.

　　이때 천자가 친히 대 위에 와서 양창곡에게 말했다. "격구는 언제부터 나왔으며 무엇을 본뜬 것이오?" 양창곡이 아뢰었다.
　　"남방에 사자가 있는데, 태어날 때부터 목 아래에 한 무더기의 터럭이 있다 하옵니다. 그것을 구(毬)라 하옵니다. 사자 새끼는 어려서부터 밤낮으로 이 '구'를 가지고 놀며 발로 차기도 하고 움켜잡기도 하면서 짐승 잡는 법을 익히옵니다. 달리는 짐승 중에서 사자의 용맹을 칭찬하는 것은

---

30) 그래서 〈옥루몽〉에서의 놀이를 다룬 논문에서도 주목한 바 있다. 특히, 이민희(앞의 논문, 26~27면.)는 이 작품에서 선보이는 다양한 격구 기술이 작품의 긴장감과 오락성을 배가시킴과 동시에 여주인공들의 능력과 재주의 뛰어남을 부각시켜 이후의 극적 서사전개과정을 이끄는 서사장치로 활용되었다고 하였다.

31) 이상, 격구에 대한 설명은 차충환·김진영, 「고소설에 나타난 놀이문화 연구－〈옥루몽〉과 〈옥선몽〉을 중심으로」, 『공연문화연구』 24, 2012. 378~379면 참조.

힘이 있을 뿐만 아니라 발로 차고 움켜쥐면서 짐승을 잡는 수법이 수많은 짐승들 중에서 워낙 출중하기 때문이옵니다. 후세 사람들이 이 법을 본떠서 격구를 만들었사옵니다. 발로 차면 '각구(脚毬)' 손으로 후려치면 '격구(擊毬)'라 하옵니다. 이것을 가지고 개인적으로 창과 검을 쓰는 법을 익히옵니다. 그런데 당나라에 이르러 이 법이 성행하여 재상 귀인들이 자주 격구를 하여 재주를 겨뤘는데, 실수하면 얼굴을 다칠 뿐만 아니라 사망하는 우환까지 있었사옵니다. 해괴한 체모와 위험한 행동으로 보자면 정인군자가 할 것은 아니옵니다."

천자가 미소를 지으며 좌우에 명령하여 격구에 사용되는 모든 도구를 가져와 살폈다. 쪼갠 나무를 둥글게 만들고 수놓은 비단으로 감싸니, 이것이 바로 '채구(彩毬)'였다. 나무를 쪼개 지팡이를 만들어서 조각을 하고 단청을 한 뒤에 그 끝부분에 상모를 다니, 이것이 '채봉(彩棒)'이었다. 동쪽과 서쪽으로 나누어 서 채봉으로 채구를 치면서 서로 공격하다가 실수하여 땅에 떨어뜨리면 승부가 갈리는 것이었다. (중략)

잠시 후 대상(臺上)에 걸린 북이 한 번 울리자, 두 낭자와 모든 기녀들이 일제히 말에 올라 동서로 나눠 섰다. 두 번째 북이 울리자마자 그들은 일제히 비단 적삼을 걷어 부치더니 채봉을 휘두르며 뛰어올랐다. 세 번째 북을 울리자 한 기녀가 말을 달려오면서 좌우에 채구를 들고 공중에 던졌다. 그녀는 오른손으로는 채봉을 휘두르며 한 번 치고는 질풍처럼 빠르게 말을 달려갔다. 채구가 공중에 솟구쳐 올랐다가 강남홍의 머리 위로 거의 떨어지려는 순간 그녀는 웃으며 말을 돌려 몇 걸음 물러났다. 연왕부 여러 기녀들 중 한 사람이 채봉을 들어 말을 달려 출장하여 한 차례 봉을 쳤다. (중략) 버드나무같이 가는 허리를 한 번 굽히면서 쌍봉이 한 번 번득이자 채구가 백여 길 솟구쳤다. 이른바 '곤풍구(鯤風毬)'라고 하는 수법으로, 공이 바람처럼 일어나기 때문에 붙은 이름이었다. 일지련이 다시 말을 달려오며 들고 있던 채봉을 공중에 던져 내려오던 채구를 받아치니 채구가 다시 구름 사이로 솟구쳤다. 좌우의 기녀들이 모두 갈채를 보내며 칭찬하였다. 이것은 바로 '유성구(流星毬)'라고 하는 수법인데, 공이 유성처럼 빠르다 해서 붙은 이름이다.

철귀비가 이에 발끈하면서 말을 달려왔다. 그녀는 두 손에 들고 있던 채봉으로 채구를 받아 동쪽을 치고 서쪽으로 말을 달렸고, 서쪽에서 받아 동쪽으로 말을 달렸다. 갑자기 사납게 채구를 쳐서, 날아가는 화살처럼 빠르게 강남홍의 옆에 떨어뜨리려고 하였다. 바로 '벽력구(霹靂毬)'라 하는 것인데, 급하고 빠른 것이 마치 벼락과 같아서 붙은 이름이다. 강남홍이 웃으면서 말고삐를 잡고 조금도 움직이는 빛이 없이 채봉을 높이 들어 날아오는 채구를 번개처럼 쳤다. 말 앞에 떨어지려던 채구는 다시 몇 길을 높이 솟구쳤다. 강남홍이 그것을 다시 한 번 치니 아득히 공중으로 솟아올랐다. '춘풍구(春風毬)'라고 하는 수법인데, 공이 마치 봄바람이 일어나는 듯하기 때문에 붙은 이름이다. (중략)

한참을 다투었지만 승부와 우열을 가늠하지 못했다. 천자와 두 왕은 대상에서 바라보며 끊임없이 칭찬하였다. 그런데 갑자기 철귀비의 채봉 쓰는 법이 줄어들고 강남홍의 솜씨는 더욱 활발히 움직였다. 원래 철귀비는 격구법만을 알 뿐이었지만, 강남홍은 검술을 겸하여 쌍검을 쓰는 수법으로 채봉을 썼던 것이다. 그러니 철귀비가 어찌 강남홍을 대적하겠는가.[32]

경기의 유래와 도구, 방법을 자세하게 묘사한 뒤에, 강남홍, 일지련 등과 철귀비, 괵귀비 등이 기녀들과 함께 동서로 편을 갈라 말을 타고 경기하는 장면을 매우 속도감 있고 긴장감 있게 묘사하였다. 곤풍구, 유성구 등 기법의 명칭까지 거론하면서 그녀들의 격구 솜씨와 검술을 함께 보여주었다. 그런데 작품의 마지막에 가면 양창곡의 아들 양장성이 간신 동홍을 죽이는 수단으로 이 격구 놀이를 이용하고 이를 관장하던 기관도 없애도록 한다. 동서로 수백 보, 남북으로 천여 보나 되는 규모의 격구장에서 50명이나 되는 격구 교위(校尉)들

32) 남영로, 김풍기 역, 〈옥루몽〉 49회, 『옥루몽』 4권, 그린비 출판사, 2006. 164~167면.

까지 동원하여 왕과 동홍이 승부를 겨루다가 동홍이 이기자 이를 두고 볼 수 없던 양장성이 나서서 동홍에게 내기를 걸어 이기고 그를 죽인 것이다.[33] 당나라 때부터 왕이나 고위 관료들이 이에 빠져 유행이 되었는데 군자가 할 일은 아니지만 궁중 무예 연습하기에 좋다면서 늘 해오던 것이었으나 혁파하기에 이른다. 현실에서도 인조 이후에는 행해지지 않았다고 하니 이를 반영한 듯하다.

⑥ 유산과 구경

여가에 하는 일들 중, 앞에서 살핀 뱃놀이와 더불어 주로 남성들이 집 밖으로 다니면서 하는 것이 유산(遊山)이었다. 수많은 유산 관련 기록과 작품들이 증명하듯이 조선 중기 이후 유산은 양반 남성들의 보편적인 여가생활의 하나로 자리 잡았던 듯하다. 고전소설 속에서도 양반 주인공이 홀로, 또는 자녀들이나 친구들과 좋은 경치를 찾아다니며 기운을 기르고 글을 짓는다. 〈소현성록〉에서 아버지 소승상이 자녀들을 데리고 십여 일 동안 산을 유람하면서 글을 쓰고 품평하느라 즐거워하는 장면이 있고[34], 〈유효공선행록〉에서 유연과 강형수가 울적한 마음을 달래려 유람하거나, 태자와 명승지를 구경하는 장면 등이 있다.[35]

뱃놀이가 그랬던 것처럼 유산에 관해서도 판소리계 소설 〈게우사〉에서는 '유산놀음'이라는 명칭으로 화려하게 악기를 장만하고 명창들

---

33) 남영로, 김풍기 역, 〈옥루몽〉 59회, 『옥루몽』 5권, 그린비 출판사, 2006. 106~110면.
34) 〈소현성록〉 12권 62면.
35) 〈유효공선행록〉 4권 320면. 5권 381면.

과 기생들을 모아 큰 규모로 십여 일 동안 노는 것으로 되어 있다.[36] 〈옥루몽〉에서는 홍난성(강남홍), 선숙인, 반귀비 등이 연왕, 진왕 등과 유산(遊山)을 하러 갈 때에 흥을 돋우려고 선관(仙官) 차림을 하고 부채를 들고 생황을 불면서 낭자와 아이들을 선녀, 선동(仙童)들로 꾸며 환상적인 분위기를 만들기도 한다.[37]

그런데 홍난성, 선숙인은 원래 기생이었기에 이런 유산이 가능했다. 보통의 양반가 여성들은 마음대로 바깥 구경을 할 수 없는 상황이었기에 여성이 유산을 가는 장면은 드물다. 다만 〈옥린몽〉에서 유혜란이 구경을 하게 되어 감격해 하거나, 〈만덕전〉에서 만덕이 정조(正祖)의 허락으로 금강산 일대를 여행한 것 정도이다. 여성의 경우 봄철에 집 근처의 동산에 화전놀이를 가는 것이 거의 전부였고 19세기 이후에야 몇몇 사대부 가문 여성들이 장거리 여행을 할 수 있을 뿐이었다.

이처럼 고전소설에서 여성들은 멀리 산을 구경하러 가거나 유람을 떠나는 경우가 드물다. 다만, 국문장편 고전소설들에서는 동네에서 과거 급제자 축하 행사 구경[38], 임금님의 사냥 행차 구경[39] 등을 하는 것으로 되어 있다. 특히 〈소현성록〉에서는 어머니, 딸, 서모 등이 임

---

36) 최혜진 역, 〈게우사〉, 『게우사·이춘풍전』, 지만지, 2009. 49~50면.

37) 〈옥루몽〉 53회. 437~443면.

38) 〈소현성록〉 5권 99면. 〈유씨삼대록〉 15권 62면.

39) 천자(天子)께서 남문(南門) 밖에 나와 사냥하시고 활쏘기를 연습하셨다. 이는 자운산에서 매우 가까운 거리여서 소씨가 양부인께 알려 말하였다. "임금께서 사냥하시는 행사가 크게 열린다 하니 저는 화씨와 함께 마땅한 곳을 잡아 구경하려 합니다." (중략) 원래 석공의 부인 진씨가 천자께서 사냥하는 것을 구경하려고 숙소를 잡아 숙난 소저와 함께 온 것이었다. 〈소현성록〉 2권 29면.

금의 사냥터 근처에 숙소까지 잡아서 구경을 가는 장면이 있어, 평소에 알고 지내던 석씨 가문의 모녀와 인사를 하면서 자연스럽게 며느리감을 보게 된다. 당시에 양반가 여성들의 나들이, 혼인 풍속을 알 수 있는 대목이기도 하다.

(2) 취미의 양상

취미로는 작시(作詩)와 회화, 연주, 원예 등을 다룬다. 시를 짓는 일이나 그림을 그리는 일은 조선 후기의 양반 남성들에게 매우 일상적인 취미였던 것으로 보인다. 그러나 여성의 경우에는 비록 출가(出嫁) 전에 형제들과 함께 배웠기에 할 수는 있었지만, 시가(媤家)에 와서 생활할 때에는 할 수 있다고 말하거나 해보지는 못하는 일이었다.[40] 그래서 고전소설 속 여성인물 중 작시와 회화의 재능을 드러내는 경우가 많지 않은데, 공주라는 특별한 신분의 며느리이거나 가문에서 사랑 받는 딸일 경우에 한정되어 있다. 그러나 시를 짓는 능력을 습득하는 과정이나 재능 겨루기 장면 등과 연계되지 않고 자연스럽게 여성도 한시를 짓는 장면은 애정전기소설들 즉 〈이생규장전〉, 〈만복사저포기〉, 〈주생전〉, 〈운영전〉 등에서, 또 세태소설인 〈종옥전〉, 〈오유란전〉 등에서 많은 분량으로 할애되고 있다. 하지만 이들에서는 취미나 놀이로서의 시 짓기의 맥락보다는 애정 성취 과정에서의 매개나 주제 의식 표현의 맥락에서 지어지므로 국문장편소설들에서

---

40) 서정민, 「조선후기 한글대하소설 속 여성의 시작(詩作) 양상과 그 소통-〈소현성록〉, 〈유씨삼대록〉, 〈명행정의록〉을 대상으로」, 『여성문학연구』 24, 2010, 121~145면. 여성의 글쓰기에 대한 시선이 경계에 가까웠음을 논하였다.

의 경우와 차이가 있다. 그렇기는 해도 시를 창작한다는 것이 어떤 의미를 지니는지, 그 의의는 무엇인지를 논할 때에는 함께 이야기할 필요가 있다.

회화에 대해서는 국문장편소설인 〈소현성록〉과 〈유이양문록〉에서 여성인물이 그림을 그리는 행위가 그녀에게 또는 작품 내에서 어떤 의미를 지니는지를 고찰한 연구가 있었다.[41] 〈소현성록〉에서 소월영이 그림을 매우 잘 그렸으며 이를 평생의 좋은 취미, 삶의 위안제로 삼았음을, 〈유이양문록〉에서 박부인이 결혼 전에 오빠들에게 배운 그림 솜씨를 만년에야 드러냈는데 일상에서 느껴지는 정겨움을 잊지 않기 위해 가족의 모습을 그렸음을 논하였다. 삶의 기록으로서의 그림의 양상은 양연화가 장계성이 천정배필임을 알아차리고 그 인연을 전하는 것에서도 드러나는데 그림이 혼인의 매개가 된다는 면에서 중요한 기능을 한다고 하였다.

고전소설에서 그려지는 연주나 원예를 취미 생활의 일환으로 다룬 연구는 없지만, 음악의 기능을 논하면서 연주에 대해 다룬 연구[42], 〈소현성록〉의 놀이 문화를 다루면서 원예에 대해 논한 연구[43] 등이 있다.

---

41) 서정민, 「한글 대하소설 속 여성 그림 활동의 특징과 문화적 배경 - 〈소현성록〉과 〈유이양문록〉을 중심으로」, 『한국고전여성문학연구』 25, 2012, 311~334면.
42) 김진영, 『고전소설과 예술 - 예술요소의 기능을 중심으로』, 박이정, 1999, 26~180면.
43) 허순우, 「국문장편소설 〈소현성록〉을 통해 본 17세기 후반 놀이 문화의 일면」, 『한국고전연구』 31, 2015, 41~83면.

① 작시(作詩) – 인격 표출과 상처 위로

고전소설에서 여가에 남성인물들이 하는 취미 생활로 자주 등장하는 것은 시 짓기이다. 홀로 앉아 짓기도 하고 형제나 친구와 짓기도 하며, 애인과 주고받으며 마음을 나누기도 한다. 남녀가 시를 주고받는 것은 애정전기소설이나 세태풍자소설에서 자연스럽게 연출된다. 시를 통해 만남의 계기가 마련되고 사랑이 무르익으며, 생각이나 의지를 표명하기도 하고 상황을 설명하기도 한다.

17세기 후반의 국문장편소설인 〈소현성록〉에서는 형제나 친구들이 모여 뱃놀이를 하면서 돌아가며 시를 짓는 장면이 있다. 시를 읊거나 노래하는 것을 품평함으로써 그 인격이나 성품을 논하기도 하고, 의도적으로 상대방을 놀려주는 기회로 삼기도 한다. 18세기의 장편소설 〈유씨삼대록〉에서는 남성뿐만 아니라 여성도 함께 모여 시 짓기 놀이를 하기도 한다. 〈소현성록〉을 먼저 보면, 소현성과 그 아들들, 단선생 등이 집 앞 연못에서 배를 띄우고 〈채련가〉를 부르고 시를 읊조리는 장면에서 다음과 같이 품평을 한다.

운성이 뱃전을 두드려 맑은 운치를 느끼게 하는 시를 읊는데, 소리가 맑고 깨끗하여 규방에 있는 과부의 마음을 움직이게 하는 듯, 학의 무리가 교룡을 춤추게 하는 듯, 낭랑한 소리가 끝없이 긴 하늘에 어리니 모든 생들이 마음이 취한 듯 앉아 있었다. (중략) 운경과 운희가 〈채련가〉를 부르니, 아름다운 소리가 비록 맑으나 넉넉하지 못하고 또 들림이 분명하지 않아 한결같지 못하였다. 단선생이 탄식하며 말하였다.

"안타깝군요. 단정하고 아담한 옥 같은 문사로 의지와 기개가 호탕하고 시원하나 골격이 뛰어나지 못하며, 목소리가 절묘하나 멀리 가지 못하니 반드시 그 목숨이 길지는 못할 것입니다."[44]

시나 노래의 내용보다는 그 소리를 듣고 품평하는 대목이다. 시나 음악 모두 그 사람의 품성이나 덕과 연결하여 평가하는 것이 현대와 는 다른 면이다. 작품에서 훌륭한 가장(家長)으로 성장하는 인물인 운성의 시 읊는 소리가 다른 아들들보다 맑고 깨끗하면서도 넉넉하다 고 칭찬하는 것이다. 그런데 또 하나의 시 짓는 장면에서는 운성이 자신의 시 짓는 재주를 뽐내면서 재주가 없는 동서를 놀리기도 한다.

> 운성이 말하였다. "오늘 우리 7인이 장인 앞에서 시를 짓는데 만일 지체
> 하고 늦게 짓는 사람이 있거든 마땅히 변하 강물 열 그릇으로 벌칙을 할
> 것이다."
> 형한림 형제들이 손생을 돌아보니 손생의 안색이 흙빛과 같기에 역시
> 민망하여 말하였다. "손형은 어려서부터 사람들 사이에서는 글을 짓지
> 않으니 우리 6인만 함께 짓는 것이 마땅하네." (중략)
> 드디어 문방사우를 앞에다가 늘어놓고 운성이 붓을 들어 휘두르니 붓
> 끝이 닿는 곳마다 용과 뱀이 나는 듯이 움직여 뜻이 웅장하고 기상이 뛰어
> 났다. 운성이 순식간에 지어놓고 형한림 형제들을 돌아보니 모두 초안을
> 잡았는데 홀로 손생만 빈 비단을 앞에 놓고 방석을 어루만지면서 어떻게
> 할 줄을 모르고 있었다. (중략) 운성이 말하였다. "이 글은 7장일 것인데,
> 어찌 6장뿐인가? 이 중에 짓지 않은 사람이 있으니 벌칙을 따르는 것이
> 마땅할 것이다."
> 드디어 변하의 물 열 그릇을 떠오라고 하며 한편으로는 짓지 않은 사람
> 을 찾자 형한림이 민망하여 초고를 지어서 손생을 주다가 운성에게 들키
> 게 되었다. 운성이 짐짓 모르는 체하고 말하였다. "이 중에서 성인군자가
> 있어 매우 침착하고 정직하여 남의 글을 얻어 사람을 속이고자 하는 뜻이
> 있으니 몹시 애통하구나. 마땅히 변하의 물 10사발을 또 떠와야 할 것이

---

44) 〈소현성록〉 9권 8~10면.

로다."

이어서 형참정을 향해 말하였다. "장인이 사랑하는 침착하고 정직한 사위가 너무 사람을 업신여깁니다. 마땅히 벌칙인 물 20그릇을 마다하지 못할 것입니다."

곁에 있는 이를 재촉하여 물그릇을 가져다가 손생 앞에 놓으며 말하였다. "정인군자(正人君子)여. 글짓기를 싫어하니 벌칙으로 물을 마시게."

여러 가지로 놀리자 손생이 부끄러움을 견디지 못하고 문득 소리를 지르며 울었다.[45]

장인인 형참정이 다른 사위인 손생을 아끼자 이를 못마땅해 하던 운성이 손생을 놀려주고자 처가 식구들과 시 짓기를 하여 난처하게 만드는 장면이다. 당시에 양반 남성들은 누구나 쉽게 시를 짓는다는 전제하에 그렇지 못한 손생이 놀림감이 되는 것이다.

남성들처럼 여성들도 시 짓기를 취미로 할 수 있는 여건과 능력이 되었던 듯하지만, 여성인물들은 자신의 작시 능력을 감추는 경향이 있다. 재주를 드러내는 것이 바람직하지 않다고 여겼던 분위기 탓인데, 이를 감안하여 가족 모임에서 어른이나 지위가 높은 이가 권할 때에만 떳떳하게 시를 짓는다. 〈유씨삼대록〉에서 진양공주가 남편인 진공의 생일에 다른 부인들에게 시 짓기를 권하는 장면이다.

진양공주가 감탄하여 말하였다. "(중략) 제가 어린 나이에 유씨 가문에 하가(下嫁)하여 여러 부인들의 두터운 정을 많이 받았습니다. 친밀히 저를 사랑해 주심이 친형제와 같아서 서로 거리끼지 않았고 제가 성품이 소탈하여 가슴에 다른 뜻을 두지 않았습니다. 제가 그윽이 보기에 여러

---

45) 〈소현성록〉 9권 73~75면.

부인들의 자질이 총명하고 미목(眉目)이 빼어나게 아름다워 모두 글재주가 있을 듯하니 반드시 가슴속에 배운 것이 적지 않을 것입니다. 원하건대 오늘 즐기는 것을 글의 제목으로 삼아 사운(四韻)을 하나씩 지어 오늘의 좋은 일을 기록하고 다른 날 자손으로 하여금 우리들의 자취를 알게 함이 옳을 것입니다. 여러 부인들의 고견은 어떠십니까?"

소부인이 옷깃을 여미고 대답하였다. "저희들이 재주가 비록 용렬하나 어찌 시 한 수를 지어 옥주의 가르치심을 받들지 않겠습니까?"

공주가 기쁜 빛을 얼굴에 띠며 좌우 사람들로 하여금 붓과 벼루를 내오게 하고 화전(華箋)을 펴고 일시에 시를 지었다. 온 하늘에 구슬과 옥이 어리고, 용과 뱀이 꿈틀거리며 춤을 추어 연기와 구름이 일어나니 일곱 걸음을 채 넘기지 않아 여러 부인의 글이 벌써 이루어졌다. 각각이 뜻을 얻음이 귀신을 울릴 묘한 솜씨였다.[46)]

여성들이 모두 훌륭한 시를 빠르게 지을 수 있었던 상황을 보여주고 있다. 이후 품평을 하고 공주의 시가 가장 빼어남을 강조하는 장면인데, 품평을 보면, "소부인의 활달하신 문체와 설부인의 호탕하고 시원시원한 격조와 양부인의 그윽하고 품위 있는 글재주는 매번 장원을 할 정도입니다."라고 되어 있어, 여기서도 시의 문체와 분위기를 성품과 연결 짓고 있음을 알 수 있다.

〈명행정의록〉에서도 가족들이 모인 가운데 시 짓기를 하여 여성들의 재주를 보여주거나 의견을 개진하기도 한다. 〈소현성록〉에서는 소월영 같은 여성이 시 짓기와 그림 그리기를 소일거리로 삼았다고 되어 있으며, 소운성의 아내 석부인도 어릴 때부터 시를 잘 지었다고 되어 있다. 운명의 아내 임씨, 소현성의 딸 소수빙 등도 시를 잘 짓지

---

46) 〈유씨삼대록〉 8권 4~6면.

만 시댁이나 외부인들에게 드러내지는 않는 것으로 서술되어 있다.

한문장편소설 〈삼한습유〉의 여주인공 향랑의 시들도 주목할 만하다. 그녀는 한가할 때가 아니라 괴롭거나 답답한 심정을 토로하고 싶을 때, 다른 이들에게 전하고 싶을 때에 시를 짓는다. 취미라는 것이 즐거움이나 기쁨을 주기만 하는 것이 아니라 위로나 안식을 주기도 하므로 앞의 예들과는 다른 의미가 있다. 그녀는 어려서부터 영민하고 글을 잘해 이름이 멀리까지 알려져 있을 정도의 여성이다. 그래서 '자기 슬픔을 달래며 잠을 이루지 못하는' 밤에 고시(古詩) 변조(變調) 한 편을 지어 읊조리거나, '자살할 용기가 나지 않아 밤중에 눈물을 흘리며 스스로를 애도하는' 시 두 수를 짓는다. '절개를 지키느라 일찍 죽은 여인들의 일을 본받을 만하니 감회를 드러내는 부(賻) 한 편을 지어 그 뜻을 펴기'도 한다. 이 시[47]를 상자에 넣어두었다가 물에 빠져 자결할 때에 여자 아이들에게 건네주어 전파되기를 바란다.

이런 예들을 통해 양반가 여성들이 작시 능력이 있었고 이를 마음

---

47) 옛 덕을 받들어 살핌이여, 천지에 곧고 아름다운 일 부어 놓았네. / 부모님 곁에서 소꿉장난을 하며 발은 중문을 넘지 않았네. / 진나라 여자가 여사(女史)가 되고자 함이여, 어진 지아비를 흠모하여 정성을 기울였고 / 곧고 신실한 마음 한결같이 품음이여, 누가 내 속마음을 살펴 주리. / (중략) / 생각이 중간에 끊겨 이루지 못함이여, 아, 하늘에 물을 수도 없구나. / 시부모께 하직 인사 드리고 쫓겨났구나. 갔던 길 되짚어 돌아오니 / 뵐 낯이 없음이여. 가을밤 비단 장막만 지키고 있네. / 죄가 하늘에 이르러 용서받을 수 없네, 이 한 몸 온갖 근심에 싸여. / 시간은 머물러 주지 않네, 나머지 근심은 거문고 소리에 싣고 / 친척에 기대 살아감이여, 아직도 부끄러움 무릅쓰고 목숨을 부지하는데 / 주위에서 떠들썩하니 내 마음을 바꾸려 함이여. / 말하려 한 즉 말이 욕되고 / 비록 두 선비 어긋난 마음을 품는다 해도 오로지 옛날의 나만이 특별하구나. / (중략) / 은장도 손에 쥐고 놓지 않네, 물도 내 눈 앞에 이같이 흐르고 / 어디라도 죽을 곳 없으랴, 무릇 어찌 독약 한 잔에 내 홀로 슬퍼하리오. 김소행 저, 조혜란 역주, 『삼한습유』, 고려대 민족문화연구원, 2005, 47면.

껏 드러내지는 못했지만, 여가에 홀로 하면서 자부심을 느끼거나 위안을 삼았으리라 짐작할 수 있다.[48] 실제로도 서영수합, 임윤지당, 강정일당 등은 '여성 지성', '한문학 작가'라고 부를 수 있을 만한 교양과 작시(作詩) 능력을 지니고 있어 많은 시를 남기고 있다. 19세기 후반으로 가면 시를 잘 짓는 것으로 형상화되어 있는 여성인물의 지위가 낮아지는데, 한문소설 〈포의교집〉에서 여주인공 양파(楊婆)는 순조의 부마인 남영위(南寧尉) 궁의 시녀였다가 속량되어 양씨 집에 시집 온 여성이다. 남영위의 첩에게 시와 약간의 경전, 역사서를 배워 시를 잘 짓는 것이었는데, 그녀의 시를 보고 남주인공 이생이 놀라고 신통해 하면서 자신의 작시 능력이 웃음거리가 될까봐 화답시를 짓지 않을 정도이다. 양반집 규수도 아니고 기생 출신도 아닌데 잘 짓는다면서 공경하는 마음이 들어 함부로 대할 수 없겠다고 생각한다. 불륜인 둘 사이의 만남이 순조롭지 않고 그리움이 쌓여 갈 때에 그녀는 시를 써 마음을 전하는데 이생의 친구들까지 감탄해 마지않을 정도의 수준이라고 되어 있다.[49] 편지를 늘 시로 써서 보내 격과 운치를 높이는데 그때마다 '여자가 이렇게 시를 잘 쓰느냐'는 평을 듣는다. 똑똑

---

48) 〈보은기우록〉에서는 아버지가 딸의 시 짓는 솜씨와 글씨를 자랑스러워하면서 이를 알아보는, 이에 걸맞은 사위를 찾기도 한다. 딸의 평생을 맡길 군자, 총명한 남자를 찾기 위해 그렇게 한다고 하면서 주인공 위연청과의 혼사를 추진한다. 물론 친정아버지라는 특별한 관계에서이기는 하지만, 여성의 작시 능력을 감추지 않고 자랑스럽게 드러내는 면에서 주목된다.

49) 쓸쓸하게도 중문 안에서 늦도록 시름에 갇혀/동방에 홀로 누우니 달빛만 밝아/한 숟가락의 맛있는 밥도 올리기 어려우나/그대 위한 마음 죽어서도 그지 없으리./시학전서 책상에 가득해도/보기 싫어라 온갖 말들 지루하기만 하네./그 가운데 이별 별자 가장 놀라워/경황없이 떠나던 때를 문득 원망하네. 김경미·조혜란 역주, 『19세기 서울의 사랑 – 절화기담, 포의교집』, 여이연, 2003, 162~163면.

하면서도 위엄 있고 자의식이 강한 여성 양파의 성품과 능력을 대변해주는 것이다.

② 회화-능력 표현과 마음 정화

고전소설에서 그림을 그리는 장면은 그리 많지 않다. 서예와는 달리 그림을 취미로 삼은 양반이 많지 않았던 현실을 반영하는 것일 터이다. 18세기 이후에 확산된 서화(書畵) 수집 및 감상의 열기에도 불구하고, 성해응(成海應) 가문에서 제작한 글씨와 그림 감평집(鑑評集)인 〈서화잡지(書畵雜識)〉에서의 비율이 서(書) 즉 글씨에 2/3, 화(畵)에는 1/3 정도였음을 참고로 하면 그림보다는 글씨 수집이 수월했음을 알 수 있다. 그림은 주로 직업 화가가 그렸고 양반들은 직접 그리기보다는 이를 구입하거나 선물로 주고받아 수집하거나 제화시를 남기는 경우가 많았던 것이다. 하지만 서로 돌려 보면서 품평하거나 예술의 미학과 작품에 대한 의견을 피력하는 감평이 증가되었다고 하니, 그림 감상이 취미가 되었다고 할 수는 있겠다.[50]

고전소설 중 〈보은기우록〉에서는 제화시(題畵詩)를 쓸 때에 먼저 그림을 그린다는 서술이 있는데, 주인공 위연청이 비단에 무산 12봉을 그리고 그 위에 50수의 칠언율시를 지어 유한에게 주는 장면 같은 것이 그것이다. 유한이라는 사람이 가난하여 빚이 천금 정도 되니 그것들을 팔아 갚으라고 주는 것이기에, 주인공의 재능과 성품을 보여주기 위한 장면이지만 예술에 조예가 깊은 인물은 그림도 잘 그리

---

50) 박정애, 「〈서화잡지〉를 통해 본 성해응의 회화감평 양상과 의의」, 『온지논총』 33, 2013, 147~184면 참조.

는 추세였음을 알 수 있다.

여성인물이 그림을 그리는 장면이나 그렸다는 서술이 간혹 등장하는데, 이것도 국문장편소설에 국한되어 있다. 〈소현성록〉의 소월영, 〈유이양문록〉의 박부인 정도이다.

이때 운현이 모든 형제가 나가고 심심해서 방 안에서 그림과 글씨를 뒤져서 보는데 벽 위에 있는 오도자(吳道子)의 그림이 정을 부추기는 것 같았다. 이로 인해 갑자기 서흥(書興)이 일어나 절구(絶句) 한 수를 짓고는 그림을 그리려고 하다가 숙모의 그림 그리는 방법이 신기한 것을 생각하고 운취각으로 갔다. 소부인이 바야흐로 왕우군(王右君)의 〈난정(蘭亭)〉을 놓고 쓰고 있어 생이 웃으며 말하였다.

"숙모께서 쇠약하신 연세가 되도록 화공에 전력하여 한 때도 손에서 붓을 놓으신 적이 없으니 도학선생(道學先生)이 되시겠습니다."

부인이 가만히 웃을 뿐 답이 없자 생이 꿇어 앉아 아뢰었다. "숙모의 그림 한 장을 얻어 배우고 싶습니다."

부인이 말하였다. "글과 그림은 작은 방에 있으니 아무것이나 가져가라."

그리고는 시녀를 시켜 열쇠를 주어 선적루의 방을 열어 주니 생이 들어가 보았다. 수십 간 마루 가운데 산호(珊瑚)와 유리(琉璃)와 옥으로 된 책상과 문방구를 놓고 각종 서책을 차례로 쌓아 놓았는데, 이름 모를 것이 수없이 많았다. 정묘하고 특별한 수만 권의 서책이 있는데, 다 찍어낸 것이 아니고 소부인이 친히 써서 꾸며 만든 것이었다. 정성과 노력이 매우 크고 기이하니 특별함이 승상의 장서각보다 더 하였다. 그러므로 가히 여자 중의 학사라는 생의 칭찬이 그치지 않았다. 북쪽에 거북으로 만든 상자 수십 개가 놓여 있는데 열어보니 온갖 옛날 명화가 수없이 들어 있고 위에 있는 하나의 궤에는 무수한 그림이 들어 있었다. 부인이 만물을 그려 넣은 것이었다.[51]

그림 그리기와 명화 수집이 여성인물의 취미였던 정황을 보여주고 있다. 한가하고 무료할 때에 주로 그렸다고는 하지만, 그녀에게 그리기는 어려움을 견디게 해주는 힘이 되기도 했는데, 남편이 다른 부인에게 혹하여 자신에게 소원했을 때에 마음을 다잡는 시간이 되어 주었다고 고백한다.

> 그러던 어느 날 영씨가 상서와 함께 앉아서 나를 부르기에 가지 않았더니 부부가 소매를 이끌고 내 방에 와서 영씨가 다섯 가지로 내 죄를 헤아렸다. 상서는 곁에서 영씨가 하는 말을 도우니 그 모습이 진실로 한심하였지만 내가 다시 생각하니 내 팔자가 역시 특별하여 저런 기구한 모습을 구경하는구나 싶어 화 내지 않고 도리어 크게 웃었다. (중략) 그런데 4년이 지나자 상서가 어떻게 생각했는지 허물을 자책하고 나를 존중하였다. 하지만 내가 특별히 아는 체하지 않았더니 내 그림 족자를 보고 영씨와 함께 나를 꾸짖던 일을 생각하고는 스스로 부끄러워하였다.[52]

자신이 당했던 억울한 일을 한 장면으로 그림으로써 괴로웠던 순간에 화를 삭였고 세월이 한참 흐른 뒤까지도 스스로를 위로하는 방편이 되었음을 보여준다.

이렇게 양반가 여성 중에는 그림 그리기가 취미이거나 그림 실력이 있는 경우가 종종 있었을 듯하지만 이를 드러내지는 않았던 듯하다. 다음 예문에서는 양반가에서는 남자 형제가 그림을 배울 때에 여자 형제도 따라 배우기도 했던 상황을 알려준다. 하지만 시가(媤家)에서는 이를 숨기고 드러내지 않고 사는 경우가 더 많았던 듯하다. 19세기의 장편소설 〈유이양문록〉에서 박부인은 그림 그리는 재주가

---

51) 〈소현성록〉 12권 100~101면.
52) 〈소현성록〉 7권 50~51면.

신묘할 정도였지만 혼인한 뒤 30년이 다 되도록 남편도 모르고 있었음을 말하고 있다. 친정에서 오빠들을 따라 배웠지만 숨기고 있었던 것이다.

> 박부인니 빅시 다 진션딘미ᄒ야 용안니 범간 미쇨의 ᄲᅱ여나 완연니 요디 왕모를 나리오고 셩덕이 임강마등를 병구ᄒ고 문장여공이 위부인를 압두ᄒ며 ᄯᅩ 별단 긔이ᄒᆫ 조홰 잇서 화법이 신묘ᄒᄃᆡ 일즉 부졀업시 희롱ᄒ미 업스니 승상와 ᄋ즉 디금 니르히 아지 못ᄒ더니 (중략) 승상가 경동 탄복ᄒ야 승상가 부인를 도라보와 왈 "복이 부인으로 더부러 동주ᄒ연 지 삼십년니 거의로되 금일 니 직조는 금시초견이니 블명ᄒᆫ 작가 부인니 외딕ᄒ미 심ᄒᆫ쟉가 ᄯᅩ한 참괴토다." 부인니 쇼왈 "쇼시의 모든 가가 등을 ᄶᆯ와 ᄒᆫ 번 빅화스나 나타닉여 츈축ᄒ리오 승상의 참괴타 ᄒ시미 가쇠로 쇼이다."[53]

박부인의 그림 솜씨에 탄복한 승상이 그 아들과 딸에게 주면서 자자손손 공경할 듯하다고 하는데, 방으로 들고 간 딸 유필염이 그 그림을 보고 연구하며 그리기를 며칠을 하여 어머니 솜씨 못지않게 그려낸다. 이렇게 하여 그림을 그릴 줄 알게 된 필염은 혼인 후에 자신이 가장 힘들 때에 그림을 그림으로써 마음을 달래고 어머니를 위로한다. 모해를 받아 벽운산에 숨어 지낼 때에 산과 암자를 생생하게 그려 친정어머니께 보냄으로써 자신의 상황을 알려주고 안심하게 하는 것이다. 그런데 그림을 그리게 된 계기를 보면, '신세를 느껴서 탄식하며 감회에 젖어서'였다.[54] 〈소현성록〉의 소월영이 남편에게 소외되고

---

53) 〈유이양문록〉 2권, 『유이양문록』 1, 낙선재본 고전소설총서 3, 한국학중앙연구원, 2009. 76~77면.

적국(敵國)에게 핍박 받았을 때에 그 마음을 다스리고 정화하는 시간으로 그리기를 했던 것처럼 그림을 그린 것이다.

③ 연주-소통과 놀이

고전소설에서는 남녀 주인공이 만날 때에 마음을 전달하거나, 이별할 때에 그 슬픔을 표현하고자 거문고를 연주하는 장면이 종종 등장한다. 〈이진사전〉이나 〈구운몽〉, 〈옥루몽〉 등에서인데, 특히 〈구운몽〉에서는 그 만남의 자리에서 여성인물의 음악 평론 실력까지 보여주고 있어 주목된다.

> 연사(여도사)가 말하되, "… 정소저는 나면서부터 천성이 총명하여 천하의 일을 모를 것이 없지만, 더욱이 음률에 정통하여 사양(師襄)과 종자기(鍾子期)라도 이보다 뛰어나지 못하리니 문희(文姬)의 끊어진 줄을 알기는 오히려 신기하지도 않은지라. 최부인이 어느 곳이고 새 곡조를 하는 사람이 있다 하면 부디 청하여 소저로 하여금 그 곡조의 높고 낮음과 공교로움과 기묘한 기법을 두루 평론하라 하고 책상에 기대어 듣는 일로 노후

54) 쇼제 심심ᄒᆞ여 그리ᄆᆡ 니부의 가 나타ᄂᆡ미 업셔 침폐ᄒᆞ더니 이날 우연이 신세ᄅᆞᆯ 늣겨 조ᄎᆞ 탄식ᄒᆞ여 이의 감회ᄒᆞ여 그려 긋ᄐᆡ 써 왈 "모월모일의 박명 뉴시ᄂᆞᆫ 상감ᄒᆞ여 고적이 되게 ᄒᆞ노라" 쁜 후 법ᄉᆞᄅᆞᆯ 뵈여 왈 "오날 마음이 상감ᄒᆞ여 쳡의 신세ᄅᆞᆯ 그려보니 더욱 긔괴ᄒᆞ도다" 모다 닷토와 보며 일댱을 가ᄅᆞ쳐 웃고 법ᄉᆡ 칭찬 왈 "부인 화법은 쳔고의 무상ᄒᆞ시도다 만고 명쇄라 타일 니상공이 보실진ᄃᆡ 엇지 뉴톄치 아니리오" 부인이 불열 왈 "법ᄉᆡ 엇지 이런 말을 ᄒᆞ나뇨 쳡이 화도ᄅᆞᆯ 닐우문 일시 비회ᄅᆞᆯ 소탕코져 ᄒᆞ미오 약란의 직금도에 구ᄎᆞᄒᆞ믈 효측고져 ᄒᆞ미 아니라" (중략) 부인이 올히 너겨 계츈으로 ᄒᆞ여금 그림을 가져 존당 ᄐᆡ부인긔 보ᄂᆡ여 왈 "모친이 필연 소녀ᄅᆞᆯ ᄉᆞ모ᄒᆞ실 거시니 일노뼈 위로ᄒᆞ쇼셔" ᄒᆞᆫᄃᆡ 부인이 밧비 그림을 펴보니 가려슈미ᄒᆞᆫ 산즁의 져근 암ᄌᆡ 정묘ᄒᆞ고 그 즁 제인의 거동이며 법ᄉᆞ의 긔이ᄒᆞᆷ과 부인의 쇄락ᄒᆞᆫ 긔질이 ᄎᆞ착이 업고 ᄉᆡᆼ기 유동ᄒᆞ며 비록 말쇼ᄅᆡ 업ᄉᆞ나 완연이 벽운산을 곳 써온 듯ᄒᆞᆫ지라. 〈유이양문록〉 7권, 『유이양문록』 1, 낙선재본 고전소설총서 3, 한국학중앙연구원, 2009. 199~200면.

를 즐긴다. (중략)

　시녀가 양생 앞에 상을 배설하고 금향로에 향을 피워놓자 생이 거문고를 안고 예상우의곡을 연주하니 소저가 칭찬하여 말하되, "아름답다 이 곡조여. 완연히 천보(天寶) 시절 태평한 기상을 보리라. 비록 사람마다 이 곡조를 타지만 이처럼 진선진미(盡善盡美)함을 보지 못하였나이다. 그러나 이는 세속의 소리니 다른 곡조를 듣고자 하나이다."

　양생이 한 곡조를 타니 소저가 이르되, "이 곡조 비록 아름다우나 즐거우면서 음란하고 슬픔이 과도하니 진후주의 옥수후정화라. 이는 망국의 소리니 다른 것을 듣고자 하나이다."

　생이 다시 한 곡조를 타니 소저가 이르되, "아름답다. 이 곡조여. 기뻐하는 듯하고 감격하는 듯하고 생각하는 듯하니 옛날 최문희가 오랑캐에게 잡혀 아들을 낳았는데 조조가 몸값을 치러주고 고향으로 돌아갈 때 그 아들과 이별하면서 호가십팔박이란 곡조를 지었으니 이 정히 그 곡조로소이다. 소리는 비록 들을 만하오나 실절한 부인이 부끄러우니 청컨대 다른 곡조를 타소서."

　양생이 또 한 곡조를 타니 소저가 이르되, "이는 왕소군의 출새곡이라. 임금을 그리워하며 고향을 생각하고, 신세를 슬퍼하며 화공에게 아첨하지 않은 것을 원망하여 온갖 불평하는 뜻이 이 곡조에 모여 있으니 비록 아름다우나 오랑캐 계집의 변방 소리니 올바른 소리가 아닌가 하나이다."[55]

　이후에도 네 곡조를 더 타는데, 정소저는 그때마다 어떤 곡조인지 정확하게 말한다. 이렇게 사대부가 규수가 음률에 정통하니 어머니가 연주하는 이들을 자주 불러 딸의 논평을 곁들여 들으면서 노후를 즐긴다고 하였다. 이로 보아, 당시의 사대부 가문의 젊은 여성은 연주와 감상을 취미로, 노부인은 감상과 논평 듣기를 취미로 할 수 있었음

55) 송성욱 역주, 〈구운몽〉, 민음사, 2003. 51~55면.

을 알 수 있다. 정소저는 특히 양소유가 타는 곡이 어떤 곡인지를 모두 알아맞힐 뿐만 아니라 그 곡의 음색과 곡조의 특징, 얽힌 일화나 옛 사람들의 평가 등을 자세히 알고 있을 정도로 청음(聽音) 능력과 감상 능력 등이 뛰어났다.

〈구운몽〉에서는 또 백능파가 25현이 있는 현악기를 절절한 분위기로 연주하여 좌중을 압도하고 모두 슬프게 만들 정도였음을 보여주기도 한다.[56] 음악이 분위기를 만들고 그것이 또 사람의 마음을 움직인다고 믿었음을 알 수 있다. 이는 〈옥루몽〉에서도 이어져 강남홍과 벽성선이 옥피리와 거문고를 연주하며 심금을 울리는 장면 같은 것이 자세하고도 길게 묘사되어 흥미를 끈다.

> 강남홍이 웃으며 말했다. "상공(양창곡)께서 우리를 속이셨으니, 우리도 꾀를 하나 내서 무료함도 씻고 상공의 흥취도 북돋워봅시다. 수석정 아래 작은 배가 한 척 있으니, 손삼랑을 데리고 가 그 배에 악기 몇 개와 술상을 싣고 완월정으로 내려가 보는 게 좋겠소."
> 두 낭자가 좋다고 칭찬하면서 즉시 수석정으로 갔다. 물결은 일지 않고 달빛은 명랑한데 강 언덕에 매인 작은 배 한 척에 세 낭자가 올랐다. 손삼랑에게 노를 잡게 하고 강남홍은 옥적을 불었고 벽성선은 거문고를 연주

---

56) 월왕이 말하되, "과인이 비록 책에서 상령(湘靈 아황과 여영)이 거문고를 탄다는 것을 보았지만 그 곡조가 세상에 전함을 듣지 못하였다. 낭자가 전할 수 있다면 백아나 사광 같은 악사를 어찌 족하다고 하리오?" 능파가 수레에서 이십오 현을 내어 한 곡조를 타니 슬픈 듯 원망하는 듯 맑고 절절하여 골짜기의 물이 떨어지고 구월의 기러기가 부르짖더라. 좌중이 아연실색하여 슬픈 기색이 있더니 이윽고 일천 수풀이 삽삽하여 가을 소리 나며 병든 잎이 떨어지니 왕이 매우 괴이하게 여겨 말하되, "인간의 곡조가 천지조화를 부린다는 것을 믿지 않으니, 생각하건대 낭자는 인간 세상의 사람이 아니라. 이 곡조를 어찌 인간 세상의 사람이 배우랴?" 능파가 대답하기를, "첩은 다만 옛 노래를 전할 뿐이라. 무슨 기이함이 있으며 어찌 배우지 못하리이까?" 송성욱 역주, 〈구운몽〉, 민음사, 2003, 209~210면.

하고 일지련은 명월시를 노래하면서 물결을 따라 완월정으로 내려갔다. 이때 양창곡은 완월정에서 피리를 희롱하다가 갑자기 강 위에서 가느다란 소리가 들리니, 피리 불기를 멈추고 윤부인과 난간에 기대서 바라보았다. (중략)

　두 낭자가 명에 응하였다. 벽성선은 난간에 기대어 웅률(雄律)을 부니 서걱이는 맑은 바람이 완월정 위에서 일어나고 층층한 백운은 강가에 흩어지며 급박한 파도와 놀란 물결이 큰 강을 뒤집는 듯하였다. 사람들은 얼굴빛이 바뀌면서 두려운 느낌이 들었다. 그러자 강남홍이 미소를 지으며 다시 자율(雌律)을 부니 소리가 청신하고 한적하며 우아하였다. 푸른 노을이 처마를 감싸고 맑은 바람이 사람들을 덮으니, 기러기와 백로가 너울너울 날아와 춤을 추었다. 두 낭자가 자율과 웅률을 합쳐서 한 번 불면 한 번 화답하였다. 높은 소리는 아득하여 구름 저편 하늘 끝으로 솟아오르고, 낮은 소리는 은은하여 산천이 서로 응하였다. 마음이 화평한 사람이 들으면 손발로 춤을 출 만했고, 비분강개한 사람이 들으면 슬픈 빛으로 눈물을 머금을 정도였다. 이 자리에 있는 사람들은 모두 즐겁고 마음이 편안한 사람들이었기 때문에 훌륭하다고 칭찬하면서 기쁨을 이기지 못하였다.[57]

　음악은 예부터 마음을 다스리는 기능이 강조되어 예치(藝治)의 도구로 중요하게 거론되었다. 소설에서도 사람들의 마음을 움직이는 연주가 좋은 연주, 뛰어난 실력인 것으로 평가되고 있다. 벽성선의 곡은 급박하고 거세어 두려운 느낌이 들 정도이고, 강남홍의 곡은 아득하면서도 은은하여 마음을 움직인다고 하였다. 피리라는 악기 자체는 같지만 연주자의 감성과 연주 기법에 따라 소리와 분위기가 완연히 다를 수 있음을 보여주는 장면이다.

---

57) 김풍기 역주, 〈옥루몽〉 53회, 『옥루몽』 4권, 그린비, 2006. 242~245면.

남성인물의 경우에도 연주를 취미로 하거나 뛰어난 재주를 보이면 전체적인 호감도나 평가도 높아지는데, 〈구운몽〉의 양소유도 평소에 취미로 하던 거문고 연주를 더 정밀하고도 색조가 있게 하는 방법을 도사에게 배운다.[58] 〈육미당기〉에서는 남녀주인공인 소선태자와 옥선공주 모두 퉁소를 아주 잘 불어 마음이 통하는 계기가 되며, 퉁소의 유래까지도 서술되어 있다.[59]

국문소설보다 현실을 더 충실히 반영한다고 하는 한문 전(傳)에서는 조선 후기에 실제로 연주로 명성을 얻었던 인물에 대해 알려 주기도 한다. 유득공(1748~1807)이 지은 〈유우춘전〉에 의하면, 해금으로 명성을 얻고 있는 유우춘이 이 기예(技藝)로 유명해져 생계의 방편을 삼고 있다고 하였다. 양반층은 연주를 취미로 하지만, 다른 계층은 생업으로 한 정황을 보여주고 있으며, 특히 당대의 사람들이 연주를 어떤 방식으로 듣거나 즐겼는지를 알려주고 있다.

　"… 지금 나의 해금은 온 나라의 모든 사람이 알아주네. 그러나 그것은 나의 명성만 듣고 아는 것일 뿐, 나의 해금 소리를 듣고 그 심오함을 아는 사람이 몇이나 되겠는가? 종실(宗室) 사람들이나 대신들이 밤에 악공을 부르면, 악공들이 부름에 응하여 저마다 익숙한 악기를 안고 달려가 마루에 오르면 등촉이 환하게 켜져 있고, 시종들이 나와서 '잘만 하면 상을

---

58) 양생이 사례하고 모시고 앉았더니 도인이 벽 위에 걸린 거문고를 돌아보면서 말하되, "능히 이것을 탈 수 있는가?" 생이 겸손하게 대답하되, "비록 좋아하지만 스승을 만나지 못하여 높은 경지를 얻지 못하였나이다." 도인이 동자를 불러 거문고를 가져다주며 타보라고 하거늘 생이 풍입송(風入松)이란 곡조를 연주하니 도인이 웃으면서 말하되, "손 쓰는 법이 활발하니 가히 가르칠 만하도다."라고 하였다. 송성욱 역주, 〈구운몽〉, 민음사, 2003. 31~32면.
59) 장효현 역주, 『육미당기』, 한국고전문학전집 17. 고려대 민족문화연구원, 1993. 90면.

내리실 거네' 말하면 굽실거리면서 '예이' 대답하고는 연주를 시작하네. 그리하여 현악을 하는 자나 관악을 하는 자는 서로 상의하는 법도 없이 길거나 짧거나, 재빠르거나 느리거나 하는 소리를 하나로 조화시키지도 않고 멋대로 연주하니, 문득 소리가 동시에 약해지거나 끊어지는 경우가 있게 되네. 그래서 연주 소리가 문 밖으로 흘러나오지 않으면 주인은 흘겨 바라보고는 잠자코 의자 등에 몸을 기대고 조는 척하네. 그러다가 오래지 않아서 늘어지게 기지개를 켜고는 '그만두어!' 하면 악공들은 '예이!' 하고 대답하고 물러나오네. 악공들이 집에 돌아와 생각해 보면, 자기가 연주하고 자기가 듣고 왔을 따름이네.

또 왕공·귀족의 자제들이나 내로라 뽐내는 명사들이 속되지 아니한 이야기를 주고받거나 시문 등을 짓는 고상한 모임에서는 이 해금을 끼고 앉지 않은 적이 없네. 어떤 사람은 문장을 평하기도 하고, 어떤 사람은 과거에서의 명성을 비교하기도 하네. 술에 잔뜩 취하고 등불이 가물가물 한데 시를 짓는다 하니, 뜻은 높지만 취하여 제대로 쓸 수가 없고 붓이 종이에 닿을락 하자 종이는 벌써 허공에 날아가고 만다네. (중략)

또 봄바람이 건들건들 불고 수양버들에 물이 오르기 시작할 때 궁중의 시종별감이나 술집을 드나드는 한량들이 저 무계(武溪)의 냇가에 나가 놀면, 바느질하는 기생들이나 약 달이는 아가씨들이 머리를 쪽지우고 기 름을 바르고는 허리 가는 말에 붉은 담요를 깔아 걸터앉고는 끊임없이 이르러서 연희와 노래판을 벌린다네. 그러면 익살꾼들이 그 자리에 섞여 앉아 와자지껄 우스갯소리를 늘어놓네. 처음에는 요취곡(鐃吹曲)을 타다 가 이윽고 가락이 바뀌어 영산회상곡(靈山會上曲)을 연주하네. 이때쯤 손을 빨리 놀려 새로운 곡조를 켜면 그 소리가 맺혔다가는 풀리고 막혔다 가는 통하고 하는지라, 덥수룩한 머리에 찌그러진 관이나 떨어진 옷을 걸친 무리들은 머리를 까닥까닥하고 눈을 깜짝거리면서 부채로 땅을 치 면서 '좋다, 좋아' 하네. 이 새로운 곡조가 호방하고 유쾌한 줄만 알았지 오히려 하잘것없는 것인 줄 모른다네.…"[60]

당시에 전문 연주자의 연주는 주로 세 가지 상황에서 이루어졌는데, 하나는 종실 사람이나 대신들이 밤에 집으로 불러 마루에 등불을 환하게 밝히고 듣기, 둘째는 왕공이나 귀족의 자제들과 명사들이 고상한 모임을 하면서 시를 짓거나 문장을 평하는 모임에서 듣기, 셋째는 궁중 별감이나 술집 한량들이 냇가에서 기생, 익살꾼들과 놀면서 듣기 등이다. 두 번째 경우에는 악공뿐만 아니라 모임을 하는 양반 자제들이나 명사들도 연주를 하였다 하고 나머지 경우에도 감상할 줄 아는 사람들이 부르는 것이니 비교적 많은 이들이 좋아하던 취미였던 듯하다.

④ 원예 – 정신의 수양

예로부터 선비들은 매화, 난초, 국화, 대나무, 소나무, 연꽃 등을 키우면서 그 특성을 칭송하는 시문(詩文)을 남겼다. 특히 조선 후기인 18세기 후반에서 19세기 무렵에는 문인지식인층 사이에 원예 취미가 확산되면서 꽃밭을 가꾸는 풍속이 성행하여 이옥(1760~1815)의 〈백운필(白雲筆)〉 같은 화훼서가 나오기도 하고, 정약용(1762~1836)의 〈죽란화목기(竹欄花木記)〉 같은 전문적인 글이 나오기도 하였다.[61] 그 이전에는 완물상지(玩物喪志)에 빠질 수 있다고 하여 그리 긍정적으로 보지는 않은 취미였지만, 이 무렵에는 진기한 볼거리의 하나로 여기거나 사람의 심지를 굳게 하고 덕성을 기르기 위한 것으로 인식하게 되었다. 그래서 화훼 중 특히 운치와 지조가 있는 것들을 주로 키웠다고 한다.[62]

---

60) 유득공, 〈유우춘전〉, 신해진 역주, 『조선조 전계소설』, 월인, 294~296면.
61) 조창록, 「문헌 자료를 통해 본 조선의 원예 문화」, 『동방한문학』 56, 2013. 8. 73~74면.

〈소현성록〉에서 처사 같은 삶을 살았던 아버지가 아끼며 가꾼 꽃으로 연꽃을 이야기하면서 그가 흔하지 않은 색깔의 연꽃까지 씨를 가져와 몇 년을 정성껏 키웠음을 자랑스러워하는 장면이 있다. 가족들이 모두 그의 고결함을 상징하는 꽃이 연꽃이라고 생각하는 것이다.

화씨가 낭랑하게 웃고 석씨와 함께 붉은 구슬 달린 신발을 끌고 연못가에 가 연꽃을 꺾어 물결을 희롱하더니, 화씨가 말하였다. "이 연꽃은 기이하게도 진홍, 분홍, 백색, 황색, 청색이 있네. 예부터 연꽃은 홍, 백 두 가지뿐인데 어찌 다섯 가지 색이 있을까?"

석파가 탄식하고 말하였다. "이는 우리 돌아가신 처사께서 배를 타고 유람하다 남해(南海)에 갔는데 바다 가운데에 섬이 있고 섬 가에 오색 연꽃이 피어 있어 기특하게 여기시어 연밥을 꺾어 돌아오셨습니다. 그리하여 못을 파고 연밥을 심으시니 다섯 해 만에 가지 하나가 나더니 해마다 번성하였습니다. 처사가 매우 아끼시어, 관리에게 못 가를 파고 완룡담 물을 이리로 닿게 하여 물길을 깊게 하시고 정자를 지으셨습니다. 그런데 이곳의 일을 남에게 말하지 않으시고 종일토록 이곳에 와 지내셨습니다. 이런 까닭에 양부인과 상서가 차마 이 당(堂)을 보지 못하셨고, 계속하여 잠가놓았으므로 부인네들도 이제야 보시는 것입니다."

세 사람이 듣고 나서 기특하고 귀하게 여기며 머리를 들어 당(堂)의 제액(題額)을 보았더니, 푸른 옥으로 된 판에 붉은 글자로 메워 '금연오채하화정(金蓮五彩荷花亭)'이라 쓰여 있었다. 필법과 먹의 광채가 나는 듯하여 용이 움직이는 것 같이 놀라웠다. (중략)

석씨가 다시 말하였다. "이 연꽃이 비상하여 다른 연꽃과 다르고, 널리 퍼져 잘 자라 꽃송이 크기가 비슷한 것이 없을 정도이니, 바로 요지(瑤池)의 연꽃과 같은 종류로군요. 그런데 궁금하네요. 이것은 일찍 피는 꽃입

---

62) 15세기에 출간된 조선 최초의 전문 화훼서인 〈양화소록〉에서도 소나무의 지조, 국화의 은일, 매화의 품격 등이 군자의 벗이 될 만하다고 하였다. 앞의 논문, 83면.

니까?"

석파가 말하였다. "한여름에 피어 늦가을에 집니다."

석씨가 좌우로 바쁘게 둘러보니 옛 자취가 완연하여 마음에 사모하는 정이 느껴져 길게 슬퍼하며 화씨에게 말하였다. "어머님께서 깊이 잠가 놓으셨는데 우리가 한가로이 노니는 것은 옳지 않으니, 채련정으로 가 홍백(紅白) 연꽃을 보는 것이 좋겠습니다."

화씨가 따라서 채련정에 모여 향기로운 차와 과일을 내와 즐겼다.[63]

며느리들이 여러 색깔의 연꽃을 신기해하자 서모가 그 사연을 이 야기해주는 대목이다. 연꽃 핀 후원은 여성인물들이 모여 꽃을 감상 하고 향기를 맡거나 작은 술자리를 마련하기도 하는 등 모임의 장소 로 종종 등장한다.[64] 〈유씨삼대록〉에서는 꽃 이름이 구체적으로 나오 지는 않고 일만 가지 꽃이 다투어 피어 있다고만 되어 있지만, 여기서 도 집안 어른인 할머니가 그 자손들을 데리고 경치 구경을 하며 담소 를 나누는 장소로 후원이 등장한다.[65]

상층 사대부 향유가 아닌 다른 소설들, 즉 판소리계 소설이나 영웅 소설, 애정소설 등에서는 꽃이나 나무를 가꾸는 것 자체에 대한 언급

---

63) 〈소현성록〉 2권 91~95면.

64) 소부인이 화·석 두 부인과 이파와 석파와 함께 모든 젊은 여자를 거느려 후원 부용당 에 모였는데 모든 젊은 부인들의 아름다운 얼굴과 붉은 치마와 푸른 적삼이 해를 가릴 정도였다. 소부인이 며느리 네 사람과 조카며느리 등에게 못에 내려가 연꽃을 꺾어 향기를 맡으라고 말하자 모든 사람들이 말씀을 듣고는 못가를 배회하니 요지(瑤池)의 선녀가 모여 있는 듯하였다. 〈소현성록〉 9권 57면.

65) 시절이 늦봄에 이르자 후원에 일만 꽃이 다투어 피고 1천 버들이 푸르러 금실을 드리 운 듯 경치가 매우 빼어났다. 제비는 정원 들보에 들어 춤을 추고, 꾀꼬리는 꽃과 버들 사이에서 맑게 울었다. 존당(尊堂) 이부인이 모든 자손을 거느리고 후원 만화원 에 나와 봄 경치를 구경하니 모든 자식들과 며느리들이 곁에서 모시고 담소를 나누었 다. 〈유씨삼대록〉 18권 9면.

은 없고, 잘 가꾸어진 정원이 있는 집에 대한 묘사 정도가 있다.

2) 여가생활 서술의 효과

(1) 억눌린 감정 발현과 마음 치유

고전소설 속에서 그려지는 다양한 여가생활들은 인물들이 그동안 누르고 있었던 감정 혹은 감성과 능력이 발산되는 장으로 작용한다. 소설에서 개개의 인물은 감정을 드러내지만 이는 조선 후기 사회인들의 감성의 토대 위에서 만들어진 것이고 표출된 것이라 할 수 있다. 예를 들어, 소설에서는 인물이 부자간, 모녀간, 부부간의 관계 속에서 또는 가족 공동체 내에서 소외되거나 오해될 때에 두려움, 분노, 혐오, 슬픔 등 개인적 감정을 느끼는데, 이때에 당혹, 수치, 가책, 긍지, 부러움, 경멸 등 사회적 감정도 함께 느낄 수 있다. 감정은 사회문화적으로 구성되기에 사회마다 다르게 통용되기도 하는 것이다.[66]

인간의 감정은 희노애락애오욕(喜怒哀樂愛惡慾)으로 분류할 수 있는데 고소설 속에서의 양상을 보면, 기쁨이나 즐거움은 놀이에서 이긴 의기양양함이나 화목함에서, 노함이나 슬퍼함, 미워함은 놀이에서 진 부끄러움에서, 욕망함은 놀이를 하기에 앞서서 발현되곤 한다. 바둑 두기를 하는 다음의 장면을 보자.

> 공주가 두 사람이 다시 바둑 두는 것을 기다려 바야흐로 승부가 정해질 즈음에 잠깐 묘한 곳 한 곳을 일깨워주었다. 장씨는 영리한 여자이기에

---

66) 정혜경, 「조선후기 장편소설의 감정의 미학」, 고려대 박사학위논문, 2013, 11~13면.

즉시 깨달아 한 수를 놓아, 조화가 어느 곳에서 벌어진 줄 모르게 현영이 대패하였다. 좌우 사람들의 눈이 일제히 바라보나 어떻게 판이 변한 것인 줄을 몰라 공주의 신기함과 장씨의 영리함에 <u>탄복하였다</u>. 현영이 또한 마주앉아 두면서도 그 곡절을 몰라 <u>넋이 나간 듯</u>하였다. 한참 후에야 <u>미소 짓고</u> 말하였다.

"이는 장씨 형님이 능숙하기 때문이 아니라 옥주께서 지휘하신 때문입니다. 그러나 제가 이미 졌으니 언약대로 하겠습니다." (중략)

진공이 공주가 미처 손을 놀리지 못하게 요해처를 막았다. 하지만 공주가 <u>얼굴빛을 변하지 않고 눈길을 낮추어</u> 한 손으로 천천히 바둑을 어루만졌다. 하늘의 별들이 365일 동안 운행하는 모습을 성대하게 박아 판 위에서 하도낙서(河圖洛書)가 찬란하게 빛나게 하니 천지간의 풍운(風雲)을 다스리는 도사인 용과 호랑이가 왕래하는 듯하였다. 태을(太乙) 천제(天帝)의 단상에서 몸은 뱀이고 머리는 사람인 복희(伏羲)에게 하늘의 온갖 별들을 그리게 하여도 이보다 더 잘 하지 못할 것이었다. 진공이 <u>눈이 아득하고</u> 생각이 막히니 능히 손을 움직이지 못하였다. 세 판을 두어 공주가 크게 이겼다. 공주가 판을 밀어 놓은 후 현영을 돌아보고 <u>미소 지으며</u> 말하였다.

"바둑 세 판에 거의 부인이 치욕을 씻게 되고, 어머님의 명령을 요행히 욕 먹이지 않게 되었습니다."

좌중이 탄복하면서, 진공이 그토록 <u>의기양양하다가</u> 대패하고 <u>부끄럽게</u> 물러난 것을 일시에 기롱하였다.[67]

바둑 내기에서 진양공주가 이기자 탄복하고 미소 지으면서 기쁨과 즐거움을 표출한다. 졌을 때에는 눈앞이 아득하고 생각이 막힌다고 했으니 화가 나기 시작한 것이다. 끝나고 나서는 부끄러워하고 관중은 이를 놀린다. 아내에게 져서 부끄러워하던 진공은 작품 후반부에

---

67) 〈유씨삼대록〉 4권 87~91면.

서 딸 문창군주가 남편 소생과 대국하여 세 번을 다 이기자 매우 기뻐한다. 여자가 한 수도 사양하지 않은 건 온순한 부덕이 아니라고 하기는 했지만 딸이 이긴 것을 칭찬하고 즐거워하는 것이다.

앞의 예문에서도 치욕 즉 부끄러움, 웃음, 쓴웃음, 눈물 흘림, 안타까움 등의 감정 표현이 있었다. 감정을 직접적으로 드러내는 표현은 웃으며, 웃었다 등으로 단순하지만, 넋이 나갔다거나 눈길을 낮추었다거나 눈이 아득하다는 등의 표정 묘사를 통해 감정이 드러나게 했다.

또 놀이를 하는 과정이나 결과를 통해 인물들은 유쾌한 분위기 속에서 자신의 능력을 발산하거나 성품을 보여줄 수 있었다. 평소에는 드러내지 못했던 재능을 보여줌으로써 재평가되거나 성품과 관련하여 더욱 칭탄 받는 계기가 되기도 하였다. 또한 이를 통해 폭넓은 소통[68]과 진지하고도 솔직한 대화가 가능했다는 점도 주목할 만하다. 특히 여성인물들의 경우 감정의 노출도 자제되고 능력 표현도 삼가는 분위기로 진행되는데 놀이의 장면에서는 당당하게 표현하고 칭찬 받는 경우가 많으니, 발산과 정화의 자리로 여겨질 수 있다.

한편, 취미 생활로 가장 자주 등장한 작시(作詩)는 진지함 너머의 보다 원시적이고 원초적인 수준, 꿈, 매혹, 엑스터시, 웃음의 영역에 존재하는 행위라고 할 수 있다. 특히 고대(古代)의 시는 제의, 오락, 기예, 수수께끼, 예언, 경기를 겸하고 있었고, 축제에서 젊은 남녀들

---

68) 놀이 자리를 통한 폭넓은 소통 중에서 부정적으로 해석할 만한 예들도 있기는 하다. 앞에서 보았던 〈소현성록〉에서 투호 놀이를 하며 소영을 가족들에게 인사하게 하거나 위기를 넘기게 하는 장면 등은 남성인물의 폭력성을 은폐하고 문제의 본질을 호도하면서 긴장을 이완시키는 역할을 한다. 정혜경, 앞의 논문, 93면.

이 희롱하는 기분으로 서로 이끌리기도 하고 거부하기도 하는 게임의 산물로도 지어졌다. 시 형식을 갖춘 문답놀이는 유용한 지식을 전수하는 방편으로 사용되기도 했으며, 일정한 시공간의 한계 내에서 뚜렷한 질서에 따라, 공인되는 규칙에 따라 진행되는 활동으로 행해지기도 했다.[69]

고전소설 속에서도 남녀가 만나는 순간이나 이별의 순간에 시를 지었으며, 가족이 모여 화기애애한 분위기 속에서 시 짓기 내기를 하기도 하였고 능력을 가늠하여 자기를 과시하고 상대를 놀리기 위해 내기를 하기도 하였다는 면에서 예로부터 전해지던 시의 기능이 잘 드러나 있다. 17세기의 애정전기소설인 〈주생전〉에서는 시뿐만 아니라 노래 가사를 수시로 짓는데, 선화와 배도, 주생이 서로 갈망하기도 하고 배신하거나 속이기도 하는 그 마음을 잘 표현하고 있다.[70]

일상의 언어는 실용적이고 습관적인 도구인 까닭에 단어들이 가진 상징성을 벗어버리고 엄격한 논리적 자립성을 띠고 있는 반면, 시는 계속해서 의도적으로 언어의 상징적 특질과 형상적 특질을 길러 나간다. 특히 이미지를 담는 형상적 특질 때문에 신비롭기도 하고 수수께끼 같기도 하다.[71] 이러한 특징을 잘 살리고 있는 것이 전기소설이나 애정소설, 세태소설에서의 시들이다. 〈만복사저포기〉나 〈이생규장전〉, 〈운영전〉, 〈지봉전〉이나 〈종옥전〉에서의 시들은 인물의 성격이나 생각, 정황을 상징적으로 표현하고 있는 대표적인 예이다. 이런

69) 호이징하, 김윤수 역, 『호모루덴스–놀이와 문화에 관한 한 연구』, 까치, 2009. 183~202면 참조.
70) 〈주생전〉, 이상구 역주, 『17세기 애정전기소설』, 월인, 2003. 43면.
71) 호이징하, 앞의 책, 204면.

시들을 읽고 나서 학생들도 어떤 상황과 감정을 설정하여 시를 창작하게 함으로써 표현력을 높일 수 있을 것이다.

아울러 시는 마음 치유의 역할도 하는데, 〈소현성록〉의 소월영, 〈운영전〉의 궁녀들의 경우 자기 생애나 감정을 들여다보고 이를 표현해내는 가장 좋은 도구로 시를 짓고 있었다. 한문장편소설들에서도 시는 이렇게 여성인물이 자기 마음을 표현하면서 스스로를 위로하고 다잡는 역할을 한다. 〈삼한습유〉의 향랑은 혼인 후 남편의 광기와 행패에 시달리고 시어머니의 박대를 받는 등 두렵고 겁이 나는 상황에서 자살을 결심하다가 다시 살기로 하는데 이때에 홀로 눈물을 흘리면서 자신을 애도하는 시 두 수[72]를 짓는다. 그녀는 물에 빠져 죽기 직전에 이 시를 동네 아이들에게 주면서, '궁벽한 사람은 말로 표현하고 싶어 하고, 피곤한 사람은 그 일을 노래로 부르려고 할 거야. 내가 말로 기록하여 내 마음을 표했으니 너희는 외워서 다른 사람들에게 전했으면' 한다고 말한다. 자신의 억울한 심정과 기구한 생애를 내용으로 담아 자기를 표현하면서 위로한 것이다.

연주도 자기를 표현하는 도구로서의 의의를 지니는데, 〈구운몽〉의

---

[72] 눈물을 삼키며 옛 일을 생각하니 / 내 한평생 그 얼마나 될까? / 죽고자 하나 차마 죽기 못하겠고 / 그저 친정으로 돌아갈 수도 없는 일. / 사람마다 옳다 하는 말 원망스러운 것 아니라 / 일마다 그릇되는 것이 속절없이 부끄러울 뿐. / 고지식한 성품 교화되기 어려우니 / 도로 눈물 흘러 옷깃만 적시네. // 마음이 슬프고 처참하기 몇 번인지 잊었고 / 마음 졸이며 시집가서는 이 몸이 위녀의 슬픔을 겸하고 있네. / 예를 어기지 말라는 가르침 말하기 어렵고 / 예쁘게 보이고자 생각하라는 시경의 말 도저히 알 수 없네. / 하늘을 좇아 죽기를 기다리기는 어찌 차마 할 일이며 / 목숨을 버리자니 부모님 주신 몸 헐기 두렵네. / 참으로 한스럽기는 하루 세 때 두 사람의 노여움을 당하는 것 / 모르겠구나 내가 무엇을 잘못 모셨는지. 김소행 저, 조혜란 역주, 『삼한습유』, 고려대 민족문화연구원, 2005. 34~35면.

양소유가 여장을 하고 정경패 앞에서 여러 가지 음악을 연주하는 장면을 떠올릴 수 있다. 그림 그리기도 소월영이나 유필염처럼 소외되거나 핍박 받는 상황에서 마음을 표현하거나 달래는 취미로 적절하다. 현대에도 미술 치료가 설득력을 인정받는 것처럼 말이다.

동양에서는 전통적으로 군자(君子)를 양성하는 데 있어서 심미(審美) 수양(修養)을 중요한 덕목으로 삼았는데 그 방법이 시(詩), 서(書), 악(樂)을 통한 교화이다. 시에 대해서는 '생각함에 사특함이 없다'라고 하면서, 시는 즐겁지만 지나치지 않고 슬프지만 마음을 상하게 하지 않는다고 하여 나를 흥기시켜 선(善)으로 이끌면서 감상자가 감정을 도야하게 한다고 하였다.[73] 이렇게 시(詩)에서 일어난 것이 예(禮)에서 서며 음악에서 이루어진다고 하였으니, 취미로서의 작시와 연주는 감정을 다스리는 교육에서도 중요할 듯하다.

조선 후기에 원예와 관련하여 보록(譜錄) 쓰기가 유행하기도 하였는데, 자신의 취미의 대상을 설명하고 기록함으로써 사물에 대한 애착과 호기심을 풀며 탐구욕도 충족시킬 수 있다. 꽃이나 나무를 관찰하여 세밀한 묘사를 하거나 잘 조경된 화원을 구상하는 등의 활동을 할 수 있다.

또한 시와 그림, 음악 등을 감상의 차원에서 본다면, 독자들이 '깊게 주시하게 하고 넓게 깨어 있게 하여 사회의 부조리를 인식하거나 존재 전체에 질문하게 하는 예술의 혁명적 속성'을 지니고 있다고 할 수 있다. 즉 시를 읽음으로써 중요한 미적 판단을 하게 하고 심미적 경험을 하게 하는 것이다. 독자는 시를 감상하면서 대상을 직접

---

73) 이수빈, 「공자의 정감교육에 관한 고찰」, 『동양예술』 34, 2017. 2, 281면.

경험하고 그 대상 안에서 사고하여 그 질적인 특성을 경험함으로써 지성적인 인식과 감성적 인식, 직관적 작용 등이 모두 작동하게 되어 융합적으로 새로운 인식이 이루어지게 된다. 즉 작품 감상의 경험은 다른 존재 또는 대상과의 만남을 통한 '새로운 변환'으로서의 경험이 되는 것이다.[74] 그림이나 음악을 감상하는 것도 마찬가지로 인식의 변환을 이루는 미적 경험으로 작용할 수 있다. 그 과정은 주체가 미적 대상과 만나는 '대면', 이해의 과정에 해당하는 '주석', 총괄적 해석의 단계인 '비판'의 단계들을 거치는 것인데, 이를 통해 대상은 주체에게 유일무이한 의미성을 갖게 된다고 한다.[75]

고전소설을 읽으면서 독자는 소설 작품을 읽는 미적 경험과 더불어 그 속의 시, 그림, 음악을 접하는 미적 경험도 하게 된다. 작품의 질적인 특성을 응시하여 그 모호함을 향유하고 내면화하여 새로운 상상력과 시선의 변이 등의 심미적 경험을 하여 한 단계 성숙한 인간이 될 수 있는 것이다. 고전소설 속의 인물들도 시의 내용이나 문체, 분위기, 읊는 소리 등을 짓거나 읊는 사람의 성품, 인격과 연결하여 품평하였던 것처럼 현대의 우리들도 예술을 감상함으로써 인격이 성숙될 수 있는 것이다. 아울러 삶에서 느끼는 긴장과 갈등을 이완하여, 즐기면서 여유를 느끼거나 문제가 해결되는 경험도 하게 될 것이다. 미적 경험을 통해 삶이 변화하고, 예술을 즐기는 심미안이 생기는 것이다.

중국의 송대(宋代) 문인들은 집착이나 병이 될 정도로 어떤 사물을

---

74) 오윤주, 앞의 논문, 182~183면.
75) 독일의 미학자 마르틴 젤이 설명한 미적 경험의 세 단계이다. 위의 논문, 198면 참조.

좋아하고 이에 대해 기록하는 취미[76]를 가지기도 했지만, 유교에서 꺼리는 '치우침', '소유욕' 등을 경계하면서 중용(中庸)의 미덕을 지키려고 노력했다고 한다. 물론 그 둘 사이에서 갈등하고 고민한 기록까지 있지만, 그 애정과 집착을 정신적 가치로 승화시켰다고 한다. 꽃에 대한 애호를 본다면, 화려함과 부귀의 상징인 모란보다는 고매한 인격과 도덕적인 품성을 연상시키는 국화와 매화를 좋아했다.[77] 취미로 가꾸는 꽃이나 나무를 고를 때에도 이를 통해 느끼게 되는 미적인 체험을 중요시한 것이다. 애호에서 즐거움을 느끼고 몰입하고 천착하면서 이치에도 도달하고자 한 것이다. 우리나라의 문인들도 그런 경향을 보였으며 고전소설 속 인물들도 마찬가지였다. 선호하는 작품, 사물 등에서 그 품성을 읽을 수 있다고 생각한 것이다.

정신수양은 원예나 조경을 통해서도 할 수 있는데, 꽃이나 나무를 그것들이 상징하는 덕성으로 인식하고 키웠기 때문이다. 원예 즉 화훼 취미를 통해 물아일체(物我一體)의 관조 세계로 들어가는 경험을 하기도 하고, 벼슬살이에 지친 정신을 쉬게 하거나 죽은 아내와의 추억을 생각하게 하는 위로의 시간을 맛보기도 했다.[78]

(2) 취향 표현과 감정 소통

취향이란, 무언가를 하고 싶은 마음이 쏠리는 방향, 즉 아름다움을

---

76) 구양수는 고대 석각(石刻) 수집에 열광했으며, 범성대는 매화와 국화가 가득한 정원을 가꾸는 데에 벽(癖)이 있었고, 이청조는 고기(古器) 수집에 벽이 있었다고 한다. 안예선, 「송대 문인의 취미생활과 譜錄類 저술」, 『중국어문논총』 39, 2008. 310면 참조.
77) 위의 논문, 327~329면.
78) 권정은, 「〈양화소록〉과 〈부생육기〉에 내포된 화훼 취미의 자연미와 치유적 가치」, 『문학치료연구』 44, 2017. 7. 183~212면.

판정하는 능력, 마음의 움직임을 뜻한다.[79] 이것은 종종 습벽(習癖)이나 신기(新奇) 취향으로 드러나 경이로운 내적 체험을 동반한다. 그래서 이를 공유하는 집단이 등장하게 되는데 그들끼리는 수평성을 지향하고 우정론을 이야기하지만, 다른 취향을 지닌 집단이나 존재와는 소통이 어렵게 되기도 한다. 그렇기에 취향은 외부에 대해서 억압과 배제의 척도로 작동하기도 하고 권력처럼 작동할 수도 있다.[80] 계급성의 문제가 대두될 수 있는 것처럼 성(性)의 문제도 대두되기에 이두 가지를 모두 생각할 수 있다.

국문장편소설들은 주로 상층 여성들의 문화를 보여주기에 놀이에 있어서도 그들의 생활을 함께 보여주었다. 이들은 어릴 때부터 쌍륙, 바둑과 투호를 하며 놀았고, 시 쓰기나 그림 그리기를 취미로 배우기도 하였다. 어떤 여성인물은 종일 시사(詩詞)를 화답하거나 바둑 등을 두며 소일하기도 하였다. 자신의 능력이나 지혜를 자발적으로 드러내기를 꺼렸지만, 내기 놀이에서 이기는 바람에 드러나 칭탄을 받는 경우도 종종 있었다.

남성들의 경우에는 내기 그 자체가 부각되는 장면이 많았다. 바둑 같은 놀이가 당시의 선비들에게 고상한 취미이기는 했지만 내기와 결부되었을 때에는 부정적인 시선을 보내는 글들이 있는 것처럼 내기로 하는 경우가 많았던 듯하다. 이런 점을 조선 후기의 이덕무 같은 이들이 신랄하게 비판하기도 하였다. 이외에 뱃놀이를 하며 시 짓기

---

79) 노우정, 「동한·동진 시기 지식인들의 생활과 취향에 대한 미적 탐색」, 『중국어문학지』 57권, 2016, 113면.
80) 류준필, 「조선후기 취향 연구의 동향과 의미―조선후기 문학사상사의 가설적 이해와 관련해서」, 『국문학연구』 11, 2004, 21~22면.

놀이를 하거나 가무와 음주를 즐겼으며, 임금과 관리들은 격구를 하기도 하였다.

계층의 차이도 있는데, 주로 평민들이 구경하는 놀이에는 북춤, 씨름, 솟대놀이, 척구, 줄다리기, 숨바꼭질, 장기, 골패, 장기두기, 돈치기, 윷놀이, 고누두기 등이 거론되었다. 〈옥선몽〉에서 잔치 자리에서 즐기는 놀이, 〈변강쇠가〉에서 변강쇠가 노는 놀이를 통해 알 수 있었다. 양반들의 놀이를 따라하며 탕진한 왈자 무숙이도 있었으며, 피리와 거문고를 잘 연주하던 기녀들도 있었다.

소설의 하위 유형 중에서는 국문장편소설들, 한문장편소설들, 판소리계 소설들에서 놀이 문화를 집중적으로 발견할 수 있었다. 영웅군담소설, 애정소설, 가정소설, 우화소설, 전계소설 등 약 백여 편의 소설들을 살펴보았으나 놀이가 언급되지 않거나 명칭 정도만 언급되고 마는 경우가 대부분이었고 이 글에서 예문으로 제시하는 정도가 문화로서의 양상을 드러내는 전부라고 할 수 있었다. 서민들은 여가생활로서의 놀이를 즐기기보다는 전문 재인들이 하는 놀이 공연, 즉 흥적으로 할 수 있는 내기의 속성이 강한 놀이들을 즐겼기에 소설에서도 그들이 주로 향유하던 유형에서는 소략하게 제시된 듯하다. 다만, 판소리계 소설은 소설의 기법상 현실감 있는 묘사가 자세한 경우가 많아 놀이도 그렇게 묘사된 듯하다.

한문장편소설 중에서는 〈옥루몽〉처럼 작가가 특별히 쌍륙, 뱃놀이, 격구 등에 대한 애호가 있고 지식을 정확하고도 폭넓게 이용하는 경우에 놀이 문화가 잘 재현되어 있었다. 국문장편소설 중에서는 〈소현성록〉이나 〈유씨삼대록〉처럼 가족 내에서의 놀이 문화를 보여주는 가운데, 남녀가 모이기도 하고 소통하기도 하면서 중요한 일들이 제기되거나 해결되기도 하고 인물이 재평가되기도 하였다.

일상사나 미시사 연구에서 놓치지 않고 중요하게 다루는 부분이 그동안 소외되어 있던 계층에 대한 것이었듯이, 이 논의를 통해서 중인, 평민, 천민, 여성들의 생활문화와 감성에 대해 더 잘 알 수 있게 되었다. 이들의 삶은 비공식적이고 사적이면서, 권력과 조직의 영역 밖에 있었기에 그들의 경험과 감정에 대해 아는 일은 의의가 있다.

취미 생활로 행하던 예술 활동을 통해 우리는 일상생활을 하면서 보다 더 강하게 세계와 대상과 관계 맺고 상호작용을 하게 된다. 그러면서 세계관이나 인생관이 형성되거나 바뀌어 다른 방식으로 사고하고 생활하게 된다. 그런데 우리는 이러한 미적 경험을 혼자만 간직하는 것이 아니라 다른 사람들과 공유하기를 바라기도 한다. 즉 판단이나 경험은 혼자 하지만 그 판단이 공유되거나 동의 받기를 기대하기에 보편성을 획득할 수 있는 방향으로 하게 되는 것이다. 이 때문에 '미(美)'를 쾌락적으로 즐기는 자족적인 태도로만 그치지 않고 윤리나 진리를 이끌어 내거나 사물이나 세계에 대한 총체적인 관심을 갖게 된다.[81]

고전소설 속에서도 시를 품평할 때에 그 문예성만 보는 것이 아니라 짓는 이의 인격과 성품을 연관 지어 생각하곤 했다. 〈운영전〉에서도 안평대군과 문사들, 궁녀들이 모여 시회(詩會)를 하다가 성삼문이 하는 말을 보면, 궁녀들의 시가 품격이 맑고 참되며 생각이 고매하여 속세의 빛이 없다고 하면서 이는 지은 이가 속세인들과 접하지 않은 채 오직 옛 사람의 시만 읽고 읊조리다가 깨달음을 얻은 이들이기에

---

81) 위의 논문, 183면 참조.

그렇다고 했다. 그 후엔 구절들에 담긴 뜻을 읽어냈다.[82] 앞에서 본 17, 18세기의 국문장편소설 〈소현성록〉이나 〈유씨삼대록〉에서와 마찬가지로 19세기의 〈유선쌍학록〉에서도 시어머니와 며느리 등 여성들이 모여 시회를 여는 장면들이 있는데, 악한 정실 엄부인이 선한 첩 위낭자를 모해하면서 그녀의 시에 간부(姦夫)를 사모하는 뜻이 있다 하여 베라고 하는 등 그 숨은 뜻을 읽어낸다.

이렇게 시와 인격, 성품이 밀접하다고 생각했기에 이를 통해 소통하기도 하고 공감대도 형성하여 동아리가 결성되기도 하였다. 조선 후기에 연암(燕巖)그룹 또는 백탑시파(白塔詩派)라 일컬어지던 이덕무, 박제가, 유득공, 성대중 등도 시문(詩文), 서화(書畵), 음악 등의 취미를 공유하면서 함께 작품을 열람하거나 품평하곤 했다.[83]

〈구운몽〉이나 〈옥루몽〉 등의 고전소설에서는 음악으로 소통하는 인물들을 찾아볼 수 있었는데, 그 인물들이 모두 중국의 음악에 얽힌 고사나 분위기까지 알고 있었기에 소통하고 공감하는 일이 가능했을 것이다. 〈구운몽〉에서는 양소유와 정경패가 왕소군의 출새곡, 백아의 수선조, 순임금의 남훈 등에 대해 논평하며 소통하면서 정체를

---

82) "······지금 이 시들을 보니 품격이 맑고 참되며 생각이 고매하여 조금도 속세의 빛이 없습니다. 이 시를 지은 이는 필시 깊은 궁궐에 살면서 속세 사람들과 접하지 않은 채 오직 옛사람의 시만 읽고 밤낮으로 읊조리다가 스스로 깨달음을 얻은 사람일 것입니다. 시의 뜻을 자세히 음미해 보도록 하겠습니다. '바람 맞으며 홀로 설워하나니'라는 구절에는 임을 그리는 뜻이 담겨 있습니다. '대나무 홀로 푸르름을 간직했어라'라는 구절에는 정절을 지키는 뜻이 있습니다. '바람 불어 흩어지는데'라는 구절에는 정절을 지키기 어려운 태도가 보입니다.······" 박희병·정길수 편역, 〈운영전〉, 『사랑의 죽음』, 돌베개, 2007. 47~48면.

83) 박정애, 「〈서화잡지〉를 통해 본 성해응의 회화감평 양상과 의의」, 『온지논총』33, 2013. 151~152면.

알게 되었고, 〈옥루몽〉에서는 연주자가 자신의 색깔, 성향을 드러내는 연주를 하는 것을 보여주기도 하였다. 〈옥루몽〉에서는 양창곡과 강남홍 등 남녀 주인공이 의사소통하기 힘든 상황에 처하자 시로 마음과 상황을 전하면서 난관을 극복하고 공감하게 되는 경우도 있었다.[84] 취한 황여옥의 위세 앞에서 강남홍이 자신의 슬픔을 연주하여 모든 기생들을 울리고 듣는 이들이 처절함을 느끼게 하거나 곡조를 바꾸어 강개한 의지를 전하여 모두를 두려워하게 하기도 하고[85], 양창곡이 전쟁터에서 연주를 통해 군사들의 감정을 움직이게 하기도 하였다.[86]

한편, 〈사씨남정기〉 같은 작품에서는 음악으로 남성을 현혹시키려는 여성인물도 설정되어 있다. 악녀 교씨가 거문고 연주로 남편 유한림의 마음을 뺏고자 거문고를 잘 타는 여성 가랑(佳娘)을 초빙하여 배우고 익혀서 한림을 농락한다.[87] 이를 안 사씨가 이제 가랑을 돌려

84) 소주와 항주 자사, 선비들이 모여 잔치하는 자리에서 양창곡이 곤욕을 당한 상황에 놓인 것을 눈치 챈 강남홍이 이를 시의 내용으로 담아 알려주고, 달아나서 자신의 집으로 가 만나자는 내용까지를 세 수의 시로 지어 노래 부르는 장면이 있다. 김풍기 역주, 『옥루몽』 1, 그린비, 2006, 51~52면.

85) 김풍기 역주, 『옥루몽』 1, 그린비, 2006, 108면.

86) 김풍기 역주, 『옥루몽』 2, 그린비, 2006, 30면.

87) 이때 교낭자는 십랑의 공을 힘입어 한림의 사랑을 독차지하려 하여, 두루 재앙을 막고, 음악을 배워 한림을 농락하려고 꾸미고 있었다. 십랑이 교낭자를 향하여 말하기를, "낭자가 이제 한림의 사랑을 더 받고자 하면, 거문고와 노래를 배우는 것이 좋을 것입니다. 거문고와 노래는 장부의 마음을 혹하게 하는 것이니 이제 거문고를 잘 타는 사람을 구하여 스승을 삼아 배우는 것이 좋겠습니다." (중략) 교낭자는 본래 영리하고 총명한 여자였기 때문에 배우기 시작하자 날이 가고 달이 갈수록 나아져서 예와 지금의 음악으로 모를 것이 없을 정도였다. 가랑을 곁방에 감추어 놓고는, 한림이 조당에 들어가고 없는 때면 가랑을 청해 가곡과 음률을 배우고 한림이 집에 있으면 노래와 거문고 타기로 한림을 농락하였다. 한림이 교씨를 나날이 더 사랑하고 사부인에게는 날로 멀어져 갔다. 김만중, 김태준 역, 〈사씨남정기〉, 명지대 출판부, 1995, 30~31면.

보내고, 연주나 노래도 하지 말라고 한다. 음탕한 노래 때문에 가도 (家道)가 어그러질 것을 염려해서였다. 교씨가 실제로 나쁜 의도를 갖고 있기도 했지만, 당시에는 사대부가 여성이 노래를 하거나 악기를 연주하는 것이 그다지 긍정적으로 생각되지 않았던 정황도 알려주는 대목이다. 음악을 통해 마음과 정신을 수양하여 감성이 적절히 표출되도록 하는 것이 바람직하다는 유교의 감정론이라든지 예치(禮治)의 반영으로도 볼 수 있다.

일상생활과 의식주

일상·일상생활이라 하면, 일과(日課), 노동, 가족관계, 독서, 취미, 의식주 등을 이르는데[1], 이를 통해 삶의 양태, 진솔함을 엿볼 수 있다. 고전소설 중에서는 판소리계 소설이나 국문장편 고전소설에 비교적 많이 서술되어 있는데, 판소리계 소설에서는 서민이나 하층민의 삶이, 국문장편 고전소설에서는 상층의 삶이 주가 된다.[2] 그 외에도

---

1) 사전들에 의하면, '일상'은 날마다 반복되는 생활, '일상생활'은 평상시의 생활이라고 되어 있다. 따라서 이 글에서는 두 단어를 구별하여 쓸 필요가 없을 듯하지만, 보통 때의 생활 모습을 본다는 의미에서 '일상생활'이라는 단어를 주로 쓰도록 한다. '일상생활'이라는 말에 더 많은 항목이 들어갈 수도 있겠지만 대체로 이 정도의 항목을 추출하여 고찰한다면 당대인들의 그것을 알기에 충분할 듯하다. 다만, 가족관계는 이 저서의 후반부에서 부부, 부자, 고부, 조손 관계 등을 통해 감성을 고구할 때에 다루어지므로 이 장에서 다루지 않는다.

2) 판소리계소설에서의 일상은 정충권(「판소리 문학에 나타난 일상성」, 『국문학연구』 14, 2006.)이, 국문장편 고전소설에서의 일상은 이지영(「조선후기 대하소설에 나타난 일상 - 〈완월회맹연〉을 중심으로」, 『국문학연구』 13, 2005.), 한길연(「대하소설의 '일

전기소설, 한문장편소설, 애정소설, 영웅소설 등에서도 추출되는 부분이 있을 것이다. 일상생활의 양상을 살핀 뒤에는 그 서술들이 소설 속에서, 또는 독자들에게 어떤 효과를 내는지 생각해 볼 것이다.

1) 일상생활 서술의 양상

(1) 일과와 노동

고전소설 중에서 사대부 집안의 일과(日課)를 알려주는 대표적인 작품으로 〈완월회맹연〉을 들 수 있다. 아침저녁에 문안을 드리는 장면이 서술되어 있는데, 그다지 큰 의미를 지니지는 않지만 간략하게 자주 언급되기는 한다. 이렇게 문안 인사를 드린 뒤에 남성들은 주로 독서를, 여성들은 주로 웃어른 봉양과 음식 만들기를 하다가 밤이 되면 부모님 이불을 깔아드리고 인사를 드렸다는 정도의 서술들이 나온다. 〈소현성록〉 같은 다른 국문장편 고전소설들에서도 문안 인사를 드린 뒤에 독서를 하고 잠자리에 들기 전에 혼정(昏定)하는 등의 일상이 언급되곤 하는데[3] 이를 통해 그들의 효성과 근면함이 드러난

상서사'의 미학-일상과 탈일상의 줄타기」, 『국문학연구』 14, 2006.)이 고찰한 바 있다. 이들이 선편(先鞭)을 잡은 의의가 있지만, 〈흥부가〉, 〈심청가〉에서의 의식주, 〈완월회맹연〉에서의 시공간과 일과, 〈현씨양웅쌍린기〉, 〈옥원재합기연〉, 〈완월회맹연〉 등에서의 아내의 남편 골탕 먹이기와 시댁 식구들의 며느리 편들기를 다루는 등 한정된 작품에서 일상의 일부만을 다룬 점에서 부족함을 느낀다. 이에 이 저서에서는 좀 더 많은 작품을 대상으로 하여 일상생활의 다각적인 면모를 살폈다.

3) 최윤희(「〈소현성록〉에 나타난 일상 문화의 풍경」, 『한국고전문학회 277차 학술발표회 자료집』, 2016. 8.)는 소현성의 혼정신성과 문안, 학문과 수신 등에 대해 집안 공간의 의미와 더불어 고찰하였다.

다. 특히 소현성의 말년을 보면 남성 사대부의 노년의 일과를 알 수 있는데, 저녁에는 자손들을 데리고 서헌(書軒)에서 시(詩)와 부(賦)를 지어 문장을 권하면서 노는 것으로 되어 있어 손자들과 친하게 지내는 조부의 모습을 볼 수 있다. 또 간혹 연못의 풀을 베거나 계단의 이끼를 쓸면서 제갈공명의 시를 읊조리기도 하고, 곡식의 풍흉을 논하거나 호미로 김을 매면서 백성들의 농사를 돕기도 한다.[4]

사대부 가문의 여성의 경우, 소현성의 아내 석씨의 일과를 통해 알 수 있는데, 아침 몸단장을 마친 후에는 시어머니 처소에 가서 저물 때까지 식사 준비를 살피고 서모들이 시비(侍婢)들 일하는 것을 감독하는 것을 돕는다. 간혹 후원에 가서 산수(山水)를 구경하고 담소를 나누며 한 해의 누에치기에 대해 상의하기도 한다.[5] 가장(家長)의 역할을 말년까지 했던 양부인은 집안의 재물과 그릇, 비단 등의 출납을 총괄하였고 실제 관장하는 것은 서모 석파와 이파가 하는 것으로 되어 있다. 바느질이나 옷 만들기는 주로 시녀들이 하였고 장복(章服)이나 관복(官服) 등 중요한 옷만 스스로 지었으며 나머지 시간에는 시사(詩詞)를 화답하여 읊고 바둑으로 소일하였다.[6] 〈유씨삼대록〉에서도 아내들은 바느질, 손님 접대 등을 하면서 시를 읊거나 책을 읽으며 소일하는 것으로 되어 있다.[7] 〈완월회맹연〉에서도 정인광의 아내 소씨는 새벽에 신성(晨省)을 하고 혼정(昏定)때까지 시할머니의 처소에 머물러 하루 종일 어른 모시기와 집안일을 한다. 인광의 어머니 화부

---

4) 〈소현성록〉 15권 20~21면.
5) 〈소현성록〉 4권 117~121면.
6) 〈소현성록〉 4권 124~126면.
7) 〈유씨삼대록〉 6권 29면.

인도 시녀를 시켜 삼을 삼는 등 옷감을 마련하거나 아들의 저녁밥을 챙겨 주는 등 식사 준비를 하는 것이 예사였으며, 철이 지날 때마다 남편과 자식의 의복을 마련하는 일을 하는 것으로 되어 있다.[8]

그러나 최근의 연구에 의하면, 19세기에는 여성노동의 가치와 치산 능력, 인력 관리 능력이 긍정적으로 평가되었고 가장(家長)의 역할을 한 여성들도 꽤 있었다고 한다. 남편인 가장의 우활함, 가문의 청렴함 때문에 형편이 어려워 살림을 책임지고 생계도 꾸리게 된 상황이 부인으로 하여금 가장 역할을 하게 했던 것인데, 이렇게 하여 부인들은 계획성, 정확성, 효율성의 덕목을 실천하는, 근대적 여성 성역할을 보이게 되어 그 이전 시대에 칭송 받던 군자나 성인 같은 면모와 대비되게 되었다.[9] 여기에 더하여 여성이 양잠과 방적 같은 생산노동을 하거나 고리대와 상업, 청탁과 수수 등 적극적인 경제 활동까지 했음도 드러나[10], 전통적으로 여성의 일로 여겨졌던 봉제사(奉祭祀), 접빈객(接賓客)보다 한층 대외적이고 사회적인 일로 나아갔음을 알 수 있다. 17세기 이후 양반 여성들 중 집안의 경제권을 책임지면서 입후권(立後權)이나 총부권(冢婦權)을 갖게 되었고, 집안일을 직접 하지는 않지만 재산이나 가계 운영과 관리, 보존하는 일을 맡아 하면서 경제적으로 무관심한 것을 미덕으로 삼았던 남편을 대신하여 책임지는 역할을 하는 이들이 늘어나게 되었던 것이다.[11]

8) 이지영, 앞의 논문, 45~46면.
9) 강성숙, 「조선후기(19세기) 일상생활의 장에서 남/녀 젠더 차이의 간극과 교섭－가장의 역할을 한 여성의 생활사 서술을 중심으로」, 『여성문학연구』 30, 2013.
10) 김경미, 「조선후기 여성의 노동과 경제활동 : 18~19세기 양반 여성을 중심으로」, 『한국여성학』 28-4, 2012.
11) 황수연, 「17세기 사족 여성의 생활과 문화－묘지명, 행장, 제문을 중심으로」, 『한국고

한편, 〈심청가〉, 〈흥부가〉 등 판소리를 통해서는 서민 여성이나 가난한 양반 가문 여성의 노동에 대해 알 수 있다.

길쌈으로 의논하면, 궁초, 공단, 수주, 락능갑사, 운문토주, 갑주, 분주, 표주, 조포, 북포, 황제포며 제추리, 삼베, 백저, 춘포, 십오승 극상세목, 혼장대사 음식숙정, 갖은 증편, 중계, 약과, 백산과자, 신선로며 갖가지 반찬, 약주 빚기, 수팔연 봉오림과 배상하기, 괴임질과 청홍흑백 침향 회색 각색으로 염색하고 일년 삼백육십일을 잠시도 놓지 않고 손톱, 발톱 잦아지게 품을 팔아 모을 때에, 푼 모아 돈 만들고, 돈 모아 양 만들고, 양을 모아 관돈 되니, 가까운 이웃 사람들 가운데 착실한 데 빚을 주어 실수 없이 받아들여 춘추시향 제사 모시기와 앞 못 보는 가장공경이 한결같으니 모든 사람들이 곽씨를 거룩타 칭찬하더라.[12]

흥부 아내 품을 팔 때, 용정방아 키질하기, 술집에 술 거르기, 초상집에 제복 짓기, 제삿집에 그릇 닦기, 신사(神祠)집에 떡 만들기, 언 손 불며 오줌 치우기, 얼음 풀리면 나물 뜯기, 봄보리 갈아 보리 놓기, 온갖 일로 품을 판다. 흥부는 정이월에 가래질하기, 이삼월에 붙임하기, 일등전답 못논 갈기, 입하 전에 면화 갈기, 이집저집 이엉 엮기, 더운 날에 보리 치기, 비 오는 날 멍석 걷기, 원산 근산의 시초(柴草) 베기, 무곡주인(貿穀主人) 짐 져주기, 각읍 주인 삯길 가기, 술만 먹고 말짐 싣기, 오 푼 받고 말편자 박기, 두 푼 받고 똥재 치기, 한 푼 받고 비 매기, 식전에 마당 쓸기, 저녁에 아이 만들기, 온갖 일을 다 해도 끼니가 간데없네.[13]

〈심청가〉에서 심청의 어머니 곽씨 부인은 가난한 집안의 살림을

전여성문학연구』 6, 2003.
12) 〈이선유 심청가〉 78면.
13) 〈경판 25장본 흥부전〉 138면.

꾸려가기 위해 길쌈하기, 여러 가지 음식 만들기, 천 염색하기 등으로 품을 팔면서도 제사를 모시고 남편을 잘 공양한다고 칭찬을 받는다. 〈흥부가〉에서 흥부의 아내는 술 거르기, 옷 짓기, 그릇 닦기뿐만 아니라, 오줌 치우기 같은 험한 일도 한다.

연이어 나오는 흥부의 품팔이는 서민 남성의 노동에 어떤 것들이 있었는지를 알려주는데, 가래질하기, 논 갈기, 면화 갈기, 이엉 엮기, 멍석 걷기, 짐 들기, 마당 쓸기 등 실로 다양한 일들이 있다. 판소리에서는 이렇게 가난한 이들의 노동에 대해 묘사하고 있기에 앞에서 살핀 상층인들의 노동과는 달리 돈을 버는 일 즉 경제활동으로서의 의미를 더 크게 지니고 있다는 점이 다르다.

(2) 독서와 교육

사대부가 남성들의 독서와 교육에 대해서는 〈소현성록〉을 참고할 수 있다. 다른 장편소설들에서는 아버지가 직접 가르치기도 하지만, 소현성은 제자들만 가르칠 뿐 아들을 가르치지는 않고 단경상이라는 사람에게 아들들의 교육을 맡긴다. 현성 자신은 홀어머니에게서 글을 배웠는데 한 번 읽으면 바로 외워 힘들게 하는 일이 없었다고 한다. 하루 네 번 문안을 드렸는데 그럴 때에 글의 뜻을 여쭙고 시사(詩詞)도 배우는 식이다. 실제로도 양반 가문의 홀어머니들이 아들을 잘 가르쳐 훌륭하게 키운 예들이 있는데, 김만중, 남구만 같은 경우이다. 남구만의 어머니 안동 권씨는 아들이 아버지의 일을 이어가기를 바라 매우 혹독하게 공부를 시켰다고 한다. 그러나 과거 합격만을 목표로 하기보다는 의로운 방법으로 엄하게 가르쳤다고 한다.[14] 소현성이 읽고 배웠다는 〈소학〉, 〈논어〉, 〈예기〉, 〈주역〉, 〈시경〉, 여러 사서(史

書)들도 당대인들의 독서 목록과 다르지 않다.

사대부가의 여성들도 〈소학〉, 〈예기〉, 〈시전〉, 〈서전〉, 〈대학〉, 〈열녀전〉, 〈내훈〉, 역사서, 옛 문인들의 시집, 행장 등을 읽으면서 예법을 익히고 교양을 쌓았다고 하는데[15], 국문장편 고전소설들에서도 그 주된 향유층인 사대부가 여성들의 독서 상황을 비슷하게 그려내고 있다. 소설들에서 여성인물들은 여가가 날 때마다 옛 책들을 읽거나 시를 짓는 일로 소일한다.

> 이씨는 졍히 모츈이라. 동산의 빅화 만발ᄒ야 그 풍경이 가이 구경ᄒ염즉ᄒ지라. 한님이 쳔즈를 뫼셔 셔원의셔 잔치를 비셜ᄒ미 밋쳐 도라오지 못ᄒ엿더니, 이씨 사부인이 홀로 셔안을 의지ᄒ야 고셔를 녈남ᄒ더니.[16]

> 일찍이 대군은 저에게 마음 둔 적이 없었으나, 궁중 사람들은 모두 대군이 저에게 마음을 두고 있는 것으로 알고 있었습니다. 우리 10명은 모두 동쪽 방으로 물러 나와 촛불을 환하게 밝히고 칠보 책상 위에 『당률(唐律)』 1권을 올려놓았습니다. 그리고 옛 사람이 지은 궁원시들의 고하(高下)를 논했습니다. 저는 홀로 병풍에 기대어 진흙으로 빚은 사람처럼 말을 하지 않고 조용히 앉아 있었습니다.[17]

어떤 여성은 개인 서재(書齋)가 있을 정도로 책을 많이 읽었다고

---

14) 황수연, 앞의 논문, 189면.
15) 허원기, 「『곤범』에 나타난 여성 독서의 양상과 의미」, 『한국고전여성문학연구』 6, 2003.
16) 〈사씨남정기〉 26면.
17) 〈운영전〉 116면. 大君未嘗有意於妾, 而宮中之人, 皆知大君之意在於妾也. 十人皆退在東房, 函燭高燒, 七寶書案, 置唐律一卷, 論古人宮怨詩高下. 妾獨倚屏風, 悄然不語, 如泥塑人.

되어 있으며, 수십 간이나 되는 방에 정묘하고 특별한 수만 권의 서책
이 있다고 되어 있다.

　　선적루의 방을 열어 주니 생이 들어가 보았다. 수십 간 마루 가운데
산호(珊瑚)와 유리(琉璃)와 옥으로 된 책상과 문방구를 놓고 각종 서책을
차례로 쌓아 놓았는데, 이름 모를 것이 수없이 많았다. 정묘하고 특별한
수만 권의 서책이 있는데, 다 찍어낸 것이 아니고 소부인이 친히 써서
꾸며 만든 것이었다. 정성과 노력이 매우 크고 기이하니 특별함이 승상의
장서각보다 더 하였다. 그러므로 가히 여자 중의 학사라는 생의 칭찬이
그치지 않았다. 북쪽에 거북으로 만든 상자 수십 개가 놓여 있는데 열어보
니 온갖 옛날 명화가 수없이 들어 있고 위에 있는 하나의 궤에는 무수한
그림이 들어 있었다. 부인이 만물을 그려 넣은 것이었다.[18]

〈조씨삼대록〉에서 조씨 가문의 딸 자염은 남자들도 알기 어렵다는
천문(天文)에 대해 아버지에게 배우기도 하는 등 여사(女士), 도학군
자(道學君子)의 면모를 보이기도 한다. 많은 소설들에서 여주인공에
게 〈열녀전〉 읽기가 권유되거나 읽고 있는 장면을 찾을 수 있는데,
이로 보아 당시 여성들의 독서 대상 중에서 가장 중요한 책이 〈열녀
전〉이었음을 알 수 있다.

　　츠시 승상이 계젼에 비회ᄒᆞ며 리친지회를 억졔치 못ᄒᆞ야 졍히 초창ᄒᆞ
더니, 바람결에 글 쇼릭 들리거늘, 승상이 경혹ᄒᆞ야 혜오ᄃᆡ, '글 쇼릭가
승도의 유는 아니니, 엇지 흔 ᄉᆞ름이 이 심산벽쳐에 공부를 ᄒᆞ리오.' ᄒᆞ고
글 쇼릭 나는 곳을 향ᄒᆞ야 가며 드르니, 별당에셔 낭낭흔 쇼릭 들니거늘
창 틈으로 좃ᄎᆞ 여허보니, 촉하에 일위 미인이 녈녀젼을 보고 뒤에 녀동이

18) 〈소현성록〉 12권 101면.

시립ᄒ엿스며 두 낫 아ᄒ 나금에 싸혀 즈거늘, 심즁에 의아ᄒ며 즈셰 살펴
보니, 그 녀즈의 빅팅만렴이 스벽에 됴료ᄒ야 만고졀렴이라.[19]

　어머니를 재삼 위로하고 차마 공차(公差)만 보내지 못하고 교영과 동행
하니 부인이 울음을 그치고 주위에서 『열녀전』한 권을 가져다가 교영에
게 주며 말하였다.
　"이 가운데 여종편[20]과 도미(都彌)의 아내[21]며 백영(伯嬴)[22] 공주며 역
대 절개 있는 부인의 행적이 들어 있다. 그러니 네가 마땅히 유배지에
가져가 이 책이 네 주변에서 떠나지 않게 하여라. 그러면 깊은 산 궁벽한
골짜기에서 호랑이, 시랑 같은 무리가 비례(非禮)로 핍박해도 몸은 십만
군병이 지켜주는 것보다 굳으며 그 도움은 옥 같아서 절개를 잃지 않을
것이다. 하지만 만일 이를 어그러뜨리면 가문에 욕이 미칠 것이니 구천에
가서라도 서로 보지 않을 것이다."[23]

　소저가 부친과 작별한 후부터 깊이 침소에 있어 울음으로 날을 보내며,
때때로 열녀전을 보아 마음을 위로하더라.[24]

　한편, 판소리같이 하층인들이 주로 향유하던 작품에서는 독서나
교육에 관한 내용이 거의 등장하지 않으며, 〈춘향가〉에서 이도령이

19) 〈옥난빙〉 184면.
20) 여종편 : 여종(女宗)은 중국 춘추시대 송(宋)나라 포소의 처로 남편이 두 번째 부인을
　　얻었음에도 불구하고 남편과 시어머니를 잘 모신 인물임.
21) 도미(都彌)의 아내 : 도미는 백제 개루왕 때 사람으로 의리에 밝았으며 그 아내는
　　절개 굳고 아름답기로 유명했음. 김부식, 『삼국사기』, 「열전」〈도미 처〉 참고.
22) 백영(伯嬴) : 춘추시대 초나라 평왕의 부인이며 소(昭)왕의 어머니이자 진(秦) 목(穆)
　　공의 딸. 오(吳)나라 군대가 초나라의 도읍에 이르렀을 때 오왕 합려가 평왕의 후궁
　　등을 모두 따르게 했다. 이때 백영은 칼로 자결하여 따르지 않았음.
23) 〈소현성록〉 1권 21면.
24) 〈육미당기〉 71면. 小姐自別父親之後, 深居寢所, 涕泣度日, 時觀烈女傳以爲散悶.

의 삼승버션 만석당혜 쥐눈히 제자증을 맵시 잇게 박어 신고, 진쥬황라 생명쥬 창의 예당셰포 뒤태기을 몸의 맛계 지어 입고, 애양피 갓두루막기 자지광대 장패 조흔 띄로 슙복통을 눌너 매고, 만션도리 셔피 휘양 두 귀을 눌너 씨고, 대모장도을 맹자 고름의 눌너 차고, 쇼상반쥭 쇄금션의 이궁전 션초 다라 한삼 속의 넌짓 쥐고.[28)]

상층 사대부 남성의 의복은 〈소현성록〉 등 다른 작품에서도 간혹 보이지만 평범한 사람들의 옷차림은 찾아보기 힘든데, 주인공에 주목하는 소설의 특성상 주변인인 평민이나 천민의 의복에는 지면을 할애하지 않은 듯하다.

　　오사모(烏紗帽)를 쓰고, 자줏빛 두루마기를 입고, 옥으로 만든 허리띠를 매고, 붉고 목이 있는 신발을 신으며, 손에는 아홀을 잡는다.[29)]

상층 여성의 경우에는 국문장편 고전소설을 통해 정보를 얻을 수 있는데, 주로 붉은 비단 치마와 푸른 적삼을 입었다. 소박한 것을 표방하는 가문에서는 수를 놓거나 금사(金絲)를 더하거나 진주나 칠보 장식을 하지 못하게 하였다.[30)] 봉호(封號)를 받은 부인들은 봉황 문양이 새겨진 관(冠)을 쓰고 옥패를 맸는데, 혼례와 같이 집안의 큰 행사가 있을 때에는 금사로 꾸민 붉은 비단 옷과 치마를 입고 쌍봉관(雙鳳冠)을 쓰고 명월패(明月佩)를 차는 등 화려함을 더했다.[31)] 부인들 간의 위계도 의복에서 드러났는데, 정실(正室)은 쌍봉관을 쓰고 두

28) 〈이춘풍전〉 348면.
29) 〈소현성록〉 2권 75면.
30) 〈소현성록〉 5권 113면.
31) 〈소현성록〉 6권 37면, 8권 93면, 12권 120면.

줄의 옥으로 만든 허리띠를 두른 것에 비해 둘째부인은 봉관(鳳冠)을 쓰고 꽃신만을 신었다.[32]

현대인들은 의복을 주체적이고 자의적으로 선택하여 자신을 표현하는 수단으로 삼지만, 그 이전 시대의 사람들은 대체로 규격화된 옷을 입곤 했기에 개성을 찾기 어렵다. 특히 옛 여성들은 개성을 살리기는커녕 여러 가지 행동에 규제를 받았기에 복장도 거의 통일되어 있는 것처럼 보인다. 이런 규제 속에 있었기에 가정 밖으로 나가 영웅적인 행위를 하는 고전소설 속 여주인공들은 남성의 옷을 입곤 하였다. 가정 내에 있을 때에는 여성의 복장을 하고 있으면서 조용하고 순종적인 모습을 보였지만, 가정 밖에서 활약하는 대목에 이르러서는 남장(男裝)을 하고 남자로 행세하면서 무공(武功)을 쌓는 모습을 보였다.

> 긔상이 쥰슈ᄒ야 규리 옥녀의 거동이 업고 신장이 날노 늠늠ᄒ야 빅년 갓튼 안쇠과 츄쳔 갓튼 기운이며 진쥬 갓튼 안광이며 빈아흐로 말을 일으미 글ᄌ를 가라친이 흔아흘 드러 열을 통ᄒ고 열을 드르면 천을 씨친이 부모 이즁ᄒ야 아달 읍스믈 흔치 아니ᄒ고 홍금치의(紅錦彩衣)로 입피되 문빅 쇼졔 쳔셩이 쇼탈ᄒ고 금소ᄒ야 취삼으로 체긴 옷슬 입고ᄌ ᄒ난지라 방공 ᄂᆡ외 여아의 ᄯ슬 맛쵸아 쇼원ᄃᆡ로 남복을 지여 입피고 아직 어린 고로 여공(女工)을 가라치지 안코 오직 시셔를 가라친이, 방 쇼졔 나히 어리나 셔공이 날노 장진ᄒ야 시셔빅가어를 무불통지ᄒ야 니두를 모시ᄒ니 용안풍치 더옥 쇄락ᄒ야 츄월이 무광ᄒ고 춘화 붓그럴지라.[33]

---

32) 〈유씨삼대록〉 9권 80면.
33) 〈방한림전〉 91~93면.

〈홍계월전〉 같은 여장군형 소설을 비롯하여 국문장편 고전소설에서도 무술을 익힌 여성들은 대체로 그러했는데, 〈방한림전〉같이 특별한 경우에는 여주인공이 나서부터 죽을 때까지 지속적으로 남장을 하고 살았고 성정체성도 거의 남성이었다.

② 바르트에 의하면 음식은 의사소통체계이면서 이미지의 구현체이자, 관례와 상황과 행동의 시발점이다. 따라서 음식을 둘러싼 일련의 소통 과정은 권력의 유무와 밀착되어 있기도 하기에 타자화의 권력 현상을 잘 드러내는 변인이 된다. 인간은 음식으로 이루어진 사회에서 사회적 음식을 먹고 살아가고 있는 존재이기 때문에 남과 여, 가진 자와 못 가진 자로 구별되는 중심과 주변의 서열 체계가 그대로 음식의 분할에 대응되는 것이다. 따라서 '남/녀'는 조리와 섭생에 있어서 '결과/과정, 중심/주변, 우선/차선' 등으로 대응된다고 할 수 있다.[34]

우리 고전문학에서는 음식과 관련하여 이런 서열체계가 남/녀, 양반/서민 등으로 구별될 수 있다. 특히 권력구도 속 최하위에 속하는 서민여성들은 음식을 먹거나 누리기보다는 만드는 노동을 감수해야 했기에 간혹 갖는 놀이의 시간이 즐거운 시간이었다. 그래서 그들이 주로 향유했던 자탄가 계열 작품들에서는 음식하기의 어려움이 토로되는 한편, 놀이 공간에서의 음식 만들기는 웃음과 재미를 유발하는 행위로 표현된다. 자신의 요리 솜씨를 발휘하면서 성취감을 느끼기도 하고 요리하는 과정을 즐기기도 했던 것이다.

---

34) 김미현 외, 〈한국어문학여성주제어사전 4-공간과 사물편〉 음식장, 보고사, 2013, 참조.

화전굽세 화전굽세 여러 모양 화전굽세 /천원지방 뽄을받아 둥글게 구어볼까 /아롱다롱 꽃을 섞어 보기 좋게 구어볼까 /무럭무럭 김을 내어 먹기 좋게 구어보세 /백설갓흔 밀가루와 놋절같은 파를 섞어/ 넙적넙적 구어 내어 공산명월 방불하다/ 붉고 붉은 두견화를 아롱아롱 무늬 새겨/ 보기 좋게 구어 내어 둘러앉아 맛을 보니/ 맛도 좋고 빛도 좋다 이 솜씨가 뉘 솜씬고 /이리 굽고 저리 구어 솜씨 있게 구어 낸다.[35]

특히 고전시가에서는 음식이 개인의 정체성과 집단의 정체성을 보여주기도 했는데, 효(孝)의 매개로 조홍감이 등장하기도 하고, 시름없는 삶과 유흥의 분위기를 돋우는 것으로 술이 등장하기도 하며, 안빈낙도의 지향으로 나물 안주에 마시는 술이 등장하기도 한다. 이 술은 세상일 회피, 욕망 긍정을 보여주는 것으로 소박한 음식이 맛있다는 안분지족의 의식을 보여주는 매개물로 작용했다.[36] 그러나 여성에게 있어서는 술도 그것을 빚는 행위가 가사노동의 하나로 자리하였기에 고달픈 일로 인식되었다. 하지만 간혹 갖는 놀이의 공간에서는 남성의 주류 문화를 향유하는 경험을 하게 하기도 하고, 마음속 감성을 촉발하는 계기가 되기도 하였다.

이리저리 갈나안ㅈ 동ㅈ불너 술부어라 한잔먹고 놀아보ㅈ/ 일비일비 부일비로 취토록 마신후에/ 취흥이 도도ㅎ야 희춘가 한곡조를 /길이읊어 빅히ㅎ니 인간힝낙 만타ㅎ들/ 우리들이 오날노림 이우에 더할소냐/ 여보소 친구들아 노소를 물논ㅎ고 마음노코 놀아보세/ 이날을 허송ㅎ고 각각 집에 돌아가면/ 봉접구고 사군ㅈ에 다시기히 업서진다/ 술마시고 노리ㅎ

---

35) 〈화전가〉, 김미현 외, 앞의 책 참조.
36) 조성진, 「고전시가에 나타난 음식 이념의 양상과 그 의미」, 『한국고전연구』 32, 2015. 12.

며 노릭ᄒ고 술마시고 흥취잇게 놀아보세.[37]

　고전소설의 경우에는 주로 남녀가 만나는 자리에서 담소를 나눌 때에 술상이 차려지는데, 〈춘향가〉, 〈만복사저포기〉, 〈주생전〉 등 애정을 주요 서사로 하는 소설들뿐만 아니라 여타의 소설들에서도 그러하다. 만남의 자리에서만큼 이별의 자리에서도 종종 술이 등장하는데, 헤어지는 안타까움과 헤어진 후의 그리움 등을 고조시키기도 한다.

　　술치레로 볼작시면 도연명의 국화주와 두초당의 죽엽주며 이적선의 포도주와 안기생의 자하주며 산림처사 송엽주와 천일주를 가지가지 놓았는데, 향기로운 연엽주를 그중에 골라내어 주전자에 가득 부어 청동화로에 덩그렇게 걸어 놓고 차지도 않게 뜨겁지도 않게 데워내어 유리배 앵무잔을 그 가운데 띄웠으니[38]

　　여인이 말했다. "오늘 일은 아마 우연한 일이 아닐 것이다. 하느님이 도우시고 부처님이 돌보셔서 한분의 고운님을 만나 백년해로를 하기로 했다. 부모님께 알리지 않은 것은 예절에 어긋났다 하겠으나 서로 즐거이 맞이하게 된 것은 또한 기이한 연인이라 하겠다. 너는 집에 가서 앉을 자리와 주과(酒果)를 가져오너라." 시녀는 분부에 따라 돌아갔다. 미구에 뜰에 술자리가 베풀어졌는데, 밤은 이미 4경이 되려고 했다.[39]

---

37) 〈휘춘곡〉, 김미현 외, 앞의 책 참조.
38) 〈별춘향전〉 43면.
39) 〈만복사저포기〉 15면. 女曰, "今日之事, 蓋非偶然, 天之所助, 佛之所佑, 逢一粲者, 以爲偕老也. 不告而娶, 雖明敎之法典, 式燕以遨, 亦平生之奇遇也. 可於茅舍, 取裀席酒果來." 侍兒一如其命而往, 設筵於庭, 時將四更也.

주생이 글을 다 짓자, 배도는 자리에서 일어나 약옥선에 서하주를 따라서 주생에게 권했다. 주생은 술을 마실 마음이 없어서 이내 사양하고 마시지 않았다. 배도는 주생의 마음을 알고 슬픈 표정을 지으며 말했다.[40]

그러나 음식을 만드는 장면은 거의 나오지 않고, 음식 이름이 열거되는 장면만 〈춘향가〉, 〈게우사〉 등 판소리에서 볼 수 있을 뿐이다.

술과 안주를 차릴 적에 그릇을 볼작시면 통영소반 안성유기 왜화기 당화기며 동래주발 적벽대접 천은숟가락 유리젓가락이요, 안주를 볼작시면 대양판에 갈비찜 소양판에 제육초, 풀풀 뛰는 숭어고기 터드득 터드득 메추리찜에, 꼬끼오 연계탕에 톰방톰방 오리탕에, 동래 울산 대전복을 맹상군의 눈썹처럼 어슷비슷 오려 놓고 염통산적 양볶이며 껄껄 우는 생치다리 석가산같이 덩그렇게 괴어 놓았다[41]

온갖 음식을 준비하여 대령하였으되, 화류 강진 교자상에 금사화기 유리접시 벌여놓고, 귤병, 편강, 민강이며, 대밀주, 소밀주, 호도당, 포도당에 옥춘당, 인삼당, 왜편, 호편 곁들이고, 인삼정과, 모과정과, 생강정과 곁들이고, 유자, 밀감, 포도, 석류, 생률, 숙률, 은행, 대추, 봉산 참배, 유자, 감자 등등, 전복과 낙지조차 곁들이고 착면화채, 배무름에 수정과를 곁들이고, 메밀 완자 신선로에 번화하더라. 벙거짓골 아귀찜, 갈비찜에 생강을 곁들이고 어육, 제육, 어만두, 떡볶이가 소담하더라. 평양 세면 부비염에 황주 냉면 곁들이고 울산 전복 봉오림에 매화오림, 문어오림, 실백자를 곁들이고, 김치, 양채, 갖은 야채 각색으로 놓았는데, 색 있는 갖은 편에 두태 떡을 곁들이고, 양고음, 우미탕에 누루미를 고았는데, 설렁탕 한 동이는 하인청에 들어 놓고, 평양의 감홍로, 계당주, 노산

---

40) 〈주생전〉 40면. 生詞罷, 桃自起, 以藥玉船, 酌瑞霞酒, 勸生. 生意不在酒, 仍辭不飮. 桃知生意, 乃悽然曰.
41) 〈별춘향전〉 43면.

춘, 이강주, 죽엽주를 각색 병에 들어 놓고, 노자작, 앵무배로 오산에 기우는 듯.[42]

또 음식을 많이 먹는 것을 부정적으로 보는 인식이 담겨 있었는데 특히 여성의 경우에 그러하였다. 〈심청가〉의 뺑덕어미처럼 식욕이 많거나 대식(大食)을 하는 여성은 부정적으로 평가되는 반면, 착한 여성은 먹지 못하거나 거친 음식을 먹게 되어도 이를 견딘다면서 음식에 대한 무욕(無慾), 참을성이 착함을 대변하기도 하였다.

> 양식 주고 쩍 사먹기, 베를 주워 돈을 사셔 술사먹기, 정자밋틔 낫잠자기, 이웃집의 밥부치기, 동인다러 욕셜ᄒ기, 초군덜과 쌈싸오기, 술취ᄒ여 흔밤중의 와 달셕 울림울기, 빈담ᄇᆡ디 손의 들고 보는ᄃᆡ로 담ᄇᆡ 쳥ᄒ기, 총각 유인ᄒ기, 졔반 악증을 다 겸ᄒ여 그러ᄒ되, 심봉사는 여러 ᄒᆡ 주린 판이라 그중의 실낙은 잇셔 아모란 줄을 모르고 가산이 졈졈 퇴픠ᄒ니.[43]

> 구ᄑᆡ ᄯᅩᄒᆞᆫ 황홀ᄒᆞᆫ ᄉᆞ랑이 비흘 곳이 업ᄉᆞ나 위뉴의 흉심은 쳐음은 ᄉᆞ랑ᄒᆞᄂᆞᆫ 쳬ᄒᆞ더니 졈졈 슈삭이 되ᄆᆡ 작심이 엇디 오ᄅᆡ리오 싀호지심으로ᄡᅥ 니르ᄃᆡ, "뎡시 구가를 능멸ᄒ고 블인ᄒᆞᆫ 고모와 동심ᄒ여 조모를 원망ᄒᆞᆫ다" ᄒ여 블측ᄒᆞᆫ 거죄 층츌ᄒ고 됴셕 식반을 업시ᄒ여 괴이ᄒᆞᆫ 직강과 측ᄒᆞᆫ 믹듁을 주니 뎡쇼졔 싱어부귀ᄒ고 당여호치ᄒ여 존댱 부뫼 만금 무이ᄒ여 사ᄅᆞᆷ이 ᄌᆞ긔를 향ᄒ여 블평ᄒᆞᆫ 소ᄅᆡᄒᆞᄆᆞᆯ 듯지 못ᄒ고 상시 옥식 진찬을 넘ᄒ던 바로 직강 믹듁을 ᄉᆞᆷ의나 보아시리오마ᄂᆞ 셩혼 슈삭의 간고 험난이 이 ᄀᆞᆺᄐᆞ여 무고ᄒᆞᆫ 호령과 무죄ᄒᆞᆫ 즐칙이 년면ᄒ니 두리온 ᄆᆞ음이 여림 박빙ᄒᆞᄃᆡ.[44]

---

42) 〈박순호 소장본 게우사〉 440면.
43) 〈심청전〉 160~162면.

그렇기에 국문장편 고전소설이나 전기소설 등 상층이 주로 향유했던 소설 유형들에는 식생활에 대한 정보가 거의 없다. 잔치 자리가 성대했다거나 식사 봉양을 극진히 했다는 서술 정도로 그치고 있다.

③ 고전소설에서 접할 수 있는 주거 생활은 우선, 집 꾸밈에 관한 것이다. 〈심청가〉에서 장승상 댁을 보면, 집 앞에는 버드나무가, 왼쪽으로는 벽오동이, 오른쪽으로는 반송이 심겨 있고, 처소 앞에는 연못과 꽃밭이 있는 것이 부유한 양반 집의 모습이다.

> 승상댁 있는 곳을 멀리서 바라보니 집 앞의 두른 버들 엄용한 시상촌을 황금 같은 저 꾀꼬리 자내느니 버들잎이로다. 좌편의 벽오동은 마른 이슬 떨어져서 학의 꿈을 놀래 깨고, 우편에 섰는 반송 청풍이 건 듯 불면 노룡이 움직인 듯, 창 앞에 심은 파초, 속잎 빼어 입에 물고, 달 아래에 부용당은 벽수가 따스하여 엽전 같은 연잎이 물 위에 떠서 동실동실, 징경이는 쌍쌍, 금붕어 둥둥, 홍도, 벽도, 모란, 작약 화단을 만들었는데, 풍류를 자랑하는 버드나무와 꽃들이 만개한 중문을 들어가니 집모양도 굉장하고 창문도 화려하다.[45]

흥부가 짓는 집은 그렇게 화려하지는 않지만, 서민들이 바라는 집의 모습이라 할 수 있을 듯하다. 안방, 대청, 행랑채 등이 있으면서 집 앞뒤에는 정원과 마구간, 곳간이 있고 방아와 우물, 벌통, 원두막 등이 곁에 있어서 자급자족까지 할 수 있는 곳으로 보인다.

---

44) 〈명듀보월빙〉.
45) 〈이선유 심청가〉 91면.

명당에 집터를 닦아 안방, 대청, 행랑, 몸채, 내외분합 물림퇴, 살미살
창 가로닫이 입구자로 지어놓고, 앞뒤 정원, 마구 곳간 등을 좌우에 벌여
짓고, 양지에 방아 걸고 음지에 우물파고, 울 안에 벌통 놓고 울 밖에
원두막 놓고, 온갖 곡식 다 들었다.[46]

〈게우사〉에서의 방안의 모습은 주인공 무숙이가 기생 의양을 속신
시키기로 합의한 뒤에 아내로 앉히고 살림살이를 시작하느라 심하게
화려하게 꾸민 모습이므로 현실성은 떨어지지만, 당대인들이 부러워
하던 바일 듯하다.

방안 치레 차릴 적에, 두꺼운 장판지, 중국산 종이로 도배한 벽이며,
매화꽃이 그려진 방 휘장, 개천도를 항상 보게 걸어두고, 대모 병풍에는
삼국 그림, 구운몽도, 유향도며 관동팔경 좋은 그림 각 벽에 그리고, 화류
평상, 금파서안, 삼층들이 각계수리, 오사목, 갖은 문갑, 자개 함롱, 반닫
이며 대모 책상, 산호 필통, 사서삼경 온갖 책을 무더기로 쌓아두고, 담비
가죽 휘장, 호피 방장, 왜포 청사, 모기장을 은근히 드리웠더라. 평생
먹을 유밀과와 평생 쓸 당춘약과 진옥에 새긴 별춘화도, 청강석, 백강석
과 산호, 호박, 청백옥 모두 들여 온갖 가화칠보 새겨 유리 화류장을 꾸며
내어보기 좋게 놓아두고, 천은 요강, 순금 타구, 백동 재떨이, 백문 서랍,
샛별 같은 대강선에 철침, 퇴침 등받이에 큰 거울, 작은 거울에 오도독
주석 놋 촛대에 양초 박아 놓아두고, 유리 양각등을 달고, 홍전, 백전,
몽고전과 진지 보초 모탄자와, 각색 금침 수십 벌과 진귀한 갖은 패물,
좋은 모피를 걸어놓았더라. 산삼, 녹용, 부경잡탕, 경옥고, 팔미환, 사물
탕, 쌍화탕을 오래도록 복용하고, 은금보화 비단포목을 산같이 쌓아 두었
구나.[47]

---

46) 〈경판 25장본 흥부전〉 146면.

한편, 조선시대의 상층 양반들의 주거 문화를 비교적 사실적으로 표현해 놓은 것은 국문장편 고전소설들인데, 이들의 공간적 배경이 비록 중국으로 설정되어 있기는 하지만 이는 실재를 허구로 느끼기도 하고 허구를 실재로 느끼기도 하게 하는 공간 설정의 묘(妙)일 뿐[48], 우리나라 즉 조선 후기의 것과 거의 일치한다. 작품들에서 부인들은 각각 당호(堂號)가 붙은 거처가 있는 것으로 되어 있는데, 녹운당, 벽운당, 청운당 등이 그것이다. 남녀의 공간은 중문(中門)을 중심으로 하여 내당(內堂)과 외당(外堂)으로 분리되어, 공간에 있어서도 내외법(內外法)을 엄격히 지켰음을 알 수 있다.[49] 거처를 구체적으로 묘사해 놓은 대목이 많지 않지만, 아래의 예문을 통해 대강의 크기와 구조를 짐작할 수 있다.

석부인이 계시는 벽운루가 협소하다고 말하며 높은 루에 아름답게 단청한 누각을 100간(間) 되는 크기로 세우고 붉은 옥으로 난간을 꾸몄다. 그리고 가운데에 50간 되는 누각을 세워 남북으로 두 방을 나누고 북루(北樓)는 더위를 피하게 하고 남루(南樓)는 추위를 피하게 하였다. 넓게 두 곳을 나눠 시녀를 50인씩 두고 모친을 모시니, 석부인이 비록 자녀의 효도하고자 하는 뜻을 알지만 모든 면에 있어 취성전과 같은 것을 편하지 않게 여기고는 시녀의 수를 줄이고 의복을 검소하게 하였다.[50]

석부인은 소현성의 둘째 부인이어서 거처가 작았었는데, 태부인이

47) 〈박순호 소장본 게우사〉 449면.
48) 탁원정, 「17세기 가정소설의 공간 연구-〈사씨남정기〉, 〈창선감의록〉을 대상으로」, 이화여대 박사논문, 2006. 14~19면 참조.
49) 한옥공간연구회, 『한옥의 공간문화』, 교문사, 2004. 42~93면 참조.
50) 〈소현성록〉 12권 40면.

나 소현성의 첫째부인인 화부인의 처소와 같이 100여 간에 이르는 큰 규모로 화려하게 다시 짓는 대목이다. 이 외에도 집안의 어른인 양부인의 처소는 취성전, 딸 월영의 처소는 운취각, 그녀의 서재는 선적루, 석파의 처소는 일희당 등 각각 거처를 부여 받았으며 어느 정도 독립된 생활공간으로 보장되었다.

2) 일상생활 서술의 효과

앞에서 살펴본 고전소설에서의 일상생활 서술 양상을 요약하면, 의식주생활의 경우는 작가의 주관적 진술보다 당대의 실생활을 그대로 옮겼을 가능성이 크다. 의복과 집과 방의 모습, 술과 안주를 위주로 한 음식의 모습 등은 현실감 있게 그 장면을 읽을 수 있게 한다. 그러나 식생활에 대한 정보는 소략한데 이는 많이 먹는 것을 탐욕스럽거나 사치스럽다고 생각해서였던 듯하다. 판소리에서만 안주, 술 등을 다양하게 열거해 놓은 부분들이 있었고, 요리를 하는 장면은 거의 없었다. 주생활에 대해서는 집과 방의 모습을 묘사하는 방식으로 서술되어 있었는데 판소리에서는 다소 과장되고 화려하게 열거함으로써 자신들이 소망하는 집의 모습을 담았고, 국문장편소설들에서는 대가족이 사는 실제 집의 형태를 재현하였다. 일과(日課)와 노동은 실제와 비슷했지만, 소설에서는 다소 간략하게 서술되어 있었다. 국문장편 고전소설을 통해서는 사대부 남성과 여성의 일과, 사대부 여성의 노동에 대해 알 수 있었으며, 판소리나 세태소설을 통해서는 가난한 양반의 노동에 대해 알 수 있었다. 독서와 교육도 실제와 비슷한 면이 많았지만 주로 상층인들의 일상생활에 해당하므로 국문장편

고전소설에 많이 서술되어 있었다.

또한 이러한 연구를 통해 고전소설 유형 간의 차이도 확인할 수 있다. 판소리나 판소리계 소설, 영웅소설, 애정소설에는 일상생활에 대한 서술이 적었으며, 그 서술도 주로 서민이나 하층민의 삶이 조명되었다. 이들 단편소설들은 주로 굵직한 사건 위주의 빠른 진행을 보이기에 일상생활을 세세히 조명하기보다는 열거에 그친 반면, 국문장편 고전소설들은 사소한 사건들도 인물의 구체적 행위나 묘사를 동반하여 길게 서술하기에 일상생활에 대해서도 자세히 조명했다. 이를 통해 상층인들의 일과와 노동, 독서와 교육, 의식주생활에 대해 알 수 있었다.

그렇다면 고전소설에서 일상생활을 구체적으로 서술한 것은 어떤 효과를 내었을까? 우선, 핍진한 현실감을 확보하게 하였을 것이다. 특히 판소리나 판소리계 소설에서 하층민들의 의식주생활이 핍진하게 묘사됨으로써 서사도 아울러 현실감을 얻게 되었을 것이다. 일상의 재확인을 통해 작품 속 이야기를 자기 주변의 이야기로 받아들일 수 있었을 것이며, 그러한 공통 기반 위에서 효과적으로 공연도 되고 읽히기도 했을 것이다. 이는 또 한 장면을 세부적으로 자세히 제시하는 장면의 구체화 기법과도 맞닿아 있으며, 당연히 누려야 했지만 그럴 수 없었던 하층인들의 일상에 대한 문제의식을 가졌던 작가의식의 표명이기도 하다.[51]

일상생활 중에서도 의식주생활의 경우는 특히 작가의 주관적 진술보다 당대의 실생활을 그대로 옮겼을 가능성이 크다. 그래서 옷매무

---

51) 정충권, 앞의 논문.

새, 집과 방의 모습, 술과 안주를 위주로 한 음식의 모습 등은 현실감 있게 그 장면을 읽을 수 있게 한다. 그러나 소설의 특성상 주인공 위주의 묘사가 이루어지다 보니 상층 인물들의 경우가 많고, 아주 부유하거나 아주 가난한 인물에 해당하는 일상일 경우가 많아 아쉽다.

실제 평범한 이들의 의복을 알 수 있는 글로는, 사실을 그대로 옮긴 이옥의 〈시기(市記)〉 등을 들 수 있다.

> 넓은 소매에 자락이 긴 옷을 입을 사람, 저고리와 치마를 입은 사람, 좁은 소매에 자락이 긴 옷을 입은 사람, 소매가 좁고 짧으며 자락이 없는 옷을 입은 사람, 방갓에 상복을 입은 사람, 승포와 승랍을 한 중, 패랭이를 쓴 사람 등이 보인다. 여자들은 모두 흰 치마를 입었는데, 혹 푸른 치마를 입은 자도 있었고, 아이로서 의대를 갖춘 자도 있었다. 남자가 머리에 쓴 것 중에는 자줏빛 휘향을 착용한 자가 열에 아홉이며, 목도리를 두른 자도 열에 두셋이었다. 패도는 어린아이들도 역시 차고 있었다. 서른 살 이상 된 여자는 모두 조바위를 썼는데, 흰 조바위를 쓴 이는 상(喪) 중에 있는 사람들이다.[52]

의식주생활에 대한 묘사가 적은 것은 당대인들이 절약과 검소함을 숭상하는 분위기였기 때문일 것인데, 17세기 초반의 문인 윤선도가 큰아들에게 준 가훈을 보면 생생하게 느낄 수 있다. "의복과 말안장 등 자신을 받드는 모든 것은 이전의 습속과 폐단을 고치고 줄여라. 식사는 배고픔을 채우면 족하고, 옷은 몸을 가리면 족하며, 말은 걷지 않으면 되고, 안장은 튼튼하기만 하면 되며, 그릇은 적절히 쓸 수 있으면 된다."[53]라고 하였으며, 덧붙여 아들이 명주내복을 입었던 것

---

52) 이옥, 〈시기〉, 실시학사연구회 역, 『이옥전집』 2, 소명출판, 2001, 72면.

을 나무라면서 이런 옷은 질박함에 가까워야지 사치에 가까워서는 안 된다고 하기도 하였다.

식생활에 대한 정보가 특히 소략했는데 이는 많이 먹는 것을 탐욕스럽거나 사치스럽다고 생각해서였던 듯하다. 판소리에서만 안주, 술 등을 다양하게 열거해 놓은 부분들이 있었고, 요리를 하는 장면은 거의 없었다. 주생활에 대해서는 집과 방의 모습을 묘사하는 방식으로 서술되어 있었는데, 판소리에서는 다소 과장되고 화려하게 열거함으로써 자신들이 소망하는 집의 모습을 담았고, 국문장편소설들에서는 대가족이 사는 실제 집의 형태를 재현하였다.

일과와 노동의 경우에도 실제와 비교적 비슷하지만, 소설에서는 다소 간략하게 서술되어 있었다. 〈소현성록〉이나 〈완월회맹연〉의 배경이 중국이기는 하지만 그 안의 일상은 우리나라의 그것이라는 데에는 이견이 없을 정도로 실제와 유사하다. 그러나 이상적으로 생각하는 면도 가미하여 교육적 효과를 높였다고 생각되기는 한다.[54] 실제로는 어떠했는지를 살펴보면, 조선 시대에 평민 이하층 여성은 주로 가정 내의 일을 하면서 직조(織造)나 바느질을 하여 가계를 책임지기도 했으며, 양반층 여성은 가정을 관리하는 것이 주 임무였고 제사 모시기, 손님 접대하기 등의 일을 하였다고 한다. 제사를 모시는 것은, 조선 초에는 6품 이상은 3대를, 7품 이하는 2대를, 서인(庶人)은 부모만 제사했으나, 중·후기가 되면서 점차 중국의 〈주자가례〉 따라

---

53) 정구복, 〈가훈〉, 한국고문서학회 편, 『조선시대 생활사』 2, 역사비평사, 2002, 39~41면.
54) 이지영, 앞의 논문, 50면.

4대 봉사가 일반화되었고 평민들도 참여하게 되었다. 따라서 종부의 경우 기제사와 다례와 시제 포함하면 10회 이상이 되었고, 남편이 양자일 경우 양부모만 제사를 지내도 되었으나, 통상 친부모 제사도 함께 지냈으니 더 부담스러웠을 것이다. 이처럼 결혼한 양반 여성의 경우, 제사를 지내는 일이 매우 중요한 임무였기에 송시열의 〈계녀서〉, 이덕무의 〈사소절〉 등 여성 규범서에는 봉제사(奉祭祀) 항목이 반드시 있었다. 또한 손님 접대는 집안의 품위 유지를 위해 매우 중시되었는데, 접대를 제대로 못하면 가문이 정보에서 소외되고 지아비와 자식이 나가서 대접받지 못한다고 하여 부인들이 여자 종들을 지휘하여 음식을 잘 장만하려 했다. 가정 경제의 관리와 운영도 〈주자가례〉에서는 가장인 남성이 주도하라고 되어 있었지만, 실제로는 가장의 부인인 주부(主婦)가 총괄하였는데 토지와 노비 관리가 주된 임무였다. 평민이나 노비층 여성은 직접적 생산노동에 참여했는데, 종자 준비나 곡식 심기를 남자와 같이하고 김매기를 주로 하였다고 한다. 포(布)는 쌀과 더불어 화폐 역할을 했고 세금으로도 냈기에 경제적 기반이 취약한 양반가 여성 정일당 강씨 같은 이는 생계 유지와 남편의 과거 공부 뒷바라지로 길쌈을 직접 하기도 하였다.[55]

교육이나 독서의 경우에도 실제를 반영한 면이 많은데, 소설에서처럼 학식이 높았던 여성들도 있었음이 확인된다. 17세기의 문인 김창협이 딸 김운이 죽은 뒤 쓴 묘지명을 보면, 그녀가 〈주자강목〉, 〈논어〉, 〈상서〉 등을 읽는 등 학식이 높았음을 이야기하고 있으며,

---

55) 이순구, 「조선시대 여성의 일과 생활」, 한국여성연구소 여성사 연구실 저, 『우리 여성의 역사』, 청년사, 1999.

송시열도 정부인 이씨의 행장에서 그녀가 경서와 사기, 시전, 맹자 등의 대의(大義)를 꿰뚫고 있을 만큼 학식이 깊었다고 쓰고 있다. 이처럼 여성의 경우에도 독서를 통해 지식을 쌓고 규범을 익히는 것이 당연하였고, 18, 19세기에 이르러서는 제대로 교육 받아 지적 수준이 높고 치란(治亂)과 고금의 득실을 따질 수 있을 정도의 식견을 갖춘 여성들도 등장하게 된 것이다.[56]

---

[56] 황수연, 앞의 논문, 174~176면.

예법의 실행

1) 혼례와 상례

조선시대에 우리나라의 생활문화의 주류를 형성하던 유교적 의식 중에서 관혼상제(冠婚喪祭)는 매우 중요한 부분을 차지하고 있었다. 그런데 이들은 대체로 〈주자가례(朱子家禮)〉를 통해 정착되었다고 해도 과언이 아닐 정도로 〈주자가례〉의 영향력은 막강했다. 따라서 먼저 〈주자가례〉를 기본으로 한 예서(禮書)와 우리나라 예학자(禮學者)들의 문헌을 통해 조선 후기의 예법에 대해 살펴볼 필요가 있다. 그런데 고전소설에서는 관례와 제례에 대해서는 구체적인 양상이 서술되어 있지 않고 혼례와 상례에 대해서만 서술되어 있으므로 이에 대해서만 살피기로 한다.[1]

---

[1] 단, 제례를 행할 때에 쓰는 제문(祭文)이 삽입되어 있는 소설들은 있다.

우리나라의 혼례는『예기(禮記)』에 명시된 전통적인 절차 즉 육례 (六禮)를 지켰는데 이는 납채(納采), 문명(問名), 납길(納吉), 납징(納徵), 청기(請期), 혼례(婚禮)의 과정이다. 그러나 조선 후기에 오면 이를 약간 변형한,『주자가례』의 육례 절차를 따르게 되는데, 이는 의혼 (議婚), 납채(納采), 납폐(納幣), 친영(親迎), 부현구고(婦見舅姑), 묘현 (廟見) 등으로 정리할 수 있다. 당시의 혼례는 가문의 적자인 종자(宗子)가 주관하는데, 남자 집의 적자가 중매쟁이를 보내 혼인의 의사를 묻는 것을 '의혼'이라 한다. '납채'는 자제를 사자(使者)로 삼아 여자 집으로 가는 것을 말하며, '납폐'를 할 때에는 색 비단을 사용하고 빈부에 맞춰 적당하게 하게 되어 있다.[2]

예를 들어, 〈숙영낭자전〉에서는 이 세 가지 절차, 즉 의혼, 납채, 납폐의 절차를 거치지 않고 외지에서 두 남녀가 먼저 사랑을 나눈 뒤에 함께 시가(媤家)로 간다. 따라서 신랑이 신부의 집에 가서 신부를 친히 맞아오는 예인 '친영'도 제대로 이루어지지는 않았지만, 신랑이 신부의 집에 가서 신부를 데리고 시댁으로 온다는 점에서 변형된 친영 절차로 볼 수도 있다. '신행(新行)'이라는 말은, 혼인할 때 신랑이 신부의 집으로 가거나 신부가 신랑의 집으로 가는 것을 말하는데, 여기서는 신랑이 신부의 처소에 가서 사랑을 나눈 뒤 함께 신랑 집으로 가는 상황이다. 따라서 이때의 신행은 변형된 '친영', '부현구고'의 절차라고 할 수 있다. 이렇게 숙영은 정식 혼례를 치르지 않은 상태로 시댁으로 오기에, 이것이 나중에 그녀가 시아버지에게 제대로 인정

---

[2] 김경미,「주자가례의 정착과 〈소현성록〉에 나타난 혼례의 양상」,『한국고전연구』 13, 2006.

받지 못하는 빌미가 되기도 한다.

또한 혼례는 부모님의 의사가 중요하고 신랑이나 신부가 될 사람 중 한 쪽의 부모가 구혼(求婚)하여 허락을 받으면 진행되는 혼인이 주를 이루었다. 이를 '의혼(議婚)'이라고 하는데, 〈숙영낭자전〉에서도 신랑 될 사람의 아버지인 백상공이 신부 될 사람의 아버지인 임진사에게 구혼하는 장면이 있다. 임진사가 허락하자 백선군의 재혼이 성사되는 것이다. 혼인 당사자의 의견은 전혀 중요하지 않고 양가의 아버지들이 결정하는 방식이 자연스러웠던 것이다. 오히려 당사자들이 부모의 의견을 듣기 전에 먼저 마음이 맞아 사랑을 하게 되는 것이 비례(非禮)였다. 당시의 혼인은 개인의 의지가 아니라 집안의 이해관계에 따라 결정되는 것이었던 것이다. 현대에는 혼인 당사자의 의사를 중심으로 하는 자유연애가 대세이기는 하지만, 부모님의 의견이 여전히 중요하게 작용하며, 혼인날을 길일로 잡는다든지 사주를 본다든지 폐백을 드리는 등의 풍속은 남아 있다.

상례에 관해서는 『예기(禮記)』와 〈주자가례〉의 가르침에 따랐는데, 중국의 한(漢)나라 이전의 고대 유가사상을 대표하며 최초의 예(禮) 기록임과 동시에 예(禮)의 근간을 논한 자료라고 할 수 있는 『예기』이하 예학(禮學)에 관련된 저술 중 상례와 상복 관련 편장(篇章)이 많은 것을 보면[3] 역대의 많은 학자들이 여러 가지 예법 중에서도 가장 중요하게 생각했던 부분이었음을 알 수 있다. 상례의 의식 절차에서

---

[3] 공병석, 「상례의 이론적 의의와 그 기능-예기를 중심으로」, 『동양예학』 14, 동양예학회, 2005, 94면.

가장 중요한 것은 '애(哀)' 즉 슬픔을 표현하는 것이지만, 그러면서도 절제 없는 슬픔은 좋지 않은 것으로 여겼다. 절제하지 못해 건강을 해치거나 자식을 양육하지 못하는 것은 불효가 되는 것이기 때문이다. 그래서 '절애(節哀)'와 '순변(順變)'의 이치[4]가 강조되었던 것이다. 이때의 순변이란, 슬픔의 커짐과 사라짐에 따라 슬픔이 점점 변하여 가벼워지는 것을 말하는데 이처럼 점진적으로 적응되어 과도한 슬픔으로 인한 신체적 고통을 면할 수 있는 것이다. 즉 '상례'에서 중요한 것은 자신과 죽은 이와의 친소 관계 및 정감의 깊이에 따라 적절한 태도와 진실된 애도의 뜻을 표하는 것이므로 '發乎情, 止於禮'로 집약될 수 있다.[5]

이렇게 '슬픔의 마음을 표현하기는 하되 예로써 절제해야 한다'고 했을 때에 그 합당한 정도를 가늠하고 규정하는 일은 어려운 일이다. 그래서 조선의 사대부들은 죽음의 의미에 관한 이해와 그 실천적 태도에서 일정한 특징적 방식들을 논의하고 합의하여 공유해 왔다. 특히 고려 말에 〈주자가례〉를 수용한 이후로 많은 성리학자들이 상례에 대해 논의하고 상세하게 다듬어 토착화시키려는 노력을 했는데, 조선 후기에 이르러서는 옛 양식에 부합하면서도 조선의 현실에 용이하게 실천할 수 있는 의례로 변화시키는 학문적 노력도 진행되었으며 어떤 면에서는 중국에서보다 더 강한 예법의 적용을 실천하기도 했다.

조선의 유학자들은 가족 친지의 죽음을 대하는 문화적 양식을 중

---

4) 喪禮, 哀戚之至也. 節哀, 順變也. 『禮記』 檀弓 下. (이상옥 역, 『예기』 상, 명문당, 2003, 300면.)
5) 공병석, 앞의 논문, 101~103면.

국의 고례(古禮)에 연원을 둔 상례(喪禮)와 제례(祭禮)의 규범으로 정착시켜왔다. 특히 상례는 부모의 죽음을 존재의 완전한 소멸이 아니라 이동 또는 사라짐에 의한 이별의 문제로 인식하고 그 이별을 슬퍼하는 심정을 표현하며 떠나간 존재에 대한 효(孝)와 경(敬)을 지속하도록 규범화한 것이다.[6] 조선 건국 이전에는 불교적으로 행해지던 상·제례를 건국 이후에 유교적으로 바꾸기 위해 〈주자가례〉를 따르라고 하였고, 16세기 전반 중종조부터는 그 예법이 실제 생활에서 구현되기 시작했으며 17세기에는 정착되어갔다.

〈주자가례〉의 상례(喪禮)[7]에 준하여 그 절차를 정리해본다.

초종(初終)	돌아가시다
목욕(沐浴)	시신을 씻기다
습(襲)	시신을 염습하다
전(奠)	전제를 드리다
위위(爲位)	자리를 만들다
반함(飯含)	시신의 입 안에 음식을 물리다
영좌(靈座)	죽은 이를 위해 전제 올릴 자리를 설치하다
혼백(魂魄)	흰 명주로 사람모양 혼백을 만들어 놓다
명정(銘旌)	죽은 이의 관직과 성명을 적은 깃발을 만들어 놓다
소렴(小斂)	죽은 다음 날. 19벌의 옷과 이불로 싸 묶는다
대렴(大斂)	소렴 다음 날 즉 죽은 지 3일째 되는 날. 30~50벌의 옷과 이불로 싸 묶음. 손발톱, 머리카락을 작은 주머니에 넣어 관 모서리에 채움. 얼굴을 덮으며 관 덮개를 덮고 못을 박음
성복(成服)	대렴 다음 날, 죽은 지 4일째. 참최, 자최 등 상복을 입다

---

6) 유권종, 「유교의 상례와 죽음의 의미」, 『철학탐구』 16, 중앙대 중앙철학연구소, 2004, 6~8면.
7) 주희, 『주자가례』, 임민혁 역, 예문서원, 2007, 197~426면.

조석곡전 (朝夕哭奠)	아침저녁으로 곡하며 전제를 드리다
상식(上食)	음식을 올리다
조전부 (弔奠賻)	조상하고 전제하며 부의하다
문상(聞喪)	멀리서 상을 듣고 의례를 행하다
분상(奔喪)	상을 듣고 장사 지내러 가다
치장(治葬)	3개월 만에 장사 지낼 터를 조성하다
천구(遷柩)	영구를 옮기다
조조(朝祖)	조상을 뵙다
전부(奠賻)	술을 올리고 부의하다
진기(陳器)	제기를 진설하다
조전(祖奠)	조례에 술을 올리다
견전(遣奠)	상여를 떠나보내는 제사를 드리다
발인(發引)	발인하다
급묘(及墓)	묘소에 도착하다
하관(下棺)	관을 내리다
사후토 (祀后土)	후토신에게 제사지내다
제목주 (題木主)	나무신주에 글을 쓰다
성분(成墳)	봉분을 만들다
반곡(反哭)	집으로 돌아와 곡을 하다
우제(虞祭)	장사 지내는 날 안에 빈소에서 우제를 지내다
졸곡(卒哭)	아침, 저녁 이외의 곡을 그치다. 삼우(三虞)후 강일(剛日)
부(祔)	합장하다
소상(小祥)	사후 1년 만에(윤달은 계산하지 않으니 실제로는 13개월) 제사를 지내다
대상(大祥)	사후 2년 만에(실제로는 25개월) 제사를 지내다
담(禫)	대상을 지내고 2개월 후에 제사를 지내다 따라서 총 27개월이면 삼년상을 마침. 탈상

위의 절차들을 실행하는 것은 17세기 이후 점차 확고한 예법으로 자리 잡았지만 집안마다 조금씩의 차이가 있었으며, 경직되고 엄격하게만 준수된 것은 아니었다. 예학(禮學)의 대가였던 송시열(宋時烈)의 경우에도 이를 준수하는 것을 중심으로 삼되, 아끼던 외손녀의 상례를 치를 때에는 법도 밖의 인정(人情)에 따랐고, 아내 이씨의 상례를 치를 때에는 상충되는 예법을 절충하고 변례(變禮)를 적용하기도 하였다.[8]

또한 상례를 치를 때에는 친족 관계에서의 남녀, 내외의 차별이 은밀하면서도 확고하게 진행되었는데, 가장 많은 논쟁을 일으킨 것이 '아버지가 생존해 계신데 어머니의 상을 당했을 때의 복제(服制)'에 관한 것이었다. 부모의 상은 삼년상이지만 아버지가 살아계신데 어머니가 돌아가셨을 때는 기년상(期年喪)으로 하고 심상(心喪)한다고 했다.[9] 퇴계도 이를 따라야 한다고 했으며, 아울러 부모상을 함께 당했을 때는 장례는 선경후중(先輕後重)으로 어머니를 먼저 장례하지만 어머니의 장례를 지내면서 슬픔을 펼 수 없다고 하였다.[10]

위의 〈주자가례〉의 상례에는 들어 있지 않는 한국적 특색으로 '시묘살이(여묘살이)'를 더 넣을 수 있다. 묘 옆에 여막(廬幕)을 만들고 3년 간 살았다는 이 풍습은 중국의 예서에도 없고 〈주자가례〉에서도 언급되지 않아 성리학자들도 정통적인 예제로 보지 않았다. 하지만 후한 것을 따른다는 원칙에 근거하여 조선초기의 신진 유학자들을

---

8) 김남이, 「17세기 사대부의 주자가례에 대한 인식과 상·제례」, 이혜순 외, 『조선 중기 예학 사상과 일상 문화−주자가례를 중심으로』, 이화여대출판부, 2008, 213~220면.
9) 이혜순, 「16세기 주자가례 담론의 전개와 특성」, 이혜순 외, 앞의 책, 39면.
10) 이혜순, 앞의 논문, 42면.

중심으로 확산되었으며 연산군대에는 사대부가에서 일반적으로 행하는 상·장례로 자리 잡았다. 즉 자식의 고행을 부각하여 효(孝)의 잣대로 삼는 시속(時俗)으로 정착되기 시작한 것이다.[11] 조선건국이념에 따라 모든 의례와 의식을 유교식으로 교화해가는 차원에서『국조오례의(國朝五禮儀)』에 시묘살이를 명문화하여 왕실과 사대부들이 본받도록 했으며 3년상을 치르고 이를 행할 경우에는 정려문을 세워주기도 하였다. 중종대 이후에는 사대부들 사이에서 일반화되어 이를 행하는 동안에 조석(朝夕) 상식(上食)과 곡(哭)을 하더라도 관직 생활을 하면서 서울 왕래를 하는 등 비교적 융통성 있고 자유롭게 운영되었다.[12] 그리하여 조선 후기에 오면 사대부들은 반드시 시묘살이를 해야만 효를 제대로 행하는 것이라고 생각했으며, 국문장편소설들에서도 이에 대해 종종 언급하고 있다.

이제, 혼례와 상례가 소설 속에서는 어떤 식으로 묘사되어 있는지 그 양상을 살피고 의미를 탐구해 보기로 한다.

2) 혼례의 실행 양상과 그 의미

앞에서 살핀 바와 같이 조선 후기에는 〈주자가례〉에 입각한 혼례가 정착해갔다고 하는데, 대다수의 중단편 국문소설에서는 예법을 실행하는 단어가 노출되는 정도로 그쳤다. "신행(新行)을 꾸렸다.",

---

11) 남미혜, 「초려 이유태의 정훈을 통해 본 가례 의식」, 이혜순 외, 앞의 책, 114면.
12) 김경숙, 「16세기 사대부가의 喪祭禮와 廬墓生活 - 이문건의 〈묵재일기〉를 중심으로」, 『국사관논총』 97, 2001, 117~121면.

"택일(擇日)하여 혼례를 올리기로 하고", "납채(納采)를 보냈다."[13], "빙폐(聘幣)를 후히 하고", "폐백(幣帛)을 받들어"[14] 등의 구절들이 〈숙영낭자전〉, 〈사씨남정기〉 등의 혼례 관련 구절들이다. 특히 〈사씨남정기〉에서는 신랑이 신부의 집에 가서 신부를 데리고 함께 시가로 와 혼례를 치르는 친영(親迎)의 예(禮)도 나온다.

이들보다 조금 더 자세히 예법이 드러나는 것은 국문장편소설들에

---

13) "낭군과 함께 내려가겠어요."라고 하고 신행(新行)을 꾸렸다. (중략) 좋은 노새에 호피(虎皮) 안장을 맵시 있게 지어 얹어 선군이 올라타고, 백옥 가마에 금발 주렴을 화려하게 차려내어 낭자가 비껴 탄 후, 하녀를 앞세우고 수레와 말을 몰아 시가(媤家)로 내려갔다. 〈숙영낭자전〉 이상구 역, 223면.

"… 진사 댁에 아름다운 처자가 있다고 들었습니다. 그래서 염치불고하고 왔사오니, 진사의 뜻은 어떠합니까? 선군이 아직 나이 어린 까닭에 새로 좋은 짝을 만나면 옛정을 잊을 듯하오니, 진사께서 기꺼이 허락해주시길 바랍니다. 덕분에 선군이 다시 살아나는 은혜를 입게 된다면 우리 두 집안이 모두 영화를 누릴 것이니, 어찌 즐겁지 않겠습니까?" (중략) 상공이 더욱 애절하게 부탁하니, 진사가 마지못해 허락하며 말했다. "저 또한 한림 같은 사위를 얻는 것이 어찌 즐겁지 않겠습니까?" 이에 상공이 크게 기뻐하며 말하기를, "선군이 이달 보름에 진사 댁 문 앞을 지날 것이니, 그 날로 날짜를 잡아 혼례를 올립시다."라고 하고는 집으로 돌아와 임 진사 댁에 납채(納采)를 보낸 후 선군이 오기를 기다렸다. 〈숙영낭자전〉 이상구 역, 249~250면.

14) 본부에 돌아와 두부인을 대하여 사가에서 허혼한 말을 이르고 택일(擇日)하니, 길기(吉期)가 한 달이 남았다. 류공이 사급사가 청렴정직하여 가세 빈한함을 아는 고로 빙폐(聘幣)를 후히 하였고, 최부인에게 보이지 못함을 마음에 매우 슬퍼하였다.

이러구러 길일(吉日)이 다다르니 양가에서 큰 잔치를 열고 사돈 관계를 맺었다. 남풍여모(男風女貌)가 매우 뛰어나 가히 빼어난 한 쌍의 배필이라 이를 만하였다. 부인이 신랑의 신선 같은 풍채를 사랑하여 딸아이의 쌍이 될 만함을 즐거워하는 중에 남편인 사급사가 보지 못함을 생각하고 눈물을 비단 치마에 흘려 얼룩이 졌다. 신랑이 신부가 가마에 오르기를 재촉하여 본부(本府)로 돌아왔다. 신부가 폐백(幣帛)을 받들어 시아버지께 나아오니, 류공과 두부인이 눈을 들어 신부를 보았다. 용모가 아름다움은 말하지도 말고 현숙한 덕성이 외모에 나타나 주(周)나라가 팔백 년을 이루던 임사(姙姒)의 덕이 가득하니, 공이 즐거워하며 축하의 말들을 사양하지 않았다. 해가 서산으로 기울자 모든 손님들이 귀가하고 신부가 숙소로 돌아갔다. 〈사씨남정기〉 영창서관본, 인천대 민족문화연구소편, 구활자본 고소설전집 4, 1983. 신해진 역주, 20면.

서이다. 〈소현성록〉이나 〈조씨삼대록〉 등에서는 혼인날의 정황이 소상히 묘사되어 있다.

  길일이 다다라 매자(媒子) 네 사람과 양참정이 이르렀다. 양부인이 매자 네 사람과 부친을 받들어 자리를 정해 앉았고, 시각이 다 되어갔다. 소씨가 저 화씨가 자기 욕함을 그릇되었다고 여겼지만 그녀가 매우 서러워하는 것을 보고, 한편으로는 화씨가 비뚤어지고 속이 좁음을 괴이히 여겼지만 한편으로는 불쌍하게 여겨 가만히 타일러 말하였다.
  "오늘 어머니께서 반드시 그대에게 아우의 옷을 섬기라 하실 것이니 만에 하나라도 불평하지 마라."
  화씨가 사례하며 소리 높여 울었다. 양부인이 화씨를 불러 상서의 관복을 입히라고 하시니, 명령을 듣고 나아가 관대(冠帶)를 받들어 섬겼다. 양부인이 남모르게 눈길을 보내 그 행동거지를 살피니, 화씨가 얼굴색이 흙빛이 되어 그 옷고름과 띠를 매는데 손이 떨려 쉽게 하지 못하였다. 그윽이 애달프게 여기고 있는데 관대를 섬기기를 마치고 모인 사람들에게 하직하니, 양부인이 슬퍼하며 감탄하여 눈물을 흘렸다.
  상서도 또한 눈물을 머금고 위엄 있는 의식을 갖추어 석씨 집에 이르러 기러기를 전하였다. 신부가 교자에 오르기를 기다리니, 소저가 여러 보물로 몸을 잘 단장하고 백냥(百輛) 수레에 올랐다. 상서가 순금으로 된 자물쇠를 가지고 덩을 잠그고 말에 올랐다. 칠왕과 팔왕 두 제후가 요객(繞客)이 되고 만조백관(滿朝百官)이 십 리에 벌여 있으며 무수히 따라오는 사람들이 좌우에 가득 어깨를 겹칠 정도로 있어, 티끌이 해를 가리니 그 풍성함을 이루 다 기록하지 못하겠다.
  자운산에 이르니, 중당(中堂)에 혼인 예식을 치를 자리가 잘 차려 있었다. 신랑과 신부가 예를 마치고 같은 자리에 나아가 자하상(紫霞觴)을 나누는데, 남자의 풍모와 여자의 모습이 서로 비쳐 구슬 꽃과 옥 나무가 서로 마주 대한 듯 부부의 재질이 빠지는 데가 없었다. 그러니 이른바 삼생(三生)의 오랜 인연이며 하늘이 정한 좋은 짝이었다. 모든 사람들이 탄복하고 매우 놀라 칭찬함을 마지않았다.

상서가 동방(洞房)에 돌아가 잠깐 눈을 들어 신부를 보니, 눈이 현란하여 모든 혼이 놀라 움직이는 듯하였다. (중략)

다음 날에 시어머니를 뵙고 사당에 절하는 데 예의를 갖추어 행하였다. 축하하러 온 손님이 구름 같았다. (중략)

이윽고 신부가 나와 폐백하는 예를 마치고 단장을 새로 고쳐 시어머니께 잔을 올렸다. 다만 보니, 얼굴빛은 흰 연꽃 같고 눈썹은 먼 산 같으며 눈동자는 맑은 별 같고 두 뺨은 복숭아꽃 같으며 붉은 입술은 앵두 같고 태도는 신중하고 행동은 민첩하며 키와 풍채가 거리낄 곳이 없었다. 사람으로 하여금 정신을 잃고 마음을 황홀하게 하니, 한 번 바라보면 얼굴빛을 고쳐 존경의 뜻을 표할 정도였다. 윤씨와 소씨의 하늘이 내려주신 특별한 용모도 이에 비하니 빛을 잃었고, 더군다나 화씨는 성한 모란이 쇠한 두견화로 바뀐 것 같았다. 모인 사람들이 크게 놀라며 양부인께 다투어 칭찬하여 말하였다. (중략)

종일 마음껏 즐기다가 잔치가 끝난 후, 신부의 숙소를 벽운당으로 정하였다. 신부 숙난소저가 침소로 돌아와 단의(禮衣)를 바르게 입고 촛불을 대하여 있었다.[15]

위공이 바삐 택일(擇日)하여 보내니, 소승상이 펴 보았다. 폐백을 드리는 날은 맹춘(孟春) 초열흘이니, 하루 남았고, 성례(成禮)는 중춘(仲春) 보름이니 한 달 남았다. 승상도 아름다움을 이기지 못하였고, 다음날에 납채(納采)를 보내고 혼사에 쓰일 물건들을 준비하였다.[16]

소현성과 석부인이 혼인하는 날의 정황이다. 매파 네 명과 외조부가 혼례에 참여하러 먼저 오고, 신랑 현성의 첫째 부인 화씨가 둘째 부인 맞을 혼인날의 길복을 지어 관례대로 남편에게 입히는 준비 과

15) 〈소현성록〉 2권 46~51면.
16) 〈소현성록〉 5권 8면.

정부터 보여준다. 이후 신랑이 신부 석씨의 집에 가서 전안(奠雁)하고 신부를 데리고 요객(繞客)들과 함께 신랑의 집으로 와서 혼례를 치른 다. 여기서도 친영(親迎)의 예로 치러지는 것이다. 이후 사당에 예를 치르고 폐백하는 것까지 예법대로 진행된다. 아래의 예문도 짧기는 하지만, 택일-납채-납폐-성례 등의 절차가 제시된다.

다음은 〈조씨삼대록〉에서의 혼례 날인데, 절차는 비슷하나 분위기 가 좀 더 발랄하고, 남자 친척들이 신랑과 어떻게 담소를 나누는지, 여자 친척들이 신랑과 신부를 어떻게 대하고 담소를 나누는지 등이 생생하게 묘사되어 있다.

세월이 흘러 혼사 날이 다다랐다. 양씨 집안에서 큰 잔치를 열고 유명 한 재상과 대신을 다 청하였다. 양인광이 시각이 되어 백마에 금으로 꾸민 안장을 하고 수많은 위의를 거느려 진궁에 이르렀다. 옥으로 만든 상에 기러기를 전하는 예를 하고 자리에 나갔다. 진궁의 내연(內宴)의 화려함 은 말할 것도 없고 진왕과 초공이 노공을 받들어 정면으로 바라보이는 벽에 앉고 여러 아들들이 차례로 이들을 모시고 있으니 옥 같은 얼굴과 영웅의 풍모가 새롭게 빼어났다. 그러나 신랑의 풍채와 기상이 여러 조생 들에게 빠지지 않았다. (중략)

여러 사람이 크게 웃고 말하였다. "그 신랑이 너무 부끄러움이 없으니 처음으로 장인에게 방자한 죄로 벌수를 먹이십시오."

진왕과 초공이 다 웃고 술과 안주가 앞에 낭자하였다. 양인광이 자리에 나가 여러 조생들과 어깨를 나란히 하고 앉아서 술을 마시며 담소하기를 태연자약하게 하였다. 그 풍채와 기상이 오늘 더욱 빼어나고 상쾌하니 초공이 다시 유쾌한 사위를 얻은 것을 칭찬하고 축하하였다.

내당에서 태부인과 두 명의 부인과 상부의 부인들과 소저들이 다 진궁 에 모여 월염의 혼인을 보았다. 월염을 단장하여 중청에 세우고 고모인 조씨들이 칭찬하며 말하였다. "양생이 어떤 사람이기에 복과 덕이 이와 같아서 이런 성녀를 만나 아내로 삼느냐? 양생이 비록 이백의 풍모와 반악의 모습을 가지고 있으나 우리 조카에게는 미치지 못할 것이다."

양정렬이 양미간에 기쁜 기운이 영롱하여 말하였다. "조카도 기특하지만 양생도 조카에게 뒤지지 않으니 그렇게 공격하지 마십시오."

정숙렬이 월염에게 띠를 둘러주고 탐스러운 쪽진 머리를 바로해주며 좌우에 말하였다. "내 딸의 얼굴은 별로 중요하지 않지만 어여쁘고 아리따운 정성스러운 마음과 자애롭고 인자한 행실이 천성에 타고난 바입니다. 사람의 아내와 며느리가 됨에 거의 허물이 없을 것입니다. 그러나 사람의 소견이 다 각각 다르니 어미 된 자의 마음에는 오히려 염려가 있고, 양생이 풍류가 많고 빼어나서 여자의 근심이 적지 않을까 싶으니 어찌 마음을 놓을 수 있겠습니까?"

조씨 부인들이 웃으며 말하였다. "이러한 근심은 멀었네. 원래 양생을 간혹 보았으니 아직 친영(親迎) 전이기는 하지만 입막지빈(入幕之賓)이니 청하여 보세."

양정렬이 말하였다. "못 본 신랑과 무엇이 다르겠습니까? 날이 늦었으니 그만두십시오. 내일이면 신랑을 볼 것입니다. 양씨 집안에서 신부를 보지 못해 일시가 급할 것인데, 내당에서 신랑을 보신다고 하면 신부의 행례가 늦어지니 이런 논의를 그만하십시오."

모두가 옳다고 하고 신부를 불러 덩에 넣었다. 양인광이 기뻐하는 기운이 외모에 가득하여 덩 문을 잠그고 말에 올랐다. 양정렬이 정씨 등 여러 며느리를 거느리고 함께 나갔다. 꽃을 새긴 가마와 옥으로 장식한 수레와 고운 빛깔로 수놓고 비단으로 치장한 덩이 햇빛에 환하게 빛나고 대단한 위의가 십 리에 덮여 있었다.

양씨 집안에 다다르니 조군주가 한결같이 모든 일을 정제하여 모든 당에 빈객을 모으고 신부의 대례(大禮)를 받았다.

이때 양정렬이 양씨 집안에 다다르자 조군주가 모든 일의 제도를 정하여 방안에 가득 찬 손님들을 모아 신부의 대례를 받고 있었다. 양정렬이 여러 부인들과 함께 자리로 나아가니 정씨, 조씨, 이씨, 경씨, 화씨 등의 고운 얼굴이 눈부시게 빛나 그 자리에 있던 화장한 여자들이 빛을 잃었다.

조군주와 양태사는 마음 기뻤으며 한편으로는 신부의 명성을 익히 듣기는 했으나 오히려 어떨까 싶어 마음이 긴장되고 조급하였다.

이윽고 신부가 이르러 혼례를 마치자 신부의 온갖 아름다운 자태가 온 좌석을 밝게 비쳐 신랑의 얼굴에 화기가 가득하였다. 단장을 고치고 폐백을 받들어 시부모께 나아가니 가느다란 허리는 버들처럼 여리고 가벼운 어깨는 봉황이 나는 듯하였다. (중략)

술을 내와 종일 즐기기를 다하고 석양이 저물어 잔치를 끝내고 신부의 숙소를 영소정으로 정하였다.[17]

이외에도 조웅현의 혼례 날[18]이 이와 비슷하게 묘사되어 있으며,

---

17) 〈조씨삼대록〉 14권 103~109면. 15권 1~6면.
18) 이미 진씨 집에서 길일을 택하여 보냈으니, 조씨 집안에서 만반의 준비를 하여 신부를 맞느라고 잔치를 베풀어 손님이 구름처럼 모였다. 신랑 웅현이 길복(吉服)을 입고 어르신들께 하직하는데, 풍채가 천 그루의 수양버들이 봄바람에 휘날리는 듯하고 누운 누에 같은 두 눈썹과 옥 같은 얼굴, 봉황 같은 눈이 신선의 풍모를 갖추었다. 어르신들과 부모님이 대견해 함은 말로 이루 다 표현할 수 없을 정도였다.
  웅현이 위엄 있는 거동으로 따르는 사람들을 거느려 진부로 향하는데, 온 조정의 신하들이 모두 이 두 남녀가 혼인하는 데에 요객(繞客)이 되어 길 위에 휘황찬란하였으며 신랑이 뛰어남을 칭찬하는 소리가 분분하였다. 홍안지례(鴻雁之禮)를 마치고 신부가 가마에 오르기를 기다리는데, 진처사가 웅현을 보았다. 풍채가 시원스러워 해와 달 같은 얼굴에 이목구비가 준수하고 피부가 윤기가 있어 오복이 완전할 관상이었다. 제후로 봉해져 복록을 누릴 것이고 오래 사는 복도 완전할 듯하나, 다만 풍류가 지나쳐 방일한 기운이 넘치고 군자의 진중한 태도가 적었다. 처사가 이를 좋지 않게 생각했지만 사람됨이 특별한 것에 기뻐하면서 화공을 대하여 감사하며 말하였다.
  "오늘 좋은 사위를 얻은 것은 형님의 큰 덕입니다. 어찌 한 잔의 축하주를 드리지 않겠습니까?"
  옥잔에 향온주(香醞酒)를 부어 화공에게 친히 권하니 화공이 기뻐하며 잔을 기울였고, 많은 사람들이 다투어 칭찬하였다. 날이 저물어가니 신부에게 가마에 오를 것을 재촉하여 진소저가 꽃가마에 들어갔다. 웅현이 가마를 잡고 백 대의 수레로 성대하게 신부를 맞이하여 조부로 돌아왔다. (중략)
  이윽고 신부가 이르러 신랑과 함께 술을 바꾸어 마시고 맞절을 하고 밤과 대추를 받들어 시부모님과 조부모님께 바치니, 시부모님이 기쁨을 이기지 못하였다. (중략)
  모두 화목하게 기뻐하는 마음이 헤아릴 길이 없었다. 종일토록 실컷 즐긴 후 신부의

사위가 고아일 경우에는 혼례의 예법을 달리 행하는 모습을 보여주기도 한다. 특별한 경우이기는 하지만, 18세기의 소설에서 딸을 위주로 혼례를 치르는 예를 보여주는 것이기에 주목할 만하다.

이에 택일하니, 길일까지는 몇 개월이 남았다. 초공이 조부의 담장 밖에 집을 마련해 주되 사이에 협문을 내어 조소저 경염이 왕래할 수 있게 하였고, 조선경을 거기로 옮겨 살게 하여 조상의 신위를 봉안하게 하였다.
길일이 다다르니 잔치자리를 열어 집 안팎의 친척들과 집안의 식구들이 모두 모여 신랑을 맞았다. 신부 경염의 친모인 윤부인이 마음속으로는 좋지 않은 혼인이었지만 매사를 잘 준비하여 딸의 단장을 하여 친영(親迎)하여 시집으로 들어가게 하였다. 시집가서 살게 될 집이 비록 친정과 담장이 붙어 있기는 하지만 경염은 평생 처음으로 부모님의 슬하를 떠나는 것을 상심하여 가을 물같이 맑은 눈에 눈물을 글썽였다. 그러자 아버지 초공이 손을 잡고 경계하며 말하였다.
"네가 본래 재상 가문의 귀한 자식으로 평생 부귀와 호화스러움으로 자랐으니 괴로움과 슬픔을 알지 못할 것이다. 여자에게 필요한 행실은 부모형제와 멀리 떨어져 지내는 것이지만 너는 요행히도 아침저녁으로 와서 볼 수 있을 것이다. 또 우리가 왕래하면서 너를 볼 것인데도 슬퍼하는 것은 이상하구나. 모름지기 삼가고 조심하여 아내로서의 덕을 잃지 마라."
태부인이 말하였다. "선경이 부모가 없으니 신부를 빨리 맞아서 데리고 가는 것이 부질없으니, 친영(親迎)은 천천히 하고 이 집에서 독좌(獨坐)한 후 한 집에서 쌍쌍이 있는 모습을 수삼일 보려 한다."
초공이 태부인의 말씀을 듣고 비록 예의를 어기는 일이기는 하지만 신랑에게 들어오게 하였고 신부를 중청(中廳)에서 독좌하게 한 후 합환

숙소를 난춘정으로 정하니, 진씨가 물러나와 예복을 벗고 붉은 치마와 단의(襢衣)를 입고 앉아 있었다. 웅현이 와서 동서(東西)로 나눠 앉아 있는데, 남녀의 풍모가 방 안을 밝게 할 만큼 빼어났다. 〈조씨삼대록〉 21권 10~16면.

주(合歡酒)를 마시고 교배(交拜)하게 하였다. 신랑의 해와 달 같은 광채와 신부의 온갖 아름다움이 대청 안을 밝게 비추니, 조선경이 눈을 들어 신부를 한 번 보고는 기쁘고 즐거워하며 마음속으로 생각하였다. '내가 변방으로 떠돌면서 어찌 이같이 정숙하고 현명하며 아름다운 여인을 보았겠는가?'

숨을 길게 내쉬는데, 마음이 구름 밖으로 흩어진 사람 같았다. 신랑과 신부가 동방(洞房)에 들어가니, 태부인이 시비 채빙을 불러 신방(新房)을 탐지하라고 하였다. 노인의 간절한 바람으로 괴롭게 기다리니, 자손이 번성하였어도 그 하나하나가 모두 귀중한 것이 이와 같았다.

이날 밤에 한림 조선경이 촛불 아래에서 신부를 대하여 앉으니, 옥 같은 골격에 빼어난 아름다움이 더욱 밝게 비췄다. (중략)

며칠 후 초공이 경염에게 폐백을 갖추어 조부로 가게 하여 시어른들께 인사드리고 사당에 절하게 하였다. 이때 한림 조선경의 친척과 친구들이 한림이 한림원의 명사가 되고 초공의 사위가 됨을 듣고 가깝고 먼 곳에서 모인 손님이 자못 많았다. 초공이 모든 일을 준비하여 딸과 사위를 새 집으로 돌려보내는데 매사를 간략하고 검소하게 하여 그들이 편할 만큼만 하고 사치함이 없었으며, 나라에서 내려주신 노복과 시비를 보냈으니 명사와 재상의 체면을 이룰 수 있었다. 친척들이 나란히 앉아 신부를 구경하면서 경사를 치하하고 옛 일을 마음 아파하였다. 조선경이 옛 친구들과 친척들을 반겨 사람마다 사례하고 나서 경염과 함께 사당에 올라 알현하는데 슬픈 마음을 진정하지 못하여 목 놓아 울며 슬퍼하면서 눈물을 줄줄 흘렸다. 경염이 그 큰 효성에 감동하여 낯빛을 고쳤다.[19]

초공이 딸의 집을 자기 집 바로 옆에 지어주고는 협문으로 수시로 왕래하게 해 주면서 사위가 자기 조상의 신위(神位)를 봉안할 수 있도록 한 것이다. 가난한 고아에게 시집가는 딸이 안쓰러워 이렇게 해주

---

19) 〈조씨삼대록〉 23권 37~44면.

는 것인데, 사위는 감사하면서도 슬퍼 눈물을 줄줄 흘린다. 효성이 지극한 것으로 해석하고 있지만, 혼례가 모두 신부 위주인 것에 대한 아쉬움도 있을 듯하다. 친영하는 것마저 천천히 하고 친정에서 더 있다 보내자는 할머니의 말에 따라, 예법과는 상관없이 그렇게 한 뒤에 혼인을 하는 것이다.

공주와의 혼인도 있다. 대례 날 공주의 처소에서 전안(奠雁)하고 나서 공주를 덩에 태워 예식 장소인 정원으로 가서 혼례를 치른다. 보통의 집처럼 시가에서 하지 않고 신랑이 와서 혼례를 한 후 시가로 가는데 수천 명의 궁인과 궁관들이 수행한다.

중추(中秋) 보름이 혼례날이 되니 대궐 안이 진동하여 혼례날에 대비하였다. 무릇 공주의 봉읍(封邑)과 천하의 군현(郡縣)에서 다투어 토산물을 올려 하례하니 그 거룩함이 어찌 예사로운 국혼(國婚)에 비하겠는가? 상이 상림원(桑林苑)에 위의(威儀)를 배설하시어 장생전(長生殿)에서 기러기를 전하게 하시고 통명전(通明殿) 아래에서 덩의 문을 잠그게 하시니 수천 명의 궁녀와 수백 명의 태감이 호위하였다. 한편 세형을 부마도위(駙馬都尉) 진양후(晉陽侯)에 봉하시어 절월(節鉞)을 주시고 통천관(通天冠)과 백옥쌍룡대(白玉雙龍帶)에 홍금망룡포(紅錦蟒龍袍)와 벽옥홀(碧玉笏)과 황라어개(黃羅御蓋)와 어전풍류(御殿風流)를 주시어 광채를 도우셨다. 만조백관이 유씨 부중에 이르러 학사에게 예법이나 격식을 미리 익히게 하고 호위하여 궐하에 이르러 정양문(正陽門)을 열어 들어오니 황가의 친척과 국왕의 종족인 제왕부마 7백여 인이 세형을 인도하여 장생전에 이르렀다. 비단으로 수를 놓은 차일과 장막이 소나무 숲을 둘러 하늘을 가렸고, 향냄새가 100리까지 쏘이어 안개가 되었으며, 금으로 연꽃을 수 놓은 촛대에 불을 높이 켰으니 옥으로 된 탁자에 기러기를 전하고 예관이 배례 부르기를 마치자 인도하여 통명전에 이르렀다. 태후가 육궁(六宮)의 무리를 거느리고 이르러 공주를 몸단장을 시켜 경계하여 보내시는데, 상궁 수십 쌍이 수천 궁인과 궁관(宮官) 수십 인이 태감 수백 궁노(宮奴) 만여 인을 거느려 공주를 받들게 하라 하셨다. 선제(先帝)를 생각하시고 울적해지셔서 슬퍼하시니 상과 후가 더욱 영총(榮寵)을 더하시어 태후의 뜻을 기쁘게 하시었다. 공주가 이미 전폐((殿陛)에 배사(拜謝)하고 봉이 그려진 가마에 오르자 진주로 된 발을 드리우고 금으로 된 자물쇠로 문을 잠갔다. 부마가 잠깐 곁눈으로 전상(殿上)을 보니 붉은 비단으로 단장한 아름다움과 일곱 가지 보물로 만든 구슬 목걸이의 광채가 눈부시고 육궁(六宮)의 비빈(妃嬪)과 삼천 궁녀가 수풀과 같으니 정신이 황홀하였다. 봉이 그려진 가마를 잠그고 물러나자 태후가 어깨를 으쓱이며 기뻐하시면 상께 말씀하셨다.

"오늘 공주가 쌍을 이루었는데 부마(駙馬)의 아름다움이 이 같으니 짐(朕)이 죽어 돌아가신 황제를 지하에서 뵘이 쾌하리로다."

상과 태후가 다 자리에서 일어나 축하하셨다. 이때 부마가 이 같은 영화를 띠고 공주와 더불어 본궁(本宮)에 돌아와 자리에 앉아 예식을 마치고 일곱 가지 보석으로 장식한 부채를 기울여 잠깐 눈을 들어 공주를 보니 그 맑은 광채에 꽃이 시들고 달이 빛을 잃으니 용자봉골(龍子鳳骨)이요 인풍난질(麟風鸞質)이었다. 엄숙한 기품과 맑고 깨끗한 풍채는 여자 가운데 군왕이오 별 가운데 해와 달이었으니, 좌우에 수풀같이 단장한 아리따운 여자들이 다 빛을 잃어 흡사한 사람도 없었다. 다만 한림 부인 소씨는 달 같은 용모와 꽃 같은 태도가 공주에게 떨어지진 아니하나 높은 기상은 공주에게 조금 미치지 못하였다. 시부모가 그 자태와 미색의 기이함을 기뻐하는 것이 아니나 여덟 가지 빛깔이 영롱한 이마에 성스런 덕이 어리었음을 보고 공경하고 기뻐하여 폐백을 받기를 마치고 겸손하게 사양하여 말하였다.[20]

이상에서 혼례의 실행 양상을 살펴보았다. 이후에 서술될 상례의

20) 〈유씨삼대록〉 1권 87~89면.

실행 양상보다 소략한데, 혼례는 경우에 따라 다르게 적용되거나 사람에 따라 큰 차이가 나지 않기 때문에 그 자체에 주목하지는 않은 듯하다. 서사는 그 후에 벌어지는 각종 갈등과 해소에 더 집중해서 전개되기 때문일 것이다. 하지만 상례는 그 예법을 어떻게 실행하느냐에 따라 죽은 이의 작품 내 비중이라든지 그 가족의 지향점 등이 담길 수 있으므로 비교적 상세하게 묘사하고 서술한 듯하다.

3) 상례의 실행 양상과 그 의미

소설은 장르의 특성상 인물의 탄생과 살아서의 행적을 중심으로 이야기가 전개되므로 죽은 뒤의 일인 상례에 대한 서술은 비교적 찾아보기 힘들다. 영웅소설이나 판소리계 소설[21] 등 거개의 국문소설은 물론이고 죽음이나 귀신 등이 중요한 소재로 등장하는 전기소설(傳奇小說) 등의 경우에도 상례에 대한 서술은 거의 없다. 다만 〈유소랑전〉을 통해 17세기 중엽 이래 가부장제와 함께 상례 의식이 열절(烈節) 관념의 강화와 맞물려 여성에게 강요되고 있었음[22]을 알 수 있는 정도이다. 가문의 계승이나 효의 실행을 강조하는 국문장편소설들에서도 상례에 대해서는 그다지 많은 지면을 할애하고 있지 않다. 완숙기의 작품인 〈완월회맹연〉에 상례의 적용에 대한 논의가 나오기는 하지만

---

21) 〈변강쇠가〉의 후반부에 강쇠의 치상(治喪)과정이 나오기는 하지만, 상례(喪禮)의 절차가 예법에 따라 제시되기보다는 장례의 과정에서 옹녀가 겪는 일화들을 희화적으로 나열하는 방식(정하영, 「〈변강쇠가〉 성담론의 기능과 의미」, 『고소설연구』 19, 한국고소설학회, 2005. 참조)이므로 이 저서의 관심과는 차이가 있다.

22) 정학성, 「전기소설 〈유소랑전〉 연구」, 『고소설연구』 16, 한국고소설학회, 2003.

소략하며, 상례의 절차가 소상하게 제시되는 것은 아니다. 그러나 삼대록계 국문장편소설에서는 연작의 후편 마지막 부분에서 주인공의 아버지나 어머니가 죽는 장면이 모두 등장하면서 비교적 소상하게 상례의 절차를 보여주는 작품이 있다. 작품마다 상례의 실행에 대한 서술 방식이나 서술의 비중, 인물들의 대응 방식 등이 다르기 때문에 흥미로우므로 그 양상을 살피기로 한다.

먼저, 〈사씨남정기〉나 〈장화홍련전〉 등 중단편 국문소설들에서는 혼례와 마찬가지로 상례에 대해서도 한 문장 정도의 간략한 서술만 이루어진다.

다음날 아버지 유현 소사가 엄연히 별세하니, 유 한림 부부가 호천(呼天) 애통(哀痛)함이 비할 데 없고, 두부인이 더욱 애통함이 비할 데 없었다. 세월이 유수하여 장일(葬日)이 되어 영구(靈柩)를 모셔 선영(先塋)에 안장(安葬)하고 집상(執喪)하니, 부부 두 사람이 모두 슬퍼하여 몸이 바싹 여위어 보는 사람들이 감탄함을 이기지 못하였다. 슬픈 가운데 광음이 빠르게 흘러 삼상(三喪)을 마치고 직임에 나아갔다.[23]

장례일이 되어 장씨 부인의 시신을 선산에 고이 모셨지만 장화 홍련 자매는 밤낮으로 슬픔을 이기지 못했다. 세월이 물 흐르듯 흘러 어느덧 삼년상을 마쳤지만 어머니를 잃은 장화 홍련 자매의 슬픔은 더욱 깊어만 갔다.[24]

하지만 판소리계 소설 중 〈심청가〉나 〈변강쇠가〉에서는 비교적 길

---

23) 〈사씨남정기〉 영창서관본, 인천대 민족문화연구소편, 구활자본 고소설전집 4, 1983, 신해진 역주, 21면.
24) 『장화홍련전』, 권순긍 역, 휴머니스트, 18면.

게 장면을 묘사하고 있어 당시의 상례(喪禮) 절차를 반영하고 있음을 볼 수 있다. 〈심청가〉에서는 곽씨 부인이 죽자 관(棺)에 넣고 명정(銘旌), 공포(功布), 삽선(翣扇) 등을 준비하여[25] 상여를 메고 나가는 장면이 묘사된다.

한 입에서 나온 말처럼 다함께 논의한 뒤 불쌍하신 곽씨 신체 의금 관곽 정히 하여 소방상(小方牀) 댓돌 위에 결관하여 내어놓고, 명정 공포 삽선 등물 좌우로 갈라 세고, 상여꾼 상여 메고 어화성 부르는데,

"어이 가리 너허, 어이 가리 너허. 스물네 명 동무들아 구산 찾아가려는가, 신산 찾아가려는가. 워너허 워너허. 불쌍하다 곽씨 부인, 앞 못 보는 가장에게 어린 자식 곁에 두고, 영결 종천 돌아가니 어찌 아니 불쌍하리. 워너허 워너허."

한창 이리 나갈 적에 심봉사는 그중에 굴관(屈冠) 제복(祭服)인지 하고, 상여 뒤채 거머잡고 실성통곡하는 말이,

"애고 마누라, 어디 가오. 눈먼 가장 갓난 자식 불고인정 내버리고 영영 하직 혼자 가니 산 첩첩, 노(路) 망망에 다리 아파 어찌 가며, 일(日) 침침, 운(雲) 명명에 주막 없어 어찌 갈꼬. 부창부수(夫唱婦隨) 우리 정지(情地) 나하고 가세, 나하고 가세."

불변천지 따라가서 향양지지(向陽之地) 안장하고, 평토제(平土祭) 지낼 적에 심봉사가 무덤을 두드리며 치궁굴 내리궁굴 복통단장성(腹痛斷腸聲)으로 울음을 우는데,

"여보 마누라, 여보 마누라. 백년가약 얻다 두고 삼척(三尺) 고분(古墳) 웬일이오. 노이무처(老而無妻) 환부(鰥夫)라고 사궁(四窮) 중에 첫머린데, 아들 없고 눈 못 보니 몇 가지 궁 되자는가. 마누라 송장이나 방 안에 있을 때는 오히려 든든터니, 오늘부터 독수공방 이 설움을 어찌할꼬. 마

<hr />

25) 명정은 죽은 이의 관직과 성명을 적은 깃발, 공포는 관을 묻을 때에 관을 닦는 삼베 헝겊, 삽선은 발인할 때에 영구의 앞뒤에 세우고 가는 부채이다.

누라 아니면은 얼어서도 죽을 테요, 굶어서도 죽을 테요, 발광하여 죽을 테요, 자진하여 죽을 테니, 차라리 지금 죽어 사즉동혈(死則同穴)하게 날 잡아가소, 날 잡아가소."[26]

시신을 씻기고(목욕), 의복을 갈아입히고(습(襲)), 전제(奠祭)를 올릴 자리를 마련하고(영좌(靈座)), 죽은 이의 관직과 성명을 적은 깃발을 만든 뒤(명정(銘旌)) 영구 앞뒤에 부채(삽선(翣扇))를 세우고 상여를 메고 간다. 상주인 심봉사는 상복을 입고(성복(成服)) 따라가 영구를 옮기고(천구(遷柩)), 묘지로 향해(발인(發靷)), 묘소에 도착(급묘(及墓)), 관을 내린다(하관(下棺)). 후토신에게 제사를 지내고(사후토(社后土)), 봉분을 만들고는(성분(成墳)), 집에 돌아와 곡을 한다(반곡(反哭)).

〈변강쇠가〉에서도 강쇠의 장례를 치르는 장면이 있는데, 상례의 절차가 자세하기보다는 그 과정에서 옹녀가 겪는 일이 주가 되기는 한다. 판소리계 소설답게 상여 소리가 한바탕 길게 불리곤 한다. 초종(初終)부터 치장(治葬)까지는 언급되지 않다가 영구를 옮기고 묘지로 향하는 대목 위주로 묘사된다. 간신히 염습했음이 언급되고 이제 묘지까지 가서 묻어야 하는데 도중에 관이 움직이질 않으니 황당한 상황이다.

여인이 허락하니 네 놈이 송장 칠 제 한 등짐에 두 마리씩 공석(空石)으로 곱게 싸서 세 죽마다 탯줄로 단단히 얽은 후에 짚으로 밖을 싸서 새끼로 자주 묶어 새벽달 못 떨어져 네 놈이 짊어지고, 여인은 뒤를 따라 북망산을 찾아갈 제, 어화성 목 어울러 행색이 처량하다.

---

26) 〈심청가〉 신재효 저, 한국판소리전집, 70~71면.

"어이 가리, 너허너허. 연번군(延燔軍)은 어디 가고 담뱃불만 밝았으며, 행자곡비(行者哭婢) 어디 가고 작대기만 짚었으며, 앙장휘장(仰帳揮帳) 어디 가고 헌 공석을 덮었는고. 어허너허. 장강(長杠) 틀은 어디 가고 지게 송장 되었으며, 상제 복인 어디 가고 일미인만 따라오는고. 어허너허. 북망산이 어떻기에 만고영웅 다 가시노. 진시황의 여산무덤, 한무제의 무릉이며, 초패왕의 곡성무덤, 위태조의 장수총이 다 모두 북망이니 생각하면 가소롭다. 어너너허. 너 죽어도 이 길이요, 나 죽어도 이 길이라. 북망산천 돌아들 제 어욱새 더욱새, 덥갈나무 가랑잎, 잔 빗방울, 큰 빗방울, 소소리바람 뒤섞이어, 으르렁시르렁 슬피 불 제 어느 벗님 찾아오리. 어허너허. 주부도(酒不到) 유령(劉伶) 분상토(墳上土)요, 금인(今人)이 경종(耕種) 신릉(信陵) 분상전(墳上田)에 번화부귀 죽어지면 어디 있나. 어허너허. 지고 가는 여덟 분이 다 모두 호걸이라. 기주탐색(嗜酒耽色) 풍류가금(風流歌琴) 청루화방(靑樓花房) 어찌 잊고 황천북망(黃泉北邙) 돌아가노. 어허너허."

한참을 지고 가니 무겁기도 하거니와 길가에 있는 언덕 쉴 자리 매우 좋아, 네 놈이 함께 쉬어 짐머리 서로 대어 일자로 부리고 어깨를 빼려 하니 그만 땅하고 송장하고 짐꾼하고 삼물조합(三物調合) 꽉 되어서 다시 변통 없었구나. 네 놈이 할 수 없어 서로 보며 통곡한다.

"애고애고 어찌할꼬. 천개지벽(天開地闢)한 연후에 이런 변괴 또 있을까. 한 번을 앉은 후에 다시 일 수 없었으니 그림의 사람인가, 법당의 부처인가. 애고애고 설운지고. 청하는 데 별로 없이 갈 데 많은 사람이라. 뎁득이 자네 신세 고향을 언제 가고, 각설이 우리 사정 대목장을 어찌할꼬. 애고애고 설운지고. 여보시오, 저 여인네, 이게 다 뉘 탓이오. 죄는 내가 지었으니 벼락은 네 맞아라 굿만 보고 앉았으니 그런 인심 있겠는가. 주인 송장, 손님 송장 여인 말은 들을 테니 빌기나 하여 보소."

여인이 비는구나. "여보쇼 변낭군아. 이것이 웬일인가. 험악하게 죽은 송장 방안에서 썩을 것을 이 네 사람 공덕으로 염습(殮襲) 담부(擔負) 나왔으니, 가만히 누웠으면 명당을 깊이 파고 신체를 묻을 것을, 아이 밸 제 덧궂으면 날 때도 덧궂다고, 갈수록 이 변괴인가. 사람 어디 살겠는가.

집에서 하던 변은 우리끼리 보았더니 이러한 대로변에 이 우세를 어찌할
꼬. 날이 점점 밝아오니 어서 급히 떨어지쇼. 안장(安葬)을 한 연후에 수
절시묘(守節侍墓)하여 줌세."

댑득이가 중맹(重盟)을 연해 지어, "여인의 치맛귀나 만졌으면 벗긴
쇠아들이오. 상인(喪人)이 없었으니 발상(發喪)이라도 하오리다."

여인이 연해 빌어, "대사(大師), 초라니, 풍각님네 다 각기 맛에 겨워
이 지경이 되었으니, 수원수구(誰怨誰咎)하자 하고 이 우세를 시키는가.
청산에 안장할새 하관시(下棺時)가 늦어가니 어서 급히 떨어지쇼."

아무리 애걸하되 꼼짝 아니 하는구나.[27]

국문장편 고전소설 중 삼대록계에서는 상례와 관련된 예문을 좀
더 풍부하게 찾을 수 있다. 〈소현성록〉 연작, 〈유효공선행록〉 연작,
〈성현공숙렬기〉 연작, 〈현몽쌍룡기〉 연작의 후편들에서 주요 인물
들이 죽은 뒤 상례 절차가 나타나는데, 각 작품마다 양상과 의미가
다르다.

사경(四更) 말에 태부인이 운명하셨다. 향년 115세였다. 소부인과 화부
인, 석부인이 여러 아들, 손자들과 함께 초혼(招魂)[28]하여 발상(發喪)[29]하
니, 울음소리가 하늘에 쏘였다. 승상도 두어 소리 울고 혼절하여 엎어지
니, 아들들이 놀라 급히 약을 먹여 부르짖으며 깨어나게 하였다. 한상서
가 들어와 붙들고 통곡하며 초상 치를 준비를 하니 소승상이 겨우 정신을
차려 한바탕 울부짖은 후 울음을 그치고 여러 자손들과 함께 초상 치를

---

27) 〈변강쇠가〉 신재효 저, 한국판소리전집, 305~307면.
28) 초혼(招魂) : 혼을 부르는 것으로, 민속에서는 사람이 죽었을 때 그 사람이 생시에
    입던 저고리를 왼손에 들고 오른손은 허리에 대어 지붕에 올라서거나 마당에서 북쪽
    을 향해 '아무 동네 아무개 복(復)'이라고 세 번 부르는 일을 말함.
29) 발상(發喪) : 상제가 머리를 풀고 울어서 초상난 것을 발표하는 일.

때 쓰이는 물건들을 모두 친히 보며 단속하였다. 반합(飯合)[30]과 습렴(襲
殮)[31]할 때에 운경, 운성을 데리고 입관(入棺)하고 빈소(殯所)를 차려 초
상(初喪)을 마쳤다. 일을 다스리기를 매우 정숙하게 하여 편안하지 않은
일이 없었고 밖에 나가 조문객을 보지 않았으며 입관하기 이전에는 시신
을 지키느라 방 밖으로 나가지 않았다. 곡하며 울기를 때때로 하여 지루하
게 울지 않고 단지 시신을 붙들고 평상시에 모시던 것과 같이 하여 전혀
곡하는 것이 과도하지 않으니 아들들이 기뻐하였다. 그러나 상복을 입기
에 이르러서는 소승상이 길게 소리를 한 번 지르고 입에서 피 두어 말을
토하고 혼미해졌다. 정신을 차리고 바야흐로 상복을 찾아 입고 상막(喪
幕)에 엎드려 조문객을 받았다.[32]

장례일이 다다르니 황제와 황후가 제사를 지내시고 예의를 갖춰 장사
지내게 되었다. 승상이 어머니의 영구(靈柩)를 이별하게 되니 마음이 베
이는 듯하여 해와 달이 어두워지고 하늘이 무너지는 것 같아 하늘을 우러
러 울부짖으며 상여를 붙들고 선산에 이르렀다. 승상이 울음을 그치고
친히 지리를 살펴 부친과 합장하였는데, 봉분(封墳)을 이룬 후에는 또
통곡하는 목소리가 처절하고 슬펐다. 모인 사람들과 지나가는 사람들이
눈물 흘리지 않는 사람이 없었고 빈소에 온 손님들도 감동하여 슬퍼하지
않는 사람이 없었다.

목주(木主)[33]를 싣고 돌아오는데 초롱이 백 리 가량 이어져 불빛이 하
늘에 나란하였다. 앞뒤에 상복 입은 사람과 아이들이 백여 명 벌여 있었으
니 모두 승상과 소부인의 자손이었다. 거룩한 위세와 무궁한 복록이 살아

---

30) 반합(飯合) : 시신의 입에 쌀, 돈, 구슬 등을 물리는 일.

31) 습렴(襲殮) : 죽은 이의 몸을 씻긴 후에 옷을 입히는 일. 소렴(小殮)은 수의를 입히고
이불로 싸서 묶는 일을, 대렴(大殮)은 풀어놓았던 끈을 모두 묶고 시신을 입관시키는
일을 뜻함.

32) 〈소현성록〉 15권 57~58면.

33) 목주(木主) : 죽은 사람의 위패(位牌). 대개 밤나무로 만드는데, 길이는 여덟 치, 폭은
두 치가량이고, 위는 둥글고 아래는 모지게 생겼다.

있는 사람들로 하여금 부러워하게 하였고 부인의 장수한 것과 유복함을 칭찬하여 만고에 비할 데가 없다고 하였다. 소부 안으로 들어가 취성전에 위패(位牌)를 받들어 안치하고 아침저녁으로 제사를 지내니 승상이 심하게 슬퍼함은 말할 것도 없고 아들 열 명의 슬퍼함도 부모 상사(喪事)보다 덜하지 않았으며, 소부인, 화부인, 석부인이 제사를 받들어 애통해 하는 것도 마치 장차 볼 수 있을 것처럼 하였다. 그러하니 당시의 사람들이 소부에서 효자, 효녀, 효부(孝婦), 효손(孝孫)이 모두 남을 일컬어 자운산을 '효도를 섬기는 마을'이라고 하였다.[34]

태양과 빛남을 다투던 안색도 변하여 정기가 없어졌으니 사람이 흙이나 나무가 아니기에 힘이 들어 피를 많이 토하고 물도 마시지 못하였다. 그러면서 밤낮으로 곡을 하여 석 달 동안 피눈물을 흘렸으니 어찌 쇠하지 않으며 어찌 피폐해지지 않겠느냐? 졸곡(卒哭)[35]을 지내고 나서 병이 심하게 되니, 황제께서 내시를 보내 고기즙을 권하셨다. 소승상이 듣지 않고 괴로워하였지만 하루 네 번 제사에 참여하는 것을 게을리 하지 않았다. 병이 위태로워 살지 못하게 되었어도 끝내 상복을 벗고 눕지 않더니, 수명이 다하는 날에 목욕재계하고 어머니 위패가 있는 방에서 크게 울고 아버지 사당에서 절한 후 내당으로 들어와 취성전을 둘러보았다.[36]

위의 예문들은 모두 〈소현성록〉의 말미에 나오는 태부인 즉 양부인의 죽음과 상례에 관련된 것들이다. 아들 소승상이 곡읍은 자제하지한 피를 토하기까지 하면서 혼미한 가운데 성복을 하면서 거의 죽을 것처럼 슬퍼한다. 예법의 절차가 강조되지는 않았지만 굵직한 절

---

34) 〈소현성록〉 15권 60~61면.
35) 졸곡(卒哭) : 사람이 죽은 지 석 달이 되는 초정일(初丁日)이나 해일(亥日)에 지내는 제사, 장사 지낸 뒤에 세 번째 지내는 제사.
36) 〈소현성록〉 15권 62면.

차들은 제시되어 있으면서 마음의 슬픔을 강조하고 있다. 묘소에서 성분하고 목주에 글을 써 들고 돌아와 곡을 하며, 삼우제까지 곡을 하다가 몸을 상할 정도가 되고 기진맥진하여 자신도 죽게 되는 상황이다. 어머니를 장례지내니 마음이 베이는 듯하여 마치 해와 달이 어두워지고 하늘이 무너지는 것 같다고 하였다. 봉분을 만든 후에 통곡하는 소리는 지나가는 사람마저 눈물 흘리게 할 정도로 처절하고 슬펐다고 되어 있다. 뿐만 아니라 소승상의 자녀들도 할머니의 죽음을 슬퍼하는 것이 부모의 죽음보다 덜하지 않을 정도로 애통해 하였기에 이 집안의 거주지인 자운산을 '효를 숭상하는 마을'이라고 일컬을 정도였다고 한다.

소승상의 과도한 슬픔은 급기야 육체를 병들게 하여 위독한 지경에 이르게 하지만, 끝내 그는 육즙을 먹지 않았고 제사에 참여하는 것도 게을리 하지 않았다. 그리하여 결국 자신도 죽기에 이른다. 그런데도 그는 "인직 부모 은혜 갑흐미 삼년상의 잇거늘 나는 선친의 상스를 아디 못호고 주모의 초상을 겨우 므춘 후 삼년을 밋디 못호여 죽으니 부모의 호텬망극지은을 갑흘 일이 업스니 디하의 붓그러오미 되리로다."[37]라고 하면서 어머니의 3년상을 못 지킨 것만 안타까워한다. 『예기(禮記)』에서 경계하였듯이, 어버이의 상(喪)에 거할 때에는 물과 미음을 입에 대지 않는 것이 3일 정도가 한계[38]이니 그 이상이 되지 않도록 해야 하는데, 그는 이를 지키지 않고 너무 슬퍼하여 몸

---

37) 〈소현성록〉 연작, 15권 65면.
38) 君子之執親之喪也, 水漿, 不入於口者三日, 杖而后能起. 『禮記』 檀弓 上. (이상옥 역, 『예기』 상, 명문당, 2003, 213면.)

을 상한 것이다.

소승상은 죽음에 임해 여러 아들, 손자, 며느리와 딸들을 불러 경계하는 말을 유언으로 하지만, 화씨와 석씨 등 두 아내는 부르지 않는다. 어머니 상 중에 있으니 자신은 죄인의 몸이므로 아내를 볼 수 없다는 이유에서였다. 그리하여 딸을 통하여 아내에게 유언을 전달하는 것으로 되어 있다. 모친상 중에는 아내를 만나지 않는 것이 예의를 지키는 일이었던 것이다. 승상이 죽고 나서 며칠 뒤에 첫째부인인 화부인이 죽고, 그 아들들인 운경과 운희도 죽는다. 그 후 3년 이내에 누나인 소부인(월영) 내외, 둘째부인인 석부인도 죽는다. 이후에는 나머지 자손들이 셋째 아들 운성을 중심으로 하여 화목하게 잘 살았다는 내용이 간략하게 서술되는 것으로 끝난다.

다음은 〈유씨삼대록〉의 경우인데, 이 작품에서는 주인공 진양공주가 서사의 중간에 죽는 것이 특이하다. 그래서 그 슬픔도 크고 묘사 분량도 많다. 나중에 진공이 죽고 나서도 형제들이 오열하며 제문도 여럿 짓는데 제문들은 다른 장에서 죽음에 대해 논할 때에 살피기로 한다.

> 공주가 봉련(鳳輦)에 흰 천을 두르고 작은 사당을 꾸며 돌아오기를 행하여 진부에 이르렀다. 유씨 가문이 모두 한가지로 조문(弔問)하였다. 예를 다한 후 공주의 기색이 숨이 끊어질 것 같고 용모가 변한 것을 보고 시부모와 진공이 크게 놀라고 두려워하여 붙들어 침실에 들이려고 하였다. 공주가 사양하여 말하였다.
> "태후의 관(棺)이 혼전(魂殿)에 계신데 진양이 어찌 높은 집을 생각하리오!"
> 드디어 좌우로 하여금 낮은 집을 정리하여 상중에 거처하는 움막을 차리고, 거적을 깔고, 띠풀을 베고, 궁중과 궁인(宮人)이 모두 흰 상복을

입었다. 공주가 상복 최마(衰麻)를 벗지 않고 사시곡읍(四時哭泣)하니 그 소리가 슬퍼서 사람이 차마 듣지 못하였다. 반드시 기운이 다 떨어진 후에야 곡읍을 그치고, 한 그릇 미음을 하루에 한번 마셨다.

공과 자녀를 보아도 조금도 마음을 두어 알려고 하지 않았고 더욱 공을 보면 더욱 얼굴빛을 바꾸러 기뻐하지 않았다. 공이 이미 그 뜻을 알고 마음속으로 감동하여 다시 가지 않고, 또한 공주가 몸을 부지하지 못하게 된 것을 슬퍼하여서 세 여동생과 장부인으로 하여금 지키고 보호하며 온갖 수단으로 설득하게 하였다. 그러나 공주가 다시는 사람의 말을 듣지 않고 밤낮으로 눈물을 흘렸다. 시부모께서 슬프게 생각하여 친히 이르러서 권유하면 공주가 사례하고 음식을 맛보고 말을 하여 평상시와 같이 하였다. 그러나 시부모께서 돌아가시면 다시 머리를 베개에 붙이고 쓸쓸히 어머니를 생각하는 것이 아득히 어머니를 따를 것 같았다.

이미 봄이 다 지나가고 늦여름에 이르러 국장(國葬)을 지냈다. 공주가 더욱 몸이 바짝 마르고 여위여 뼈가 드러나고 병이 위태하였다. 진공이 슬픔을 이기지 못하여서 졸곡(卒哭)[39]을 지낸 후 친히 상막(喪幕)에 이르러 서로 보니 공주의 백설 같은 살결이 움푹 들어가고 일월(日月)같은 광채는 줄어들어 뼈가 드러나고 맥은 실낱같이 약하였다. 상복과 거적에 핏자국이 낭자해서 차마 보지 못할 지경이었다.[40]

이렇게 어머니가 죽은 슬픔을 이기지 못하고 진양공주가 죽게 되는데, 그녀의 죽음과 치상(治喪)에 관련된 서술이 20여 면에 걸쳐 이루어진다. 조금 길지만 중략하면서 제시한다.

이때 공이 공주의 명이 끊김을 보고 크게 한 소리를 지르고 땅에 엎어지

---

39) 졸곡(卒哭) : 장사(葬事) 후 세 번째 지내는 제사인 삼우제(三虞祭) 뒤에 지내는 제사. 사람이 죽은 지 석 달 만에 오는 첫 정일(丁日)이나 해일(亥日)을 택하여 지냄.
40) 〈유씨삼대록〉 8권 20~22면.

니, 승상과 여러 형제들이 일시에 붙들어 내어왔다. 아들 관의 형제들이 이 거동을 보아 오장(五臟)이 미어지고, 마음과 혼이 몸을 떠나니 모친의 시신을 붙들고 가슴에 얼굴을 대며 부르짖어 우는 소리는 돌과 나무 같은 마음의 사람이라도 차마 보지 못할 것이었다. 시어머니 이부인과 여러 부인들은 미처 영결하지 못함을 한하고 서로 붙들어 슬피 울기를 마지않았다. 그러나 공주가 생시에 예의를 지킴이 엄하였기에 슬픔으로 예를 그만두지 못하여 한편으로는 공을 구하고 공자 형제를 붙들어 내어오며 나라에 알리었다. 한편으로는 발상(發喪)하며 궁중(宮中)과 부중(府中)에서 한가지로 슬피 울었다. (중략)

천자께서 들으시고 침전(寢殿)에서 발상(發喪)하시니 궐내가 진동하였다. 하태후는 미처 직접 보고 영결하지 못한 것을 지나치게 슬퍼하여서 맛있는 음식을 드시는 것을 그만두시고 밤낮으로 통곡하셨다. 육궁의 비빈과 삼천 궁녀가 앞 다투어 진궁에 이르러 손으로 가슴을 치면서 울었다. 황친(皇親)과 국족(國族)이 구름같이 모였으나 인사(人事)가 변함에 지위가 높고 낮음에 관계없이 여자이거나 남자이거나 간에 우는 소리가 하늘에 사무치니 이때의 광경은 차마 보지 못할 것이었다.

승상이 여러 아들들과 함께 상례(喪禮)를 지켜 예관(禮官)으로 초상을 치르니 이미 염습(殮襲)하여 공이 반함(飯含)하기를 재촉하였다. 공이 이때 혼미하여 두어 날이 지나도록 일어날 줄 모르더니 승상의 명령을 좇아 겨우 시상(屍床)에 나아가 관을 열고 공주를 보니 용모가 전일과 같았다. 공이 이를 보니 기운이 거꾸로 솟아 피를 토하고 정신을 잃고 엎어졌다. 승상이 친히 나와서 약을 드리워 진공이 인사를 차리니 크게 꾸짖었다.

"네가 이제 사사로운 정을 인하여 아비와 임금을 두고 이 같은 행동을 하니 내가 사람을 대할 낯이 없도다."

공이 정신을 바르게 하여 사죄하고 마지못하여 반함(飯含)을 하고 인하여 관을 붙들어 태청전 정침(正寢)에 빈소를 차리니 공이 부형의 경계하는 것과 공주의 유언을 생각하여서 겨우 진정하였다. 바야흐로 초상(初喪)[41]을 다스려 성복(成服)을 지낼 때 사람을 대하여서는 담소를 나눔이 보통 때와 같으니 모르는 사람은 도리어 인정이 박하다고 생각하였다.

성복(成服) 날에 천자께서 흰 옷을 입으시고, 백관(百官) 호위를 받으며 진궁에 와서 곡을 하셨다. 조서를 내리시어 시호(諡號)를 '지효진충문명여주공진양공주(至孝盡忠文明女主公聖晉陽公主)'라고 하시고 소를 통째로 제물로 바치고 제문을 지어 치제(致祭)하시니 그 거룩함이 나라를 기울였다. 장사를 지낼 때는 하태후께서 제문을 지어 치제하시며 육궁 비빈이 차례로 치전(致奠)하였다. 궐중이 황황(遑遑)한 것이 태후께서 돌아가셨을 때와 다름이 없었다. 하후께서 친히 공주가 어려서부터 출궁한 일을 생각하고 행장(行狀)을 기록하여 내리셨는데 사생지간(死生之間)에 거룩한 영총(榮寵)이 조금도 줄어들지 않았다. 진공이 또한 공주의 유표(遺表)[42]와 고명(告命), 인수(印綬)를 올리니 상이 더욱 슬퍼하시며 상장(喪葬)[43]에 예로써 존대하심이 예전이나 지금이나 듣지 못한 바이었다.

진공이 이때 정신이 없고 뒤숭숭하여서 이미 초상(初喪)을 치르고 장례 날에 다다르니 그 죽음을 깨달으면 기운이 막히고 혹 잊으면 평상시처럼 사람을 대하지만 정신이 혼미하여 울며 곡하지는 못하였다.

이부인이 성복(成服)을 지내고 돌아와 새롭게 마음을 정하지 못하고 그 자녀를 데려와 어루만지니 더욱 비참하였다. (중략)

공이 모친께서 지나치게 상심하심을 듣고 석곡(夕哭)[44] 후에 틈을 얻어 모부인을 뵈었다. 부인이 공의 사색(辭色)이 퍽 바뀌어 얼굴에 한 점 혈색이 없고, 행동거지가 조화를 잃어 갑자기 옛날의 영웅스런 풍채가 사라져 쓸쓸히 기운이 다한 것을 보고 오장이 끊어지는 것 같아서 공의 손을 잡고 정신을 잃고 통곡하여 말하였다. (중략)

공주의 온화한 말씀과 어진 덕이 점점 멀어져 궁중에 곡성이 끊어지지 않는 것을 보니 마음이 부서지는 듯했고 조석제(朝夕祭)[45]에 임할 때는

<hr>

41) 초상(初喪) : 사람이 죽어서 장사 지낼 때까지의 일.
42) 유표(遺表) : 신하가 죽을 즈음에 임금에게 올리는 글.
43) 상장(喪葬) : 제사를 지내는 일과 삼년상을 치르는 것.
44) 석곡(夕哭) : 상제가 소상(小喪: 사람이 죽은 지 1년 만에 지내는 제사) 때까지 저녁마다 죽은 사람의 위패 앞에서 소리를 내어 우는 일을 말함.

울며 곡하는 애통함이 지성으로부터 나왔다. 여러 부인이 다 감탄하였다. 선조(先朝)의 후궁 등이 하태후께서 자주 치전(致奠)하셔서 진부의 왕래를 끊지 않고 살폈다. 궁중이 잘 정돈되어 있어서 슬픔으로 인해 조금도 어지러움이 없고 장부인이 사람을 맞아 공경하는 절차와 슬퍼하는 예모(禮貌)가 천성(天性)에 있었다. 여러 사람이 감탄하고 하후께서 들으시고 탄식하였다.

"공주의 덕이 능히 이 사람을 감화하였으니 하물며 궁인과 친척의 마음이겠는가?"

드디어 온갖 장비를 가지런히 하여 상장(喪葬)[46]을 도왔다. 궁중과 부중이 놀라고 슬퍼하여 곡성이 하늘을 뒤흔들었다. 진공이 공주의 관을 맞아 무덤에 넣을 일을 생각하니 한번 죽어서 같이 돌아가는 것이 소원이지만 부형(父兄)의 높은 교훈과 공주의 임종 때 부탁을 생각하여 마음을 닦아 울며 읍하기를 함부로 하지 않고 상장(喪葬)의 온갖 장비를 매우 조용하게 차렸다. 일마다 몸소 행하여 예에 어긋나 공주의 평일 뜻을 넘기지 않도록 하고 범사를 가지런히 하였다.

시절은 섣달 초순이었다. 제후의 예로 5개월 장례[47]를 하여 산릉(山陵)[48]을 갖추고 공이 스스로 치제(致祭)하려 했다. 이미 제물을 베푼 후 좌우로 문방 도구를 내와서 천언(千言)을 이루니 필력(筆力)이 나는 듯이 움직여 사람을 놀라게 하였다.[49]

공주가 죽자 남편 진공이 이틀이나 혼절했다가 깨어나 염습하고 반함하는 등 장례 절차를 주재하는 장면이다. 부모님 앞에서는 아내 잃은 슬픔을 과도히 표하지 못하니 담담한 모습으로 하려고 노력한

---

45) 조석제(朝夕祭) : 아침과 저녁에 드리는 제사.
46) 상장(喪葬) : 제사지내는 일과 삼년상을 치르는 일.
47) 5개월 장례 : 공주가 추팔월에 죽고 장례는 오 개월 뒤인 섣달에 했음.
48) 산릉(山陵) : 국장(國葬)을 하기 전에 아직 이름을 정하지 않은 새 능.
49) 〈유씨삼대록〉 8권 47~58면.

다. 공주의 오빠인 황제를 비롯하여 궁중 식구들도 슬픔을 이기지 못하며 함께하는 모습이 인상적이다. 이후에 진공이 그녀를 위해 제문을 짓는데 한 편이 6면이나 되는 애절한 글을 쓴다. 이렇게 공주의 죽음은 작품 내에서 매우 중요하게 서사화되고 있으며 슬픔과 절차가 적절히 강조되고 있다.

작품의 말미에서는 진공의 어머니 이부인이 죽고 진공이 지나치게 슬퍼하자 그 아들들이 구호하며, 진공의 아버지인 유승상도 어미의 죽음에 아비의 마음을 헤아리지 않고 너무 슬퍼하지 말라고 타이른다. 그래서 그 말을 따르면서도 날마다 어머니의 모습을 떠올리며 제사를 지내고 슬퍼한다.

부인이 별세함에 모든 자녀의 망극함을 어이 차마 다 말로 옮길 수 있겠는가? 진공이 문득 두어 말 피를 복받쳐 토하고 기절하니 진공의 자식들이 할머니의 죽음으로 인해 망극한 중에도 부친을 보고는 황급히 붙들어 구호하였다. 승상이 모든 자식들의 과도함을 꾸짖고 마음을 진정하게 하였다. 이후 발상하여 곡벽(哭擗)[50]하나, 승상이 예법으로써 상례를 치러 염습하고 관을 씀에 과도하게 화려한 것을 더하지 않아 부인의 뜻을 좇고 또한 구구하게 눈물을 흘리며 슬퍼함이 없으니 행동거지가 평소와 같았다. 이미 성복(成服)[51]을 지내자 천자께서 예관을 보내 조문하시고 부의(賻儀)를 두텁게 하시어 은총이 드넓으셨다. 태사 형제가 상례를 주관하였는데 예에 넘게 하여 물과 음식을 입에 가까이 아니하고 울면서 곡하기를 그치지 아니하였다. 제공의 나이가 노년인데다가 기질이 본래

---

50) 곡벽(哭擗) : 손으로 가슴을 치며 우는 것을 말함. '곡(哭)'은 소리 내어 우는 것을, '벽(擗)'은 손으로 가슴을 치면서 슬퍼하는 것을 말함.
51) 성복(成服) : 초상이 난 뒤 처음으로 상복을 입는 것을 말함. 보통 초상난 지 나흘 되는 날부터 입음.

매우 맑고 빼어나 머리와 눈썹이 다 백발이 되었고 기색이 엄숙하니 보는 사람이 슬퍼하지 않는 사람이 없었다. 승상이 재삼 경계하여 말하였다.

"내 나이가 서산에 임박하였다. 너희가 만일 늙은 아비에게 서하(西河)의 슬픔을 끼친다면 이는 천고의 죄인일 것이니 결단코 부자의 의를 끊을 것이다. 너희들 또한 어린 소년이 아니니 어찌 돌아가신 모친의 유언을 잊고 살아있는 부친의 경계를 저버림이 이와 같으냐? 예전에 내가 부모를 며칠 사이에 한꺼번에 여의었을 때 형님과 더불어 여측(廬側)⁵²⁾에 엎드려 한 번 죽고자 생각하다가도 죽는다면 불효됨이 더 할 것이기에 스스로 마음을 다잡기를 억지로 힘써 오늘에까지 이르렀다. 너희들은 늙도록 부모를 봉양하였고 너희 모친이 비록 돌아갔으나 오히려 내가 살아 있으니 어찌 예전에 천지가 함께 무너지는 듯한 나의 망극한 심정에 비기겠느냐? 어미를 위하여 아비를 버리는 것은 대체(大體)가 아니다."

말을 마치자 사기가 매우 엄숙하였다. 제공이 모골이 송연하여 부친께 사죄하고 이후 적이 슬픔을 억제하여 견디었다. 그러나 내당을 향해 아침 저녁으로 제를 올릴 때면 모친의 음성과 모습이 눈앞에 펼쳐진 듯하고 슬하에 어루만져 사랑하시던 일이 생각나 오장이 찢어지는 듯하여 속절 없이 피눈물로 상복을 적셨다.⁵³⁾

〈소씨삼대록〉의 말미에서 그랬던 것처럼 이 작품에서도 식구 중 한 명이 죽고 나면 나머지 비슷한 연령대들이 따라서 죽는데, 이부인이 죽자 사이좋은 동서지간이던 조부인이 이를 과도하게 슬퍼하여 10여 일 만에 죽고, 이부인이 죽은 지 1년이 되는 기일(忌日)이 지나자 남편이 기운이 떨어지고 위독해져 죽는다. 하지만 이들의 치상(治喪) 과정에 대한 서술은 거의 없다. 앞에서 공주의 경우에 비교적 자세히

---

52) 여측(廬側) : 상제가 거처하는 막집의 곁.
53) 〈유씨삼대록〉 19권 10~12면.

서술되었기에 한 번 서술되었던 것을 다시 서술할 것까지는 없다고 생각했던 듯하다. 다만 가족들이 매우 슬퍼했으며 임금께서도 슬퍼했다는 점을 이야기하고 있다.

이후에 가족이 모두 검소하면서도 화목하게 지내고 진공이 공평하게 대하니 모두 아버지를 공경하며 살다가 작품의 말미에 가서 진공이 죽는다. 그 아내였던 진양공주가 죽었던 때와는 달리 소략하게 언급하고 지나가기는 하지만, 형제들과 아들들의 슬픔은 그대로 전해진다.

진공이 눈을 들어 한 번 보고는 다시 말을 못하고 기세하였다. 나이가 사십팔 세요, 가정 을사년 추구월 신축일이었다. 온 집안 내외에서 곡하는 소리가 하늘에까지 사무치고, 문무백관과 공경대부와 서민군졸에 이르기까지 일시에 통곡하니 울음소리가 산천을 움직일 정도였다. 천자가 진공의 부음을 들으시고 크게 두어 소리를 우시고는 용상에 거꾸러지셨다. 곁에 있던 내시가 급히 붙들어 일어나시게 하였다. 상이 방성통곡하며 말씀하셨다.

"짐이 어린 나이에 대위를 이었는데, 진공이 국가와 운명을 같이 할 신하로 짐을 보필하여 안으로 백성을 다스리고 밖으로 적국을 방비하여 밤낮으로 조금도 게으르지 않았네. 짐이 그 충성을 의지하면서 태평성대를 군신이 한가지로 누릴까 하였더니 이제 불행하여 진공이 단명하니 짐이 다시 누구를 믿겠는가?"

말을 마치고 또 슬퍼하면서 능히 울음을 그치지 못하셨다. 이때에 내외 관료가 다 진궁에 이르러 모두 장례에 참석하였다. 태후와 황후 또한 크게 슬퍼 곡을 하시고 집집마다 곡성이 진동하니 만일 당년에 무종황제가 계셨다면 거의 목숨을 버려 천하에 사례하실 것이었다. 하태후의 슬퍼하심이 여주공인 진양공주의 상례에 떨어짐이 없었다. 상이 예관에게 명하시어 상례를 주관하게 하시고 상측에 친히 임하시어 시신을 붙들어 통곡하시며 입관하는 것을 보시고 성복(成服) 날에 시호를 내리시며 친히 제사를 지내시니 진공의 영광스러움이 살아서나 죽어서나 다름이 없었다. (중략)

모든 형제들이 서로 시신을 붙들고는 조카들을 어루만지며 날이 마치도록 곡하면서 기운이 끊어지고 눈물이 피가 되었다. 모든 조문객들이 제공의 거동을 보고 눈물을 흘리지 않는 사람이 없었다. 그 각각의 자녀들이 울며 간하자 비로소 제공이 정신을 잠깐 진정하여 예법으로 염습하고 오일 만에 성복을 지낸 뒤 관을 영하전에 안치하여 성빈(成殯)하고 아침저녁으로 제사를 지냈다.[54]

이후에는 진공의 형제들이 지은 제문(祭文)이 6면 정도의 분량으로 서술[55]되어 있고, 진공의 형 성의백이 예부시랑 이몽양에게 쓰게 했다가 윤색한 행장(行狀)이 10면 정도로 서술[56]되어 있다는 점에서, 그의 인간됨에 대한 칭송은 충분히 서술되고 있다고 할 수 있다.

이렇게 〈유씨삼대록〉의 결말부에서는 주인공의 죽음 후에 장사 지내는 절차나 예법, 슬퍼하는 모습 등에 대해 소략하게 서술되지만, 제문이나 행장을 통해 그의 일생이 반추되면서 작품 전체의 서사가 요약되고 작품의 주지가 강조된다. 특히 형제들의 우애가 강조되고 있는데, 진공의 상사(喪事) 뒤에 우애가 더욱 두터워져 서로 잠시도 떠나지 않아 내당으로의 왕래는 끊어질 정도였다고 서술된다. 초상 후 5년이 지나서 성의백이 아우들에게 내당에 출입할 것을 권하지만 이때에도 아우들은 동기간에 잠시라도 떠나는 것이 매우 슬픈 일이라면서 사양한다.

---

54) 〈유씨삼대록〉 19권 53~55면.
55) 〈유씨삼대록〉 20권 1~7면.
56) 〈유씨삼대록〉 20권 10~19면.

진공이 죽은 지 10여 년이 되었을 때에 진공의 제사를 지낸 후 형제들이 눈물을 비같이 쏟고 피를 토하기까지 하다가, 동생들인 영릉후와 각로공도 병세가 악화되어 죽는다. 곧이어 영릉후의 부인 설씨가 남편의 죽음에 슬퍼하며 음식을 끊어 열흘 만에 죽으며, 각로공의 부인 박씨도 스스로 죽는다. 또한 진공의 아내인 장부인도 죽으니, 식구들이 슬퍼하면서 삼년상을 이전의 상례와 같이 하였다고 되어 있다. 연이어 형 성의백이 73세에 죽고, 누이들도 잇달아 죽은 뒤 아우 부풍후가 형제 중 마지막으로 죽는다. 이렇게 마지막 권에서 주동 가문의 형제, 부부 10여 명이 거의 동시에 죽는다고 하는 설정과 18면밖에 되지 않는 지면 할애는 〈소씨삼대록〉과 같은 양상이다.

다음은 〈임씨삼대록〉의 경우이다. 이 작품은 〈소씨삼대록〉이나 〈유씨삼대록〉보다 죽음에 대한 관심이 덜하다. 작품의 마지막 권인 40권의 44면에 가서야 태부인이 죽는데, 이 권이 총 72면임을 감안할 때에 가문의 삼대(三代) 중 제 1대가 지나치게 늦게 죽는 것으로 설정되었다고 할 수 있다. 1대 즉 태부인의 3년상이 53면에서 끝나니 양적으로는 매우 적은 분량이다. 하지만 〈소씨삼대록〉이나 〈유씨삼대록〉과 비교했을 때에 확연히 드러나는 차이는, 앞의 두 작품들에서는 슬픔을 강조하거나 제문이나 행장을 지어 행적을 기리는 데에 치중하는 반면, 이 작품에서는 상례(喪禮)가 시행되는 절차가 비교적 소상하게 서술된다는 점이다.

태부인의 병세가 악화되어 죽으려 하는 장면부터 보자. 위독한 태부인에게 아들인 상국 임한주와 선생 임한규가 애통해 하면서 단지(斷指)하여 먹인다. 이를 보고 태부인이 망령된 행동으로 몸을 상하지 말고 중도(中道)를 좇으라면서 본향(本鄕)으로 돌아가는 마음을 놀라게 하지 말라고 나무란다.

　관태부인은 향년 95세로, 이미 천수를 다하였으니 어찌 동방삭(東方朔)처럼 삼천갑자(三千甲子)[57]를 바라겠는가? 우연히 병을 얻어 자리에 누웠는데 온갖 약이 다 소용이 없었다. 자손과 여러 며느리가 갈팡질팡 어찌할 바를 모르던 중 오일도 되지 않아 세상을 떴다. 상국 임한주는 그저 어머니의 손을 잡고 우는데 눈물이 흰 소매에 흘렀고, 선생 임한규는 헤아릴 수 없는 애통함 가운데 급히 패도(佩刀)를 빼서 손가락을 잘라 피를 가지고 나오니 좌우에서 급히 깁으로 싸매고 뭐라 말을 못하였다. 태부인이 문득 눈을 떠 주변을 보고는 두 아들을 나오라고 하여 손을 잡고 탄식하며 말하였다.
　"예부터 한 번 나고 죽는 것은 인지상사(人之常事)이다. 옛사람이 말을 남기길, '인생 칠십은 예부터 드물다' 하였으니 내가 덕이 없어 너희 아버지를 여의고 죽지 못해 산 평생 동안 외롭게 두 아들을 의지하여 지내더니 선군(先君)의 보살핌으로 너희들 적은 자녀로 손자와 증손이 번성하고 지위가 높고 재산이 많으니 만사가 다 분에 넘친다. 게다가 내 나이 구십이 넘었으니 죽어도 나쁘지 않고 저승에 돌아가 조상에게 아뢸 말이 빛나니 무엇이 슬프겠느냐? 내 자식이 망령된 행동으로 몸을 상하게 하느냐? 범사에 중도(中道)를 좇아 본향으로 돌아가는 마음을 놀라게 하지 마라. 그렇게 하지 않으면 나중에 죽어 구천(九泉)에서 만나도 서로 보지 않겠다."
　두 아들이 그저 흐르는 눈물이 피와 섞이면서도 명을 따를 뿐이었다. 태부인이 종일 편안하여 말씀이 또렷하였는데 진시(辰時) 초에 바야흐로 운명하였다. 향년 95세였으며, 이때는 삼월 초순이었다. 일가가 발상(發喪)하며 슬퍼하니 울음소리가 구천에 사무쳤다. 예로 초상을 지내고 성복(成服)을 마치니 임상국 형제가 노래자(老萊子)[58]의 육아(蓼莪)의 슬픔[59]

---

57) 삼천갑자(三千甲子) : 육십 년의 삼천 배. 즉 18만 년을 이름.

을 이기지 못하여 병의 빌미가 뼈에 사무치니 숨이 곧 끊어질 듯 기운이 약하여 지탱할 길이 없었다. 초왕 삼형제가 경황없어 어찌할 바를 모른 채 밤낮 뫼시고 온갖 방법으로 위로하였지만 상국이 슬픔을 차마 억제하지 못하였다. 모든 자손이 지극한 효로 망극한 심사가 비할 데 없었다.[60]

발상(發喪)하고 예(禮)로써 초상(初喪)을 지내고 성복(成服)을 마치는데 임한주 형제가 너무 슬퍼하여 그것이 병이 되어 숨이 끊어질 듯 기운이 약해진다. 물도 한 잔 마시지 않고 여막(廬幕)에 엎드려 있으니, 꿈에 태부인이 나타나 몸을 상하지 않아야 효(孝)라고 책망하기에 이른다. 이에 감동한 형제가 그제야 슬픔을 억제하여 몸을 보존하게 된다.

이후 장사 지낼 날을 택하여 영구(靈柩)를 모셔 고향으로 가 묻는데, 죽은 이의 관직과 성명 등을 적은 깃발인 명정(銘旌), 발인할 때에 영구 앞뒤에 세우고 가는 널판으로 부채가 그려져 있는 삽선(翣扇), 죽은 이를 슬퍼하는 글을 적어 기처럼 만든 만장(輓章) 등과 함께 상여가 나간다.

택일하여 상여를 움직이는데 새벽 서리 내리고 지는 달빛 받으며 상구를 출발시켰다. 붉은 명정(銘旌)[61]과 그림 그려진 삽선(翣扇)[62]은 앞에서

---

58) 노래자(老萊子) : 노래자는 일흔 살의 나이에도 색동옷을 입고 부모 앞에서 어린아이 짓을 하여 부모를 기쁘게 하였다는 중국 춘추 시대 초(楚)나라의 현인(賢人). 효자를 대표하는 이름이 되었음.
59) 육아(蓼莪)의 슬픔 : 육아지통(蓼莪之痛). 효자가 부모 봉양을 뜻대로 하지 못하는 것을 슬퍼하여 읊은 『시경』의 시에서 나온 구절임.
60) 〈임씨삼대록〉 40권 41~45면.
61) 명정(銘旌) : 죽은 사람의 관직과 성명 따위를 적은 기. 다홍 바탕 천 위에 흰 글씨로

인도하고 만장(輓章)⁶³⁾은 평생의 맑은 덕을 기록하여 십 리 되는 백사장에 벌였는데 친인척 및 옛 친구들까지 송별하는 행차가 문에 메어졌다. 거개(車蓋)⁶⁴⁾ 달린 주륜(朱輪)⁶⁵⁾, 네 마리 말이 끄는 적거(翟車)⁶⁶⁾, 제후의 백월과 재상 반열의 주륜이 번잡하여 발 디딜 틈이 없었다. 여염집 남녀들이 집을 잡아 구경하고 칭찬하여 당시 사람들이 "살아서든 죽어서든 다 영화와 복 많기가 어찌 감히 태부인 같기를 바라겠는가!" 하였다. 천자가 예관을 보내 제사를 치르게 하고 태부인을 추증하여 '명현숙덕부인'이라 하였다.

상국 형제가 여러 아들 및 손자, 증손자들을 거느려 무사히 길을 가서 고택에 자리를 잡고 장례일을 택하여 관을 땅속에 묻을 때 효자 현손의 지극한 아픔이 더욱 심하여 곡하는 소리가 하늘에까지 닿았다. 검은 구름도, 청산도 슬퍼하는 것처럼 보였고, 흐르는 눈물, 목메어 나오는 눈물이 가리지 않고 나오니, 온 사람들이 감읍하고 보는 이들이 슬퍼하였다. 이미 장례를 마치고 석물(石物)을 갖추었으므로 상국 형제가 밤낮으로 여막을 떠나지 않고 네 때에 곡하며 울었는데, 그중 어느 한 때라도 남에게 맡긴 적이 없었다.

여부인, 위부인 두 부인이 자부, 손부 등을 거느려 집안일을 잘 다스렸으며 아침저녁 증상(蒸嘗)⁶⁷⁾을 받드는데 상례(喪禮)를 어김이 없었고, 태부인을 모셔 걱정 없이 편안하고 즐겁던 일들을 추모하여 감회를 이기지

쓰며 상여 앞에서 들고 간 뒤에 널 위에 펴 묻음.

62) 삽선(翣扇) : 운불삽(雲黻翣). 운삽(雲翣)은 발인할 때 영구 앞뒤에 세우고 가는 널판으로, 구름무늬 부채를 그린 널판임. 불삽(黻翣)은 역시 발인 때 상여 앞뒤에 세우고 가는 제구로, '아(亞)' 자 형상을 그린 널 조각에 긴 자루가 달려 있음.

63) 만장(輓章) : 죽은 이를 슬퍼하는 글 또는 그 글을 종이에 적어 기(旗)처럼 만든 것. 주검을 산소로 옮길 때 상여 뒤에 들고 따라감.

64) 거개(車蓋) : 상류 계급의 사람들이 타는 수레 위에 둥글게 친 우산 같은 휘장. 비나 햇빛을 가리는 용도로 쓰임.

65) 주륜(朱輪) : 지위가 높은 사람들이 타는, 붉은 칠을 한 바퀴가 달린 수레.

66) 적거(翟車) : 황후가 타는 수레.

67) 증상(蒸嘗) : 탈상하기 전까지 지내는 제사 이름.

못하였다.[68]

장례를 마치고 나서 상국 형제는 여막을 떠나지 않고 하루에 네
번 곡하였으며, 부인들은 아침저녁으로 증상을 받드는데 상례(喪禮)
를 어김이 없었다고 되어 있다. 이후 만 1년 되는 때에 지내는 소상(小
祥) 후에 서모인 소파가 병들어 죽고 세월이 흘러 태부인의 3년상을
마치게 된다.

그리고 나서 임희린과 세린의 아들들의 관직과 자손들의 관직, 인
척 관계 등을 간단히 서술한 뒤, 임한주 등 주인공 부부가 차례로
죽는 것으로 작품을 종결시키고 있다. 임한주가 115세에 병 없이 세상
을 뜨고, 이를 슬퍼해 통곡하다 아내인 여태부인도 연이어 죽는다.
아들 임희린과 유린이 피눈물을 흘리고 슬퍼하면서 모든 일을 같이하
던 중 장례를 마친다. 이 경우에는 슬픔에 대해 간단하게 서술할 뿐이
다. 마지막에 임한규 부부도 한 자리에 누워 120세로 세상을 뜨는데,
발상(發喪)했다고만 서술되며 이후에는 노인들이 차례차례 죽었다고
만 서술되었고, 성현공 부부도 백여 세를 누리다가 대낮에 승천했다
고 하면서 끝난다.

〈조씨삼대록〉은 〈임씨삼대록〉보다 상례의 절차에 대한 서술이 더
욱 자세하다. 부모가 돌아가신 후 초종(初終)하고 반함(飯含)하며 영
좌(靈座)를 모시고 명정(銘旌)을 쓰며 소렴(小殮)과 대렴(大殮)을 거쳐
성복(成服)하고 발상(發喪)하는 상례의 절차가 모두 서술되는 것이다.
주인공 진왕과 초공 형제의 아버지인 조공이 100세에 홀연 죽고, 그

---

68) 〈임씨삼대록〉 40권 50~52면.

아내인 위 부인이 시체 곁에서 한바탕 통곡한 뒤 정신을 잃더니 그 날 밤에 죽는다. 조공의 죽음에 대한 서술이 38권 마지막 부분에서 시작되어 60면 가량 할애되고 있는데, 초혼(招魂)하고 발상한 후 성복 이전에는 밤낮없이 곡을 하면서 죽도 먹지 않는다. 조문 온 임금이 진왕과 초공에게 과도하게 슬퍼하지 말고 중도(中道)로 상을 치르라 고 할 정도이고, 두 사람이 슬퍼하는 모습은 다른 이들을 감동시켜 같이 슬퍼하게 만들 정도이다. 영궤(靈几)를 정침(正寢)에 모시고 여 막(廬幕)을 이어 빈청(殯廳, 장사지내기 전에 시신을 안치해 놓은 곳)을 지켰는데, 거적자리, 띠 이불, 풀 베개 같은 것들이 일흔이 다 된 노인 들에게는 힘든 상황이다.

　　진왕과 초공이 일찍이 병간호도 하루도 못하고 호천지통(呼天之痛)[69] 을 만나니 오장(五臟)이 무너져 한 번 곡할 때마다 두 번 정신을 잃었다. 노년 기운에 부지하기 어려우니 아들들이 정신없이 어찌할 줄을 몰라 붙 들어 구호하였다. 이에 비로소 초혼(招魂)하고 발상(發喪)하였다. (중략) 진왕과 초공이 망극한 가운데나 성인(聖人)의 가르침을 지켜 선왕(先王) 의 예를 행하고 법도로 초상을 치렀다. 기현과 유현 등이 한결같이 어버이 모시는 의리를 좇아 노년의 아버지와 숙부를 모실 적에 대의(大義)로 권 간(勸諫)하여 과도한 곳을 간하는 정성이 돌이나 나무도 감동시킬 정도였 다. 두 공이 성복(成服) 전에는 밤낮없이 곡을 하여 죽을 혹 권하면 고개를 흔들어 말하였다.

　"명이 질겨 따라 모시지 못하나 이때에 어찌 차마 음식을 권하느냐?"라 고 하면서 한 잔의 물도 넣지 않았다. 제왕 등이 머리를 조아리고 울며 간하였으나 뜻을 돌이키지 못하였다. 이미 입관(入棺)하고 염을 한 후에

---

69) 호천지통(呼天之痛) : 하늘을 부르짖으며 슬피 울 만한 고통. 부모가 죽었을 때 이러한 표현을 주로 씀.

<u>성복을 할 적에</u> 천자가 노공이 세 임금을 모신 오랜 신하로서 나이가 많고 덕망이 높음을 슬퍼하여 성복하는 날 어가(御駕)를 움직여 영궤(靈几)에 나아와 우시고 진왕과 초공에게 조문(弔問)하셨다.[70]

형제가 둘 다 죽기를 각오하고 음식을 거의 먹지 않는데다 심하게 슬퍼하니 누나들이 과도히 슬퍼하지 말라고 타이르기에 이른다. 그러던 중 초공의 둘째 부인인 왕부인이 죽는데, 그녀는 남편 초공의 얼굴도 보지 못한 채 죽는다. 부모님 상(喪) 중에 있을 때에는 아내가 죽게 되더라도 내당에 가서 아내를 보지 않는 것이 예의에 맞는 것이었기에 초공이 가보지 않은 것이다.[71]

초공의 아들 유현도 조부모상의 상례를 다스리고 슬퍼함이 중도(中道)에 합하였고 숙부와 아버지를 받드는 효성이 감동적이었으며, 의모(義母) 왕부인의 상(喪)을 만나 여막에 거하는 것도 칭찬받을 만큼 잘 실행하였다고 되어 있다. 그러나 '부친 앞에서는 온화한 낯빛으로 슬픈 빛을 감추고 지극한 고통을 참아 효행이 한결 같았다'고 서술되어 있는 것으로 보아, 어머니상을 당한 아들은 살아있는 아버지의 마음을 편하게 해드리기 위해 슬픔을 감춰야 했음을 알 수 있다.

영구(靈柩)를 내는 날 자손들과 빈객들이 줄을 이었으며, 선영(先塋)에 장사 지낸 후 나무 신주(神主)를 받들어 반혼(返魂)한다. 이후 진왕과 초공은 시묘(侍墓)하여 3년상을 마치고 싶어 했으나, 아들들과 조카들이 힘써 간하여 영위(靈位)를 받들어 집으로 돌아와 제사를 지낸다. 이후, 초우(初虞), 재우(再虞), 삼우(三虞) 등 우제(虞祭)를 마

---

70) 〈조씨삼대록〉 38권 99~103면.
71) 〈조씨삼대록〉 39권 7~8면.

쳤는데도 초공은 하루 네 번 하는 곡을 그치지 않고 상복을 벗지도 않으며 느긋하게 쉬지도 않으니 감동하지 않는 이가 없다고 하였다.

또한 부모님 3년상을 마치고 한 해가 다 되어도 내당에 출입하지 않는 것으로 되어 있으며, 그때까지도 슬퍼하며 푸성귀와 죽만 먹으니 누나 석부인이 일흔이 다 된 나이에 몸이 크게 상하면 그것이 바로 불효라면서 그만두라고 말리기에 이른다. 아울러 그 자녀들도 어머니 왕부인의 3년상이 끝났는데도 푸성귀만 먹으니 이들을 걱정하여 온 식구가 수척해질 정도라고 함으로써 온 집안 식구들이 상례를 제대로 지키면서 효(孝)를 다하는 모습을 보여준다.

그런데 이런 상황에서도 진왕의 악처로 설정되었던 금선공주는 상치르는 3년 동안 남편을 보지 못해 사모하는 정이 간절해져 마음을 진정하지 못하고 슬퍼하며 그 이후에도 1년이나 그림자도 볼 수 없자 약간의 투정을 하는 것으로 묘사된다. 그녀를 두고 석부인은 이렇게 단정치 못하므로 남편이 싫어하는 것이라고 하면서 나무란다. 즉 부부간의 애정보다는 부모님에 대한 마음이 우선해야 함을 보여주는 대목이다. 석부인이 두 아우들에게 그만 슬퍼하고 중용(中庸)의 도를 지키라고 여러 차례 말하면서 육즙을 직접 먹게 한 뒤에야 나머지 식구들이 모두 고기를 입에 대게 된다. 진왕과 초공은 다음 해 봄이 되어서야 비로소 내당에 출입하고 집안일과 자손들과 관련된 대화를 나눈다. 또 진왕은 금선공주의 '괴이한 행동을 어찌하지 못하여' 이따금 가서 부부의 도리를 행하기도 한다.

이와 같이 〈조씨삼대록〉에서는 상례 실행 과정이 비교적 자세하게 서술되는데, 예법에 맞게 하되 과도하게 슬퍼하여 부모님께서 주신 몸을 훼손하지 말라고 강조되고 있다. '중용(中庸)의 도(道)'를 말하는 것이다.

이후에는 초공의 정실(正室)인 양 부인이 죽는 장면이 묘사되어, 사대부가 아내 상을 당했을 때의 처신에 대해 알 수 있게 해준다. 초공은 이때에 자신이 슬퍼하는 것은 부부의 사사로운 정 때문이 아니라 부인을 지기(知己)로 생각하기 때문이라고 말한다. 자녀들이 슬퍼하자 그렇게 너무 슬퍼하여 자신의 마음을 어지럽히지 않는 것이 살아 있는 아버지에게와 범사에 효도하는 것이라고 나무라면서, 아들들이 죽도 먹지 않으려 하자 친히 권하여 먹게 하는 자상함을 보인다. 하지만 상례(喪禮)의 법도는 정숙하고 엄숙했다고 서술되어 있다. 이 경우에도 3년상이 끝난 후에야 진왕과 초공의 생일에 비로소 식구들이 모여 잔치를 하는 것으로 되어 있다.

성인군자다운 인물로 설정된 초공은 자신의 죽음을 예견하고 유표(遺表)와 유서(遺書), 명정(銘旌)까지 스스로 써 놓은 후 80세에 죽는다.[72]

공이 죽으니 향년(享年)이 팔십이었다. 모든 문생이 난간에서 하늘을 바라보고 슬피 울고 있었는데 말만 한 별이 광채가 휘황하여 남녘에 떨어졌다. 평제왕이 가슴을 두드리고 정신을 잃으니 밤빛이 참담하며 슬픈 바람이 일어났다. 진왕이 한바탕 통곡하고 초공의 낯을 대고서 기운이 막혀 인사를 몰랐다. 자식들이 정신이 없이 붙들어 인사를 차리게 하였다. 초혼(招魂)하고 발상(發喪)하니 일곱 상주와 사십 명의 상복 입은 사람이 있고 상을 치르는 문생이 육십여 명이었다. 사위, 증손, 외손 등 대공(大功)에서 시마(緦麻)[73]에 이르기까지 백여 명이었다. 상례의 장대하고

---

72) 〈조씨삼대록〉 40권 7~8면.
73) 대공(大功)에서 시마(緦麻) : 전통적 상례 복제인 오복(五服) 중의 일부. 오복은 곧

거룩함이 천고에 드물었다.[74]

초혼(招魂)하고 발상(發喪)하며, 대공복(大功服), 시마복(緦麻服) 등 상복의 복제(服制)에 대해서도 언급된다. 또 염습(殮襲), 장사(葬事) 후에 손자 명윤이 지은 제문(祭文)이 제시되는데, 12면에 달하는 긴 글이다. 초공은 작품 내에서 가장 훌륭한 인물로 추앙되는 인물이기에 그의 생애와 업적을 기리는 것이다. 반혼(返魂)한 뒤 유현 등 아들들이 여막(廬幕)에 거처하며 정성으로 상례를 다한다.

이후에 또 다른 주인공이자 형인 진왕이 죽는다. 그는 유언(遺言)은 했지만 유표(遺表)를 쓰려다가 그만 정신을 잃는다.[75] 이어 그의 정실인 정부인도 죽지만, 이 부부의 상(喪) 치르는 과정은 거의 언급되지 않고 슬퍼했다는 정도만 언급된다. 삼대록계 국문장편소설에서 두 주인공 중 동생이 먼저 죽고 형이 나중에 죽는 것은 〈유씨삼대록〉에서도 그러한데, 두 경우 모두 작품 전체에서 동생이 더 나은 인간형으로 제시되었기에 그의 죽음에 대해서도 더 비중 있게 다루어진 것으로 보인다.

이상에서 본 것처럼 〈조씨삼대록〉에서는 상례(喪禮)의 절차와 시묘살이, 우제(虞祭) 모시기 등이 비교적 상세히 서술되었으며, 아버지

참최(斬衰), 재최(齊衰), 대공(大功), 소공(小功), 시마(緦麻)를 이름. 대상과 기간에 따라 이와 같이 나뉨. 참최는 3년복으로 아들이 아버지의 상에, 재최는 1년복으로 아들이 어머니의 상에, 대공은 9개월복으로 종형제와 종자매의 상에, 소공은 5개월복으로 종조부(從祖父)와 종조모(從祖母), 형제의 손자, 종형제의 아들, 재종형제(再從兄弟)의 상에, 시마(緦麻)는 3개월복으로 종증조부(從曾祖父), 종증조모(從曾祖母), 증조(曾祖)의 형제나 자매, 형제의 증손(曾孫)과 증조부 증조모의 상에 입음.

74) 〈조씨삼대록〉 40권 18~20면.
75) 〈조씨삼대록〉 40권 68~69면.

상중(喪中)에는 둘째 부인의 상이 나더라도 얼굴을 보러 들어가지 않는다든지, 3년상이 끝나고 나서도 몇 년 후에야 내당 출입을 한다든지 하는 생활 예법도 언급되었다. 또한 부친상, 모친상 외에 조부상, 의모상(義母喪), 아내상 등의 다양한 경우들도 제시되었다.

지금까지 본 바와 같이 삼대록계 국문장편소설 중 초기작에 해당하는 〈소현성록〉 연작에서는 상례의 절차에 대해 극히 소략하게 제시되고 거의 모든 주인공이 몇 년 내에 한꺼번에 죽는 등 인물들의 죽음에 대해서 주목하지는 않았다. 〈유씨삼대록〉이나 〈임씨삼대록〉에서는 죽음에 대한 관심이 조금 확대되어 있었는데, 〈유씨삼대록〉의 경우 진양공주의 요절과 그녀에 대한 추모 등에서 죽음의 문제가 심도 있게 형상화되면서 가문의 정치적 기반과 관련을 맺기도 하였다. 하지만 상례에 대해 서술되는 부분은 적었다. 그러나 후기작이라고 할 수 있는 〈임씨삼대록〉으로 가면 구체적인 상례 절차가 간략하게나마 서술되면서 과도하게 슬퍼하여 몸을 상하게 해서는 안 된다는, 훼애(毁哀) 금지가 중요시되었다. 〈조씨삼대록〉에서는 상례의 절차가 비교적 소상히 제시되면서 분량의 면에서도 타작품의 몇 배에 달하는 지면이 할애되었다. 그러면서 예법과 절차의 적용 문제, 중용(中庸)의 문제 등도 거론되었다. 이러한 구체적 서술들을 통해 소설에서의 상례에 대한 서술양상이 향유층의 삶과 의식에 밀접하게 닿아 있음을 확인할 수 있었다.

이렇게 상례 관련 예법의 절차나 적용 방법에 있어서는 작품마다 차이가 있기는 했지만, 조선 후기에 실제로 실천되었던 〈주자가례〉에 의거한 상례 절차가 그대로 수용되어 있었던 것이 확인된다. 초종(初終)하고 반함(飯含)하며 영좌(靈座)를 모시고 명정(銘旌)을 쓰며, 소렴(小殮)과 대렴(大殮)을 거쳐 성복(成服)하고 발인(發引)하며, 나무 신주(神主)를 받들어 집으로 돌아와 반곡(反哭)하는 등 상례의 절차가 재현되는 것이다. 조선 후기 사대부들이 효(孝)의 잣대로 삼았기에 유독 우리나라에서 중요하게 실행되었다는 시묘(侍墓)살이 3년도 종종 언급되었다.

작품들에서 이러한 상례에 대한 서술을 통해서 궁극적으로 표현하려고 한 것은 아마도 효, 우애, 애정 등 인간으로서의 도리를 구체적으로 실천하는 모습을 보여주는 일이었을 것이다. 〈소현성록〉의 소현성이나 〈유씨삼대록〉의 진양공주의 예를 통해서는 작중 주인공들이 '효(孝)'를 실천하는 모습으로서의 상례 실천을 보았다. 소현성이나 진양 공주는 어머니의 죽음을 슬퍼하고 지극정성으로 상(喪)을 치르다가 몸이 상해 죽기까지 했다. 〈임씨삼대록〉의 임한주와 임한규, 〈조씨삼대록〉의 초공과 진왕도 부모의 죽음에 거의 실신할 정도로 슬퍼하고 기운이 약해지며 예(禮)를 다하여 상을 치렀다. 그런데 형제가 주인공으로 설정된 〈임씨삼대록〉과 〈조씨삼대록〉의 경우에는 부모에 대한 효와 더불어 형제에 대한 '우애'도 강조되고 있다는 점이 달랐다. 삼년상을 마친 후 형제 중 한 명, 주로 더 추앙받는 동생이 먼저 죽으면 나머지 한 명이 그에 대한 무한한 애정을 표현하면서 자손들과 함께 제문과 행장 등을 지어 행적을 기리고 추모하는 것으로 되어 있었다. 즉 상례에 대한 서술을 통해 작품의 지향을 알 수 있는 것인데, 네 작품 모두 가문의 위상 정립과 계승이라는 공통된 목표를 향하면서도 〈소현성록〉은 효를, 〈유씨삼대록〉은 효와 더불어 부부간 애정과 신뢰를, 〈임씨삼대록〉과 〈조씨삼대록〉은 형제간 우애를 지향하고 있음을 보여주는 것이다.

또한 죽음에 관한 초점화라든지 상례 서술의 상세함은 그 죽음의 대상이 서사 내에서 어떤 비중을 지니는가, 가문 내의 위상은 어떠했는가, 가문 장악력은 어느 정도였는가에 따라 결정되었음을 보았다. 〈소현성록〉에서는 어머니 양부인, 〈유씨삼대록〉에서는 진양공주, 〈조씨삼대록〉에서는 초공 등이 바로 작품 내에서 가장 힘 있는 인물, 중요한 인물이었기에 그들의 죽음은 과도하리만큼 추모되거나 상례가 상세히 서술되었던 것이다.

　특히 상세한 상례 관련 서술을 통해서 서술자는 작품에서 미흡하게 표현되었다고 생각되는 덕목이라든지 윤리를 강조하기도 하였다. 〈조씨삼대록〉 같은 작품은 가문의 유지, 계승을 강조하면서도 부자간의 수직적 갈등 양상이 문면에 노출되지 않고 부부 윤리나 형제 윤리가 강조되는 서사를 전개해나간 작품이다. 또한 초기 삼대록인 〈소현성록〉 연작에 비해 통속화되었다는 평가를 받을 만큼 흥미 위주의 화소가 많이 들어가 있다. 따라서 작품의 격을 높이고 부자간의 윤리를 강조·보완하기 위해 결말부의 부모의 죽음이나 상례 절차들에 대한 서술을 강화했다고 생각된다.

삶의 방식과 처세

이 장에서는 인물들의 삶의 방식과 처세, 특히 군신의 관계, 가문과 왕실과의 관계, 출처관(出處觀) 등에 대해 고찰하기로 한다. 이는 특히 고전소설사의 초기 작품들에 해당하며 생활문화를 가장 잘 반영한 작품군인 삼대록계 국문장편소설들에 주로 형상화되어 있으며 19세기의 한문장편소설들에도 처세의 방식들이 형상화되어 있다. 예를 들어, 〈소현성록〉 연작은 소씨 가문의 창달과 유지에 관한 이야기를 중심 내용으로 하고 있지만, 그 과정들이나 가족관계 등에서 가문의 정체성, 지향 의식, 정치성 등 사회적인 관계와도 밀접히 관련되어 있다. 따라서 이 작품에 형상화된 가문과 왕실의 관계 양상과 역학, 삶의 방식과 처세의 방식에 담긴 의미도 고찰할 수 있는 것이다.

충성, 군신관계와 관련된 삶의 방식이나 처세에 관한 내용을 추출해보니, 서민들이 주로 향유한 국문단편소설들에서는 주목하여 논의할 만한 내용이 거의 없었고 양반층이 향유한 한문단편소설들에서도 마찬가지였다. 장편 정도의 길이가 되거나 가문과 왕실의 갈등 국면이 드러난 작품이어야 이러한 내용을 찾을 수 있었는데, 〈소현성록〉 연작이 가장 풍부한 내용을 담고 있었으므로 이를 중심으로 하여 살펴본 뒤 여타 작품들과 비교하면서 마무리하도록 하겠다.

〈소현성록〉 연작은 본전(本傳)과 별전(別傳) 총 15권으로 되어 있는데, 주인공 소현성은 본전 즉 1권~4권에서 과거에 급제하여 벼슬에 나가고 세 아내를 얻으며 자녀들도 두게 된다. 5권에서 별전이 시작되면 12권 중반까지는 그의 아들들에 관한 이야기, 15권까지는 딸과 손자들에 관한 이야기가 전개된다. 그중 셋째 아들인 운성에 대한 이야기가 아들들 전체에 대한 이야기의 반 이상을 차지하고 있으며[1] 나머지 부분에서도 운성은 서사를 주도적으로 이끌어간다.[2] 특히 그는 명현공주와 혼인하고 사별하는 과정을 통해 가문과 왕실 간의 견제와 균형의 문제를 생각하게 하며, 나중에는 나라가 위급할 때에 전쟁에서 이기는 공을 세워 왕으로 봉해지고 소현성의 사후에는 가장

---

[1] 별전은 소현성의 아들들의 이야기를 차례로 서술하는 방식으로 구성되어 있는데, 첫째 아들 운경의 출생과 혼인담이 5권 1면에서 54면까지, 둘째 아들 운희의 출생과 혼인담이 55면까지, 셋째 아들 운성의 출생과 형씨와의 혼인담이 111면까지, 넷째 아들 운현의 출생과 혼인담이 112면까지, 다섯째 아들 운몽의 출생과 혼인담이 113까지 서술된다. 이후 가문이 화목했고 더할 복이 없었다는 서술, 운성이 술과 기녀를 탐하며 형제들과 놀다가 아버지에게 꾸중 들은 일이 이어지면서 5권은 마무리된다. 6권에서 운성의 둘째 부인인 명현공주가 등장하는데, 그녀와의 혼인 갈등담이 8권 91면까지 무려 3권 가까이 할애된다.

[2] 8권 이후에도 운성의 첩으로 소영 들이기, 유람하기, 요괴 퇴치하기, 동서인 손생 놀리기 등의 이야기가 전개되면서 서사의 중심은 운성에게 지속된다. 9권과 10권에서 일곱째 아들 운숙과 여덟째 아들 운명의 이야기가 들어간 후, 11권에서 다시 운성이 아버지를 모시고 운남을 정벌하러 가는 이야기가 시작되고, 12권 중반부터 딸과 손자 대의 이야기가 전개되는 중에도 운성은 집안을 대표하는 오빠나 숙부로서 중요한 역할을 한다.

(家長)의 자리를 물려받기도 한다.

그래서 기존의 연구에서는 이 작품의 공주혼 즉, 운성과 명현공주의 혼인을 중심으로 하여 부마의 가문과 왕실 간의 갈등과 그 사회적 의미를 고찰하곤 하였다. 이 작품에서 드러나는 가문과 왕실 간의 역학 관계, 삶의 방식은 공주혼뿐만 아니라 작품의 서두에서부터 간간이 노출되는, 주인공들의 출처관(出處觀), 군신간의 관계 설정과 도리, 충(忠)과 효(孝)의 관계, 참전(參戰), 황후혼에 관한 것까지를 폭넓게 살펴야 종합적인 논의가 가능할 것이다. 특히 왕권이 형제간에 계승되어야 하는지, 부자간에 계승되어야 하는지 등 제위의 계승 문제에 대해서 심도 있게 형상화하고 있으므로 이에 대해서도 주목할 것이다. 따라서 이 글에서는 소씨 가문과 왕실 간의 힘의 역학과 갈등 양상, 그 해소 방식, 소씨 가문의 지향하는 바에 초점을 두어 살피면서, 서술자의 의식과 향유층의 욕구와 삶 등을 함께 논하게 될 것이다.

1) 삶의 방식

(1) 청렴 지향과 처사적 삶

〈소현성록〉에서 소광─소경(소현성)─소운성으로 이어지는 소씨 가문은 대대로 명문가이면서도 사리사욕을 밝히지 않고 처사의 삶에 가깝게 살고 싶어 하는 것으로 설정되어 있다. 그래서 책을 읽고 글을 쓰며 가사를 지어 부르거나 학을 키우는 등 한가로이 지내는 것과 동시에 신이한 힘을 지녀서 요괴를 제압할 수 있는 것으로 묘사하고 있다. 하지만 이렇게 지향하던 바와는 다르게 실제로는 태종, 진종,

인종 대에 걸쳐 높은 벼슬을 하면서 황제 이외의 모든 신하들이 우러르는 위치에 놓인다. 송나라 태종(太宗)은 태조 조광윤의 동생이며 중국의 통일을 완성하여 형과 함께 송나라의 기초를 확립한 왕으로 평가된다. 하지만 그가 즉위한 배경에는 다소 의문점이 있어 태조를 시역(弑逆)했다고도 하고 종실(宗室)에 내분이 있었다고도 한다.[3]

소현성은 날 때부터 산천이 지닌 기운과 해와 달의 정기, 그리고 천지의 조화를 타고났으며, 가슴에는 세상을 다스릴 뜻을 품었고 얼굴에는 어지러운 나라를 평안하게 할 재주가 어려 있었다고 한다. 특히 빼어난 문장과 뛰어난 절개가 당대에 으뜸이었다고 했는데 이때에 '절개'라고 표현한 것은 달리 말해 황제에 대한 충성을 이르는 것이다. 이처럼 충성을 다하다가 죽으니 당시의 황제인 인종(仁宗)이 그가 세 임금을 받든 신하임을 슬퍼하면서 왕에게 행하는 예(禮)로 장사지내고 묘 아래에 사당을 지어 네 계절마다 제사를 지내게 하였으며 시호를 '충렬공(忠烈公)'이라 하고 비문에 '효의(孝義)선생'이라고 새기도록 하였다[4]고 한다. 별전(別傳)이 시작되는 부분에 지금까지의 소현성의 생애를 정리해주는 서술을 보자.

대송 시절에 승상 소현성의 이름은 경이고 자(字)는 자문이었다. 태종 즉위 원년(元年)에 급제하여 벼슬이 바로 옥당(玉堂)에 올라 10년 만에 우승상을 하고, 몇 년 내에 좌승상 강릉후를 하여 구석(九錫)을 겸하였다. 조정에 들어간 30년 중에서 재상으로 있은 것은 수십 년이 되었는데 정치

3) 태종은 명현공주의 아버지이기에 이런 내용을 두고 운성이 명현공주와 그녀의 아버지 즉 장인의 윤리성에 대해 문제를 제기하는 것이다.
4) 〈소현성록〉 1권 2면 본전 별서.

가 고르지 않음을 보고 벼슬을 그만두고 조정에서 물러나 산림에서 지냈다. 문 앞의 여러 가지 풀은 사시사철 봄이 된 듯하고, 대숲의 맑은 바람에 한가함이 지극하여 옛 사람들이 현명하게 몸을 지키던 방법을 오로지 행하였다. 슬하에 10자 5녀를 두었는데 이른바 큰 강의 흰 진주요, 남해(南海)의 다섯 빛깔 나는 진주며, 푸른 오동나무에 깃든 난새와 고니 같았다. 어진 스승을 청하여 학문을 가르쳤다. 도연명(陶淵明)이 아들들이 공부하지 않을까 책망했던 일이 있을까 두려워하였는데, 뜻하지 않게 모든 아들들이 다 옛 사람을 압도할 재주와 학식이 있었다.[5]

학문이 뛰어나고 우승상, 좌승상 등을 몇 십 년 동안 하면서 정치를 하다가 세상이 바르게 돌아가지 않자 물러나 산림에서 지낸 것으로 되어 있다. 하지만 아들들도 모두 재능과 학식이 있어 자랑할 만하였다고 하면서 남들이 모두 부러워할 만한 가문이 되었음을 말해주고 있다.

하지만 소현성이 이렇게 가문을 번성시키기 전, 그의 아버지 소광의 경우는 '깊은 골짜기에 사는 처사'였다. 사는 곳도 높이가 천여 길에 봉우리가 열둘이나 되는 자운산과 그 가운데에 있는 와룡담 가에 있는 집에서 살았다. 한(漢)나라와 당(唐)나라 때에는 조상들이 대대로 이름난 재상들이었지만 오대(五代)에 내려와 나라가 어지러워지자 자운산에 은거한 것이다. 송나라 태조인 조광윤이 즉위하여 법령과 정치가 갖추어지기는 했지만 처사는 끝까지 벼슬에 나가지 않았다. 천자가 다시 수레를 보내고 지극한 예의를 갖춰 다섯 번이나 부르는데도 자신은 일에 얽매이지 않고 대범하고 깨끗하게 살고 싶으며

5) 〈소현성록〉 5권 1면.

벼슬살이에 대한 욕심이 없다고 한다. 임금이 계속 강권한다면 죽음으로써 뜻을 지키겠다고 강변하기에 다시 벼슬을 권하지 않았으며, 이 일로 모두들 그의 청렴하고 고결하며 어짊을 알게 된다.

이렇게 소광은 벼슬을 거부하면서 '골짜기에서 학을 춤추게 하고 거문고를 타며 천자의 자리를 헌 신 보듯 했고, 나귀를 타고 천하를 두루 보거나 작은 배로 사해를 떠다녔는데, 사나운 짐승을 산에서 만나면 한 곡조의 가사를 불러 스스로 돌아가게 했고, 바다에서 큰 바람을 만나면 글을 지어 읊어 교룡(蛟龍)이 항복하여 잔잔해지게 했다'[6]고 한다. 이렇게 신선 같고 깨끗한 이미지이면서도 기이한 힘을 지닌 인물이 소현성의 아버지이며, 이러한 인간상은 소현성이나 운경, 운성 등에게로 이어진다. 그들은 집에서 한가로이 있을 때는 처소를 도사의 거처처럼 해놓고 학을 키우며 음악과 시로 소일한다.

　　서헌 백화정에 이르렀다. 두 쌍 동자가 난간 밖에서 학을 길들이고 있고, 구슬로 만든 발을 높이 걷었는데 향로의 향내가 그윽했으며 주변에는 만 권 경서를 쌓아놓고 거문고를 비스듬히 세워 두었다. 몸이 마치 신선의 공간에 오른 듯한 곳인데 생이 책상에 『주역』을 펴놓고 자미수(紫微數)를 점치고 있었다. 그윽한 대청 가운데 발이 드리운 그림자가 몽롱한데 생의 백옥같이 흰 살쩍과 복숭아같이 붉은 입술은 분명 신선이 꽃과 나무 가운데 떨어진 것 같으니.[7]

그러나 소현성의 대에 이르면, 재상·관리로서의 모습도 보인다. 10대 초반에 과거에 급제하여 이후 조정의 큰일과 어려운 조서 등을

---

6) 〈소현성록〉 1권 5~6면.
7) 〈소현성록〉 1권 53~54면.

조용하고 신속히 처리하였으며 하는 일마다 다른 사람보다 나아 원로 대신들과 사리에 밝은 재상들도 미치지 못하니 만조백관이며 천자가 더욱 중하게 여기게 된다. 호광 지역의 순무사로 부임해서도 몇 개월 만에 도적을 다 토벌, 계도하고 살기 좋게 만드니 백성들이 떠나지 말아달라고 할 정도로 재주와 인품이 뛰어난 관리가 된다. 이렇게 차츰 나라에서 가장 높은 직위, 가장 명망 있는 가문으로서의 위상을 확립하게 되고, 아들 운성에 이르면 왕의 직위를 받기도 하며 딸 수주는 황후가 되는 것으로 정점을 찍게 된다.

(2) 충(忠)의 실천과 왕실 견제의 균형

소씨 가문은 무엇보다도 효도를 제일의 가치로 삼고 있는 가문이며, 이들의 이야기를 기록하여 남기게 된 이유도 "사람의 어미 되어서는 공의 모친 양씨 같고, 자식이 되어서는 공처럼 효도하기를 권하기 위해서이다. 그러므로 이 이야기를 보는 사람이 방탕하고 무식하여 부모를 생각하지 않는 불효자라고 해도 느끼는 바가 있을 것"[8]이라고 했다. 이렇게 효성을 가르치기 위해 지은 소설이니 만큼 작품 곳곳에서 효성에 대해 이야기하고 있는데, 심지어 나라에서 관장하는 과거 시험의 기강보다도 효도를 강조하는 장면도 있다. 과거 시험을 보러 간 소현성이 다섯 선비를 만나는데 그들은 글재주가 없음에도 불구하고 편모의 바람, 병환 중에 있는 아버지의 희망 등을 이루기 위해 온 사람들이다. 그래서 급제하지 못할 것을 염려하여 눈물 흘리는 것을 보고 불쌍히 여겨 시험지를 대신 작성해 주어 2등에서 6등을

---

8) 〈소현성록〉 1권 2면 본전 별서.

차지하게 해준다. 그들의 부모 위하는 마음에 감동하여 나라의 기강을 흩트리는 일도 마다 하지 않은 것이다.

하지만 황제에 대한 충성심도 매우 크다고 할 수 있는데, 태종 황제가 죽었을 때에는 집안의 부녀자가 모두 소복을 입고 소승상과 여러 아들들이 통곡하며 슬퍼한다. 특히 소승상의 걱정을 염려할 정도였고 호방한 운성도 눈물이 가득해 상복이 젖을 정도였다고 묘사할 정도이다. 운성에게는 장인이었지만 공주로 인해 적대시했던 사이였음에도 불구하고, "군신유의(君臣有義)는 오륜(五倫) 가운데에서 으뜸입니다. 사람 된 자가 국가의 녹을 먹고 천은(天恩)을 입어 은혜와 사랑이 아버지와 아들의 관계와 같은데 이제 황제께서 돌아가시니 신하된 자의 망극함은 당연한 것"이라고 하면서 슬퍼한다.[9] 소승상은 1년이나 고기나 생선을 먹지 않고 흰 옷을 3년이나 입고 탈상(脫喪) 때까지는 부인을 보지 않을 정도로 상례(喪禮)를 극진히 한다.

나라에 적이 침입하거나 황제가 위험에 빠지면 곧바로 나서는데, 태종이 돌아가고 진종이 황제가 된 뒤 위보동대로 놀러 갔다가 거란족 즉 요(遼)나라의 무리에게 둘러싸이게 되어 나라가 위태로워진다. 조정에 남아 있던 소승상이 태후, 황후와 태자를 보호하고 있으면서 각 처에 급히 알리는 글을 보내 임금께 충성을 다하라고 한다. 그리고 한편으로는 십만 명의 병사를 모아 그 지역으로 보낸다. 그런데 이때 또 운남국이 반역하여 쳐들어오니 더욱 위급한 상황이 되어 그 전장(戰場)에 직접 가서 군사를 지휘할 사람이 필요하게 된다. 십만 명이나 되는 적을 무찌를 수 있는 사람은 소승상뿐이라는 주변의 권유로

---

9) 〈소현성록〉 9권 94면.

직접 나서야 할 상황이 되지만, 승상은 효성이 지극하기에 노모(老母) 곁을 떠나는 것을 오래도록 주저하다가 나라의 은혜가 더 크다고 생각하여 출전하기로 한다. 슬퍼하는 승상에게 태부인은 다음과 같이 말하여 군신유의(君臣有義)가 가장 큰 덕목임을 강조한다.

"군신유의(君臣有義)는 오륜(五倫) 가운데 가장 으뜸이다. 네가 일찍이 천자의 은혜를 입었기에 여태껏 대신으로 지내는 것이고 여러 아들이 다 관직과 녹봉이 과중한 것이다. 그러니 마땅히 충성을 다하여 나라에 은혜를 갚아야지 어찌 사사로운 정을 돌아보려 하느냐? 하물며 임금께서 허락하셔서 네가 평소에 내게 효를 극진하게 행하였으니 국가가 위태로운 지경에 있을 때 충성을 행하는 것은 당연하다. 너는 생각이 낡고 쓸모없는 선비처럼 변변치 못한 행동을 하지 마라."[10]

어머니의 가르침을 받은 승상은 20만 대군을 모아 전장에 나가 운남의 항복을 받는다. 황제가 무사히 돌아와서는 승상을 진공에 봉하고 공적을 치하한다. 승상이 자신은 신하의 도리를 다한 것일 뿐이라며 사양하자, 황제가 붓으로 글을 지어 칭송하고 소씨 가문 동네 어귀에 충혼문(忠魂門)을 세우라고 한다. 함께 전장에 나갔던 운성도 높은 관직과 큰 고을을 식읍(食邑)으로 받는다. 이렇게 소씨 가문은 효성을 제일로 삼으면서도 충성스러운 신하로서의 본분도 충실히 행하는 것을 지향한다.

---

10) 〈소현성록〉 10권 137면.

2) 처세의 방식

(1) 법도의 실천과 정통성 지지

소씨 가문 사람들은 관직에 있어서는 임무에 충실하고 황제와 나라를 위해 목숨도 바칠 각오를 하고 있지만, 임금에게 잘못이 있을 때에는 적극적으로 간하여 옳은 방향으로 인도해야 한다고 생각하고 있다. 바른 법도의 실천을 중시하는 것이다. 한 예로, 소현성이 승상 직위에 있고 운성이 부마인 상황에서, 나라에 경사가 있어 황후가 후원에 술자리를 마련하자 황제가 선혜공주와 명현공주의 남편들 즉 두 부마와 사돈을 부른다. 운성은 병을 핑계로 가지 않고 승상만 갔는데, 황제가 궁궐의 풍요로운 풍류를 보이자 정색을 하고 아뢴다.

> "신이 처음에는 폐하가 군신과 함께 변방을 근심하시고 장졸을 불쌍히 여겨 위로하는 것을 의논하시고자 하심인가 여겼습니다. 그런데 어찌 술을 마시고 화평하게 즐기면서 변방에 있는 장졸들과 백성의 굶주림과 어려움을 염려하지 않으실 줄 알았겠습니까?"
> 황제가 깨달아 사례하며 말하였다. "요사이 북한(北漢)을 평정한데다가 요(遼)가 새로 침범한 것 때문에 마음이 편안하지 못해서 경들과 함께 즐기며 시름을 잊고자 하였더니 승상의 말이 옳구나. 짐이 어찌 따르지 않겠는가?"
> 드디어 풍악을 물리치고 조용히 정사(政事)를 의논하고 석양 무렵에 흩어졌다.[11]

나라에 적이 들어와 싸움이 한창이어서 장수와 병사들이 힘들어

---

11) 〈소현성록〉 8권 58~59면.

하고 백성들이 굶주리고 있는데 이렇게 평화롭게 즐겨서는 안 된다는 승상의 간언에, 임금은 곧바로 자신의 잘못을 깨닫고 술자리를 접는다. 사돈이기도 하지만 그만큼 승상의 위상이 높다는 말도 될 것이다. 소승상은 또 명현공주로 인해 무고한 형씨 부녀가 벌을 받아 형참정은 남만(南蠻) 땅으로 유배 가고 형씨와 형씨의 두 아들은 사약을 받게 되자, 황제께서 덕을 잃으셨으니 빨리 가서 간언을 드려야겠다고 한다. 지금 황제가 화가 많이 났으니 뜻을 거스르는 말을 하면 큰 일이 날 것이라고 말려도 아랑곳 하지 않고 '죽기로써 간하는 것이 도리'라면서 궁궐로 가 황제께 일의 선후와 공주의 잘못을 낱낱이 말한다. 공주가 혼인해 와서도 부녀의 도리를 하지 않고 할머니께 예의를 갖추지도 않으며 형씨와 운성을 죽이려 하는 등 여러 가지 죄를 지었다고 아뢴다. 그런데도 황제께서 이 같은 상황을 모르고 형씨 부녀에게 죄를 무겁게 주신다 하니, 폐하의 어질지 못하심이 슬프다고 하면서, 자신을 죽이고 공주 또한 참수하시어 정사(政事)를 바로잡으시라고 간한다. 이렇게 논리적으로 이야기를 하니 황제도 몹시 놀라면서 마음을 돌려 형씨 부녀와 운성을 용서한다.

한편, 황제의 정통성과 도덕성에 대해 의심스러운 부분이 있다며 탄식하기도 하는데, 이는 제위(帝位)의 계승에 대한 문제제기이기도 하여 주목할 만하다. 태종이 태조의 태자인 덕소(德昭) 즉 조카를 죽이고 왕위를 빼앗았다는 말[12]이 있었기에 소설 속에서도 이런 논란을

---

12) 『속자치통감장편(續資治通鑑長篇)』에 실려 있는 기사를 참고하면, 태조가 위독하자 그의 동생 진왕이 문병을 갔는데 둘이만 있는 상황에서 왕위를 맡겼다고 한다. 그런데 다른 사람들은 멀리서 촛불 그림자로 태종과 태조의 모습을 보았을 뿐인데 태조가 도끼를 땅에 던지는 등의 모습이 보였다고 한다. 다음 날 새벽이 되기 전에 태조가

형상화한 것으로 보이는데, 왕위를 형에서 동생으로 인계하느냐, 아버지에게서 아들로 인계하느냐에 대한 대립적인 시각을 형상화한 것이다.

이 문제는 사실, 태조가 나라의 안위를 위하고 어머니인 두태후(杜太后)의 유언을 지키기 위하여 왕위를 아들에게 넘기지 않고 동생에게 넘긴 것이라고 하기도 하므로 어떤 것이 진실인지는 모르는 상황이다. 하지만 소설 속 서술자와 소씨 가문의 사람들은 전자에 가깝다고 보고 있다. 그래서 소현성은 이 상황을 "만승(萬乘)의 기업(基業)이 비록 크기는 하지만 지극히 가까운 골육을 잔인하게 해치는 것을 풀잎같이 하는구나. 그는 곧 태조(太祖)의 태자로 나중에 대(代)를 이을 사람이니, 그를 죽인 이유를 명백히 알겠다."[13]라고 하면서 원망스러워한다. 이렇게 황제의 도덕성을 의심하게 되자 적극적으로 정사를 다스리거나 시국을 논하고 싶어 하지 않게 된다. 그래서 처사 같은 삶을 살았기에 비록 벼슬이 높고 명망이 중했지만 역사 기록에는 이름이 남아 있지 않은 것이라 되어 있다. 이후, 태종의 딸인 명현공주가 며느리로 들어오자, 이 사건과 관련하여 운성의 형제들, 운성과 논란을 벌이기도 한다.

　명현공주가 책을 좀 읽었기에 문득 자신이 남들보다 낫다고 자부하며 말하였다.
　"여러 아주버니들과 부마의 논의가 지극히 옳기는 하지만, 옛날에는 어진 이가 있었어도 사나운 이도 많았습니다. 당(唐) 태종(太宗)이 소날왕

　죽고, 진왕이 태종으로 즉위하게 된다.
13) 〈소현성록〉 4권 47면.

비(巢剌王妃)를 취했으며 건성(建成)과 원길(元吉)을 죽였으니 어찌 무도(無道)하다고 하지 않겠습니까? 이런 일이 오늘에도 다시 있습니까? 여러 아주버니들께 묻겠습니다."

여러 생들이 몸을 구부려 예를 표한 후 답하였다.

"공주의 높으신 견해가 옳습니다. 당태종이 소날왕비를 취한 것은 사람의 얼굴로 짐승 같은 마음을 낸 것이지만, 형제인 건성과 원길을 죽인 것은 종묘사직을 위한 것이니 구태여 그르다고 할 수가 없습니다."

원래 여러 소생들이 모두 사려 깊고 공손하며 총명하고 영리하니, 모든 일을 무심코 하지 않는다. 그래서 혐의를 받을까봐 이렇게 말하였지만 본심은 아니었다. 그런데도 공주가 의기양양하여 마음속 생각을 다 펴서 말하였다.

"우리 황상과 태조가 나라를 일으키셨는데 다른 사람들이 말하되, '지금의 상은 태조의 덕택으로 천하를 얻었다.'라고 하니 어찌 우습지 않겠는가? 하물며 우리 아버지의 용 같은 행동과 호랑이 같은 용맹함은 하늘에서 내린 사람임을 모두 아는데, 아버지가 계시지 않았다면 어찌 진교역(陳橋驛)에서 모든 장수들을 부추겨 천자가 된 태조가 천하를 얻을 수 있었겠는가?"

여러 생들이 매우 마땅치 않게 여겼지만 단지 그렇다고 할 따름이었다. 그러나 운성은 격분함을 이기지 못하여 갑자기 정색하며 말하였다.

"예부터 국가를 다스리거나 흥망(興亡)에 관해서는 부인들이 알 바가 아닙니다. 더군다나 태조는, 협마역(夾馬驛)의 향기와 대쪽의 글, 그리고 진교역에 두 해가 돋으며 다섯 개의 별이 모이는 것을 보고 여러 장수들이 백성들의 마음을 따라 황포(黃袍)를 받들어 드린 것이니 어찌 부추겼다고 할 수 있겠습니까? 공주가 예의와 사정을 모르시고 선(先) 황제를 모욕하면서 왕실과 천하를 간교하게 얻은 것으로 말씀하시는군요. 만약 그렇다면 태조는 분명히 모르시던 바이니 성상께서 여러 장수들을 부추긴 것이었습니까?"

공주가 발끈하여 크게 화를 내며 말하였다.

"부마가 말을 내키는 대로 하니, 이것이 무슨 도리입니까? 이유 없이 황상을 모함하니 만약 죄를 다스린다면 형벌을 벗어나지 못할 것입니다."[14]

명현공주가 말한 부분에서 당(唐) 태종(太宗)은 당나라의 2세 황제
인데, 그가 아직 진왕(秦王)이었을 때에 당시 태자였던 형 건성과 아
우 원길이 자신을 시기하고 모해하려 하자 먼저 그들을 죽이고 태자
가 되었다고 한다. 그러고 나서 원길의 아내였던 양씨를 후궁으로
맞는데 그녀의 남편이었던 원길이 소날왕으로 추복되었으므로 그녀
를 소날왕비라고 한 것이고, 태종이 건성을 현무문 아래에서 활로
쏴 죽였기 때문에 이 일련의 사건을 '현무문(玄武門)의 난'이라 부른
다. 공주는 그 사건과 송나라 태종의 일은 다르다고 말하는 것이고,
운성의 형제들도 이에 동의했음에도 불구하고 운성은 태종이 태조의
맏아들인 덕소(德昭)에게 갈 왕위를 가로챈 것이라고 생각하여 그 딸
인 명현공주도 이렇게 박대하는 것이며 당 태종은 나쁜 사람이라는
것이다. 또 송 태종은 태조의 동생이며 명현공주의 아버지이다. 공주
의 논리는 태종이 태조가 송을 개국할 때에 큰 공헌을 하였으므로
그 다음 왕이 되는 것이 당연한 것인데, 그것을 굳이 태조의 은혜라고
생각하는 것이 잘못이라는 것이다. 또 송 태조가 황제가 된 곳이 진교
역인데, 이곳에서 여러 장수들이 당시 후주(後周) 세종(世宗)의 군대
의 총사령관으로 있던 조광윤에게 황포(黃袍)를 받들어 올리고 황제
로 추대했다고 한다.

이렇듯 송나라 개국과 관련하여 태조, 태종의 역할과 왕위 계승의
문제에 대한 생각이 엇갈리자 갈등이 첨예화되어 운성이 화가 나 더

<hr>

14) 〈소현성록〉 6권 69~71면.

말하려 하니 석부인이 꾸짖고 그만하라고 하여 겨우 그친다.[15] 이날 밤에 소승상도 알게 되자, 임금의 잘잘못을 입 밖으로 내지 말라, 녹봉을 먹으며 임금을 섬기는 신하로 있을 때에는 마땅치 않은 일이 있더라도 임금을 원망하지 말라고 한다. 물론 공주가 황제에게 알려 벌을 받을까 우려하여 하는 말이기는 하지만, 군신관계에 대한 기본적인 생각이 드러나는 대목이기도 하다. 법도와 윤리를 우선시하기는 하지만 극한 대치 국면으로 가는 것은 원치 않는 것이다. 그러나 소설 속에 이런 장면이 등장하였다는 것 자체만으로도 다른 소설들과는 차별화되는 과감한 시도라고 할 수 있다.

운성은 말년에 태자를 가르치는 태사(太師)가 되는데, 이때에도 침묵하지 않고 태자에게 간언(諫言)을 하여 임금이 공신이나 친척을 죽이는 일이 있었던 것에 대해 논박한다.

"자고로 성군(聖君)은 정사(政事)를 돌보는 것에는 훌륭하셨습니다. 그러나 성군들은 가까운 친지들을 헤아리지 않고 죽였으며 혹 공신(功臣)에게 형벌을 내리기도 하였는데 이는 어진 행동은 아닌 듯합니다."
태자가 몸가짐을 조심하며 단정히 앉아 대답하였다.
"그렇지 않습니다. 법에는 인정(仁情)이 없으니 가까운 친척과 공신을 죽이는 것을 한가지로 논하여서 사납다고 하겠습니까? 부분적으로 법을

15) 그러나 이 사건에 대해 나중에도 운성은 다음과 같이 탄식한다. "온 세상이 태평함이여, 궁전 위에는 근심이 없구나. 근심이 없음이여, 신하의 인륜을 휘젓는구나. 형편의 난처함이여, 내가 능히 정을 끊지 못하고 저가 능히 사랑을 원하지 않는구나. 저가 비록 자기를 낮추어 죽을지언정 내 고집 돌리기는 어려울 것이네. 웃지 말고 웃지 마라. 내가 이미 당(唐) 태종(太宗)과 당(唐) 명황(明皇)만 못하다면 어찌 두 사람의 주접스러움을 비웃겠는가? 아아! 슬프다. 이것도 또한 하늘이 내린 운수로다." 〈소현성록〉 7권 43~44면.

사용하면 어짊과 덕을 잃으며 어진 신하를 죽이면 오히려 어질지 못한 것입니다. 주왕(紂王)이 비간(比干)을 죽이니 이른바 포악한 것이며, 주공(周公)이 관숙(管叔)과 채숙(蔡叔)을 베었으니 이른바 성인입니다. 대개 사람이 행실과 덕을 닦아 일을 올바르게 하려고 하거나, 성인이 잘못된 일을 하면 후세에 시비(是非)가 있습니다. 이제 지난 일을 말하더라도 선생과 과인이 자못 이렇듯 서로를 소중하게 생각하지만, 과인이 덕을 잃으면 선생이 이윤(伊尹), 곽광(霍光)과 같이 일을 해야 옳고, 만일 선생이 잘못하면 과인이 당당히 다스릴 것입니다. 사사로운 정으로 차마 어쩌지 못하여 정사(政事)가 잘못되면 피차 모두 어질고 약하며 어리석은 사람이 될 것입니다."[16]

태자의 생각은, 비간처럼 충신이고 숙부인데도 자신의 음란함을 간했다고 해서 신하를 죽인 주왕(紂王)은 포악한 것이지만, 관숙과 채숙처럼 주 무왕이 죽은 뒤 왕위에 오른 성왕과 주공에 반하는 행동을 한 신하는 죽여도 된다는 것이다. 즉 법대로 하면서 사사로운 정을 두지 않고 행한다면 가까운 친척이나 공신이라 해도 죽일 수도 있다는 논리이다. 따라서 스승인 운성도 잘못을 하면 당당히 다스리겠다고 하는 것이다. 대화가 끝나자 듣던 소씨 가문의 사람들이 모두 식은 땀을 흘리며 자신들의 거취에 대해 더욱 조심하게 된다. 요컨대 소씨 가문은 군신의 관계에 있어 신하의 충성은 필수이지만 임금이 잘못을 했을 경우에는 가만히 있지 않고 적극 간해야 한다는 입장이다. 그러나 왕실의 일원인 공주나 태자는 현 왕권의 왕위 계승과 공로에 대한 자부심이 있으며, 측근 신하라 해도 잘못이 있다면 법대로 죽일 수도 있다는 생각을 갖고 있다.

---

16) 〈소현성록〉 14권 6면.

(2) 도덕성 준수와 가문 위상 중시

소씨 가문의 도덕성 준수에 대한 결벽과 가문의 위상 중시의 태도는 이 가문의 공주혼과 황후혼에서 잘 드러난다. 〈소현성록〉에서 공주혼은 소현성의 셋째 아들 운성과 명현공주의 혼인인데, 공주는 이 작품에서 가장 불쌍하게 죽어간 인물이라는 점에서 문제적이다. 남편을 선택했다는 이유로 남편에게 음란한 여성으로 평가되었고 친정 아버지인 황제의 윤리성이 의심되면서 혼인 초부터 남편의 냉대를 받았으며 식구들의 은근한 소외를 당해야만 했다. 중심 가문의 아들과 공주와의 혼인을 통하여 무엇을 말하려고 하는지, 그 양상은 어떠한지 등을 살펴본다.

공주는 혼인을 해서 시가에 와서도 황제의 권위를 업고 자기의 권세를 믿는다. 그리하여 시아버지의 가부장권과 남편의 가장권을 인정하지 않고 자기 삶의 방식을 고집한다. 이에 지지 않고 운성도 공주를 녹록하게 대하지 않고 심지어 그녀를 불행하게 하겠다고 굳은 결심을 하면서 밀어낸다. 혼인 초반부터 가문과 왕실의 힘겨루기는 팽팽했는데, 운성의 정실인 형씨를 출거하고 공주가 정실로 들어오려 하자 황제에게 그 부당함을 말하는 소승상의 표문이다.

> 저희 부자(父子)가 거룩하신 천자의 두터운 은혜를 입어 국가의 중요한 신하가 되었기에 할 말을 품고 아뢰지 않을 수가 없어 아룁니다.
> 예나 지금이나 여자에게 칠거지악(七去之惡)이 있으면 내칠 수 있지만 이유 없이 부귀를 탐하여 아내를 버린다면 어찌 세상 사람들이 침 뱉고 꾸짖지 않겠으며, 또한 주상전하의 크신 덕이 광무제(光武帝)보다 못하다고 원망하지 않겠습니까? 제가 한갓 며느리를 위하는 것이 아니라 진실로 전하의 크신 덕이 상하실까 두려워 천하의 공론(公論)대로 하고자 하는

것입니다.

또한 폐하께서 굳이 형씨를 내치라고 하신다면, 운성이 전하의 은혜를 입어 부마의 영화와 귀함을 얻기는 하겠지만 선비 중의 신의 없고 행실이 엷은 무리가 될 것입니다. 그렇게 되면 도리어 폐하께서 사위를 택하심이 잘못되게 되고 공주도 남의 인륜을 어지럽힌 나쁜 사람이 될 것입니다. 그러니 엎드려 바라옵건대, 상께서는 보통 사람의 신의를 유념하시어 사사로운 정을 알맞게 쓰시고 형씨를 용납하시어 예의를 잃지 않게 하십시오. 공주가 비록 높으시지만 혼례를 치러 운성의 별채에 계실지언정 진실로 감히 형씨의 지위를 빼앗지는 못할 것이라는 점을 밝혀 주십시오.[17]

정실이 있는데도 그녀를 내치고 공주를 정실로 맞으라고 하니 그렇게 되면 운성은 신의 없는 선비가 될 것이며, 공주도 인륜을 저버리게 한 나쁜 사람이 될 것이니 형씨의 정실 지위를 유지하게 해달라는 내용이다. 그러나 소승상의 이러한 반대에도 불구하고 공주의 성화에 못 이겨 황제는 승상의 관직을 삭탈하고 금의부(禁義府) 감옥에 가두기까지 하면서 기어이 혼인을 성사시킨다. 이런 비정상적인 방법의 혼인에 대한 반감이 더욱 커진 운성은 공주를 좋은 마음으로 대하지 않고 소외시키며, 그런 대응에 공주는 날로 난폭해져간다. 운성이 데리고 노는 창기들의 코와 귀를 자르는가 하면 형씨를 핍박하는 것이 도를 넘어서는 것이다. 형씨를 사모하는 마음이 병이 된 운성을 문병 간 공주가 운성이 미워 어서 죽으라고 악담을 하자, 운성은 다음과 같이 공주의 잘못된 점을 말한다.

"오늘 당신이 죄를 들춰 말하는 것을 들으니 족히 당신의 사람됨을 알

---

17) 〈소현성록〉 6권 10~11면.

겠소. 나도 또한 할 말이 있으니 편히 앉아 들으시오. 그대가 당초에 여자의 몸으로 외전(外殿)에 자주 출입하여 앞뒤의 예법을 잃은 죄가 하나요, 내 얼굴을 보고 문득 흠모하여 갑자기 수백 명의 관원들을 세워놓고 지아비를 선택하였으니 음란한 죄가 둘이요, 황상의 뜻을 부추겨 나에게 조강지처를 폐출하고 돌아오라고 했으니 그 의리를 모르는 죄가 셋이오. 또 나중에 내 아버지의 상소가 올라오니 문득 아버지를 가두라고 권하여 황상께서 화를 내시게 하였는데 이는 그 아버지를 가두고 그 아들의 아내가 되려고 한 것이니 현명하지 못한 죄가 넷이오. 또 내 집에 와서 검소함을 비웃고 사치함을 자랑하며 궁인들에게 내 형수와 제수를 욕하게 하였으며, 이파와 석파를 동급으로 여기고 자기를 높여 할머님과 마주하고 앉아 시댁의 도덕을 무너뜨리고 위아래의 체면을 어그러뜨렸으며 높고 낮은 체계를 어지럽혔으니 그 죄가 다섯입니다. 또 내 창녀에게 가혹한 형벌을 더하여 인체(人彘)의 모습으로 만들었으니 포악한 죄가 여섯이고, 나에게 형벌을 더하겠다고 하면서 인면수심(人面獸心)이라고 하였으니 죄가 일곱입니다.

　지금 도리어 내 죄를 헤아리며 조금도 여자의 조심하는 빛이 없으니 이는 시랑이의 마음과 호랑이·뱀 같은 사람됨입니다. 세상에 용납되지 못할 죄를 짓고 무슨 면목으로 여기에 이르러 말을 꾸며 책망합니까? 내가 지금 조강지처(糟糠之妻)를 잊지 못하는 것이 어찌 공주가 외간 남자를 보고 사모한 것만 못하며, 또 당초에 상소를 올려 아버지를 구한 것이 어찌 공주가 시아비 가둔 일과 비기며, 임금을 받들어 섬기고 부모를 효성스럽게 봉양하는 것이 어찌 공주가 할머니와 마주 앉고 지아비에게 죽으라고 하는 행실에 견주겠습니까? 내가 비록 은근하지는 않았지만 공주를 공경스럽게 대하고 궁인을 대접한 것이 어떻게 공주가 다섯 창기의 귀를 베고 코를 깎은 형벌과 비교되겠습니까? 사람이 귀천이 다르기는 하지만, 모르기는 하겠지만 공주가 만약 황제의 따님이 되지 못하고 천한 사람으로 태어나 남에게 귀와 코를 깎였다면 마음이 즐겁겠습니까? 그런데도 지금 나에게 와 책망하니 어찌 가소롭지 않겠습니까? 내가 이미 충효(忠孝)와 신의(信義)를 지켰으니 어찌 사람 보기 부끄러우며, 몹쓸 것과 함께 즐기지 않았으니 장부의 위엄을 잃지 않았습니다. 공주가 나와 부부라는 헛된 이름이 있지만 실은 남이니, 방에 들어와 가까운 사이처럼 책망하는 것이 낯설고 투기하는 것이 우습습니다. 공주가 늘 대궐을 등에 업고 유세하지만 상께서 신하를 마음대로 죽이시겠습니까? 또 가령 죄를 내리신다 해도 설마 어떻게 하겠습니까? 공주가 말하지 않아도 내가 죽은 후에는 형씨와 한 무덤에 묻힐 것이니 그가 아니면 누가 감히 내 관 곁에 묻히겠습니까?"[18]

여자로서 조심하는 면이 없고 사나우며 잔인하고 음란하며 예의를 모르는 것이 공주의 죄라고 말하는 것인데, 이 말을 들은 공주는 당황하여 나가면서 운성을 반드시 죽이겠다고 마음먹는다. 또 공주는 운성이 자기에게 냉담한 것이 자기를 얕잡아 보는 것임과 동시에 자신의 아버지인 황제에 대한 불경함이라고 생각하여 운성은 역적이라고 하면서 죽어 마땅하다고 생각하는 것이다.

공주가 아무리 패악스러워도 공주를 잘 대하라고 조언하는 형씨에게 운성은 다음과 같이 말하는데, 그가 혼인 초부터 공주를 홀대했던 이유가 보다 자세히 드러나 있다.

"진심이었다면 내 말을 들어 보십시오. 저 명현공주가 비록 무염(無鹽) 땅의 추녀 같은 얼굴과 동시(東施)같은 어리석음이라도 그 혼인을 바른 방법으로 했다면 내가 무슨 이유로 이처럼 미워하고 싫어하겠습니까? 그런데 그는 그렇지 않았습니다. 애초에 나를 보고 사모하였으며 당신을 쫓아내라고 성상을 부추겼으며 아버지를 가두도록 계략을 꾸미며 위세를 끼고 호령하면서 위엄으로 나를 핍박하여 부마를 삼았습니다. 내가 비록

---

18) 〈소현성록〉 6권 99~101면.

나이 젊고 식견이 없지만 어찌 여자가 핍박하는 위엄을 공손하게 받아 조강지처(糟糠之妻)를 물리치고, 또 아버지가 갇혀 욕보신 일을 싹 잊어버리고 음란한 아녀자의 욕심을 돕겠습니까? 요사이 사람마다 나를 실성한 사람이라고 웃지만 내가 실성한 사람이라면 다른 사람이 정직한 사람입니까? 조정에 나가면 다르지 않으니 나는 부끄럽지도 않습니다. 실성한 마음 가운데에 집념이 있으니 간사한 사람이 미치지 못할 것입니다.

지금 부인이 공주를 어진 성덕을 지녔다고 하는데 이를 제대로 모를 리가 없을 것이니, 일부러 나를 떠보려는 것이며 저를 조롱하는 것이지요? 나, 소운성이 손에 붓을 희롱하고 마음이 바르지 못하기는 하지만 음란한 계집은 매우 분하게 여깁니다. 저가 망측한 뜻으로 나를 좋아하는 것이 마치 굶주린 나비 같고 용렬하고 세속적인 사람이 부귀에 미혹된 것 같아 자기 미모를 믿고 위세를 껴 우김질로 나를 부마로 삼았습니다. 내가 아무리 어리석은 사내라도 어수룩하게 거짓되고 사악한 형국에 빠지겠습니까? 맹세컨대 그녀의 음란한 몸이 잘려 온 천하의 후세에 음란한 여자들에게 음란함을 꺼리고 두려워하게 하여 규방의 풍속을 가다듬게 하는 것이 내 뜻입니다. 비록 사람들이 사리로써 말하지만 다 귀 밖으로 들리니 자잘한 곡절은 생각하지 않겠습니다. 또 임금님이 나를 업신여기시어 인륜을 어지럽히시더니 나중에는 공주의 평생을 돌아보시어 그대를 둘째 부인으로 정하셨습니다. 그러니 나도 공주의 평생을 방해하여 황제와 황후의 마음이 밤낮으로 평안치 않게 할 것이고, 또 공주의 인륜을 마치게 하여 부부의 정을 모르게 만들 것이니 부인은 모름지기 허탄하게 여기지 말고 부질없는 말을 하지 마십시오."[19)]

혼인을 바른 방법으로 하지 않았고 그 과정에서 아버지를 가두어서 욕보였으며 조강지처를 버리게 했으니 음란한 여자가 욕심을 부린 것이라고 평가한다. 그래서 이를 분하게 여겨 그 사악함에 맞서겠다

---

19) 〈소현성록〉 7권 58~60면.

고 하면서 그녀를 평생 방해하고 황제와 황후의 마음을 불편하게 하며 공주가 부부의 정을 모르게 할 것이라고 한다. 이 말을 들은 형씨가 그래도 이렇게까지 공주를 원망하느냐고 책망하자, 그녀가 임금을 끼고 공주 지위를 자랑할지언정 지아비 중요한 줄을 모르고 지아비 손에 평생이 좋고 나쁨이 결정됨을 알지 못하니 더욱 고초를 겪게 할 것이라면서 죽을 때까지 마음을 바꾸지 않겠다고 다짐한다.

그런데 사태를 더 악화시킨 것은 공주가 이 대화를 엿듣고 있었다는 점이다. 그리하여 더욱 화가 난 공주는 더욱 포악해지고 둘의 사이는 도저히 회복될 수 없는 사이가 되어, 급기야는 공주가 시할머니인 양부인과 시어머니인 석부인에게 욕을 하고 시아버지에게 죽으라고 발악하기에 이른다. "필부(匹夫) 소경아, 네가 무슨 이유로 내 허물을 성상께 참소하였느냐? 내가 너와 함께 한 칼에 죽으리라."[20]라고 하기까지 한다. 이때까지도 참던 승상은 공주가 "네가 양씨의 패악함을 본받으며 자라 예의를 모른다."라고 한 말을 듣고는 더 이상 참지 않고 공주를 잡아내려 사옥(私獄)에 가두라 하고 그 죄를 아뢰는 상소를 쓰며 형부상서를 부르고 법전을 찾아오라 한다. 즉 시아버지와 시할머니를 모욕하는 죄는 용서할 수 없다는 것이다.

소승상의 상소를 본 황후는 그가 공주를 핍박한다고 노여워하지만, 황제는 그의 성품과 위엄을 알기에 승상을 좋은 말로 위로하여 화를 가라앉히자고 제안한다. 황제라도 함부로 할 수 없는 대신이기에 이런 반응이 나오는 것이며, 그가 법대로 하겠다고 하니 한 발물러서는 것이라 할 수 있다. 황제가 공주를 국법으로 다스리고 형씨

20) 〈소현성록〉 8권 66면.

는 첫째부인으로 지위를 올리라는 전교를 보내자 승상의 마음이 조금 누그러지기는 했지만, 공주가 자신의 부모를 욕하는 것은 참지 못하겠다고 하면서 집안의 법을 엄격하게 집행하겠다고 엄포를 놓는다.

"······ 내가 이미 부모를 위하여 분노해 며느리를 죽이고자 하는데 어찌 말릴 사람이 있겠습니까? 며느리는 비록 친자식과 다르나 또한 자식입니다. 어찌 내 손 안에 있지 않겠습니까? 집안의 더러운 일을 다른 사람에게 들리도록 하는 것이 옳지는 않지만 내가 집안의 법을 엄격하게 집행하는 것은 얼음과 옥에 비겨도 부끄럽지 않습니다. 공주가 내 집을 더럽히는데 만일 꾸짖어 돌려보내면 반드시 긴 혀를 놀려 거짓말로 참소를 할 것이니 임금이 어찌 듣지 않으시겠습니까? 이렇게 하면 화근이 잦을 것입니다. 또한 공주는 여염집 여자와 달라 후대하고 공경할 적에는 극진히 하지만, 한편으로 다스릴 적에는 소홀하게 못할 것이니 어찌 금지옥엽이라고 해서 너그럽게 용서할 수 있겠습니까? 대장부가 되어서 며느리에게 압도당하고, 심지어 선친(先親)과 편모(偏母)를 욕 먹인 후에 오히려 크고 작은 것을 구별하여 작은 호의와 인정을 두어 부모가 모욕 받은 것과 내 몸의 구구한 것을 감수하고, 스스로 성인의 가르침에 더러운 것을 말하지 말라 하였다 해서 이 일을 깊이 감추어둔다면 성인과 경전의 가르침에 해롭지 않으며 후세 사람이 나의 못남을 꾸짖지 않겠습니까? 만일 나보고 도가 지나치다고 하는 사람이 있으면 이는 부모를 생각하지 않는 것입니다. 세상사람 중에서 며느리에게 어버이를 욕보이고도 위세와 호의를 꺼려 입을 봉할 자가 있겠습니까? 내가 부모님을 위하는 것에서 비로소 이 행동이 생겼으니 차라리 지나치다는 말을 들을지언정 구차하게 못나고 불효한 사람이 되지는 않을 것입니다. 옛 사람은 부모에게 맛있는 음식을 봉양하기 위해서 자식을 묻었는데 하물며 내 부모를 욕하는 자식을 죽이려 하는 것이 어찌 가능하지 않겠습니까? 오늘 명공의 가르치심이 이에 이른 것은 생각하지 못한 바입니다. 감히 말씀을 받들지 못하겠습니다."[21]

이렇게 분위기가 살벌해지자 왕족인 팔왕이 오고 가족들도 함께 승상을 회유해도 마음을 돌리지 않는다. 그는 공주가 강상(綱常)의 죄인이기에 황제에게도 부끄러울 것이 없다고 하면서 완강히 맞선다. 그러나 어머니인 양부인이 용서해주라고 하자 마음을 조금 누그러뜨려 공주를 죽이겠다는 말은 거두고 명현궁에 가두기만 한다. 하지만 이제 공주가 화병이 나 위독한 지경에까지 이르게 된다. 운성에 대한 미움이 더욱 커져 그가 병문안을 오면 너의 고기를 먹고 말겠다며 욕을 하고 분을 이기지 못하면서 병이 날로 깊어진다. 공주가 불쌍하다 여긴 운성이 문안을 가면 철여의(鐵如意)로 때리기도 하고, 운성이 차고 있던 칼을 빼서 그의 얼굴을 찌르기도 하는 등 극도의 적개심을 보이다가 19세의 젊은 나이에 죽는다. 염습(殮襲)하면서 보인 공주 팔의 앵혈(鶯血)을 보면서 다들 불쌍해 하지만, 운성은 4~5년 동안 자신을 괴롭히다가 죽었으니 시원하다고 한다. 결국 그녀는 소씨 선산에 묻히지 못했고, 운성은 황제가 하사한 명현궁도 허물어 버려 그녀의 자취를 완전히 지운다.

이상의 갈등 양상은 비단 공주와 운성 부부의 개인적인 문제에 그치는 것이 아니라 소씨 가문의 가장(家長)인 소승상과 황제까지 연결되어 가문과 왕실의 문제로까지 확대된 것으로 볼 수 있다. 가문의 위세가 왕실 사람인 공주도 두려워하지 않고 자기 가문의 법도와 삶의 방식을 관철시킬 만하다는 것을 보여준 것이다.

한편, 작품의 후반부에 형상화된 황후혼은 가문의 위상 제고와 도덕성의 증명을 설득력 있게 해낸다. 황후혼은 두 경우가 제시되는데,

---

21) 〈소현성록〉 8권 70~71면.

하나는 소승상과 의남매 사이인 윤부인의 딸이 진종황제의 황후가
되는 것[22]이고, 또 하나는 소승상의 딸 소수주가 인종 황제의 황후가
되는 것이다. 이 두 황후혼을 설정함으로써 더욱 높아진 소씨 가문의
위상을 증명함과 동시에, 황후 곽씨의 악행을 무한히 참아내면서 선
한 마음과 행실을 보이는 소황후의 인품을 통해 가문의 도덕성까지
최상인 것을 증명한다.

특히 소황후는 석부인의 딸로 소승상의 자녀 10자 5녀 중 막내이
다. 석부인의 꿈에 태음성(太陰星)을 삼키고 태양의 정기를 쏘이더니
20개월 만에 낳았다고 하는 딸이다. 그녀의 신비로움을 배가하려고
스무 달을 잉태한 것으로 했을 텐데, 그녀는 태어나서도 어릴 때부터
엄숙하고 단정하며 늘 평정심을 유지하는 성품을 지녔으며 문학을
좋아하고 글을 쓰고 읽는 것을 부지런히 하는 여성이었다.[23] 검소하
고 아름답고 깨끗한 외모이고 중국의 여와(女媧)처럼 위풍이 있어 여
자 가운데 성인군자라고 칭탄 받고는 했다.

인종 황제가 태자였을 때에 3만여 명의 후보 중에서 태자비로 간택
되었지만, 그녀가 10년 후에야 복이 퍼지는 관상이라 해서 정궁(正宮)

---

22) 진종황제의 정궁(正宮) 장황후가 승하하셔서 황후의 자리가 비었으므로 궁궐이 처량
하니 재상의 딸들 중에서 황후를 간택하려 하였다. 소씨 가문 여자들은 다 어리고
오직 예부 상서(尙書) 한공의 딸과 강정(强定)의 학사(學士) 유공의 딸만 간택될 나이
였다. 태학사(太學士) 유공이 하늘과 백성의 뜻을 따라 황후의 자리에 추천하니, 이
사람이 곧 장헌 명숙황후였다. 재주와 용모를 두루 갖췄고 덕과 위엄이 있고 엄하면서
도 바르니 진종이 지극하게 대하여 주시고, 온 조정대신과 백성들이 공경하여 우러러
사모하였다. 국법에 따라 부친 유학사에게는 동제왕을, 모친 윤씨에게는 왕비의 직책
을 내리셨다. 온 집안에 영광이 가득하니 이것이 다 소현성이 선행을 쌓은 덕분이었
다. 〈소현성록〉 10권 104면.
23) 〈소현성록〉 14권 1~2면. 소황후는 여기서 처음 소개되어 15권 78면에서 임종을 맞는다.

이 아닌 귀비(貴妃)가 된다. 정궁은 곽씨가 되었는데 그녀는 성품이 악하고 투기가 심하여 소귀비를 비롯한 후궁들을 핍박하고 후당에 가두어 귀비는 6년 동안이나 황제의 얼굴을 못 보고 지낸다. 나중에 황제 곁에서 지내게 되었을 때에 황제는 소귀비를 보면 풍정을 감추고 얼굴빛을 정돈하고 옷을 단정히 하는 등 무례하거나 거만하게 대하지 않고 어렵게 여기면서 공경한다. 아내지만 존대하는 마음이 컸다는 것인데, 그녀를 사랑하는 정도 깊었기에 그 모습을 대하면 뜻이 무르녹고 정이 솟아 늘 소중히 여기셨다는 서술이 종종 나온다. 소귀비는 황제가 자신을 너무 자주 찾아오자 피해야겠다는 생각을 할 정도가 되었고 이후에는 태후를 모시는 것을 핑계로 하여 태후전에서 지내다가 나중에는 북궁(北宮)에서 홀로 지낸다. 황제가 극구 말렸지만 귀비의 고집으로 가서 한가롭게 시사(詩詞)를 지으며 세상일을 잊고 지낸다. 그녀를 위해 황제는 황금 만 냥과 채단 백 수레를 상으로 내리고 호위 군사를 천여 명이나 거느리게 하는 등 넘치는 사랑을 베푼다. 서술자는 이 모습을 16세의 홍안박명으로 깊은 궁궐에 있게 되니 매우 슬프다고 했지만, 귀비 자신이 스스로 선택한 공간에서 평안하게 지낸 것으로 볼 수 있다.

그러나 얼마 지나지 않아 곽후가 투기를 부리다 실수로 황제의 뺨을 쳐 폐위된 뒤 소귀비가 정궁이 되는데, 여전히 소박하게 지내면서 자신을 모함하는 무리들도 용서하는 아량을 보인다. 황제가 그녀를 매우 공경하면서 정사(政事)를 돌본 후에는 황후에게 와 시간을 보내자 자신에게 침혹하지 않는 것이 좋겠다고 간언하기까지 한다. 그래서 황제가 여러 후궁들에게 은혜를 골고루 주니 그 공덕을 기리는 노래가 가득하고 상서로운 기운이 궁궐에 가득하게 되었다고 한다.

투기하지 않는 여인의 전형을 보여줌으로써 만인의 귀감이 된 것이다. 죽음에 임해서는 자신으로 인해 의원이 벌 받을 것을 염려하여 치료를 거부하다가 임종을 맞는 등 지극히 선하고 아름다우면서도 문학적이고 탈속한 여인으로 그려진 소황후는 소씨 가문의 지향과 위상을 단적으로 보여주는 인물이라 할 수 있다. 그녀가 죽고 나서도 인종은 세월이 오래 지날수록 그녀를 더 생각하면서 말씀을 할 때마다 눈물을 흘리니 사람들이 지음(知音)이 지극한 부부였다고 할 정도였다. 이 인종 황제가 바로 〈소현성록〉을 짓게 한 사람이라고 설정되어 있으니, 아내 소황후와 장인 소현성에 대한 존경과 애정이 남달랐음을 보여주는 징표이기도 하다.

3) 삶과 처세의 방식으로 본 조선 후기 소설들

지금까지는 초기장편소설인 〈소현성록〉 연작에서 드러나는 삶과 처세의 방식에 대해 살폈다. 소씨 가문의 위상은 청렴한 명문가로 자리매김 되었고 효를 제일 덕목으로 실천하려 하지만 나라의 위급함은 솔선수범하여 구하는 충성심도 지니고 있어 이 둘의 조화를 잘 보여주었다. 또 임금에 협조적이기는 하지만 잘못된 일이 있을 때에는 죽음도 불사하고 직언하면서 법도에 맞게 행동한다. 특히 황제의 제위 계승에 대한 문제까지 제기하고 그 딸인 공주와 팽팽하게 의견 대립을 하는 장면을 보여줌으로써 결코 녹록치 않은 가문의 위상과 도덕적 우위 등을 담아내려 하였다.

이러한 가문의 지향과 위상은 이 가문으로 시집 온 공주, 이 가문에서 왕실로 시집 간 황후의 서사를 통해 집약적으로 드러나기도 하였다. 소현성의 셋째 아들인 운성이 공주와 혼인할 시기는 소씨 가문이 번성하기 시작하는 때이기는 하지만 아직 확고하게 그 지위를 세우지 못했을 때이기에 왕실이고 지존인 공주와 부마의 힘겨루기를 통해 가문의 생활방식과 가치관의 정당성을 내세우고 입증할 필요가 있었을 것이기에 더욱 첨예하게 대립각을 세운 듯하다.

하지만 가문의 정체성을 확립하고 번성하게 된 후, 즉 열다섯째 자녀인 소수주가 혼인할 무렵에는 왕실과 더욱 좋은 관계를 유지하면서 자기 가문 구성원의 인품과 자질을 널리 알릴 필요가 있었을 것이다. 황후혼을 통해 이를 표현한 것으로 보인다. 또 앞에서 거론하지는 않았지만, 운성과 그 조카 소세명의 일화를 통해서 이 가문이 이제는 핏줄보다도 임금에 대한 충성을 더 중요시하게 됨을 드러내기도 하였다. 운숙의 아들인 세명이 역적의 무리 수천 명과 함께 나라를 배반하여 기주에서 난을 일으키자 운성이 출전하여 석궁으로 세명의 눈을 맞혀 죽인다. 시신을 보고 슬퍼하는 운숙에게 "……천신만고 끝에 내가 그를 죽였으니 이는 우리 가문으로서 천만다행한 일이다. 너는 마땅히 그 주검을 본 후에 머리를 베어 임금께 드려 충성을 표해야할 것이다."[24]라면서 울지 말라고 한다. 가문의 도덕을 버리고 나라를 배반한 죄를 가문의 수장으로서 직접 엄하게 다스리는 것이다.

이 작품은 옥소(玉所) 권섭(權燮)의 어머니 용인 이씨(1652~1712)가 필사한 것이 선본(善本)으로 남아 있는데, 그 가문은 서인 노론계이다. 또 권섭의 종질(從姪)인 권정성은 은진 송씨와 혼인하였는데 그녀는 송준길의 증손녀이기도 하다.[25] 창작자도 필사자인 용인 이씨 주

변의 인물일 것으로 추정하고 있기에 이 작품에는 서인들의 신권(臣
權) 강화를 유도하는 입장이 반영되어 있다고 보면서 특히 사혼녀(賜
婚女) 갈등은 17세기의 사대부문벌과 왕권의 갈등을 우의적으로 보여
주는 것이라고 보아왔다. 일반 혼인과는 달리 종친혼(宗親婚)에서는
종친이 원할 경우 사대부가의 의사에 관계없이 혼인이 성립되었기에
갈등이 많았던 것이다.[26]

하지만 작품에서처럼 공주가 직접 부마를 택하는 경우가 실제로는
없었는데도 이렇게 설정하고 혼인과정에서 시아버지가 될 소현성이
감옥에 갇히는 등 극한 상황을 만든 것은 부마인 운성과 그 가족들이
공주에 대해 반감을 갖도록 하기 위한 장치라고 할 수 있다. 당시의
관점으로는 여성이 남성을 먼저 선택하는 것이 터부시되었으므로 이
를 행한 공주는 음란한 여성이고 그렇기에 남편이 박대해도 된다는
논리를 만든 것이다. 실은 가문과 왕실의 갈등 양상을 보여주는 것이
지만 표면적으로는 부부간의 갈등으로 보이게 한 장치이기도 하며,
일반 사대부가의 여성들이 해야 할 도리를 가르치기 위해서이기도
하다. 명현공주처럼 시집온 가문의 풍습과 예의를 지키지 않는다면
남편의 사랑을 받지 못하고 온 가족에게 배척되다가 죽는다는 것을
가르치는 것이어서, 비슷한 시기의 작품인 〈구운몽〉의 난양공주나
〈유씨삼대록〉의 진양공주[27]처럼 시집 가문의 예를 잘 따르면서 조화

25) 박영희, 「〈소현성록〉 연작 연구」, 이화여대 박사논문, 1994.
26) 박영희, 「〈소현성록〉에 나타난 공주혼의 사회적 의미」, 『한국고전연구』 12, 2005.
27) 진양공주는 작품 전체적으로 보아서는 시가인 유씨 가문에 잘 동화되었고 사후에까지
    가문의 위기를 극복하게 하는 실마리를 제공하는 등 중요한 역할을 하기는 했지만,
    남편의 박대와 폭행까지 당하는 등 심한 수난을 겪었고 스스로 곡기를 끊어 죽어간
    것을 자결로 봐도 무방하다는 견해(장시광, 「〈유씨삼대록〉 여성수난담의 성격과 서술

롭게 융화되는 경우와 비교가 되는 것이다. 특히 이 작품에서 명현공주는 며느리나 아내로서 가족과 화합하지 못하고 가문의 풍습을 따르지 않았다는 문제로 주목받아왔지만, 실은 그녀의 아버지인 황제가 제위를 계승했을 때에 조카를 죽였다는 윤리적인 부도덕성을 시아버지 소현성부터 남편인 소운성까지 마음에 담아두고서 그녀를 소외시키거나 공격했던 점을 확인할 수 있었다.

〈소현성록〉이나 〈유씨삼대록〉 같은 초기 국문장편 고전소설은 가문사가 위주가 되므로 가문과 왕실 간의 관계양상이 주로 혼인과 관련되거나 출전(出戰), 간언(諫言) 등에 그친다는 특징이 있다. 〈소현성록〉 외에 〈유씨삼대록〉에도 충성과 간언, 협조와 견제 등의 역학 관계가 드러나기는 하지만, 〈유씨삼대록〉에서는 간언이나 견제보다는 충성과 협조의 면이 두드러진다. 특히 현 황제의 제위 계승에 대한 문제제기라든지 자기 가문의 도덕성 우위 증명을 위한 논쟁 장면은 등장하지 않는다는 면에서 다르다. 공주혼과 관련해서도 공주의 시가에의 적응도와 순종과 온화함의 덕목을 잣대로 하여 긍정과 부정이 갈린다.

이들보다 조금 후대에 지어진 통속적 장편고전소설들에는 군주들이 형상화되어 앞선 작품들의 공주와는 다른 모습을 보여준다.[28] 〈조씨삼대록〉에는 천화군주가 등장하는데, 그녀는 주동 가문인 진왕 조무의 셋째 아들 운현을 사모하여 장씨로 신분을 바꾸어 그의 둘째

자의식」, 『어문론총』 51, 2009.)를 참고한다면, 그녀도 결코 행복한 삶을 살았다고는 할 수 없을 듯하다. 그런 면에서는 〈소현성록〉의 명현공주와 비슷한 면이 있다.
28) 이들 장편고전소설에서 공주와 군주의 인물형상화와 서사적 기능의 차이에 대해서는 3장 3절에서 논한다.

부인으로 들어가는 여성이다. 첫째 부인을 해치려고 요승(妖僧)까지 불러들여 악행을 저지르다가 발각되어 변방으로 유배되는데 그곳에서 오랑캐인 촉나라의 왕비가 되어 살다가 운현에게 죽임을 당한다. 그녀도 명현공주처럼 남자를 먼저 선택했다고 하여 '음녀'라고 지칭되며 작품 속에서 가장 극악한 악녀로 형상화되어 있는데 마지막에는 나라를 침범하려고까지 하는 반역자로 설정되어 있어 명현공주보다 한층 지속적이고 적극적으로 적대 행위를 하는 인물로 볼 수 있다. 〈임씨삼대록〉의 옥선군주도 임창홍에게 반하여 먼저 선택했으며 이 때문에 남편의 냉대를 3년이나 받았고 음란한 여성으로 형상화되어 있다. 이렇게 공주나 군주는 자신의 높은 지위를 믿고 남편을 먼저 선택하여 혼인하지만, 주동 가문의 소가장(小家長)인 남편은 그녀에게 녹록하지 않으며 둘 사이의 갈등 속에서 주변 가족들은 무관심하거나 은근히 부마의 편을 듦으로써 공주의 소외는 커진다. 그 과정에서 공주는 가문의 생활 방식이나 서열, 가치관 등에 대해 논란을 거치고 동화되거나 배척되었는데, 이는 장편고전소설에서의 자기 가문중심주의가 왕실보다 더 강하다는 것을 입증하는 중요한 표지로 기능하였다. 이처럼 〈조씨삼대록〉과 〈임씨삼대록〉에서는 초기 장편소설들과는 달리 가문과 왕실 간의 역학 관계 같은 것에는 큰 관심이 없어 보인다. 공주(군주)혼은 흥미소로만 기능하며, 임금 등 왕실과 논쟁하거나 간언하는 장면은 많지 않은 것이다.

이들 〈소현성록〉부터 〈임씨삼대록〉 등의 작품은 장편고전소설 중 초기작이면서 '삼대록계'라고 묶을 수 있는 유형인데, 이들은 같은 장편소설이지만 〈완월회맹연〉이나 〈옥원재합기연〉처럼 가문 간의 정치적 갈등이나 지향을 강하게 드러내지 않는다는 면에서 변별됨을 알 수 있다. 〈완월회맹연〉과 〈옥원재합기연〉은 거개의 장편소설들과는 다르게 당파간의 분쟁을 중점적으로 다루면서 남주인공 가문이 반대당파에게 밀려 실세에서 밀려났다가 복귀하는 장면이 작품의 주요 부분을 차지한다. 그러는 가운데 여주인공의 부친은 남주인공과의 혼약을 파기하고 남주인공 가문을 해치려 하다가 그 가문이 복귀되면 사위의 용서를 받으려 하는 것으로 되어 있다. 즉 이들에서는 가문과 왕실의 관계보다는 가문대 가문의 관계가 더 중요하며[29] 이것이 정치적인 갈등과 연계되어 작가의 정치적 경향성까지 추측할 수 있게 한다.

국문장편소설에서의 삶과 처세의 방식은 한문장편소설인 〈옥루몽〉, 〈옥수기〉 등과도 변별된다. 〈옥루몽〉에는 왕패병용론(王覇竝用論), 탕평론(蕩平論) 등 정치적 사상이 구현되어 있는데 이는 당시의 소론과 남인의 사고를 일정하게 반영하는 탈주자주의적 성향의 정치이념이며, 〈옥수기〉에는 제위정통론(帝位正統論), 중화주의(中華主義)가 구현되어 주자주의를 보임과 동시에 사마천이나 순자를 긍정적으로 재평가하는 등의 탈주자주의적 성향을 함께 보인다.[30] 이들 한문장편소설의 작가들은 남성지식인 독자층의 큰 관심사인 정치적 이념의 면을 단순하게 반영하는 것이 아니라 남녀결연이나 가문 연대, 전란 진압 등의 서사구조로 긴밀하게 구성해 냄으로써 소설적 성취를

---

29) 다만, 〈완월회맹연〉에서는 정잠이 마선에게 잡혀 있는 영종 대신 볼모로 잡히고 영종을 환국하게 하는 등의 공을 세워 이전보다 더 번성한 가문으로 거듭난다는 면에서 왕실과의 관계가 드러나기는 한다. 한길연, 「〈옥원재합기연〉과 〈완월회맹연〉의 비교연구-정치적 갈등양상을 중심으로」, 『국문학연구』 11, 2004. 참조.

30) 조광국, 「19세기 고소설에 구현된 정치이념의 성향-〈옥루몽〉, 〈옥수기〉, 〈난학몽〉을 중심으로」, 『고소설연구』 16, 2003.

이루었는데, 이는 여성 향유층을 적극 고려한 초기 국문장편소설과는 다른 지향인 것이다.

한 예로, 처세나 군신의 관계에 관해서 〈옥루몽〉에서 인상적인 부분은 양창곡과 남장(男裝)한 강남홍의 대화에서부터, 나중에 양창곡이 천자에게 상소문, 표문을 올리는 부분 등이다.

"형장의 말씀은 충성심이 매우 두터운 것 같군요. 저는 본래 지조가 없는 사람입니다. 옛말에 이르기를, '나는 새도 나뭇가지를 가려서 깃든다.'라고 했습니다. 신하가 임금을 섬기는 것과 선비가 벗을 사귀는 것에 있어 어떤 경우에는 그 명망을 닦고 예절을 지킴으로써 도리에 부합하게 하는 사람이 있는가 하면 어떤 경우에는 그 재주를 드러내고 그 권력을 사양하지 않으며 친해질 것을 구하는 사람도 있습니다. 형장은 어떻게 생각하시는지요?"

"사람이 나아가고 물러나는 것을 어찌 쉽게 논할 수 있겠습니까? 성인도 임시방편을 씁니다. 임금과 신하 사이와 친구 사이에 다만 한 조각 마음을 비추어볼 뿐입니다. 저 또한 과거를 보러 가는 선비라 덕을 닦아 이름을 날릴 수 없고 다만 문장 찌꺼기로 망령되이 군부(君父)의 은혜를 맞이하려 하니, 이 어찌 규중의 처녀가 얼굴을 가리고 자기 스스로를 중매서는 것과 다르겠습니까? 이로써 보자면, 나아가고 물러남, 벼슬에 진출함과 은거함이 공명정대하고 깨끗하여 옛사람에게 부끄러움이 없는 사람이 몇이나 되겠습니까?"[31]

강남홍은 임금을 가려서 신하가 되어야 한다고 했지만 양창곡은 그렇게 쉽게 말할 수 있는 것은 아니라면서 명망을 닦으며 도리에 부합하여 공명정대하게 출처를 정하는 사람은 많지 않다고 한다. 자

---

31) 남영로 저, 김풍기 역, 『옥루몽』 1, 그린비, 2006. 81~82면.

신도 그러고 싶지만 현실은 그렇지 않을 수 있고 그런 현실이라 해도 과거를 보아 벼슬을 하겠다는 의지이다. 그리하여 벼슬에 나아간 양창곡은 진왕과 지기지우(知己之友)를 맺을 정도로 서로 공경하고 믿음직한 관계를 맺었다.

　그러던 중, 왕이 즉위한 지 9년이 지날 무렵 겨울에 우레가 치자 이는 상서롭지 않은 징조가 아닌가 하여 왕이 걱정을 하니, 신하들이 오히려 상서로움이라며 걱정하지 말라고 한다. 이에 양창곡이 상소문을 올리는데, 그 글의 요지는 상서로움과 재앙이 모두 임금에게 달려 있으니, 왕 자신이 스스로 생각하기를 어진 정치와 덕의 은택이 사해에 미쳤다고 생각한다면 상서로운 조짐이라고 하겠지만 아니라면 아부하는 신하들이 희롱하는 것일 뿐이라는 것이다. 이 글을 읽고 깨우친 왕이 양창곡의 충성심을 더욱 믿게 되고 간신들 10여 명을 쫓아낸다. 그러나 간신들은 계속 왕의 곁에서 임금을 시험하고 양창곡은 이를 보기 싫어 벼슬에서 물러나기를 바라는 상소를 백 번이나 올리게 된다. 급기야 허락을 받고 떠나면서도 4면에 걸친 긴 표문을 써서 임금의 도리와 바름에 관해 직언을 한다. 모든 것이 왕에게 달려 있으니 "왕이 밝으면 총애하는 신하들도 훌륭하고, 왕이 번잡하면 신하들은 나태해진다"는 『서경(書經)』의 구절을 인용하면서 인재를 등용하고 덕을 열심히 닦으시라고 한다. 또 나라의 근본을 세우고 과거를 정비하여 바로잡으라고 힘주어 말한다. 〈소현성록〉에서 가문과 왕실이 힘을 겨루면서 견제하거나 외면하는 듯한 양상을 보인 것과는 달리, 〈옥루몽〉에서는 왕의 마음을 움직이고 계도하여 바른 세상을 만들어보려는 양상을 더 짙게 드러내는 것이다.

　판소리계 소설 중에서는 〈토별가〉에서 용왕과 좌승상 거북이의 대화에서 군신의 관계나 충신에 대해 대화하는 장면이 있다.

> 용왕이 하교하되, "군신지분의(君臣之分義)를 경 등이 압니까?"
> 좌승상 거북이 여짜오되, "신의 집이 선세부터 신령키로 유명하와 천문
> 지리 통달하니, 인간의 성제현신(聖帝賢臣) 다 그 힘을 입었으니, 하우씨
> 구궁(九宮) 알기 신의 선조 가르치고, 주공의 낙양 정하기 신의 선조 가르
> 치고, 삼대 적 성군들이 치천하하올 적에, 여즉종, 귀종, 서종, 경사종,
> 서민종하였으니, 신의 집 공 많삽기로, 만고에 전한 〈사기(史記)〉 신의
> 집에 다 있사와, 군신분의 중한 줄을 자상히 아나이다."
> 용왕이 또 물어, "어찌하면 충신이고."
> 좌승상이 여짜오되, "임금에게 좋을 테면 제 몸 죽기 불고키로, 진나라
> 개자추는 할고사군(割股事君)하였삽고, 한나라 기신이는 광초분사(誑楚
> 焚死)하였내다."[32]

이렇게 문답한 뒤에 용왕이 누가 충신일까 물으니 서로 자기 가문
이 충신이라고 하던 중, 자라가 나와, 자기 가문의 자손이 나는 대로
뱃속부터 충신이고 대대로 충신이라면서 자기가 토끼 간을 구하여
오겠다고 한다. 여기서는 장편 소설들에서처럼 군신의 관계나 충성
이란 무엇인가에 대해 진지하게 고민하거나 대화하지 않는다. 서사
전개에 필요한 만큼만 당위로 이야기하거나 옛 고사를 들면서 언어유
희적으로 이야기하는데, 이는 판소리계 소설의 전개 방식에 기인하
는 듯하다. 영웅군담소설들에서도 비슷하게 처세나 삶의 방식에 대
해 고민하기보다는 주어진 현실에서 임금에게 충성하는 것이 당연하
다는 전제하에 출전하여 무공을 세우는 것으로 되어 있다.

---

32) 신재효, 강한영 역, 『한국판소리전집』, 서문문고, 2007. 117~121면.

3장

고전소설을
통해 보는
선인들의 감성

인간관계 속 자기표현과 성찰

인간은 누구나 말을 하며 관계를 맺는다. 하지만 남성의 말과 여성의 말은 시대에 따라 그 무게와 의미가 달랐다. 조선시대처럼 여성이 말하고 글을 쓰기 힘들었던 때에 여성이 말하고 글을 쓴다는 것은 그 자체로 남성중심의, 주류의 말과 글에 대한 대항적, 대안적 글쓰기로 평가 받을 수 있다. 대표적인 예로, 조선 후기의 여성 혜경궁 홍씨의 글 〈한중록〉은 남편 사도세자의 죽음의 실상을 알리고 친정의 신원(伸寃)을 위해 썼다는 면에서 당대의 중심권에 대한 대항적인 글쓰기를 시도했다고 할 수 있는 것이다. 그런데 그녀의 글쓰기가 혼자만의 글쓰기라고는 할 수 없다. 조선 후기의 서사문학 즉 실기, 야담, 국문장편 고전소설의 독서를 통한 문학적 소양에서 나온 것이며, 18세기경에 늘어나기 시작한 여성들의 공적인 글쓰기의 흐름을 잇는 것이기도 하다.[1] 인물 전(傳)이나 논설, 묘지문 등 남성들의 글쓰기 영역이었던 부분에 임윤지당 등 일부 여성이 진입했고, 당쟁으로 화를 입은 집안의 경우에 집안을 지키거나 남편 혹은 아들을 신원하기 위해 상소문을 올린 여성 완산 이씨, 광산 김씨 등이 있었다. 혜경궁 홍씨는 이렇게 여성들의 실기나 장편소설 등의 전통을 이어받으면서 당대 여성들에게서 부각되기 시작한 공적인 글쓰기의 흐름을 더욱 확고하게 했다고 할 수 있다. 자신이 하고 싶은 말을 허심탄회하게 하면서도 독자들을 설득하기 위해 치밀하게 기획하고 섬세하게 서술했으며 이미 공인된 기록들을 전복하기 위해 자신만의 전략을 세워 써나갔던 것[2]이다.

이렇게 여성의 글쓰기는 남성의 글쓰기와는 또 다른 의미를 지니고 있는데, 특히 고전소설에서는 여성인물들이 어려운 상황에 처했을 때에 자기 생애에 대해 길게 회고하면서 자존감을 회복하거나 억울한 상황에 처했을 때에 논리적으로 주장하고 설득하면서 말의 힘을 발휘한다. 남성인물의 경우 어려운 상황에서도 말을 길게 하기보다는 곧바로 행동하는 경우가 많고 억울한 상황을 겪는 경우가 많지가 않을 뿐더러 그런 상황에서도 마음을 표현하지는 않는다.

그렇기에 인간관계 속에서의 자기표현과 성찰에 대해 다루는 이 글에서는 주로 여성인물들의 경우를 다루게 된다. 조선 후기에 창작되고 향유되었던 국문장편 고전소설에서는 여성인물의 글과 말이 힘을 발휘하는 경우가 종종 있다. 〈유씨삼대록〉의 진양공주의 글과 말이 그러하고, 〈조씨삼대록〉의 여성 조력자들의 글이 그러하다. 여성

1) 정병설, 「〈한중록〉의 신고찰」, 『고전문학연구』 34, 2008.
2) 최기숙, 「자서전, 전기, 역사의 경계와 언술의 정치학―〈한중록〉에 관한 제안적 독법」, 『여/성 이론』 1, 1999.

인물들이 자신의 의견을 관철하고 주인이나 가족을 지키기 위해 관아나 궁궐에 상소문이나 초사 등을 올리는 경우가 종종 있는 것이다. 이는 당시에 실제로도 가문의 장손을 살리기 위해 임금에게 글을 써서 자신의 생각을 관철시키는 등 여성들이 글을 통해 공적으로 소통하고 간접적으로나마 정치적인 행위를 했던 상황을 반영한 것으로 보인다.[3]

　이런 면에서 국문장편 고전소설은 조선 후기 여성들의 말하기와 글쓰기의 장이라고 할 수 있을 정도로 여성인물들의 발화가 비교적 존중되면서 길게 인용되고 있다. 이는 국문장편 고전소설의 창작과 향유 배경과 관련이 있다. 이 소설들은 조선 후기 사대부 가문 여성들이 자신의 삶과 생각을 담아내어 창작했거나, 혹은 이 여성들에게 교육적 효과를 내기 위해 창작하거나 향유했으리라 여겨지기 때문이다.[4] 그녀들은 수신서(修身書)를 비롯하여 경서(經書)와 역사서, 사상서, 문집류, 시문류, 소설류 등을 두루 읽었기에 이러한 독서 경험과 지식들이 소설에도 들어 있으며, 소설을 독서하는 과정에서 작품의 상황과 문맥에 맞게 이를 다시 해독하면서 더욱 흥미롭게 읽어나갔을 것이다. 여성의 부덕과 내조를 갖춘 여성이 가장 이상적인 여성임을 단어나 어구를 반복적으로 읽음으로써 학습하기도 했을 것이지만, 전고(典故)의 사용에 있어서도 현실적 상황 논리 하에 인용하는 경우와 여성의 욕망을 인정하는 근거로 인용하는 경우 등으로 변주되면서[5] 여성 독자들에게 더욱 흡입력 있게 다가갔던 것으로 보인다.

---

3) 정선희, 「〈조씨삼대록〉의 보조 인물의 양상과 서사적 효과」, 『국어국문학』 158, 2011.
4) 양민정, 「대하 장편가문소설에 나타난 여성인식과 의의」, 『연민학지』 8, 2000.

소설이 창작 당시의 역사적 정황이나 사실을 그대로 드러내는 것은 아니지만, 국문장편 고전소설은 당대인들의 생활과 욕구를 비교적 여실하게 보여주고 있다고 평가되고 있다. 특히 주인공 부부와 그 자녀 부부의 혼인과 갈등 양상을 다양하게 보여주는 소설이기에, 조선 후기 여성들이 가족관계 속에서 생산적인 행위에 강하게 구속받았거나 여러 가지 의무에 지친 일상 속에서 부담 없이 즐길 수 있는 대상으로 많이 읽었다.[6] 따라서 국문장편 고전소설에는 이들 여성들을 위로하거나 이들의 욕구를 반영하거나 또는 이들을 교육하는 내용과 시각이 들어 있다. 이러한 향유층의 욕구에 부응하기 위해 일정 부분 여성의 생각과 심리, 상황을 적실하고도 절절하게 표현하여 그들의 공감을 불러일으켰던 것이다.

하지만 〈육미당기〉처럼 한문장편소설에서도 여성 주인공의 자기 표현의 예를 찾아볼 수도 있는데, 이는 이 작품이 여주인공 운영의 서사가 길고도 중요하게 편성되고 있는 점과 관련이 있다. 〈지봉전〉이나 〈종옥전〉처럼 여주인공들이 논리를 펴는 장면이 많은 작품, 〈이생규장전〉이나 〈주생전〉, 〈운영전〉처럼 여주인공에게 억울함이나 한이 많은 작품들에서도 찾아볼 수 있다.

한편, 국문장편 고전소설의 여성주인공 중에는 많은 책을 읽고 이를 필사하고 정리해두었거나, 글을 지으며 시사(詩詞)를 화답하는 시인의 풍모를 지녔거나, 뛰어난 문학적 재능을 지닌 남편과 시 짓기 내기를 하여 이길 수 있거나, 천문(天文)까지 해독해내거나, 집안의

---

5) 김문희, 「장편가문소설의 전고와 독서 역학적 연구」, 『한국고전연구』 21, 2010.
6) 이지하, 「조선후기 여성의 어문생활과 고전소설」, 『고소설연구』 26, 2008.

여성들끼리 시서(詩書)와 예악(禮樂)을 가르치고 배우며 함께 토론하거나, 고상한 문체가 요순 시대의 문장에 필적한다고 평가되는 인물들이 있다.[7] 이러한 여성들은 특히 국문장편 고전소설의 초기 작품인 〈소현성록〉, 〈유씨삼대록〉, 〈조씨삼대록〉 등에 잘 형상화되어 있다.

따라서 이들 국문장편 고전소설을 중심으로 하여 고전소설 전반에 걸쳐 여성인물들의 '자기표현' 양상을 고찰하기로 한다. 여성들의 자기표현에 대한 연구는 '자기서사(自己敍事)'라는 용어로 지칭되면서 연구되기도 하였는데, 이는 화자가 자기 자신에 관한 이야기를 진술하는 텍스트를 일컬으며 자신의 삶을 성찰하고 그 의미를 추구하는 특징을 갖는다는 점에서 이 글에서의 자기표현이라는 말과 비슷한 면이 있다. 하지만 자기서사라고 할 때에는 대체로 자신에 관한 '사실의 진술'에 초점을 맞춘다. 즉 사건을 재구성하여 자세히 서술함으로써 자기의 억울함을 말하는 데에 초점이 있기에, 연구자들도 이를 분석할 때에는 사실 서술에 주목하고 자신의 감정이나 정서 상태의 표현에 초점을 맞춘 내용들은 제외하는 경우가 많았다. 그러나 이 글에서는 자기에 대한 사실, 감정, 정서를 모두 포괄하여 다루려고 하기에 '자기표현'이라는 용어를 사용한다.

전통 시대 여성의 자기표현은 여성들의 편지나 일기, 규방가사에서 주로 드러난다. 여성들은 자신의 삶이 성공적이지 않을 때에 친정을 그리워하면서 자기 생을 탐색하고, 남편과 사별했을 때에 그 고통을 토로하거나, 남편을 따라 죽지 않고 계속 살아나가는 것을 해명함

---

7) 정선희, 「17세기 후반 국문장편소설의 딸 형상화와 의미 – 〈소현성록〉 연작을 중심으로」, 『배달말』 45, 2009.

으로써 마음을 치유한다고 하였다. 이런 자기표현의 글을 남긴 여성은 왕실여성부터 양반 여성, 기생에 이르기까지 전 계층에 걸쳐 있지만 숫자가 그렇게 많지는 않고, 대체로 10여 편 정도의 작품이 보고되었다.[8] 이렇게 고전문학에서의 여성의 자기표현이나 자기서사에 대한 연구는 〈규한록〉, 〈자기록〉, 〈한중록〉 등 몇 편의 산문 기록과 〈복선화음가〉 같은 규방가사, 〈기생명선자술가〉, 〈군산월애원가〉 등의 기녀들의 가사에 대해서 이루어졌기에, 연구의 대상을 넓혀 소설 작품들을 살피려 하는 것이다. 소설은 허구가 섞여 있고 현실이 굴절되어 드러나기도 하지만, 그 속에서 인물들은 자기의 생애와 생각, 느낌에 대해 진지하게 말하고 있으므로 그 인물들의 자기표현 양상을 보는 것이다.

고전소설의 여성인물 중에는 자존감이 강한 여성들이 존재하는데, 그녀들은 어려움에 처하거나 속이 상할 때에 자기의 생애를 회고하면서 정체성을 확인하려 한다. 오해를 받거나 곤란한 지경에 처했을 때에는 대화적인 논변을 통해 설득력 있게 자신의 생각과 상황을 설명하며, 여성들끼리 마음을 이야기하면서 위로와 치유를 나누기도 한다. 이러한 여성들의 마음이나 생각의 표현은 여성인물 자신의 독백,

---

8) 박혜숙, 「여성적 정체성과 자기서사-〈자기록〉과 〈규한록〉의 경우」, 『고전문학연구』 20, 2001. ; ＿＿＿, 「한국여성의 자기서사」 1, 『여성문학연구』 7, 2002. 6. ; ＿＿＿, 「한국여성의 자기서사」 2, 『여성문학연구』 8, 2002. 12. ; ＿＿＿, 「한국여성의 자기서사」 3, 『여성문학연구』 9, 2003. 박혜숙의 일련의 연구와 이 글에서 사용하는 자기서사, 자기표현이라는 용어는 최근 문학치료학에서 말하는 자기서사와는 다른 개념이다. 문학치료학에서는 서사를 작품의 이야기로 보기보다는 인간관계의 형성과 위기와 회복에 대한 이야기로 보고 있다. 그래서 인간관계를 파악하는 주체의 입장에 따라 기본적인 서사를 자녀서사, 남녀서사, 부부서사, 부모서사로 나누며, 궁극적으로 치료와 치유를 목표로 한다.

인물들 간의 대화, 편지, 상소문 등 다양한 방식을 통해 이루어지므로 이에 대해서도 살필 것이다. 그러나 서술자의 서술을 통하거나 다른 인물의 발화를 통해 이루어지는 부분은 논의하지 않기로 하겠다.

1) 여성인물들의 자기표현의 양상

(1) 자존감 회복과 위안을 위한 생애 회고

① 여성인물들은 자기 존재가 흔들릴 때, 즉 정체성을 찾고 싶을 때와 자기의 존재 의의를 확인하고 싶을 때에 자기를 표현한다. 남성에 비해 약자였던 여성들은 이런 순간이 좀 더 잦았을 터인데, 〈소현성록〉에서 가장 돋보이는 여성인 소월영도 이런 순간에 자기 생애에 대한 자부심을 표출하면서 위안을 삼고 마음의 치유를 하는 경험을 한다. 젊었을 때에 남편과의 관계에 있어 억울하고 안타까운 점이 있었지만 이를 인내로 극복했던 일을 이야기함으로써 말이다. 소운성이 명현공주를 핍박하면서 형씨만 편애하는 것이 심하여 아버지 소현성에게 매를 맞는 등 일이 전혀 해결될 기미가 보이지 않자 괴로워하던 형씨는 자결을 시도한다. 아무리 말로 설득해도 전혀 말을 듣지 않는 운성 때문에 형씨가 더욱 절망하자, 그녀를 안쓰러워하던 시어머니 석부인과 숙모 월영이 위로해 주는데 이때에 월영은 자기는 더한 일도 다 극복했다면서 생을 회고한다.

소부인이 다시 말하였다.
"자네는 나이가 어려 인생을 가볍게 여기지만 나는 당초에 여러 가지 일을 겪으면서도 살았으며, 석부인도 처음에 액운을 만나 어머니는 나가라고 하시고 아우는 죽으라고 보채며 부부의 의리를 끊고 누명을 쓰고도 살아났네. 이제 자네는 공주가 시험하는 것을 염려하지만 어찌 우리 두 사람이 겪은 일을 당하겠는가?

내 나이 14세에 한상서의 아내가 되었는데 가히 조강지처(糟糠之妻)가 된 것이었지만 상서의 풍정이 허랑하여 조금도 존경스럽게 대하지 않고 공연히 박대하여 들이밀면서 묻지도 않았네. 하지만 내가 사리 판단하는 것에 어리석어 서러운 줄도 몰랐네. 또 그는 때때로 창녀를 데리고 내 집 난간에 와 풍류를 즐겼네. 시부모님은 불편한 안색으로 문안을 받지 않으시면서 둘째 부인 영씨를 얻어 즐거워하였는데, 나에게 영씨를 첫째 부인으로 섬기라고 하여 영씨 시녀가 능욕하기도 하였네. 또 상서가 영씨 와 함께 내 자식을 잡아다가 상서는 때리고 영씨는 부추기는데, 상서가 그 어미가 사나우니 많이 치라고 하는 등 여러 가지로 능욕한 것을 어디 비할 데가 없었네. 하지만 나는 조금도 서럽지 않고 분하게 여기지 않아 한갓 웃으며 볼 따름이었네.

그러던 어느 날 영씨가 상서와 함께 앉아서 나를 부르기에 가지 않았더 니 부부가 소매를 이끌고 내 방에 와서 영씨가 다섯 가지로 내 죄를 헤아 렸네. 상서는 곁에서 영씨가 하는 말을 도우니 그 모습이 진실로 한심하였 지만 내가 다시 생각하니 내 팔자가 역시 특별하여 저런 기구한 모습을 구경하는구나 싶어 화 내지 않고 도리어 크게 웃었네. 그러고는 단지 '영 씨가 오로지 사랑 받으면서 교만한 것은 한 낭군의 무식하고 방탕한 것과 함께 온 세상의 기이한 이야기 거리가 될 만할 뿐 아니라 족히 천년 동안 계속 전해질만하다.'라고 생각하고 나서 아무 말 하지 않았고, 그들도 한참동안 꾸짖다가 돌아갔네.

내가 바로 그 형상을 떠올려 본다네. 또 하루는 영씨가 작은 매를 들고 와서 나를 치려고 하였는데, 내가 비록 약한 여자지만 어찌 저에게 굴하겠 는가? 그래서 시녀에게 잡아내라고 하여 죄를 다스려 돌려보냈네. 그 후 로 더욱 보채었지만 진실로 서럽지 않았고 이따금 저가 했던 일을 생각하 고 웃었네. 그런데 4년이 지나자 상서가 어떻게 생각했는지 허물을 자책 하고 나를 존중했네. 하지만 내가 특별히 아는 체하지 않았더니 내 그림

족자를 보고 영씨와 함께 나를 꾸짖던 일을 생각하고는 스스로 부끄러워
했네. 이제는 영씨가 낯빛을 좋게 하며 아부하고, 시부모께서도 나를 지
극히 후대하시니, 시부모님은 감히 일컬어 원망하지 못하겠지만 영씨의
기괴한 거동은 실로 잊기 어렵네. 그래서 내가 그 거동을 보지 않으려고
평생 이 곳에 있는 것이네. 내가 예전에 험한 일을 당한 것은 두렵지만
자네보다 더한 듯하네. 그런데 자네는 무엇 때문에 죽으려 하는가? 화목
하게 살면 평안할 것이네. 이렇듯 재미있게 웃으며 구경할 일이 자주 일어
나는 것은 내 옛날과 같네. 자네 마음이 어지럽겠지만 명현공주의 거동을
이따금 구경하면서 근심을 풀게."9)

　　자신이 14세에 혼인한 뒤로 남편인 한시랑이 자신을 박대하면서
첩을 두기도 하고 기녀들과 놀기도 했으며 시부모까지도 자신을 소외
시켰지만, 모든 것을 참고 살았더니 그들이 잘못을 깨닫고 화평해졌
다는 것이다. 참기 힘든 상황을 참고 살았음을 강조하면서 그간 겪었
던 일을 상세하게 말하고 있는데, 이렇게 자기 생애를 회고하면서
본인의 마음도 치유가 되고 이를 듣는 여성도 위로를 받게 된다. 이를
들은 형씨가 그 후로는 마음을 풀었다고 서술되고 있다.

　　② 이와는 다르지만, 남편이 자신을 소외시키고 냉랭하게 대할 때
에 이를 피하여 자신만의 공간으로 떠나 따로 산다거나 친정아버지의
근무지로 가서 살겠다고 하는 여성이 자신의 지난 생애를 회고하면서
앞으로의 삶을 계획하는 경우도 있다. 지금의 어려움을 극복하고자
친정 가문에서 귀하게 자란 것에 대한 자부심을 표출하고 부모에 대

---

9) 〈소현성록〉 7권 49~51면.

한 효행을 실현하려 하는 것이니, 자기 정체성 자각과 회복이 그녀에게는 치유와 위안이 되는 것이다. 〈소현성록〉에서 소운명의 아내 이씨가 그러했고[10], 〈유씨삼대록〉에서 유세창의 아내 설초벽이 그러했는데, 특히 설초벽은 자신만의 공간으로 떠나 살면서 부모의 사당을 짓고 자신의 둘째 아들을 데려다가 친정의 혈통을 잇게 하기까지 하는 등[11] 친정부모에 대한 효도를 다한다. 설초벽은 혼인 전에 남장(男裝)을 하고 살다가 천자에게 자신의 정체를 말하게 되는데, 이때에 자신의 생애를 회고한다.

> "신(臣)은 본래 설경화의 어린 딸입니다. 부모가 함께 돌아가시자 혈혈단신의 아녀자가 강포한 자로부터 욕을 볼까 두려워 남장(男裝)을 하고 무예를 배워 풍양의 진중에 들어갔다가 산으로 도망하여 은거하면서 천신만고를 겪었습니다. 그러다가 유세창을 만나게 되었습니다. 유세창이 비록 제가 여자인 줄을 알지 못하고 지기(知己)로 허락하오나, 신이 여자의 몸으로 세창과 동행하여 먹고 자기를 한가지로 하였사오니 의리로 다른 사람을 좇지 못할 것이고 스스로 구하여 유세창에게 시집간다면 뽕나무밭과 달빛 아래에서 몰래 만나는 비루한 행실과 다름이 없습니다. 그렇기에 뜻을 결정하여 인륜을 폐하고 몸을 깨끗하게 마치는 것이 소원입니다.

---

10) 운명이 공역(工役)을 모아 이상서의 사당을 세우고 영위(靈位)를 봉안하자 이씨가 몹시 슬퍼하며 감격스러워 하였는데 부모의 제사에 소씨의 덕을 마침내 입은 것이었다. 〈소현성록〉 10권 77면.

11) 설씨는 다만 아들 하나, 딸 하나를 두어 마침내 곧은 마음을 지켜 설상서의 제사를 이었다. 설씨가 자녀가 있은 후에는 더욱 영릉후가 오는 것을 우습게 여겨 쓸쓸히 세상사를 잊고자 하였다. (중략) 시댁에 들어가 남편의 총애를 받기를 사양하고 물러나 부모의 사당을 지키니 효와 의(義)가 한가지로 빛나는 것이었다. 높은 이름을 명나라 조정에서 상대할 사람이 없었다. 〈유씨삼대록〉 6권 34~35면.

그러나 돌아보건대 부모의 혈맥이 다만 신첩 한 몸에 있으니 차마 사사로운 염치와 의리 때문에 죽어 종족을 멸망시키고 후사(後嗣)를 끊게 하는 죄인이 되지 못 할 것입니다. 온갖 계책을 생각해도 방법이 없으니 그윽이 생각하건대 폐하께서는 만민의 부모가 되시니 반드시 저의 사정을 불쌍히 여기시고 윤리를 완전케 해 주실 것 같았습니다. 그런 까닭에 일만 번 죽기를 무릅쓰고 감히 방목(榜目)에 이름을 걸어 성총을 어지럽게 하여 진정한 회포를 아룁니다."12)

설초벽은 천자 앞에서도 당당하게 친정부모님의 혈맥(血脈)을 이을 수 있는 것은 자신뿐이라고 하면서 친정가문의 계승자로서의 위상을 부각 시킨다. 그런 생각을 지니고 있었기에 혼인 후에도 남편이 자기에게 지나치게 자주 오는 것을 꺼리면서 혼자 지내게 되고 아예 따로 살면서 친정부모의 사당을 지었던 것인데, 부부 사이의 정과 그 관계의 유지보다는 부모 제사를 더 중요하게 생각하는 것을 볼 수 있다. 여성이 자신의 정체성을 친정가문의 계승과 부모 제사로 규정하고 이에 대해 자부심을 갖고 있는 예는 고전소설에서 매우 특별한 경우라고 하겠다.13)

또 〈유씨삼대록〉에서 유세필의 아내 박씨는 세필에게 냉대 받고 살던 중, 친정아버지가 파직 당해 멀리 운남의 포정사로 가게 되자 이렇게 사느니 차라리 아버지를 따라가야겠다고 결심한다. 세필이 밤에 술에 취해 들어와 무례하게 조롱하고 능욕하자, 자기가 비록 군자의 짝으로 마땅하지 않지만 친정이 구경(九卿)의 집안이고 형제

---

12) 〈유씨삼대록〉 6권 1~2면.
13) 국문장편 고전소설에서는 간혹 보인다. 〈소현성록〉에서 소운명의 아내 이씨의 경우 등이다.

가 번성하니 구구하게 군자의 자취를 바라며 시부모님께 걱정을 끼쳐 드리겠느냐고 정색을 하며 말한다. 이렇게 아내가 자기 가문의 위상을 말하면서 남편인 자신에게 억지로 굽혀 살지 않겠다는 생각을 말하자 세필은 잠시 놀라고, 여기에 부모님이 화목하게 살라고 권하자 태도를 바꾸게 된다. 하지만 세필의 변화에도 불구하고 이제 박씨는 그의 사죄를 받아들이지 않는다. 다음과 같이 생각하면서 집을 나갈 것을 결심한다.

'내가 부모님의 총애를 받으면서 밝은 창 아래 든 궤석에 기대 시사(詩詞)에 깊이 몰두하였으며, 13세에 옷감을 짜고, 14세에 천을 마름질하여 옷을 만드는 일을 우습게 여겼다. 8~9세에 이미 여공(女工)을 다 배워 유씨 집안에 들어오자 부모님의 넓은 은혜가 산과 바다와 같이 넓었다. 그런데 학사가 나를 박대하기를 1년이나 하면서 한 번도 나에게 물어보는 일이 없다가 시어머님께서 열 번 말씀하시면 한 번 나를 보러 오면서도 괴로워하고 증오하는 기색이 매번 더 심하여 언행이 어젯밤의 지경에까지 이르게 되었고 나를 욕함이 오늘에 미치게 되었다. 시부모님께서 나를 사랑하시므로 나의 신세가 더욱 편하지 못하고 학사가 괴로운 기색을 짓고 있구나. 부형이 엄하게 가르침이 지극하니 학사가 만일 순종한다면 내 몸이 구차하고, 고집과 객기로 부모의 명을 순종하지 아니한다면 시아버님의 노기를 돋우어 학사가 매를 맞기에 이를 것이니 그때 내가 어찌 편하겠는가? 마땅히 물러가 부모님을 모시고 일생을 마쳐 그의 마음을 편하게 하고 나의 욕됨을 면하리라.'[14]

앞의 설초벽처럼 박씨도 남편이나 시댁과의 관계에 연연하지 않고

14) 〈유씨삼대록〉 6권 50면.

집을 나와 친정아버지를 모시고 사는 것이 낫겠다고 생각한 것이다. 이런 결심을 하게 되는 저변에는 친정으로 돌아가거나 친정 부모님을 계승하여 고유한 자기 정체성을 회복하려는 마음이 깔려 있다고 할 수 있으며, 이렇게 함으로써 그녀들은 상처받은 마음을 치유하고 위안을 삼게 되는 것이다.

③ 한편, 〈소현성록〉에는 평생을 서모(庶母)로, 첩으로 살았던 석파가 죽을 때에 자기 생을 돌아보면서 자부심을 표출하는 장면이 있다. 앞의 것은 자녀들에게, 뒤의 것은 정실(正室)에게 한 말로, 듣는 사람이 다름에 따라 생애에서 주안점을 달리 하여 회고하는 점에 주목해 보자.

    ㉠ "제가 열 셋에 돌아가신 처사를 모시게 되었는데 12년 만에 처사를 여의자 태부인을 보호하여 초상을 치렀습니다. 그리고 나서 승상을 낳으시니 제가 받들어 길렀는데, 장성하심을 보니 대견하고 기쁜 마음이 가슴에 가득하였습니다. 화부인이 석부인을 투기하시니 중매를 하지 말까도 했지만 생각해 보니 이런 혐의 때문에 숙녀를 승상께 드리지 않으면 제가 도리어 승상께 정이 옅어서라고 여겨질 수 있을 것 같았습니다. 그래서 시비에 걸리거나 책망 듣는 것을 좋은 일 보듯이 하여 친조카를 데려와 화목하기를 힘썼습니다. '기쁨이 다하면 슬픔이 온다.'고 하더니, 황천(黃泉)이 명을 재촉하시네요. 제 나이 여든이 지났고 부귀를 누린 지 오래되었으니 다른 한은 없고, 다만 슬픈 것은 승상과 소부인을 이별하는 것입니다. 바라건대 한결같이 화목하시고 천 년 만 년 후에 지하에 가서 서로 반기십시다."[15]

<hr>

15) 〈소현성록〉 15권 34~35면.

ⓛ 석파가 부축 받아 일어나 사례하며 말하였다.

"제가 열세 살부터 부인을 곁에서 모시면서 입은 은혜가 하늘같기에 뼈가 가루가 되고 몸이 부서지도록 해도 은혜를 갚을 길이 없습니다. 그런데 이제 죽게 되었으니 어찌 어리석은 정성이나마 다하지 않겠습니까? 부인께서 저를 깊이 믿으시어 집안의 일용하는 물건들의 출납과 손님맞이 절차를 맡기시니 밤낮으로 조심하여 조금이라도 차질이 있어 부인의 밝으심을 저버릴까 전전긍긍하였습니다. 또한 큰 권한을 받아 부인의 가르치심을 받들어 종들을 단속한 지 60년이 되었습니다. 창고 안의 금은과 비단들이 하늘같이 많으나 조금도 범하지 않아 계절에 맞는 의복과 때마다 있는 행사 외에는 감히 반 마디도 마음대로 쓰지 않았습니다. 제가 먹고 입는 것에 있어 창고 물건을 맡았고 또 부인께서 주신 것을 받들었기에 십만 재산을 임의로 가질 수도 있었겠지만, 조금도 범하지 않은 것은 제갈공명의 염치를 기꺼이 본받고자 함입니다. 제가 죽은 후 상자에 남은 금은이 있거나 방 안에 한 자의 천이라도 있어 부인께서 제게 맡기신 마음을 저버리는 일은 전혀 없을 것입니다."[16]

어린 나이에 소처사에게 시집왔으나 자신의 친자식은 없으니 정실의 아들과 딸을 친자식처럼 기르면서 정을 주었던 서모, 남편이 일찍 죽자 정실을 모시고 60여 년간을 살아온 첩의 소회이다. ⓐ에서는 이복아들인 소승상을 키운 일, 그의 아내로 친조카인 소영을 주선했다가 낭패를 보았지만 그들 부부가 화목하도록 애썼던 일을 거론하면서 이들과 딸 월영을 이별하는 슬픔을 이야기했다. 이어서 ⓛ에서는 정실인 태부인에게 자신을 믿어줘서 고맙다는 말과 함께 자신이 늘 검소했고 정직했음을 강조하면서 집안 관리자로서의 자부심을 표출하였다. 실제로 그녀가 죽은 뒤에 그의 물품을 살펴보니 모아놓은

---

16) 〈소현성록〉 15권 37~38면.

재산이 전혀 없었다고 서술되고 있다. 그녀가 이렇게 의미 있는 생을 살았기에 자녀들은 모두 절절한 제문을 남기고 있으며 그녀가 죽은 뒤에는 집안에 즐거운 일이 없다고까지 표현할 정도로 그녀의 존재감은 컸다.

④ 19세기의 한문장편소설 〈육미당기〉에서도 어려움에 처한 여성 인물이 자신의 생애를 요약하여 말하면서 억울함을 호소하는 소장(疏章)을 올리는 장면이 있다. 백운영이 남장(男裝)을 하고 관직에 나가 여릉왕의 직위로 활약하던 중 여성으로서 사모하던 소선태자와 지기(知己)로 지냈으나 태자가 옥성공주와 혼인을 할 뿐 아니라 자신이 여성이었음을 알아차리게 되자 탄식하다가 천자께 자신의 상황을 알리는 글이다. 7면 이상이나 되는 긴 글인데, 중요 부분만 보도록 한다.

아아, 신첩은 본래 전 예부상서 좌복야 백문현의 딸 운영이라. 신첩의 명도가 기박하여 마침내 형제가 없고, 좋지 않은 때에 태어나 어려서부터 험한 재앙에 걸려 신의 집이 당금 권간의 참소한 바가 되어 골육이 이산하여 동서로 표박함이 지금껏 6,7년이오나, 아직 감추고 참아 드러내지 아니함은 장차 오늘을 기다림이로소이다. 아아, 전일에 신첩의 노부가 유구국에 사신으로 갔다가 항해하여 돌아오는 길에 지금 부마도위 낙랑왕 김소선을 대양 고도에서 만나, 그 10세 소아가 해적의 약탈한 바가 되어 드넓은 무인지경에 버려져 여러 날을 굶고 앉아 죽기를 기다리는 것을 어여삐 여겨 마침내 문하에 거두어 두고 사랑하기를 친자식같이 하며 또 신첩으로 그 배필 됨을 허락하시니, 대저 다른 날에 반드시 국가의 재목이 될 줄 안 까닭이라.

맹약이 이미 이루어지고 친척이 다 알았거늘 좌복야 배연령의 아들 득량이 신첩의 헛된 이름을 듣고 그 아비에게 권하여 반드시 늑혼(勒婚)

하고자 할새, 처음에는 감언이설로 달래더니 나중에는 위협하더이다. (중략) 그의 무리 황보박을 은밀히 사주하여 노부가 오랑캐와 교통한다 모함하니, 재앙을 만남이 끝이 없고 죄를 장차 헤아릴 수 없으니, 황보박은 연령의 제일의 심복이라. 서로 얽혀 모여 모의한 흔적은 길 가는 사람들이 다 알아 분명하여 숨길 수 없으니, 요행 폐하의 일월같이 밝으심과 하해 같은 은택을 입어 사형을 면하고 영해로 추방되니, 신첩은 문을 닫고 손을 모아 천은에 감사하고 보답할 바를 알지 못하나이다.

아아, 신첩의 노부가 추방된 후로부터 연령이 매일 위협하여 늑혼코자 하므로 신첩의 노모가 저들의 위세를 두려워하고 벗어날 계책이 없더니, 가만히 가솔을 이끌고 장차 강주 고향집으로 돌아갈 제, 연령이 또 가정(家丁) 수십 인을 보내어 중도에서 맞아 신첩을 겁취코자 하였사오니, 고금을 살펴 보건대 어찌 몸이 대신이 되어 이같이 강포한 일을 행하는 자가 있으리오? (중략) 하물며 연령이 또 자객을 노부의 집에 보내 죽이고 나서야 그치고자 하였사오니, 대저 소인이 정인(正人)을 시기함이 어찌 이 지경에 이르리이까?

신첩이 강주에서 도적을 만났던 밤에 배가놈의 더러운 욕을 볼까 염려하여 스스로 강물에 뛰어들어, 표류하여 동정호에 이르렀다가 사람에게 건진 바가 되어 드디어 해산 사이에 유리하였더니, 우연히 이인을 만나 엎드려 도(道)에 관한 책을 읽어, 헤아려 앎이 이미 오래 되매 자못 대략을 알았나이다. (중략) 또 능히 칼을 이끌어 자결하여 아비의 원통함을 알리지 못하였은즉, 차라리 남복을 입고 서쪽으로 장안에 들어가, 몸을 드러내 황숭하의 장원 차지함같이 하며, 또 목란(木蘭)의 종군출정함을 배우지 않으리오? 큰 공을 세우고 국가를 위하여 진력하여, 위로 인군의 은혜를 보답하고 아래로 가히 사사로운 원수를 갚아, 노부의 원통함을 쾌히 풀고 자식 된 정을 조금 펴리라고 생각했습니다. 이렇게 생각하고 벼슬에 나아가기를 무릅썼더니, 천만 뜻밖에 과연 신첩의 뜻에 바라던 바와 같이 후히 천총을 입어 예우가 융숭하여, 처음 벼슬한 지 얼마 안 되어 갑자기 높은 벼슬에 올려 신첩에게 재상의 위를 주시고 병마(兵馬)의 권한을 맡기시매, 북으로 사막에 들어가 소굴을 소탕하온 즉, 두 오랑캐가 죄를 청하고 변경이 조용해지니, 이것은 진실로 황상의 크신 덕이 미친 바라, 어찌 홀로 저의 공로리이까?[17]

자신의 출생부터 시작하여 아버지가 장래 사윗감인 소선을 만나 자식같이 거둔 일, 혼인 약속을 했음에도 불구하고 배득량이 억지로 혼인을 하려 한 일, 아버지가 모함 받아 추방된 일, 배득량을 피해 투강하였다가 구출되고 이인을 만나 도(道)를 배운 일, 남복(男服)하고 장수가 되어 국가에 공을 세운 일 등을 이야기한다. 지금까지의 자신의 생애를 회고하면서 자기 행동의 정당성을 말하는 것이다.

이상에서 살핀 소월영, 설초벽, 박씨, 석파, 백운영 등은 자신의 생애를 회고함으로써 자신의 존재감이나 정체성을 회복하고 자존감을 높이며 이런 자기표현 행위로 말미암아 위안과 치유를 받고 때로는 청자를 위로하는 효과를 내기도 하였다. 그러나 이 경우는 표현하는 주체는 어디까지나 자신의 생애를 회고하는 것에 초점을 두고 말하였는데 이를 들은 청자가 스스로 감화되는 경우이기 때문에, 다음에서 다룰 내용과는 차이가 있다. 다음 절에서는 표현하는 주체가 상대를 설득해야겠다는 의도를 가지고 있으며 논의하려는 쟁점에 대해 논리적인 주장을 체계적으로 심화해 나감으로써 말의 힘을 발휘하는 경우를 살펴본다.

(2) 말의 힘 발휘를 위한 논리적 주장

① 고전소설에서 몇몇 여성은 매우 당차게 자신의 의사를 표현하는

---

17) 서유영, 장효현 역주, 『육미당기』, 한국고전문학전집 17, 고려대 민족문화연구원, 1993. 273~276면.

데, 그 대상은 남편, 시아버지, 친정어머니, 유모나 상궁 등 다양하다. 특히 엄한 시아버지 앞에서도 자신의 생각을 당당하게 말하는 여성이 있는데 〈소현성록〉에서 소운명의 아내인 임씨이다. 그녀는 박색이기에 운명에게 소외되지만, 그녀의 덕성을 알아본 시아버지 소현성에게는 아낌을 받는다. 그녀가 이렇게 존중된 이유 중의 하나가 소신 있게 아내 역할을 하겠다는 의지를 표명했기 때문인데, 그 대목이 조금 길지만 소승상의 예리한 질문과 임씨의 적확한 대답을 읽는 묘미가 있으므로 보기로 한다.

① "네가 이제 내 자식이 되었는데, 장차 어떻게 내 아들을 내조하겠느냐?"

임씨가 공경하여 다 들은 후 천천히 일어나 절하고 두 손을 맞잡고 대답하여 말하였다.

"제가 일찍이 배운 행실이 없고 아는 예의와 법도가 없으니 어떻게 높이 물으시는 것을 당하겠습니까? 그러나 지아비를 섬기면서 옳은 일을 행하거든 도와서 행하고 잘못된 일이라면 듣지 말고 거스름으로써 충고를 해 그러한 마음을 갖지 못하게 하는 것이 옳다고 생각합니다."

말이 올바르고 당당하며 목소리가 옥을 부수는 것 같으니 오히려 곁에서 서로 웃었는데

② 승상이 다시 물어보며 말하였다.

"지아비는 하늘과 같다. 비록 잘못하는 일이 있어도 순종하는 것이 옳거늘 만일 뜻을 따르지 않고 순종하지 않으면 반드시 애정이 상할 것이니 이렇게 되면 여자의 평생이 불행할 것이다. 어찌 그 마음을 거스르려 하느냐?"

임씨가 몸가짐을 조심하고 단정히 하며 대답하여 말하였다.

"부부란 것은 함께 살지만 또한 임금과 신하와 같은 관계이니 뜻에 아첨하는 자는 간악한 사람입니다. 지아비에게 직언(直言)으로 간하여 옳은

방향으로 향하면 다행이며, 지아비가 무식하여 간언(諫言)을 받아들이지 않고 오히려 푸대접한다면 또한 하늘의 운수입니다. 어찌 지아비가 자신을 소중하게 대접해 주는 것을 크게 여겨 아첨하는 말과 행동을 하여 지아비의 허물을 돕겠습니까?"

③ 승상이 말하였다.

"너의 말이 옳다만 다만 지아비가 어찌하면 잘못을 하는 것이고 어찌하면 옳게 행동하는 것이겠느냐?"

임씨가 엎드려 말하였다.

"남자는 충효(忠孝)와 우애(友愛)를 행하고 자신을 수양하고 집안을 다스려야 한다는 것은 옛글에서 말하였으니 이르지 않겠습니다. 혹 집안을 다스리는 위엄이 없고 친구에게 신의가 없으며 관직에 머무르고 있으면서 탐욕스럽고 외람된 일이 있다면 마땅히 잠자코 있으면서 지아비가 그 뜻을 세운 것을 끝까지 하도록 하는 것은 옳지 않습니다."

④ 승상이 말하였다.

"다만 여자란 것이 사치하고 교만한 것은 잘못된 일이지만, 신부로 들어와 검소함이 너무 지나치니 어떤 뜻이냐?"

임씨가 순간 깨달아 고개를 숙이고 두 번 절하고 말하였다.

"무릇 여자는 정결한 것을 으뜸으로 할 따름이니 의복을 다듬어 치장하는 것은 잘못되었고 비록 신부라고 하여도 유생(儒生)의 아내가 어찌 사치를 하겠습니까? 천하의 국모(國母)로 있는 귀한 사람도 고운 비단을 입지 않았던 이가 있습니다. 하물며 여염집 서생(書生)의 아내는 검소한 차림을 하는 것이니 어찌 여러 빛깔과 무늬가 있는 옷을 입겠습니까? 이런 까닭에 맹광(孟光)이 베로 지은 옷을 입자 어질다고 하였으니 제가 비록 어리석고 둔하여 옛 사람을 우러르지는 못하지만 또한 본받고자 합니다."

승상이 다 들은 후 매우 기뻐하고 몹시 칭찬하며 말하였다.

"어진 며느리는 마땅히 오늘날의 맹광(孟光)이다. 우리 아들이 양홍(梁鴻)의 덕이 없으나 너는 마땅히 내조를 힘써 가문을 빛내도록 하여라."[18]

이야기를 마친 후에 큰 상을 내려줄 정도로 시아버지는 탄복하는데, 질문과 답이 한 번에 그친 것이 아니라 총 4회에 걸쳐 이루어지면서 점차 심화되고 있다. 시아버지 앞에서도 막힘이 없이 자신의 생각을 이야기하여 상대방을 설득시키고 있는 것이다. ①에서는 먼저 '내조'를 어떻게 하겠느냐는 질문을 받고나서, 지아비가 옳은 일을 행하면 도와서 행하고 그른 일은 거슬러 충고를 해서 마음을 바꾸게 해야 한다고 답한다. 맞는 말이기는 하지만, 순종을 미덕으로 삼는 부녀자로서는 쉽게 할 수 없는 말임에도 불구하고 당당하게 말하니, '옆의 사람들이 서로 웃었다'라고 되어 있다. 순종과 배치되는 답을 했으므로 ②에서 시아버지는 곧바로 되묻는다. 그렇게 남편에게 순종하지 않으면 애정이 상할 것이고 그렇게 되면 불행하게 될 것인데 어쩌겠느냐는 것이다. 그러자 임씨는 또 직언을 해서 바른 방향으로 가게 하는 것이 바람직한 것이지 자기 몸의 안위를 위해 아첨하는 것은 임금에게 있어 간신과 같은 것이라는 취지의 말을 한다. ③에서 이제 시아버지는 아내로서의 태도에서 나아가 판단 기준에 대해 말해보라고 한다. 그러자 임씨는 자신은 여자임에도 불구하고, 남자는 반드시 충효와 우애를 행하고 위엄과 신의가 있어야 하며 탐욕스러워서는 안 되고 세운 뜻을 끝까지 실천해야 한다는 등 남자로서 지켜야 할 일들을 거침없이 이야기한다. ④에서 시아버지는 그러면 여자인 너의 행동은 옳으냐는 질문을 하는데, 이는 네가 신부로서 검소함이 너무 지나쳐서 남편인 내 아들이 너에게 정을 못 붙이고 박대하는 게 아니냐는 내심도 들어 있는 것으로 보인다. 이 질문에는 잠시 머뭇하다가 또 옛 인물들을 들면서 자신의 행동의 타당성을 변론한다. 유생(儒生)의

---

18) 〈소현성록〉 9권 89~91면.

아내는 사치해서는 안 된다면서 대표적인 인물 맹광(孟光)을 거론하니 이를 들은 시아버지는 네가 바로 지금의 맹광이라면서 칭찬하며 지금까지의 긴 대화를 맺는다. 바람직한 아내의 태도는 평상시에는 유순하고 온화하게 남편에게 순종하지만 남편이 행동을 잘못했을 때에는 바른 소리를 할 줄 아는 것임을 역설하는 그녀의 논리적 설득과 검소해야 한다는 소신에 대한 변론이, 자기보다 훨씬 우월한 지위의 시아버지도 탄복하게 만드는 말의 힘인 것이다.

② 한편, 남편에게 자신의 입장을 세세하게 들어 자기 자신을 변호하는 경우도 있다. 〈소현성록〉에서 소현성의 아내 화씨는, 집안의 화원 열쇠를 갖고 있던 집사 이홍이 자신의 말을 듣지 않았다는 이유로 그를 책망하고 매질을 했는데 이를 안 남편이 잘못이라고 꾸짖자 자신이 그렇게 행동했던 이유에 대해 타당한 논리를 세워가며 이야기한다. 비록 시누이인 월영의 도움이 있었다고 되어 있지만 분명 화씨가 남편에게 보낸 편지이기에 그녀의 의사표현이라고 할 수 있다.

① "제가 비록 무례하지만 어려서부터 성현(聖賢)의 글을 읽어 예의를 조금 압니다. 그윽이 생각건대, 나라의 황후와 황제가 높으신 것이 같고 집의 가장(家長)과 가모(家母)가 중요함이 같습니다. 군자가 수신제가치국평천하(修身齊家治國平天下)의 근본이라고 하지만, 자고로 남자가 나라의 일을 다스리면 집의 일을 다 보기 어렵습니다. 그래서 승상이 나라의 큰 신하로 조정의 일을 살피느라 겨를이 없어 이홍에게 맡겨 집의 내외사를 다스리게 하였습니다. 그러나 홍은 우리 집안의 사람이 아니며 가까운 절친(切親)도 아니고 높게는 지기(知己)도 아니니, 비록 사람됨이 근실하다고 하지만 어찌 부중(府中)의 자잘한 일을 다 알게 하겠습니까? 홍이 무거운 권한을 맡고 있으므로 종들이 아첨하느라 집안의 조그만 일도 먼

저 홍에게 물은 후에 우리의 말을 좇습니다. 그러니 제가 그윽이 부끄러워하는 것은 저의 처사가 하찮아 상공의 가모 소임을 능히 못하고 또 내조하는 공로가 없어 아래관리에게 집안일을 맡기는가 하는 걱정이었습니다.

② 오늘 경치를 구경하려 한 것은 승상이 없기를 기다려 놀려고 한 것이 아니라 어머니께서 평안하여 여러 자녀와 함께 노시니 한가한 때를 타 소·윤·석 세 부인과 더불어 후원을 보면서 산수(山水)의 성함을 보고 내년의 누에치기를 상의하려 한 것이지 경치를 구경하려 한 것이 아닙니다.

홍을 잡아맨 것은 그가 무례한 말을 하지는 않았지만 저를 욕보였기 때문입니다. 상공도 오히려 저를 모욕하는 말을 듣지 못하였는데 그가 가신(家臣)으로서 어지러운 말을 하니 갑자기 성이 나서 참지 못한 것입니다. 또 이는 승상이 집을 다스리는 데에도 해롭습니다. 그래서 만약 승상이 외당에 계셨다면 제가 그 사이에서 호령하지 못하였겠지만 상공이 조정에 들어가 돌아올 때를 정하지 못한 상태였기에 집에 주인이 없다고 여겨 종들과 홍이 무례하였습니다. 그러하니 집의 여주인이 하나의 규범을 굳게 지켜 무너져가는 위의를 붙들어야 하지 않았겠습니까?

③ 예부터 제가 비록 외람되고 당돌하기는 했지만, 홍을 매어 놓고 어머니께 아뢰어 다스려 비록 승상이 안 계시지만 감히 모든 일을 무례하게 못하고 집을 바로잡는 이 기이함을 탄복하게 하며 알게 하고자 함이었지 마음대로 행하여 도에 넘치려 한 것은 아니었습니다. 그런데 지금 홍을 치지 않고 내당의 시녀를 잡아내어 치니, 이는 시녀를 치는 것이 아니라 저를 다스리는 것입니다. 제가 감히 당신을 원망하지는 않지만 다만 이로 보건대 부부의 의리를 삼강(三綱)과 오륜(五倫)에 넣지 말고 부중(府中)의 아래관리를 부부 대신에 넣는 것이 좋겠습니다. 그런데 옛 성현들이 어찌 잘못 알고 중요한 아래관리는 빠뜨리고 가벼운 부부를 넣었는지 이상합니다.

④ 또 부부 사이를 말하지 않고 저를 벗으로 여기더라도 저는 상공을 안 지 열두 해가 되었고 홍은 다섯 해가 되었습니다. 그런데 선후(先後)를 분변하지 않으시니, 홍을 위하는 정성은 지극하다고 할 만하지만 저에게

는 박절하시군요. 각각 따로 집에 있자고 하시는데, 여자의 삼종지의(三從之義)는 중요한 것입니다. 상공은 삼강오륜(三綱五倫)을 잊어 버리셨지만 저는 '여자는 반드시 지아비를 따르고 부모형제를 멀리 한다'는 말을 지키려 합니다. 상공이 저를 버린다면 뱃속의 아이를 품고 의지하여 윤기(倫紀)의 삼종(三從)을 오로지 지킬 것이니 마음대로 처치하십시오. 곽광의 아내와 여후(呂后), 무측천(武則天)에 비하시니 감히 뭐라 말씀드리지는 못하지만, 다만 무측천은 어떤 사람이었으며 여후는 어떤 계집이었습니까?

⑤ 당신의 글을 보니 모골(毛骨)이 쭈뼛해집니다. 한없이 넓고 푸른 하늘만이 내 뜻을 알 것이고 남들은 모를 것입니다. 제가 만약 높은 가문의 후환이 될 사람이라면 밝게 알고 처치하십시오. 그렇지 않으면 한무제(漢武帝)의 경우와는 달리 강한 가신(家臣)이나 종들이 없으니 나 또한 없어야 할 겁니다. 빨리 처단하는 글을 내리시어 후에 세상의 변란과 골육의 죽음을 막으십시오. 마음을 바꾸지 않기를 진정으로 바랍니다."[19]

자신이 여자이면서도 집사를 꾸중한 점에 대해 나름의 이유가 있었음을 설명하면서, 남편이 그런 자신의 행동을 책망하는 의미로 시녀를 매질한 것에 대해 삼강오륜을 들어 비꼬기도 하였다. 집사보다는 아내가 더 중요한 위치이고 집안의 하인들에게도 더 무서운 존재여야 하는데 지금은 거꾸로 라면서 부인의 권한을 확실하게 이야기하고 있다. 화부인은 석부인과 자주 비교되면서 열등한 인물로 논평되기는 하지만, 이 작품의 작자는 이렇게 그녀의 생각도 온전히 표현할 수 있게 해줌으로써 여성의 심리를 좀 더 실감나게 느끼면서 생각해 보게 하였다.

---

19) 〈소현성록〉 4권 116~119면.

①에서는 가장과 가모의 중요함을 이야기한다. 승상이 바쁘니 집의 일들을 집사 이홍에게 맡기는데 그에게 너무 큰 권한을 주니 폐단이 있다고 말하고 있다. 자신의 위상이 그보다 아래에 있음을 따져드는 것이다. 평상시의 상황을 이렇게 말한 뒤 ②에서는 오늘 낮의 일을 설명한다. 이홍이 자신을 모욕하는 말을 해서 자신의 가모(家母)로서의 위상을 훼손하여 치가(治家)에 방해가 되었다는 것이다. 자기 행동에 대한 변론을 하는 것이다. 이어 ③에서는 그래서 자신이 이홍을 다스렸으니 자신의 잘못은 없는데도 오히려 승상이 자기 시녀를 벌주어 자기를 경시했다고 원망한다. ④에서는 감정이 더욱 격해져서, 자신이 집사보다는 여러 모로 더 중요한 사람인데 왜 박대하는지 따져 묻고 더하여 삼강오륜을 저버린 처사라고까지 밀어붙이고 있다. ⑤에서도 자신의 잘못이 만약 그렇게 크다면 빨리 처단하라면서 강한 어조로 마무리하고 있다. 논리적인 근거를 들면서 자신의 행동에 대해 변호하고 상대의 판단을 수정하기를 요구하고 있는 것인데, 이 편지를 보고 승상은 실제로 생각을 누그러뜨리면서 화부인의 말에 어느 정도 공감하게 된다.

③ 〈조씨삼대록〉에서는 심지어 시비(侍婢)까지도 설득력 있게 자신의 의사를 표명한다. 시부모에게 남편과 자신의 합방을 3년 늦춰달라고 설득하거나, 나라에 초사(招辭)를 올려 자기 주인의 억울함을 말하면서 무죄임을 변호한다. 이씨 부인의 시비인 쌍란은 신분은 천하지만 성품이나 미모, 재주가 뛰어나 주인과 친구같이 지내던 사이이며, 지혜롭고 똑똑하다. 이씨가 밤중에 들이닥친 두생 일당들에게 붙잡혀 갈 위기에 놓이자 대신 이씨의 옷을 입고 있다가 잡혀가는데,

그녀를 며느리로 삼으려는 두공 부부에게 부모님 삼년상이 끝날 때까지 기다려달라고 말하는 기지를 발휘하여 몸을 지켜낸다.[20] 예법과 윤리를 들면서 조리 있게 말하니 모두들 그녀의 뜻에 탄복하여 순순히 따르게 된다. 그녀는 나중에 강씨와 계양공주가 함께 이씨를 모해한 일에 대해 알아낸 뒤 등문고를 울려 주인의 억울함을 알리면서 초사[21]를 올리기도 한다. 주인인 이씨가 살아온 내력을 설명하고, 그

---

20) "제가 비록 몸이 여자이지만 부모께서 낳고 길러주신 은혜는 다 한가지입니다. 상례(喪禮)는 천자부터 서인에 이르기까지 폐하지 못하는 것입니다. 첩이 지금 장사(葬事)를 지내기 전의 상제(喪制)인데 사람들에게 잡혀 여기 이른 것입니다. 그러니 차마 부부의 즐거움과 인륜의 정을 이룰 때가 아닙니다. 제 몸이 그대의 집에 머문 후에 죽지 못했다면 곧 그대의 사람인 것입니다. 선비는 벼슬을 하지 않았어도 그 나라 신하이고, 여인이 혼인을 하지 않았으나 빙폐를 받았으면 그 집 사람입니다. 이제 제가 그대의 집에 머물게 되었으니 비록 부부가 되지 않았지만 그대의 사람이 아니고 누구이겠습니까? 그대에게 아름다운 첩이 여럿 있다고 하니 제가 삼년상을 마칠 때까지 서로 참아 화락하고자 한다면 제가 당당히 그대의 뜻에 따라 이 집에 있으면서 그대의 집안일을 다스리고 그대의 부모를 섬겨 뒷날 부부의 윤의(倫義)를 온전히 하겠습니다. 그러나 이 일을 허락하지 않는다면 한 번 죽어서 효도와 절개를 다 잃은 죄인이 차마 되지 않도록 할 것입니다." 〈조씨삼대록〉 7권 97~98면.

21) 천한 시비 저 쌍란은 운남에 귀양 간 죄인 조유현의 세 번째 부인의 시녀입니다. 주인인 이씨는 운명이 기구하여 어린 나이에 부모와 헤어져 유모의 양육을 받았습니다. 열 살에 부모를 찾으려고 하여 선뜻 남자의 옷을 입고 서울로 와서 우연히 조상서를 만나게 되었습니다. 조상서는 우리 주인에게 부모와 형제의 수를 물으며 부모와 헤어진 이유를 물었습니다. 우리 주인이 대답하니 조상서가 의기와 어진 마음으로 급한 사정을 구하여 이참정을 찾아 부녀가 만나게 되었습니다. 우리 주인이 부모를 찾아 돌아온 후에 다른 가문의 남자인 조상서와 얼굴을 대하고 같은 자리에서 앉아 말을 한 것을 생각하고 풍교를 지켜 혼자 늙기로 하였습니다. 이참정이 마지못하여 조상서에게 구혼하였습니다. 만조백관이 요객이 되고 백대의 수레로 돌아와 예의를 차려 왔으니 어찌 비례(非禮)의 행동이 있겠습니까? 조씨 집안에 온 이후부터 존당과 여러 부인 등이 우리 주인인 이씨와 화목하고 우애 있게 지내기를 아황(娥皇)과 여영(女英)의 고사처럼 규방에서 화락하였습니다.

강씨가 사혼(賜婚)으로 시집오시니 수많은 변란이 생겼습니다. 자객이 조씨 집안에 들어오고 음란한 편지가 던져지고 무고지사(巫蠱之事)와 음식에 독을 넣는 일과 같은 흉악한 변고가 계속해서 일어났습니다. 이것은 강씨의 유모 경파의 흉계입니다. 정씨

녀가 조씨 집안과 혼인한 후에 간악한 적국 강씨가 그 유모 경파와 흉계를 꾸며 곤경에 빠뜨린 일, 그들이 두병기에게 이씨를 납치하라고 사주한 일, 이를 피하기 위해 자신이 이씨인 것처럼 꾸며 대신 잡혀가 살게 된 일, 겁탈을 피하기 위해 힘들었던 일 등을 자세히 서술하였다. 그런 뒤에, 사건의 진상을 알기 위해 강씨의 유모인 경파와 두씨 부자, 추향과 설매 등 시비들, 시어사 등 관련된 사람들을 추궁해 줄 것을 바라고 있다.

이렇게 이 작품에서는 시비나 유모 등 비천한 여성들도 자신의 생각을 논리적으로 말하고 설득시키고 변호하여 공적인 힘을 발휘하기까지 하는데, 경홍, 추향, 경파 등의 여성인물들도 그러한 예이다. 정씨의 시비 경홍은 정씨와 관련된 사건의 경과와 정씨의 억울함,

---

와 강씨 두 부인이 내쫓기는 화를 당한 후에 다시 괴이한 흉심을 내서 강부인이 스스로 계양궁 공주의 세력에 기대어 우리 주인을 맹랑한 일로 곤경에 빠지게 하였습니다. 시녀에게 뇌물을 주어 죄를 우리 주인에게 모두 씌우고 두병기에게 부탁하여 우리 주인의 고운 얼굴을 이야기해 주며 데려다가 으르고 협박하라고 하였습니다. 계양궁의 종을 시켜 이씨 집안에 불을 지르라고 하였습니다.

슬픕니다! 우리 주인이 혈혈단신으로, 임금님께 죄를 얻고 시댁을 떠나 친정에 돌아왔으나 양친을 연이어 잃고 외롭게 빈 집을 지키며 하늘에 사무치는 슬픔이 깊었습니다. 그런데 불이 나고 도적이 일시에 들어오니 제갈공명이 다시 살아나도 이 화를 벗어날 길이 없었습니다. 우리 주인이 어쩔 수가 없어서 천한 시비가 되고 제가 주인이 되어 이리저리 하여 두병기에게 저를 잡혀 보내고 주인은 몸을 빼내 조상의 가묘를 품고 목숨을 구하려고 도망갔습니다. 알지 못하겠습니다. 어진 임금님이 다스리는 세상에서도 억울한 일이 있음은 간신과 불충한 사람이 임금님의 총명을 가리기 때문입니다. 어사 원광이 사람의 부탁을 듣고 근거 없는 말로 임금님을 속여 명부(命婦)인 이씨를 사지(死地)로 보내었습니다. 신이 주인을 위하여 기신(紀信)의 충성을 본받아 두생을 따라온 후로 겁탈당하는 모욕을 온갖 방법으로 핑계를 대어 면하였습니다.

이제 계교가 다하여 한 장의 하소연하는 글을 임금님께 고합니다. 천첩의 억울한 상황을 이것으로 결단할 것이 아니라 강씨의 유모인 경파와 두병기 부자와 추향과 설매, 선옥과 어사 원광에게 똑같이 물으시어 확실함을 아신 후에 실상을 조사하여, 오뉴월에도 서리가 내리는 여자의 한을 살펴주십시오. 〈조씨삼대록〉 10권 4~8면.

모해자의 악행 등을 조리 있게 서술하면서 악인을 엄히 처벌해 달라고 하는 내용의 소(疏)[22]를 올린다. 유현의 아내 정씨의 악한 시비 추향이 자신의 억울함을 호소하는 초사(招辭)[23]를 올리는데, 모든 잘못을 정씨에게 덮어씌우면서 스스로를 변론하기도 한다.

　시비뿐만 아니라 유모는 주인공 여성을 키운 정이 있기 때문에 더욱 애절한 마음으로 그녀들을 돕는데, 강씨의 유모 경파도 시댁에서 쫓겨난 강씨를 위해 장문의 소(疏)를 써서 임금께 올린다. 이들의 글은 논리적이며 설득력이 커서 사태를 전환하거나 마음을 움직이게 하는 힘을 발휘하는데, 특히 공적인 힘을 발휘한다는 면에서 더욱

---

22) 〈조씨삼대록〉 10권 9~10면.
23) 우리 부인은 본래 재상가의 딸로 대단한 부귀가 지금의 공주에게 이르러도 부러워하지 않을 정도입니다. 입을 움직여 열지 않아도 눈에 보이는 것은 다 갖추어 만사가 뜻대로 되고 사촉 황금이 수만이고 촉나라 비단과 진주가 수레에 실을 정도입니다. 마음이 거만하셨는데 귀댁에 들어오면서부터 어르신의 박대가 매우 심하여 젊은 나이에 한이 깊으셨습니다. 계속해서 세 명의 부인이 들어오시니 어르신께서 어릴 때 혼인한 조강지처를 홍모(鴻毛)같이 아시고 편벽되게 은정을 강부인께 쏟으셨습니다. 젊은 부인의 질투하는 마음이 항상 있는 것이니 우리 주인이 강부인을 해치고자 하는 마음이 어찌 괴이하겠습니까? 이미 부부의 은애를 모르시기 때문에 정씨 집안의 가신(家臣)인 화청유가 풍채와 골격이 상쾌하며 시원스럽고 아름다운 까닭에 둘이 사사로운 정이 있었습니다. 부인이 자주 청유에게 편지를 주고받으며 언약을 정하였는데 청유와 관왕묘에서 만나서 대사를 의논하려 하시다가 어르신께서 귀령(歸寧)을 막으시는 바람에 귀령하지 못하셨습니다. 또 청유가 자객의 술법을 배웠기 때문에 한밤중에 칼을 들고 어르신과 상국 어르신을 죽이려고 하다가 일이 드러나게 되니 부인이 한을 품어 무고지사(巫蠱之事)와 그릇에 독을 넣어 존당에 시험하고 몸을 빼내 정씨 집안으로 돌아가 행장을 차려 부형(父兄)도 속이고 청유를 맞아 백년지락을 이루려고 하다가 발각되었습니다. 깊은 규방의 죄인으로 하늘의 해를 보지 않고 분함과 원망이 없겠습니까? 이런 까닭에 저에게 약과 은돈을 주어 설매의 일이 발각되어 과연 강부인과 시비가 화를 입을까 하였더니 설매와 저에게 형벌이 급하게 될 줄을 알았겠습니까? 이 일의 근본은 어르신께서 정부인에게 박정하셔서 생긴 것이니 천한 노비가 주인을 위한 정성에 마음을 움직이시고 제가 스스로 만든 죄가 아닌 것을 살피셔서 한 목숨을 용서해주십시오. 〈조씨삼대록〉 5권 22~25면.

의의가 있다. 아들을 위해 어머니가 등문고를 치면서 선처를 호소하는 대목[24]도 보이는데, 악인 설강이 악행이 드러나 운남의 수졸(戍卒)로 쫓겨 가게 되자 이를 막기 위해 그의 어머니가 직접 나서서 사태를 수습하는 부분이다. 그녀의 정성에 탄복한 초공이 이들을 도왔기에 결국 그 아들은 선처를 받아 죽지는 않고 귀양만 가는 것으로 마무리된다.

이들 시비나 유모 등 보조적인 여성인물들의 글들은 자기 자신의 삶에 대해서 서술하기보다는 그 주인들의 삶과 입장을 대신 서술하는 것이기에 앞의 항목들과 다른 면이 있기는 하지만, 여성들이 적극적으로 자신을 표현했다는 면에서 함께 고찰하였다.

③ 세태소설에서는 여성인물이 상대를 설득하는 장면이 종종 등장한다. 여자 보기를 돌같이 하는 정남(貞男)들이 남주인공이기 때문이다. 그를 유혹하기 위해, 함께 이야기를 나누거나 정을 나누기 위해 설득하는데 매우 논리적이다. 〈지봉전〉에서 지봉을 유혹하고 신물(信物)을 얻어 내기 위해 시 짓기 내기를 하자고 하는 장면이다.

> 백옥은 속으로 기뻤으나 겉으로는 놀라는 척하면서 일어나 탐스러운 머리를 가지런히 빗고 옥구슬 같은 영롱한 목소리로 자탄하며 말했다.
> "이 세상의 사람은 하늘로부터 품부 받은 바가 다르지 않아 리(理)로써 성(性)을 이루고 기(氣)로써 형(形)을 이루니, 리와 기가 같은 것은 존귀하다고 해서 더하지도 않고 비천하다고 해서 덜하지도 아니합니다. 부귀로써 마음을 어지럽힐 수도 없고 위세와 무력으로써 뜻을 꺾을 수도 없는

---

24) 〈조씨삼대록〉 10권 31~33면.

것은 단지 장부만이 그러한 것이 아니오니 비록 여자일지라도 어찌 사람이 아니겠습니까? 같은 소리에 같이 응하고 같은 기(氣)를 서로 구하는 것은 또한 천리상 당연함이고 사람의 도리상으로도 그러해야 할 것입니다. 저의 몸이 비록 천한 기생에 떨어졌으나 뜻만은 옛 사람들에 비해 부끄럽지 아니합니다. (중략) 비록 여자의 침실에서 늙었지만 죽기를 맹세코 딴 마음이 없으니, 이러한 저의 마음을 나타내기가 어렵습니다. 다만 능히 할 수 없는 것은 대문에까지 나아가 맞아들여 아양을 떠는 교태와 엄숙한 판에 나아가 노래를 파는 재주일 따름입니다. 우리 국토가 비록 한쪽으로 치우치고 작지만 수백 년 동안 길러낸 끝에 문장(文章) 재예(才藝)의 군자가 아닌 사람이 없습니다. 그러나 저는 홀로 있을 운명이어서 짝을 만나지 못하였으나, 귤 향기를 아울러 지닌 탱자나무를 누가 능히 가엾게 여길 수 있겠으며, 박 덩이 속의 참 모습을 누가 능히 알 수 있겠습니까? 지금 대감께서는 덕망이 태산과 북두 같고, 재주와 국량이 우수하여, 음양을 다스리고 정치를 펼치자 홀어미와 홀아비 신세를 탄식하는 백성의 탄식이 없고, 밝은 임금을 보좌하고 재주와 덕 있는 자를 귀하게 여기자 나라에는 명군(明君)과 현신(賢臣) 사이가 서로 뜻이 잘 맞는 경사이니, 선비를 한 번 돌보면 그 성가는 세 배로 증가했습니다. 그러나 저는 어떤 사람이기에 받들어 모시기를 한 번 바라자 과분한 은혜를 입어 심장을 쪼개어 피를 뿌린다 한들 진실로 그 은혜를 갚기가 어렵습니다. 다만 문장을 짓는 재주가 제가 바라는 바와 맞지 않을까 두렵기는 합니다만, 문장을 지어 내기를 하는 것이 대감의 명령과 감히 어긋난다 하더라도 오직 바라건대 용서하시고 헤아려 주십시오."

이공이 책상을 치며 껄껄 웃고는 말했다.

"이 어인 말이며, 이 어인 말인가? 너는 먼 시골의 천한 기녀인데, 감히 문장재예의 설(說)을 가지고서 나에게 내기를 하자는 것이냐? 내가 비록 노쇠했지만 위엄만은 죽지 않았거늘 이와 같이 기운이 넘쳐나는 여자를 나 또한 넘쳐나는 기운으로서 억지로라도 굴복시켜 보리라."[25]

이후에도 몇 번의 대화가 더 이어지는데, 대화를 통한 설득과 마음

나눔이 주된 내용이 된다. 또 다른 세태소설 〈종옥전〉도 그런 경향이 있는데, 둘 다 전아함을 추구하는 한문소설인데다 논리로 상대를 유혹하고 속이는 것이 주된 내용이기 때문이다. 〈종옥전〉에서는 향란이 종옥에게, 종옥이 귀신인 향란과 동침했기에 똑같이 귀신이 되었다고 하면서 믿게 하는 대목이 대표적이다.

> "…… 살아서도 귀신이 된다는 말은 전혀 그렇게 될 이치가 없는 것이니라. 또한 내가 들으니 나는 작은 벌은 콩나비가 될 수 없고, 나다니는 작은 닭은 큰 고니의 알을 품을 수 없다고 했느니라. 봉황이 닭 무리에 들어가면, 그 색깔이 비록 근사하다고는 하나 '닭'이라고 이르지 않고 '봉황'이라고 이른다. 사슴이 노루 곁에 서면, 그 모양이 비록 같다고는 하나 '노루'가 되지 못하고 '사슴'이 된다. 너는 너고 나는 나요, 사람은 사람이고 귀신은 귀신이니, 어찌 네가 말한 그런 이치가 있을 수 있단 말이냐?"
> 향란이 은밀히 웃으며 대답했다.
> "낭군의 말씀에도 이치가 있는 것 같습니다. 그러나 하나만 알고 둘은 모르는 것입니다. 비록 살아서는 사람이 되고 죽어서는 귀신이 되는 것이기는 하지만, 옛말에 이르지 않던가요? 즉 '공맹(孔孟)의 옷을 입고 공맹의 행동을 행하면 누군들 공맹이 되지 않겠으며, 도척(盜跖)과 걸왕(桀王)의 옷을 입고 도척과 걸왕의 말을 하면 사람들은 모두 도척과 걸왕이 된다'라고 합니다. 지금 낭군은 저와 같은 말을 하고, 저와 같은 몸을 하고 있으니, 눈·귀·코·혀·몸·뜻이 비록 사람과 다르지 않으나 빛깔·소리·향기·맛·감촉의 법은 이미 귀신이 하는 그것으로 변하였습니다. 그것들을 견주어 본다 하더라도 그럴 것입니다. 이렇게 하고도 낭군의 의혹이 더 심해진다면, 『예기(禮記)』의 〈월령(月令)〉편에 '매가 변하여 비둘기가 되고, 꿩이 바다로 들어가서 이무기가 된다'고 했는데, 이것은 모두 살아

25) 신해진 역주, 〈지봉전〉, 『조선후기 세태소설선』, 월인, 1999. 68~70면.

있으면서도 변화한 것입니다. 또 '참새가 바다에 들어가서 대합조개가 되고, 들쥐가 변하여 종달새가 된다'고 했는데, 이것이 어찌 죽어서 되는 것이겠습니까? 『회남자(淮南子)』에 '닭과 개의 울음소리가 천제(天帝)가 거처하는 백운향(白雲鄕)에서 들린다'고 했는데, 그곳으로 쫓아간 동물도 또한 신선인 것입니다. 예(羿)의 아내 항아(姮娥)가 전설상의 월궁(月宮) 으로 달아났는데, 그렇게 달아난 항아도 본래 사람이었습니다. <u>낭군이 비록 스스로 귀신이 아니라 하더라도 귀신인 저와 함께 거처했으니, 어찌 귀신이 되지 않았다고 하겠습니까?"[26]</u>

함께 있었다고 하여 그것과 똑같이 될 수 있느냐는 종옥의 의문에 향란은 『예기』, 『회남자』의 구절들과 옛말들, 고사들을 들면서 자신 의 논리를 편다. 종옥이 곧바로 설득되지는 않았지만 여성인물이 자 신의 생각을 논리적으로 표현하는 몇 안 되는 예이다.

④ 앞 절에서 본 〈육미당기〉의 백운영의 글 후반부는 황제를 설득 하는 내용으로 이루어져 있다. 자신이 어쩔 수 없이 남복(男服)을 입 고 장수 노릇을 해 나라에 공을 세웠으나 정혼자인 소선을 속인 것이 탄로 나 그가 원망할 것이므로 안타까우니, 황제께서는 자신의 행동 을 용서해 달라는 것을 절절하게 이야기한다.

아아, 신첩은 곧 깊은 규중의 한 소녀라. 우매하게도 가죽옷을 입는 부끄러움을 취하고, 또한 <u>암탉이 우는 잘못을 범하여, 몸이 장상에 있고 드높이 왕작에 처하여, 띠를 드리우고 홀(笏)을 가지런히 해, 태연히 백관 의 윗자리에 있사오니, 이것이 어찌 신첩의 본 뜻이리오?</u> 대저 부득이함

26) 신해진 역주, 〈종옥전〉, 『조선후기 세태소설선』, 월인, 1999, 174~175면.

에서 나온 것이라. 입조한 이래로 각별한 천은을 입음에 감격하여 마음과 뼈에 새겨 영구히 붉은 단장을 폐하고 길이 옥계에 모셔 작은 정성이나마 드러내 폐하께 보답코자 하였사오나, 스스로 그 몸을 돌아보면 곧 여자라. 규방 중의 본분을 지키지 못하고 평일의 행적이 부녀자의 속으로 아름다움을 품는 덕에 크게 어긋남이 있고, 그 하늘과 사람을 속임이 또한 많은지라. 돌아보건대 어찌 귀신의 분노와 시기를 면할 수 있으리이까?

아아, 신첩이 일찍이 해외로부터 들어오는 길에 우연히 낙랑왕 김소선을 파릉교 길에서 만나매, 회피할 수 없어 그 집으로 따라가 같이 벼슬길에 올라 황궁 안에 출입함이 거의 육칠 년이라. 정이 형제보다 더하고 교분이 두터우나, 신첩이 능히 감추기를 잘하여 비록 같은 수레에서 먹고 침상을 대하여 자도 오히려 소선은 신첩이 여자임을 깨닫지 못하였습니다. 그러나 신첩이 전일 원수로서의 명을 받아 북으로 사막을 정벌할 때에 소선이 또한 부원수의 책임을 맡아 같이 군중에 있어 혹 밤을 타 서로 방문하여 군무를 의논하였던 바, 소선이 우연히 신첩이 곤히 잠을 인하여 신첩의 팔뚝의 붉은 점을 엿보았으니, 저의 본색이 비로소 탄로되었나이다. 대저 소선이 신첩이 전일에 약혼한 사람인 줄 이미 안즉 저가 어찌 신첩을 서로 잊도록 두고 신첩의 뜻을 빼앗지 아니하리이까? 하물며 소선이 이미 부마에 간택되었으니, 또 신첩을 취하여 아내로 삼는다면 이는 비단 예의에 구애될 뿐 아니라 진실로 신하가 인군을 공경하는 도리가 아니니이다.

아아, 신첩의 명도(命途)가 기박하여 어려서부터 유리 표박하다가 산문에 의탁하여 이미 물외의 몸을 이루고 인간세상의 부귀영욕에 이르러서는 일체 바람에 지는 꽃, 물결에 떠내려가는 꽃술과 같이 보아 조금도 마음에 걸림이 없으되, 다만 노부의 원통함을 씻지 못함과 두 역적의 원수를 갚지 못함으로 잠깐 세상에 나옴이요, 당초 혼인에 사사로운 뜻이 있은 연고가 아니니이다. 하늘이 임하여 살피거늘 신첩이 어찌 감히 터럭만큼이라도 폐하께 속이고 감추리이까? 신첩의 전후의 슬프고 괴로운 것을 이제 다 폐하의 면류관 아래에 드러냈사오니, 바라옵건대 폐하는 천지의 부모라. 신첩의 지극한 사정을 헤아리사 속히 배연령과 황보박 두 역적이

나라를 망치고 정사를 어지럽힌 죄를 다스려 천하에 사례하고, 특별히 노부의 참소당함을 분별해 풀려나 돌아오게 되는 은사를 내리사 고향에서 명을 마치게 하옵시면, 신첩이 은혜를 받음에 감격하여 장차 지하에서라도 보답코자 하나이다. (후략)[27]

자신의 부득이함을 설명하면서 이런 상황을 만든 역적들의 죄를 다스려 달라고 하고 있다. 황제의 딸과 자신의 정혼자가 혼인을 하게 되는 상황에서 그 뜻을 거스르지 않으면서도 앞으로의 상황을 예측하여 순조롭게 혼인이 이루어지기를 바라며 자신의 억울함도 풀어달라고 요청하는 글이다.

2) 여성인물들의 자기표현의 방식

이상에서 고전소설의 여성인물들이 자기의 생애를 회고하면서 자기 정체성을 회복하고자 하거나, 아픔과 슬픔에 대해 스스로 위로하거나 다른 여성을 위로하는 효과를 발한 말하기들을 살폈다. 또한 자신의 생각을 논리적으로 말하여 상대방을 설득하거나 자신을 변호하여 말하기와 글쓰기의 힘을 발휘하는 장면들을 살폈다.

이제 이러한 자기표현의 내용들이 어떠한 글쓰기 방식으로 표현되는가를 보기로 한다. 여성들의 말과 글은 대체로 묘사가 섬세하고 심리 분석이 치밀하며 논변이 설득력 있었는데, 이를 크게 두 가지 방식으로 나누어 본다. 자기 내면을 향한 말과 글, 즉, 회고적 독백이

27) 서유영, 장효현 역주, 『육미당기』, 한국고전문학전집 17, 고려대 민족문화연구원, 1993. 277~280면.

나 생각으로 표현되는 부분을 '고백적 글쓰기', 타인을 향한 말과 글, 즉, 대화나 편지, 상소문 등으로 표현되는 부분을 '대화적 글쓰기'라고 하여 고찰한다.

(1) 고백적 글쓰기

'고백적 글쓰기'는 주로 자신의 정체성 회복이나 자기 위로의 내용을 담고 있었는데, 모든 사건과 정황이 자신의 내면을 통해 걸러져 나오기 때문에 어떤 문제에 대한 글쓰기라 하더라도 그 문제의 중심에는 언제나 자기 자신이 있고 문제의 해결 주체도 자기 자신이며, 그 상황에 대한 책임 의식도 거의 자신을 향해 있다. 글쓰기 방식에 초점을 맞춘다면 고백적 글쓰기는 '생각'이나 '독백'의 경우를 말한다. 하지만 어떤 문제 상황은 혼자 만드는 것이 아니므로 분명 다른 사람이나 사회적 정황과 무관할 수 없다. 따라서 대화적 글쓰기도 필요하게 된다.[28] 그래서 여성의 글쓰기는 이 두 가지 형식의 글쓰기를 병행하는 경우가 많으며, 엄밀하게 따지면 고백적 글쓰기도 소설에서는 독자들이 읽을 것을 상정하고 있기는 하다. 또 고백적인 말을 듣고 상대가 스스로 감화되기도 한다.

고백적 글쓰기의 대표적인 예로 회고적 내용의 독백을 들 수 있는데, 〈유씨삼대록〉에서 유세형의 아내 장부인의 슬픔과 회한에 대한

---

28) 한귀은, 「서간체 글쓰기의 문학치료 및 문학교육적 효과」, 『배달말교육』 31, 2010, 134면. 이 글에서 '고백적 글쓰기', '대화적 글쓰기'라고 명명한 것과 비슷한 범주를 '고백체 글쓰기', '서간체 글쓰기'라고 명명하면서 현대의 여성 작가들의 소설을 분석하였다. 그런데 서간체 글쓰기는 관련 사건에 대해 구체적이고 자세하게 기술함으로써 사건을 재구성한다는 면에서, 이 글에서 말하는 대화적 글쓰기가 논리적으로 자신의 생각을 관철 시키는 면과는 크게 차이가 있다.

부분이다.

> 한이 눈가에 맺히고 슬픔이 마음속에 가득하여 생각하였다.
> '내가 재상가의 귀한 몸으로 유생과 백년가약을 맺었으니 마음이 흡족
> 하고 뜻이 즐거워야 할 터인데 어쩌다 이렇게 되었을까? 존귀하신 천자께
> 서는 부마 하나를 뽑는데 어찌 굳이 나의 아름다운 낭군을 빼앗아가 위세
> 로써 저 사람의 아래가 되게 하셨는가? 도리어 저 사람의 덕을 찬성하고
> 은혜를 읊으며 한없는 영광은 남에게 돌아가고 구차한 자취는 내 일신에
> 모이게 되었구나. 우주 사이는 우러러 바라보기나 하겠지만 나와 공주의
> 현격함은 하늘과 땅 같구나. 나의 재주와 용모가 저 사람보다 떨어지는
> 것이 없고 먼저 빙폐(聘幣)까지 받았는데 이처럼 남의 천대를 달게 받을
> 줄이야 어찌 알았겠는가? 공주가 덕을 베풀수록 나의 몸엔 빛이 없으니
> 공주가 일부러 교활한 술책으로 아버님, 어머님이나 시누이를 제 편으로
> 끌어들인다면 낭군의 마음은 이로 인해 완전히 달라질 것이다. 슬프다,
> 나의 앞날은 어찌 될까?'[29)]

장부인은 비록 악한 여성으로 설정되어 있기는 하지만 위기 상황
에서 자신의 생을 돌아보면서 자기 위로를 하고 있어 독자들의 동정
심을 불러일으킨다. 이런 부분을 내용에 초점을 맞추어서 보면 앞
장에서 살핀, 자기 생애를 회고하면서 자존감을 회복하고 위안을 느
끼는 예라고 할 수 있지만, 이를 표현하는 방식에 주목한다면 고백적
글쓰기에 해당하는 것이다. 마찬가지로 앞의 '생애 회고' 부분에서
다른 예들이 글쓰기 방식에 있어서는 거의 여기에 속한다.

한편, 편지글이어서 대화의 일종이라 여길 수 있지만, 그때의 심정

---

29) 〈유씨삼대록〉 2권 33~34면.

이나 글의 내용이 고백, 독백에 가까운 글도 있다. 〈주생전〉에서 선화의 편지나 〈운영전〉에서 운영의 편지가 그것이다. 이 글들은 수신자가 있지만, 자신의 생애를 회상하면서 마음을 다잡는 역할을 한다는 면에서 고백적 글쓰기 방식이라 할 수 있다.

"저는 본래 약한 몸으로 깊은 규방에서 자랐습니다. 꽃다운 나이가 훌쩍 지나간다는 생각을 할 때마다 거울을 덮고 제 자신을 애석히 여겼으며, 님 그리는 마음을 품고 있다가도 사람을 대하고 보면 부끄러움만 일었어요. 큰길의 버드나무를 보면 춘정이 일렁이고, 나뭇가지 위에서 꾀꼬리 우는 소리를 들으면 새벽녘 꿈결 같은 생각에 정신이 아득해졌답니다.

그러던 어느 날 고운 나비가 마음을 전하고 학이 길을 인도하여 달밤에 멋진 서방님이 제게로 오셨지요. 당신이 이미 들어오셨는데 제가 감히 허락하지 않을 수 있겠어요? 옥 절구로 선약(仙藥)을 다 찧었건만 하늘에 오르지 못했고, 달처럼 둥근 거울을 반씩 나눠 간직했건만 우리의 깊은 맹세는 이루어지지 않았습니다. 좋은 일이 지속되기 어렵고 아름다운 기약 어긋나기 쉽다는 걸 어찌 알았겠어요? 사랑하는 마음에 상심할 뿐입니다.

님 떠나고 봄은 찾아왔건만 서방님의 소식은 끊어졌어요. 배꽃에 비 뿌리던 날에도 해 저물녘까지 문을 닫아걸었습니다. 천만 번 몸을 뒤척이며 초췌해만 가니 이 모두 서방님 때문입니다. 비단 장막 안이 텅 비어 낮은 적적하고 은빛 등불이 꺼져 밤은 어둡기만 합니다.

하룻밤 몸을 그르쳐 백 년의 정을 품게 되었습니다. 지고 남은 꽃잎은 뺨을 때리고 조각달은 눈동자에 맺혀 있습니다. 혼이 다 녹아 버리고 온몸을 가눌 수가 없었어요. 진작 이럴 줄 알았다면 죽는 것이 나았을 거예요. (후략)"[30]

---

30) 박희병·정길수 편역, 〈주생전〉, 『끝나지 않은 사랑』, 돌베개, 2010, 56~57면.

"(전략) 제 고향은 남쪽 지방이랍니다. 부모님은 여러 자식 중에서도 저를 유독 사랑하셔서 집 밖에서 장난하며 놀 때에도 제가 하고 싶은 대로 놓아두셨지요. 그래서 동산 수풀이며 물가에서, 또 매화나무와 대나무, 귤나무와 유자나무가 우거진 그늘에서 날마다 놀곤 했어요. 이끼 낀 물가 바위에서 고기잡이하던 아이들, 나무하고 소 치며 피리 불던 아이들이 아침저녁으로 눈에 선하고, 그 외에도 산과 들의 모습이며 시골집의 흥겨운 풍경을 일일이 손꼽기 어렵네요. 부모님은 처음에『삼강행실도』와『칠언당음』을 가르쳐 주셨지요.

열세 살에 주군의 부르심을 받게 되었기에 저는 부모님과 헤어지고 형제들과 떨어져 궁중으로 들어오게 되었습니다. 하지만 고향을 그리는 정을 금할 수 없었기에, 보는 사람들이 저를 천하게 여겨 궁중에서 내보내도록 만들려고 날마다 헝클어진 머리에 꾀죄한 얼굴로 남루한 옷을 입은 채 뜨락에 엎드려 울고 있었어요. 그랬더니 궁인 한 사람이 이런 말을 하더군요. "한 떨기 연꽃이 뜰 안에 절로 피었구나."

부인께서 저를 아끼시어 친자식이나 다름없이 대해 주셨고, 주군 또한 저를 심상한 몸종으로 보지 않으셨어요. 궁중 사람들 중에 저를 친형제처럼 사랑하지 않은 사람이 없었답니다. 공부를 시작한 뒤로는 자못 의리를 알고 음률에 정통하였으므로 나이 많은 궁인들도 모두 저를 공경했습니다. 급기야 서궁으로 옮긴 뒤로는 거문고와 서예에 전념하여 더욱 조예가 깊어졌으니, 손님들이 지은 시는 하나도 눈에 차는 것이 없었지요.

재주가 이러함에도 여자로 태어나 당세에 이름을 날리지 못하고, 운명이 기구하여 어린 나이에 공연히 깊은 궁궐에 갇혀 있다가 끝내 말라 죽게 된 제 처지가 한스러울 따름이었습니다. 사람이 태어나 한 번 죽고 나면 누가 알아주겠습니까? 이 때문에 마음속 굽이굽이 한이 맺히고 가슴속 바다에는 원통함이 가득 쌓여, 수놓던 것을 문득 등불에 태우기도 하고 베를 짜다 말곤 북을 던지고 베틀에서 내려오기도 했으며 비단 휘장을 찢어 버리기도 하고 옥비녀를 부러뜨리기도 했습니다. 잠시 술 한 잔에 흥이 오르면 맨발로 산보를 하다가 섬돌 곁에 핀 꽃을 꺾어 버리기도 하고, 뜰에 난 풀을 꺾어 버리기도 하는 등 바보인 듯 미치광이인 듯 정을 억누르지 못했어요.

　작년 가을밤이었지요. 처음 군자의 모습을 뵙고 '천상의 신선이 인간 세계로 유배 오신 게로구나.'라고 생각했답니다. 제 용모가 다른 아홉 사람보다 훨씬 못하건만 전생에 무슨 인연이 있었던 걸까요? 제 옷에 튄 먹물 한 점이 마침내 가슴속 원한을 맺게 한 빌미가 될 줄을 어찌 알았겠습니까? 주렴 사이로 바라보면서는 곁에서 모실 인연을 만들고 싶었고, 꿈속에서 뵈었을 때는 장차 잊지 못할 사랑을 이뤄 보고 싶었어요. 비록 한 번도 이불 속의 기쁨을 나눈 적은 없지만 아름다운 낭군의 모습이 황홀하게도 제 눈 속에 어려 있었습니다. 배꽃에 두견새 우는 소리며 오동나무에 밤비 내리는 소리를 서글퍼 차마 들을 수 없었어요. 뜰 앞에 가녀린 풀이 돋아나고 하늘가에 외로운 구름이 날리는 모습 역시 서글퍼 차마 볼 수 없었지요. 병풍에 기대앉기도 하고 난간에 기대서기도 하여 가슴을 치고 발을 구르며 하늘에 호소해 봅니다. (후략)"[31]

　앞의 예문 〈주생전〉에서 선화는 이별한 뒤 아무 소식이 없는 주생에게 자신의 심정과 상황을 이야기하는 글을 쓰고 있지만 주생과 대화하거나 주장하거나 설득하려는 의도보다는 담담하게 자기 생을 돌아보고 정리하려는 의도가 강해 보인다. 뒤의 예문 〈운영전〉에서도 운영은 김진사에게 글을 쓰고는 있지만 자신의 어린 시절부터 시작하여 자라면서 겪은 일들, 궁궐에 들어오게 된 사연, 들어와서의 생활, 자신의 재주와 신세에 대한 한탄과 원망, 김진사를 만나 사모하게 된 마음과 낙심 등을 혼잣말처럼 써내려간다.

　19세기 후반의 한문소설 〈포의교집〉에서 여주인공 양파는 평민 여성임에도 불구하고 자의식이 강하며 시를 잘 짓는 것으로 형상화되어

31) 박희병·정길수 편역, 〈운영전〉, 『사랑의 죽음』, 돌베개, 2007, 77~79면.

있는데, 그녀는 자신의 마음을 늘 시로 써내려간다. 비록 이생이라는 상대방에게 부치는 편지에 쓴 시이지만 내용은 앞의 예들처럼 담담한 독백에 가깝다.

> 구름 낀 산 아득히 멀어서 찾아가기 어려워
> 누대 올라 고개 들어 소식만 기다리네.
> 향기로운 풀 끝없이 근심만 자아내는데
> 누가 있어 그대 그리는 이 내 마음 끊어줄까
>
> 서쪽 봉우리에서 봉화 올라오는 것 보기 싫은데
> 차가운 나무에 어두움 깃들고 또 종이 울리네.
> 슬프구나, 오늘의 이별은 알지 못한 채
> 눈물지으며 남에게 첫 만남을 이야기하네.[32]

19세기 후반의 여성영웅소설 〈홍계월전〉에서도 여주인공 홍계월이 황제에게 홍평국으로 살았던 자신의 지난 세월을 아뢰는 상소문에서 고백적 자기표현을 볼 수 있다. 이 작품은 여성 주체의식이 강하기에 다른 영웅군담소설들과는 달리 여주인공의 자기표현이 쓰인 것이다.

한림학사 겸 대원수 우승상 홍평국은 머리를 조아려 황제께 절하고 이 글을 바칩니다. 신은 예전 장사랑의 난을 당해 부모님을 잃고 도적들에게 모진 환란을 입어 강물에 던져졌습니다. 물에 빠져 물고기들이 다 뜯어 먹게 될 것을 여공의 넓은 은혜를 입어 살아나게 되었습니다.
신이 처음 피란을 떠날 때 남자의 옷을 입기도 했고 그때 신의 나이가

---

32) 김경미·조혜란 역주, 『19세기 서울의 사랑—절화기담, 포의교집』, 여이연, 2003, 190면.

어렸기에 저를 구해 준 여공은 신을 남자아이로 생각했습니다. 어린 마음에 그때 여자의 모습으로 여자의 도리에 맞게 산다면, 깊은 규방 안에 갇혀 살다가 늙어 죽을 것이라고 생각했습니다. 그러면 부모님을 만나 뵙기는커녕 부모님의 시신도 찾지 못하게 될 것이 분명했습니다. 그렇게 큰 한을 품고 죽으면 저승에 가지도 못하고 귀신이 되어 이 세상을 떠돌아다닐 것만 같았습니다.

그래서 여자의 행실을 버리고 남자가 되기로 했습니다. 그때부터 계속 남자 옷을 입고 남자처럼 여공을 속였습니다. 거기서 그치지 않고 과거에 응시하여 감히 벼슬까지 하게 되었습니다. 이런 신의 행위는 아래로는 구해 주고 길러 주신 은인 여공을 업신여긴 것일 뿐만 아니라, 위로는 황제 폐하를 속이고 조정을 더럽힌 것입니다.

이런 신의 죄는 백만 번 죽어도 씻기지 않을 죄입니다. 폐하께서 어떤 벌을 내리셔도 신은 달게 받을 것입니다. 이제 신이 받았던 벼슬을 거두시고, 속히 신을 처벌하셔서 폐하를 속이고 나라를 어지럽힌 죄를 물으소서.[33)

이렇게 여성인물들이 독백하는 것처럼 쓰는 '고백적 글쓰기' 방식은 현대문학에서도 여성의 글쓰기의 가장 큰 특징으로 꼽힌다는 점에서 그 문학적 연원을 제공하는 부분이라 할 수 있다.

(2) 대화적 글쓰기

대화적 글쓰기는 어떤 쟁점에 대해 논리적으로 주장하거나 자신의 상황을 남에게 해명할 때에 주로 사용된다. 타인을 향해 말함으로써 그가 설득되어 자신에게 공감하고 행동에 변화가 있기를 바라는 것이

---

33) 유광수 역, 『홍계월전』, 현암사, 2011. 107~108면.

다. 먼저, 〈유씨삼대록〉에서 진양공주와 태후의 대화를 보도록 하자. 부마 유세형이 장씨에게 미혹되어 있는 것을 안타까워한 태후가 부마와 장씨를 혼인 시키지 않으려 하자 공주가 극력 반대하는 말을 하는 부분이다.

공주가 화관을 벗고 계단 아래로 내려가 머리를 조아리고 울면서 말하였다.
"어마마마께서 신을 위하여 40년 성덕(聖德)을 하루아침에 무너뜨리시고 절개 있는 여자와 신의 있는 선비로 하여금 원통하게 죄를 주신다면 신의 한 몸은 성스런 조정에 죄인이 될 것입니다. 먼저 국법에 나아감을 원하나이다. 필부도 처첩이 있으니 세형이 어찌 두 명의 처를 두지 못하겠습니까? 만일 조금이라도 방자함이 있으면 신이 어찌 용납하여 그 천대를 받겠습니까? 절대 무해하니 어마마마께서는 세 번 생각하시고 은혜를 베풀어 주십시오."
본래 공주가 말을 거스르는 적이 없던 터라 오늘 이같이 힘써 이야기하는 것을 보고 태후는 궁녀로 하여금 공주를 부축하여 계단 위로 올리게 하며 말씀하셨다.
"경이 아직 나이가 젊어 적국(敵國)의 해로움을 모르고 한갓 부마의 병을 염려하여 이리 하는 것이네. 그러나 부마가 이미 경을 두고 장씨 여자를 사모하여 마음에 병이 났으니 장씨는 평범한 여자라 할 수 없다. 만일 하루아침에 젊은 남자의 뜻이 기울어지면 어찌 하겠느냐? 부부간 정이 후함과 박함은 마음대로 못하는 것인데 경은 어찌 앞일을 생각하지 못하는가?"
공주가 대답하여 말하였다.
"신이 금지옥엽(金枝玉葉)으로 나이 겨우 10세를 지나 이런 우환을 만난 것도 운명이고, 장씨가 재상가의 자식으로 헛된 혼서를 지키어 일생을 깊은 규방에서 마치는 것 역시 운명입니다. 어마마마께서는 신이 혁혁한 지위와 떳떳한 체면으로 부마와 화락하고 시댁에서 득의한 형세인데도 적국을 두려워하는 마음이 계십니다. 저 장씨의 외로운 처지와 헛된 이름으로 일생을 마치려는 가련한 신세를 신과 비교하여 그 부모의 서러워하는 마음을 생각하여 보십시오. 만일 어마마마께서 허락하지 아니하신다면 신은 궁궐 깊이 틀어박혀 사람을 잘못되게 만든 죄를 받고 다시 세상에 나서지 않겠습니다."[34]

이렇게 태후를 설득하자 태후는 이제 더 이상 아무 말 않고, 결국, 공주의 뜻대로 장씨가 부마와 함께 공주의 궁에서 함께 살게 된다. 진양공주는 이렇게 말로도 힘을 발휘하지만, 죽을 때에 미래를 예측하여 남긴 편지 즉 유서(遺書)를 통해서도 큰 힘을 발휘하여 남편과 가문을 위기에서 구하기도 한다.[35]

편지를 통한 대화적 글쓰기는, 유현의 아내 왕씨가 왕 귀인에게 적국 양벽주를 모함하는 대목에서도 적절하게 활용된다. 왕씨가 유현의 정실 자리를 자신에게 주게 해달라고 하는 등 계략을 꾸며 왕 귀인을 부추기자 귀인은 유현의 어머니인 장 부인에게 편지를 보내고, 이를 읽은 장부인은 귀인의 말이 맞지 않음을 사리에 맞고도 정의롭게 설파하는 답신을 보내 귀인의 마음을 돌리게 한다.[36] 진양 공주는 왕에게 드리는 표문(表文) 형식으로 왕에게 편지를 남겼고 장 부인도 태후인 왕 귀인에게 편지를 보낸 것이니, 자신보다 지위가 높거나 직접 대면하여 대화하기 힘든 상대에게는 편지를 통해 설득하는 글쓰기를 한 것이다.

---

34) 〈유씨삼대록〉 2권 10~11면.
35) 〈유씨삼대록〉 12권 15~18면.
36) 〈유씨삼대록〉 15권 13~17면.

한편, 〈유씨삼대록〉에서 영릉후 유세창의 아내 설초벽은 남편이 자기만을 총애하면서 정실인 남씨를 외면하자 차라리 자신이 집을 나가 따로 살면서 친정 부모의 사당을 지어 부모의 제사를 받드는 것이 낫겠다고 생각하게 된다. 그러나 이런 행위는 누구도 납득하기 어려운 일이기에 시부모와 남편을 설득하는 일이 쉽지 않다. 따라서 여러 차례의 문답이 오가면서 서로의 논리를 펴게 되는데, 먼저 시부모님을 설득하느라 세 차례의 문답이 오가는 장면[37]이 있다. 앞에서

---

37) 정당(正堂)에 들어가자 승상이 마침 내당에 있었다. 설씨가 나아가 아뢰었다. "불초한 며느리가 불행하게도 형제가 없어 부모의 제사를 주관할 사람이 없습니다. 생각하건 대 이 집안에서 저는 없어도 관계없는 사람이니 일생을 허락하시어 천자께서 주신 집에 돌아가 부모의 제사를 받들고 마음의 안정을 얻게 해주십시오. 그렇게만 된다면 제가 또한 성스런 덕을 뼈에 새기고 명심하면서 시절을 따라 아침저녁 문안을 받들 것입니다."
  시부모가 놀라서 말하였다. "며늘아기가 들어온 지 오래 되지 않았을 뿐만 아니라, 여자는 시집가면 부모형제를 멀리 떠나기 마련이다. 하물며 그대는 시집온 곳은 있으나 돌아갈 곳은 없는 여자이니 어찌 십자로에 있는 빈 집에 가 일생을 지내는 것이 옳겠는가? 사계절 제사와 일 년 제사를 시댁에서 지내면서 왕래하여 받드는 것이 온당하다."
  설씨가 서글피 눈물을 떨구면서 말하였다. "시부모님의 귀한 가르침이 사리에 당연 하십니다. 그러나 제가 이미 형제가 없고 행여 부모의 혈맥이 저 한 몸입니다. 또 비록 자랑하는 것은 아니지만 요행 제가 남자의 사업을 이루어 임금의 은혜로 하사받 은 집이 있으니 사계절 제사를 받들 만합니다. 비록 여자이지만 효도하는 뜻이야 어찌 남녀가 다르겠습니까? 영릉후가 이미 〈관저(關雎)〉의 좋은 짝이 있고 저는 계획에 없던 사람으로 집안을 요란하게 할 뿐입니다. 제가 있고 없고가 별로 중요하지 않으니 십자로의 집에 물러가 부모에게 자식 된 도리를 하면서 낳아주신 은혜를 갚겠습니다. 제 마음은 청정하게 근심 없이 즐기는 것으로 만족합니다. 어찌 여자의 도리로 저를 책망하시겠습니까?"
  시부모가 감동하고 칭송하며 탄복하여 낯빛을 고치고 은근히 권유하여 말하였다. "그대의 말이 지극히 옳으나 여자는 삼종지도(三從之道)가 중요하니 셋째아이가 어찌 듣겠느냐?"
  설씨가 정색하여 말하였다. "아버님, 어머님께서 허락하신다면 낭군이 어찌 막겠습 니까? 제 마음이 정해진 지 오래 되었으니 아버님, 어머님께서는 근심치 마소서."
  승상이 그 뜻이 굳고 말이 옳으므로 드디어 허락하여 말하였다. "그대가 뜻이 간절하

살펴본 〈소현성록〉의 소승상과 며느리 임씨의 문답처럼 여러 차례에 걸쳐 대화가 오가는데, 소승상과 임씨의 경우는 하나의 문제에 대한 견해를 밝히면 또 다른 문제를 질문하고 그에 대해 답하고 또 다른 문제를 또 질문하면 답하는 문답이었다면, 이 경우는 하나의 사안에 대해 논의를 심화시키면서 상대를 설득해나가는 대화가 여러 차례 연속되는 방식이다. 한 번으로는 설득되지 않던 상대방이 대화가 지속되어감에 따라, 말하는 여성의 발화에 감화되어 마음을 바꾸게 된 예이다. 이 대화는 여기서 그치지 않고 남편과의 대화로 이어진다. 시부모님께 허락을 받은 설씨가 따로 나가 살면서 부모의 사당을 세우고 기거하게 되니, 잠시 갔다 오는 줄 알았던 남편 영릉후가 깜짝 놀라 묻는 상황이다.

설씨가 정색하고 바르게 앉아 아뢰었다.

"여자의 도리는 남편을 우러러보고 거취를 스스로 결정하는 것이 없어야 합니다. 하지만 제가 부녀자의 도리를 잘 알지 못하니 단지 낭군의 뜻만을 좇지 못할 것입니다. 오늘 한 잔 술로 이전에 부부가 되었던 의를 끊고 다시 형제와 친구의 정을 이어 서로를 알아주는 벗의 사귐을 열 것입니다. 낭군이 이미 온유하고 덕스러운 정실이 있는데도 겉으로는 친하고 안으로는 소원합니다. 이는 저를 구구한 정으로 욕되게 하는 것이니 어찌 이전에 서로를 알아주던 벗이겠습니까? 제 마음이 기쁘지 않는 것이 오래되었을 뿐만 아니라 진실로 부모의 신위(神位)가 외로우신 것을 참지 못하여 시부모님께 아뢰고 돌아왔습니다. 이제부터는 월하정에 가지 않을 것이고 한 달에 한 번씩 시댁에 나아가 시부모님의 성은에 사례하고 돌아

므로 마지못해 허락하니 사당을 세워 제사를 받들고 자주 왕래하여 부녀자의 도리를 폐하지 마라." 〈유씨삼대록〉 6권 21~23면.

오겠습니다. 앞으로 그대와 예전같이 같이 모일 일이 없을 것입니다. 이것은 구태여 나의 괴벽하기 때문이 아니고 그대는 집에 정실부인이 있고 저는 다른 동기 없이 고독한 몸이기에 조상의 신위를 버리지 못한 까닭입니다. 몸이 이미 낭군과 같은 호걸과 짝하여 일생이 빛나고 영화가 지극하니 이 또한 그대의 은혜입니다. 어찌 구구하게 원앙금침에 동침하는 사사로운 정을 요구하겠습니까? 피차 마음을 떨쳐 그대가 남부인과 화락한 여가에 이따금 저를 돌아본다면 마땅히 웃음을 머금고 맞이하여 대접할 것입니다. 이미 진정을 다 고했으니 행여 괴이하게 여기지 말고 일찍 돌아가십시오."

영릉후가 듣기를 다하자 마음이 어지럽고 가슴이 무너지는 듯하였다. 한참 동안 놀라 말을 못하다가 문득 잔을 던지고 발끈하여 얼굴빛이 변하면서 말하였다.

"그대가 비록 남자의 호탕한 기상이 있고 재주가 비상하나 여자의 몸으로 천자에게 아뢰고 내게 돌아왔으니 명분과 순리대로 그대는 나의 아내요. 감히 어찌 협기(俠氣)와 재주로써 강함을 제멋대로 드러내며 행동하리오? 이제 스스로 물러와 남편을 배반하고자 하니 마땅히 나라에 아뢰어 특별한 처치를 하겠소. 내가 비록 용렬하나 아녀자의 구구한 협기를 제어하지 못하고 이를 달게 여기며 절제를 받으리오?"

설씨가 웃고 화평하게 깨우쳐 말하였다.

"낭군의 급한 노기가 이와 같으십니까? 전일에 형제와 친구의 정을 생각해도 용서할 수 있을 것인데 하물며 삼강(三綱)의 중대함이 있는데 용서할 수 없으십니까? 일찍 이 같을 줄 모르지 않았으나 부모님께서 저를 낳으시어 그대를 만났으니 이미 재주를 품고 산간에 숨어 천신만고를 겪고 온갖 의심과 난처한 상황 속에서도 그대를 좇았던 것은 부모님께서 남겨주신 몸을 상하게 하지 못하고 혈맥을 잇기를 바람이었습니다. 이미 낭군에게 의탁하여 명분이 정해짐에 강포한 자들을 막고 한가한 집에서 사당을 받들어 제사를 지내며 일생을 남자의 도리를 다하고자 하는 것도 부모님을 위함입니다. 뜻을 크게 결정하였으니 그대가 화가 났다고 하여 제가 마음이 움직이겠습니까? 나라에 고함은 말할 것도 없이 면전에서

법으로 다스려도 조금도 동요치 않으리니 그대는 쓸데없는 화를 그치고 군자의 관대함을 힘쓰소서."

영릉후가 설씨가 뜻이 굳세어 굴복하지 않는 것을 보자, 말로 깨우치지 못할 줄 알고 개연(慨然)히 탄식하여 말하였다.

"내가 이미 그대로 만난 것이 평범한 부부와 다른데 이렇듯 마가 끼니 설마 어찌 하리오? 내가 지금은 돌아가나 시절을 따라 이곳에 이르러 서로 볼 날이 없지 않으리니 그때에는 막지 마시게. 남씨는 내가 조강지처로서의 정을 두텁게 하고 정실부인의 위치가 혁혁한데 알지 못하겠구려. 무엇이 부족하여 그대가 밀려나기에 이르렀는가?"

설씨가 웃으며 말하였다.

"낭군께서 이곳에 자주 오고자 하는 것이 더욱 옳지 않습니다. 내가 이미 그대의 총애를 피하고 제 집을 지키고자 하는데 어찌 낭군의 자취를 이곳으로 이끌리게 하겠습니까? 하물며 남부인은 요조숙녀로 낭군의 애정이 연리지(連理枝)와 비익조(飛翼鳥) 같다가 도리어 애정이 성기고 좋지 않은 빛이 잦으니 이는 제가 있기 때문이다. 제가 비록 염치가 없으나 부끄럽지 않겠습니까? 이곳에 낭군의 자취가 잦다면 제가 죽기로 맹세하건대 서로 보지 않으리니 낭군은 깊이 생각하십시오."

영릉후가 비록 노하고 한하나 저의 기색이 칼과 같고 말이 열렬하여 사생에도 굴하지 않을 것이기에 하릴없어 오직 세세히 달래고자 그 말을 좇아 이 날 이별하고 돌아갔다.[38]

이번에도 세 차례에 걸쳐 대화가 오가는데, 시아버지와의 대화에서보다 자기주장을 강하게 드러내면서 조금도 굽히지 않는 모습을 볼 수 있다. 이제는 부부로서가 아니라 벗으로 지내자는 황당한 말부터 시작하여 자주 찾아오지도 말라는 말까지 조목조목 이유를 들

38) 〈유씨삼대록〉 6권 24~27면.

어 설득하고 반박하자, 상대가 그 기에 눌려 어쩔 수 없어하며 물러서는 것이다.

이처럼 대화적 글쓰기에는 논쟁적 대화, 수차례의 문답, 편지 등이 주로 사용된다. 간혹 상소나 초사 등이 활용되기도 하지만, 이는 앞에서 자기표현의 내용을 살필 때에 보았으므로 여기서 다시 설명하지는 않는다.

3) 여성인물들의 자기표현의 의의

지금까지 이 글에서는 여성이 자기 스스로를 여성으로 인식하고 자신의 삶과 느낌, 생각과 주장을 표현한 글과 말을 살펴보았다. 여성인물들의 자기표현의 양상을 크게 둘로 나누어 고찰하였는데, '자존감 회복과 위안을 위한 생애 회고'라는 항목에서는 여성인물들이 자기 존재가 흔들릴 때, 즉 자기 정체성을 찾고 싶을 때와 자기 존재의 의의를 확인하고 싶을 때 자기 생애를 돌아보는 경우를 살폈다. 남성에 비해 약자였던 여성들은 이런 순간이 좀 더 잦았을 터인데, 〈소현성록〉에서 가장 돋보이는 여성인 소월영도 이런 순간에 자기 생애에 대한 자부심을 표출하면서 위안을 삼고 마음의 치유를 하는 경험을 했다. 젊었을 때에 남편과의 관계에 있어 억울하고 안타까운 점이 있었지만 이를 인내로 극복했던 일을 이야기함으로써 말이다. 한편, 남편이 자신을 소외시키고 냉랭하게 대할 때에 이를 피하여 자신만의 공간으로 떠나 따로 산다거나 친정아버지의 근무지로 가서 살겠다고 하는 여성들이 자신의 지난 생애를 회고하면서 앞으로의 삶을 계획하는 경우들도 있었다.

다음으로 '말의 힘 발휘를 위한 논리적 주장' 항목에서는, 당차게 자신의 의사를 표현하는 몇몇 여성들이 남편, 시아버지, 태후 등에게 여러 차례의 문답이나 대화를 통해 자신의 생각을 펼쳐가는 양상을 살폈다. 특히 엄한 시아버지 앞에서도 자신의 생각을 당당하게 말하는 여성들도 있었다. 한편, 남편에게 자신의 입장을 세세하게 들어 자신의 입장을 변호하는 경우도 있었는데, 〈소현성록〉에서 소현성의 아내 화씨가 그러했다. 〈조씨삼대록〉에서는 시비(侍婢)들까지도 설득력 있게 자신의 의사를 표명하였으며 나라에 초사(招辭)를 올려 자기 주인의 억울함을 말하면서 무죄임을 변호하기도 했다. 천한 시비의 글이라고 하기에는 논리적이며 설득력이 커서 사태를 전환하거나 마음을 움직이게 하는 힘을 발휘한다. 세태소설인 〈지봉전〉이나 〈종옥전〉에서도 여성인물들이 자신의 뜻대로 상황을 만들어가기 위해 논리를 펴는 장면들이 인상적이었다.

　　마지막으로, 이러한 여성인물들의 자기표현이 어떤 글쓰기 방식을 통하여 이루어졌는가를 살펴보았다. 자기 내면을 향한 말과 글을 '고백적 글쓰기'로, 타인을 향한 말과 글을 '대화적 글쓰기'로 나누어 고찰하였다. 고백적 글쓰기는 앞 장에서 살핀 '생애 회고' 항목에 해당하는 발화들이 주로 해당되며 〈유씨삼대록〉에서 장부인이 자신의 인생과 고민, 슬픔을 혼잣말로 내뱉는 장면, 〈주생전〉에서 선화가 지난 일을 회고하는 장면, 〈운영전〉에서 운영이 어릴 때의 일화와 가족을 떠올리기도 하고 궁궐에서의 일들을 정리하여 말하는 장면 등이 대표적이다. 대화적 글쓰기는 앞 장에서 살핀 '논리적 주장' 항목에 해당하는 발화들뿐만 아니라 진양공주와 태후의 대화, 설초벽과 시아버지, 설초벽과 남편의 대화 등이 대표적이었다. 아울러 진양공주가 왕에게 남긴 유서(遺書), 장혜앵이 왕귀인에게 보낸 편지 등 편지의 형식이나, 유모나 시비들이 나라나 관청에 올린 상소문, 초사 등의 형식이 활용되기도 하였다.

이렇게 고전소설 속에는 논리적이고도 효과적으로 자기표현을 할 수 있었던 여성인물들이 형상화되어 있는데, 이는 실제로 조선 후기의 사대부가 여성들이 어릴 때부터 제법 많은 양의 책을 읽고 교육받았기에 논리적 말하기와 글쓰기에 능했던 데에서 기인했다고 할 수 있다. 그녀들은 『소학』, 『예기』, 『삼강행실』, 『내훈』, 『열녀전』, 『여계』 등을 읽으면서 교양을 쌓았으며[39], 임윤지당, 서영수합 등 몇몇 여성들은 지식이 남다르거나 한문학적 소양이 뛰어났던 것으로 알려져 있기도 하다. 국문장편 고전소설 속에서도 여성 주인공들이 한시(漢詩)를 아주 잘 짓는다든지 지식과 지혜가 특출한 경우가 종종 있는 것으로 보아 그렇게 희귀한 현상이지는 않았던 듯하다. 〈소현성록〉의 월영은 각종 서책을 수만 권이나 쌓아 놓은 '선적루'라는 서재를 갖고 있을 정도로, 소현성의 딸들인 수빙, 수주, 〈유씨삼대록〉의 진양공주, 〈조씨삼대록〉의 소자염 등도 시서(詩書)에 능한 총명한 여성들로 설정되어 있다. 화답시(和答詩)나 차운시(次韻詩)를 잘 지어 남편을 이길 정도가 된다든지, 시서와 예악을 남편에게 가르칠 정도인 여성들인 것이다.

한편, 이들 소설과 비슷한 시기에 향유된 규방가사들의 경우에는

---

39) 조선 후기의 여성들은 현대의 우리들의 선입견보다 훨씬 많은 양의 교육을 받았고 다양한 책과 문학작품들을 접했다. 김준형, 「조선후기 야담에 투영된 여성의 지식 습득과 활용 양상」, 한국고전여성문학회 2013년 하계 워크숍 발표문, 2013. 7.

여성들의 자기표현이 '자탄적 술회'의 방식으로 표현되는 경우가 많다는 점에서 특징적이다. 논리적으로 설명될 수 없고 설명해서도 안되는 심리적 모순과 균열을 여과 없이 노출하여 그 심리적 불안을 공유하게 해 주는 수사를 자탄적 술회라고 한다.[40] 또 19세기에 여성들이 남긴 기행가사들은 남성들의 기행가사에 비해, 가족중심적인 서술이 두드러지고 이념이나 역사적인 배경보다는 정서적인 체험이 강조되었다고 보고되어 있다. 남성들은 노정의 소개와 견문의 전달에 치중하는 것과 달리 여성들은 여행을 통한 정서적 위안 찾기라는 의미를 드러낸다는 점에서 특징적[41]이라고 한다. 이처럼 여성의 가사 작품들에서의 자기표현은 자탄, 위안, 감정적, 직설적인 면이 두드러졌다면, 국문장편 고전소설들에서는 자기 위로를 탄식이나 직접적 감정 노출을 통해서 하기보다는 생애를 회고하거나 자부심을 표출하면서 스스로를 위로하는 면이 강했다. 여기에서 나아가 소설 속에는 자신의 생각을 적극적으로 표출하고 상대편을 논리적으로 반박하고 냉철하게 문답을 주고받는 여성들이 종종 있었기에 여성의 말과 글의 힘을 느낄 수 있다.

어떤 경우든 여성들의 자기표현은 대체로 '위로와 치유'의 성격을 지니고 있었다. 이는 글을 쓰는 과정을 통해 여러 가지 문제 상황에 대해서 글을 쓰기 전과는 다른 관점을 갖게 되기도 하고, 상실감이나

---

40) 길진숙, 「〈명도자탄사〉의 내면의식과 자탄적 술회」, 나정순 외, 『규방가사의 작품세계와 미학』, 2002. ; 조세형, 「가사를 통해 본 여성적 글쓰기, 그 반성과 전망」, 『한국고전여성문학연구』 12, 2006.
41) 김수경, 「'여행'에 대한 여성적 글쓰기 방식의 탐색」, 『한국고전여성문학연구』 17, 2008.

결핍감을 보충하기도 하면서 자신의 감정을 조정할 수 있기 때문이기도 하다.[42] 이렇게 여성들의 말과 글에서 드러나는 자기표현 양상은 그녀들의 자족적이고 포용적이고 논리적인 표현 방식을 효과적으로 활용하고 있는 징표라고도 할 수 있다. 국문장편 고전소설이 나오기 직전인 17세기 동아시아 소설사를 보면, 우리나라의 〈운영전〉, 일본의 〈호색일대녀〉 등에서 이미 여주인공들이 자신의 목소리로 자신의 삶을 말하는 방식이 시작된다. 여성이 자신의 운명을 자신의 목소리로 말하여 진실성이 극대화되는 효과를 내는 것인데, 그렇게 함으로써 독자들은 동정과 공감을 더욱 크게 느끼면서 주인공 여성의 처지를 안타까워하고 그런 상황을 만드는 중세의 억압적 신분 체제 등에 대해 함께 회의하고 비판하게 되기도 했다.[43] 이와 같이 자신에 대해 말하기 시작한 여성의 목소리가 장편 고전소설에서는 자기표현 양상으로 드러난 것이라고 할 수 있다.

그런데 고전소설 중 국문장편소설이나 한문장편소설, 17세기의 전기소설에서 여성인물들의 자기표현 양상이 잘 드러난 것과는 다르게, 영웅소설이나 판소리계 소설 등 국문의 중단편소설들과 15세기의 전기소설에서는 드러나지 않았다. 다만, 19세기의 여성영웅소설 〈홍계월전〉에서만 한 부분 찾을 수 있었다. 이는 향유층의 문제와 연결할 수 있는데, 남성 독자나 평민 독자가 많았던 국문중단편 소설에서, 15세기의 지식인 김시습의 소설에서는 여성의 목소리에 주의를 기울

42) 한귀은, 앞의 논문, 132면.

43) 정길수, 「17세기 동아시아 소설의 여성 서사 비교－〈운영전〉, 〈원원전〉, 〈호색일대녀〉의 경우」, 『고전문학연구』 43, 2013. 6.

이지 않았던 것으로 파악할 수 있다. 또 국문 중단편소설들은 사건의 전개에 주된 관심이 있었기에 인물의 내면이나 절절한 심정을 토로하는 장면은 거의 없다는 특징이 반영된 결과이기도 한데, 이들에서는 남성인물들의 자기표현도 찾아볼 수 없다는 점에서 그러하다.

한편, 여성인물들의 자기표현 양상이 잘 드러난 소설들에서도 남성인물들의 자기표현 양상은 드러나지 않았는데, 이는 남성인물들은 억울함이나 한이 맺힌 경우가 적었고 그런 상황에 처했을 때에도 이를 고백적으로 내뱉거나 남에게 주장하여 설득하기보다는 복수 등의 행동으로 직접 실행에 옮겼기 때문인 것으로 보인다. 요컨대 우리의 고전소설에서 자기 성찰을 담은 자기표현의 양상은 주로 여성의 현실을 구체적으로 담아낸 유형들에서 발견되었으며 이를 통하여 여성의 삶과 욕망, 좌절과 성취 등을 알 수 있게 한다는 면에서 의의가 있다.

집단 속 개인의 소외

1) 가문과 가족 속 개인의 소외

이 장에서는 삼대록계 국문장편소설을 대상으로 하여 집단 내에서 한 개인이 작아지고 소외되는 양상과 그 원인에 대해 고찰하고자 한다. 특히 가문이나 가족 내에서 소외되는 양상을 보게 될 것인데, 이는 소위 가문소설이라 불리는 국문장편소설들에서 두드러지게 나타난다. 가문의 창달이나 번영, 지속을 지향하는 소설들이기에 가족 구성원 개인보다는 가문이나 가족 전체를 먼저 고려하는 경향이 있다. 또한 그 집단 내부에는 공유하는 도덕적 이데올로기나 가치관, 이념 등이 존재하기에 이를 은연중에 강조하고 강요하는 분위기가 형성되어 있는 것이다. 그렇기 때문에 집단에 새로 편입된 며느리, 아직 성숙하지 않은 젊은이들은 이런 분위기와 지향에 적응하고 동조해야 소외되지 않는다.

'소외되다'는 '혐오와 무관심 등으로 따돌림을 당하다, 어떤 무리에서 기피되어 따돌림을 당하거나 배척되다'[1]라는 의미를 지닌다. 한 개인이 그가 속해 있는 사회와의 관계 속에서 소외된다는 것은 그가 용납되지 못하거나 거리가 있는 상태이기에, 개인과 사회 즉 개인과 집단은 감정적 단절이 있게 되어 개인은 고립되거나 무력해지거나 주변적 사람이 된다. 현대 사회에서도 급격한 사회 변동이 있거나 과학 기술이 빠른 속도로 발달하거나 집단이 조직화되고 농어촌이 도시화되어감으로써 이에 적응하기 어렵게 되어 소외 현상이 야기되고 커다란 사회문제로 대두되곤 한다.

고전문학을 향유하던 예전 사람들은 사회 변동이나 과학 기술의 속도 때문에 혼란을 겪거나 소외감을 느끼지는 않았겠지만, 다른 요인으로 소외되었을 수 있고 다른 이들을 소외 시킬 수도 있었을 것이다. 철학이나 사회학에서 말하는 '소외'개념은 19세기의 철학자 헤겔이나 마르크스에게서 시작되었고 우리나라에서는 20세기 중반에서야 논의되었던 것이어서[2] 고전문학에 바로 적용하기는 어렵다. 특히 소외는 경제와 노동의 문제에 천착하여 이야기되는 것이 일반적이므로 조선 후기에 자본주의적 요소가 드러난 후의 작품에서야 겨우 소

---

1) 국립국어원, 『표준국어대사전』, 1999.
2) 우리나라의 지식문화장에서는 1960~70년대에 소외의 담론 정치가 실현되었는데 이는 프롬과 마르쿠제의 소외론을 전유한 것이다. 또한 자본주의의 비판을 위해 마르크스가 사용한 소외 개념도 이 무렵 성장주의적 경제 개발이 야기한 양극화와 비인간화가 소외를 불러일으킨다고 하여 저항담론으로 자리 잡았다. 소외 개념은 전체주의 사회, 대중사회, 산업사회를 비판하는 핵심적 매개어로 사용되었으며, 판단과 감각의 주체성 또는 자율성으로부터 소외된 현대인의 문제를 함축하는 상징으로 사용되었다고 한다. 서은주, 「냉전의 지식문화-1960~1970년대 소외론을 중심으로」, 『민족문학사연구』 67, 2018.

외 현상이나 소외감 등을 발견할 수 있다. 그래서 고전소설 중 〈흥부전〉을 대상으로 조선 후기 사회의 급격한 변화, 즉 재화라는 자본주의적 요소를 중심으로 하여 흥부와 놀부가 서로 다른 소외를 경험했을 것이라고 분석한 논문[3]이 있기는 하다. 흥부는 자신이 욕망하는 대상인 재화로부터 소외된 인물이고 놀부는 공동체로부터 소외된 인물이자 재물에 의해 인간성이 박탈된 자기소외의 인물이라는 것이다. 이 논문에서도 주목했듯이 소설 속 주인공은 어떤 욕망을 표출하면서 그것이 실현되거나 좌절되는 과정에서 소외되는 경우가 있다.

이렇게 '소외'가 지금 우리가 쓰는 것과 같은 보편적 의미를 얻게 된 것은 근현대에 이르러서야 가능했기에, 인간의 보편적인 소외를 이야기한 헤겔이나 경제와 노동의 문제에 천착한 마르크스, 현대기술이 인간의 본질을 은폐한다고 한 하이데거 등의 개념[4]을 적용하려는 것은 아니다. 이 글에서 주목하는 바는 소설 속 인물이 집단 내에서 자신의 어떤 특성이나 욕망을 표출했을 때에 '소외되는' 양상과 그 원인이다. 삼대록계 국문장편소설에서는 그 집단이 가족이며, 대체로 여성이 식욕, 색욕, 정욕을 표출했을 때에 그녀를 소외시킨다. 그런데 안타깝게도 고전소설에서는 소외되는 사람의 발화나 생각은 나오지 않는다. 당사자의 느낌은 서술되지 않는 것이다. 이것이 서술되었다면 소외되는 이의 느낌이나 생각을 좀 더 정밀하게 분석할 수 있겠지만, 이런 것이 서술되어 있지 않은 것이 현대문학[5]과의 차이이

3) 이상일, 「〈흥부전〉에 나타난 인간 소외의 두 양상」, 『고전문학과 교육』 27, 2014.
4) 임채광, 「소외개념에 대한 프롬과 마르쿠제의 정신분석학적 해명」, 『동서철학연구』 67, 2013.
5) 1960년대의 모더니즘 소설에 나타난 소외 양상을 분석한 논문(정규희, 「1960년대 소

기도 하다. 아직 작가나 향유층이 이에 대해 주목하고 문제화하기 어려웠던 시대적 한계가 있었기 때문이다.

그렇기에 이 글에서는 소외되는 이들의 감정을 살피기[6]보다는 집단에서 소외되는 인물이 어떤 식으로 소외되는지, 상황은 어떤 상황인지를 살펴보고, 그렇게 한 이유가 무엇이었을지를 논하고자 한다. 이렇게 집단 속에서 개인이 소외되는 양상을 고찰하는 것이기에 그 개인이 뚜렷하게 나쁘거나 나쁜 행실을 하지 않았는데도 집단적 이념이나 이데올로기, 분위기 등에 의해 소외되는 경우에 집중한다. 악한 인물이 악행을 저지른 후의 징치나 멸시와는 다르다.

연구 대상으로는 국문장편 고전소설사의 초기에 연작형으로 일군을 이루어 창작되었던 삼대록계 국문장편소설들을 택함으로써 그 특징과 의미를 좀 더 선명하게 짚어보려 한다. 이들은 17세기 후반에서 19세기에 상층 양반가문에서 주로 향유되었으므로 가족 공동체 즉 집단의 윤리나 이데올로기, 지향과 개인의 욕망이나 성향이 충돌하

설에 나타난 소외양상 연구」, 『동남어문논집』 27, 2009, 157~179면.)에서는 뒤르깽의 아니모 이론을 적용하여 행위의 방향감을 제공해주는 삶의 지표와 행동의 표준이 없는 상황에서 갈등하고 방황하는 모습을 고찰하였다. 주인공이 관념 속에서 길을 찾는 양상, 자기 세계를 찾는 것에 실패하고 현실에 굴복하는 양상, 힘들고 아픈 삶의 원인을 찾아 방황하는 양상 등을 소외의 양상으로 살폈다. 1920년대의 도시시에서 드러나는 소외의식을 분석한 논문(신진, 「한국 도시시의 소외의식」, 『한국문학논총』 57, 2011.)에서는 문명에서의 소외, 사회로부터의 소외, 자기와 세계 상실의 소외 등으로 나누어 살피기도 했다. 현대문학에서는 주인공의 생각과 느낌, 고민과 내적 갈등이 많이 서술되어 있기에 이러한 연구가 가능하다.
6) 1930년대의 이상의 시나 소설, 50년대의 김수영의 시, 60년대의 소설들에 이르러서야 소외되는 이들의 감정을 읽어낼 수 있다. 엄경희, 「이상의 시에 내포된 소외와 정념」, 『한민족 문화연구』 48, 2014. ; 박주택, 「김수영 시의 소외 연구」, 『현대문학이론연구』 74, 2018.

는 양상을 담고 있으리라 생각되기 때문이다. 개인이 집단 내에서 은근히 소외되는 양상은 그 가문에 새로 들어가는 며느리들이 무식하거나 많이 먹거나 음란할 때에 드러난다. 〈유씨삼대록〉의 순씨, 〈임씨삼대록〉의 목지란 등이 대표적이다. 순씨는 분위기 파악을 못하거나 지나치게 못 생기고 우스운 행동을 많이 해서 비웃음을 당하고, 목지란은 기질이 기이하고 음흉하며 외모도 흉악하여 따돌려지거나 배척된다. 딸의 경우에도 가문의 위상을 더럽혔을 때에는 가차 없이 죽임을 당할 정도로 집단이 우선하는 선택이 보여지는데, 〈소현성록〉에서 교영에 대한 과도한 처벌이 그런 예라고 할 수 있다. 사통(私通)하는 잘못을 저지르기는 했지만 목숨보다 소중한 것은 없을 텐데도 가문의 안위를 위해서라면 딸을 죽이거나, 가족의 일원이 따로 나가 살지 않기를 권하거나 사적인 재산을 갖지 않기를 바라는 등 집단의 가치와 이념, 화합을 중시하는 태도들이 나타나는 것이다. 이러한 양상은 식욕(食慾)이나 색욕(色慾) 등 본성을 억제하기를 바라는 도덕적 이데올로기의 영향이 클 것이며, 충효열(忠孝烈) 등을 중시하는 가치관과 가문 위주의 사고방식의 영향도 있을 것이다. 이러한 양상과 그 원인들을 탐구함으로써 집단이 개인에게 가하는 구조적인 폭력, 은근한 폭력[7]에 대해서도 생각해보기로 한다.

---

[7] 가문이나 가부장제적 이데올로기가 개인에게 폭력적으로 작용할 수 있으며 이 때문에 개인은 타자화되거나 불행하며 자아가 손상되거나 분열되는 양상을 보여주기도 한다는 연구들이 있었다. 조혜란, 「삼대록계 국문장편소설에 나타난 추모(醜貌)연구」, 『한국고전여성문학연구』18, 2009. ; 조혜란, 「가문과 개인 사이-〈임씨삼대록〉의 임관흥을 중심으로」, 『고소설연구』29, 2010. ; 정선희, 「가부장제하 여성으로서의 삶과 좌절-〈소현성록〉의 화부인」, 『동방학』20, 2011. ; 한길연, 「〈완월회맹연〉의 정인광-폭력적 가부장의 '가면'과 그 '이면'」, 『고소설연구』35, 2013. ; 공혜란, 「가문소설

며느리가 가족 내에서 소외되는 현상을 선행연구에서는 주로 부부관계나 고부관계 등에서 다루었다.[8] 하지만 이 글에서는 이런 단일관계 속에서보다는 가문이나 가족 전체가 어떻게 반응하는지, 어떻게 대하는지를 중점적으로 살필 것이다. 가족이라는 집단이, 가족구성원인 개인에게 보내는 시선과 감정, 행동을 고찰하고자 하는 것이다.[9] 집단 전체를 위한 선(善), 현대적 의미로는 공공선(公共善)이나 공익성(公益性)을 성취하고 공적인 위상을 높이며 규범과 덕목을 지키기 위해 개인을 억압하거나 소외시키는 경우를 보는 것이다. 고전소설에서 살피는 것이 현대의 사회학이나 철학에서 다루는 소외 현상

의 여성인물에 대한 구조적 폭력 연구」, 한국외대 박사논문, 2018.
8) 최수현, 「〈임씨삼대록〉 여성인물 연구」, 이화여대 박사논문, 2010. ; 정선희, 「17세기 소설 〈소현성록〉 연작의 여성인물 포폄(褒貶)양상과 고부상(姑婦像)」, 『문학치료연구』 36, 2015.
9) 기존의 연구에서는 순씨와 목지란이 추모(醜貌) 때문에 시집 가문에서 타자화되기에 추모가 문화자본의 결핍으로 이해될 수도 있다고 하면서, 가문소설의 향유층이 이러한 타자화에 암묵적으로 동의했음을 알 수 있다고 하였다.(조혜란, 앞의 논문, 2009.) 이때의 '타자화'는 이 글의 '개인 소외'와 비슷하게 이해될 수도 있으나, 이 글에서는 그녀들이 소외되는 이유를 추모에만 있다고 보지 않고 이에 더하여 대식(大食), 음란, 음흉함에 더 큰 이유가 있다고 본다. 연구의 방법에 있어서도 그녀들을 소외시키는 집단, 즉 가족의 행동이나 생각, 서술자의 서술 등에 주목한다는 점에 차이가 있다. 최근에는 순씨와 목지란, 〈이씨효문록〉의 원씨, 〈명주보월빙〉의 연씨 등을 묶어 '우부형 인물'이라 명명하고 그 서사적 기능을 고찰한 발표가 있었다.(김동욱, 「한글장편소설의 '우부형 인물'을 통해 살펴본 정의의 문제-〈유씨삼대록〉, 〈명주보월빙〉, 〈이씨효문록〉, 〈임씨삼대록〉을 대상으로」, 『2018 전국고전문학자대회 발표자료집』, 2018. 11.) 이 발표에서는 우부형 인물들이 등장인물들의 특징을 부각시키거나 갈등 해결의 새로운 방식을 제시하는 기능을 한다면서, 이를 통해 가문 공동체의 규범의 유연성과 포용력을 보여주거나 규범에 대한 문제 제기를 한다고 하였다. 이 논의는 필자와는 다른 해석을 보이는데, 예를 들어 순씨를 보고 가족들이 웃는 것을 긍정적으로 보았지만, 필자는 비웃음의 성격이 짙다고 보고 가문의 규범이나 기존의 이데올로기와는 다른 그녀가 집단 내에서 소외되는 양상이라고 해석한다. 자세한 것은 2절과 3절의 내용들을 참고하기 바란다.

과는 다르겠지만, 집단 공동체가 지향하는 규범이나 이데올로기가 개인의 존재감과 존재 의의를 작게 만들거나 고립시키거나 배척하는 양상은 분명 개인을 소외시키는 양상이라고 할 수 있다. 이를 고찰하는 연구를 통해 당대인들이 중요하게 생각했던 집단적 가치와 이데올로기, 공동체 의식 등에 대해 알 수 있을 것이며, 현대에도 많은 사회적 문제를 일으키는 소외에 대한 성찰을 고전소설을 통해서 시도하는 의의가 있을 것이다.

2) 개인이 소외되는 양상

(1) 추모(醜貌)와 대식(大食)으로 인한 비웃음

〈유씨삼대록〉[10]의 순씨는 유세필의 둘째 부인이다. 첫째 부인인 박씨의 행방이 묘연해졌을 때에 아내로 들인 것인데, 키가 남편보다 크고 허리도 굵으며 목은 짧고 등이 넓으며 이마가 튀어나오고 코가 주저앉아 있는 등 우스운 외모로 묘사되며 등장한다. 그래서 혼인하는 날에 시어머니, 동서, 시누이들이 박씨를 그리워하며 슬퍼하고 손님들도 말이 없고 시아버지도 한심하게 여겨 쓴 웃음을 짓는다. 이를 보고는, 박씨가 너무 예뻐 세필에게 항복하지 않았었는데 순씨는 근검하고 장대하여 기뻐할 만하다고 농담을 하기도 하고 복에 넘게 아름다운 신부라고 신랑을 놀리기도 한다.[11] 이런 말을 듣고도 순씨가

---

10) 한길연·김지영·정언학 역주, 『유씨삼대록』 1~4권, 소명출판, 2010. 이하 삼대록계 국문장편소설들은 첫 번째 언급할 때에만 현대역본의 서지사항을 밝히고 이후에는 원문의 권과 면수만 제시함.

크게 웃으니 이를 보고 모든 사람들이 웃고 잔치는 끝난다. 세필이 신방에도 들어가 신부와 기분 좋게 대화하는 것을 보고 시녀 등이 가서 보고는 그녀를 구두사자(九頭獅子)와 같은 괴물의 모습이라고 평가할 정도이다. 그러나 세필은 박씨의 차가움보다는 이런 추한 모습과 기괴함이 낫다면서 그녀와 잘 지낸다. 하지만 식구들은 여전히 그녀를 비웃는다.

　　모든 젊은 여자들이 섞이어 있으니 신부의 모습이 같잖아서 차마 보지 못할 지경이었다. 모든 사람들이 아니 웃을 사람이 없으나, 공주와 소씨, 현영 세 사람이 안색이 태연자약하였다. 문득 조부인이 웃으며 말하였다. "신부가 시댁에 들어왔으니 잘하는 바가 무엇인가?"
　　신부가 고개를 늘이고 입술을 물어 대답하였다. "집이 가난하고 부모가 없으니 배운 것으로 밥 짓기와 방아 찧기를 잘하고 그 밖의 일은 알지 못합니다."
　　이부인이 잠깐 웃고 조부인을 돌아보며 말하였다. "이 아이가 순박하고 우직하여 연소배의 웃음거리가 됩니다. 형님은 부질없는 말로 묻지 않으시는 것이 다행일까 합니다."
　　조부인이 낭랑하게 웃고 말을 그치니 모든 젊은 여자들이 입을 가리고 웃음을 참았다. 여러 젊은이들이 들어와 남자는 왼쪽에 여자는 오른쪽에 나눠 앉으니 빼어난 골격과 깨끗한 신채가 대청에 빛나는 중 학사는 더욱 나이가 어리므로 갓 피어난 연꽃과 갓 돋아난 반월 같아 아리땁게 고운 광채가 형제 중에서도 특출하였다. 순씨로 비교한다면 우주 사이로도 비하지 못 할 것이었다. 박소저의 하늘이 내린 빼어난 미모와 난초같이 아름다운 자질을 나무라고 저 추녀로 함께 동락하는 비위를 생각하면 학사가 도리어 더럽게 여겨졌다. 모든 사람들이 그 부부의 후대하고 박대함을

11) 〈유씨삼대록〉 6권 67~70면.

알지 못한 채 탄식할 뿐이고 학사가 또한 모르지 않으나 자연히 억지로 힘써 정을 두어 남이 말하지 않아도 날마다 해운정에 갔다.[12]

이후에, 생사를 모르던 박씨가 돌아오자 그녀와 처음으로 마주하는 장면에서도 순씨는 몸에서 냄새가 나고 말은 더듬거리는 것으로 묘사되고 있다. 시어머니인 이부인도 순씨가 이상하게 생긴 외모와 해괴한 정신으로 학사의 대접을 받는 것을 괴이하게 여긴다.[13] 그러던 중 집안의 여자들이 모여 작은 잔치를 하려 할 때에 순씨를 초대하는 장면을 보자.

"오늘은 소형의 말씀같이 형제들이 모여 즐기십시다."
그리고는 순씨를 청하려 하니 양한림 부인이 말리며 말했다. "이 사람이 오면 아담한 모꼬지에 더럽고 추한 풍파가 일어날 것이니 부질없는 일입니다."
설영소저가 낭랑하게 웃으며 말했다. "성인의 집안에 화근이 있으니 저런 류라도 있어야 심심하지 않을 것 아닌가? 아이는 세상일을 알지 못하는구나."
좌중이 다 웃었다.
이윽고 순씨가 칠보단장을 새로이 어지럽게 하고 들어와 박소저 위에 자리를 이루니 세 시누이가 웃으며 말했다. (중략) 순씨가 좌우로 얼굴을 돌아보며 두 사람의 아름다운 용모와 자태를 정신 놓고 살피다가 갑자기 한 마디 급한 기침이 나는 바람에 그 소리로 난간이 터지는 듯했다. 좌중이 처음엔 다 무슨 이상한 변이라도 났는가 싶어 놀라다가 이윽고 분 냄새가 진동하여 그 자리에 앉아 있던 모든 사람의 향기를 거스르는 것이었다.

12) 〈유씨삼대록〉 6권 72면.
13) 〈유씨삼대록〉 7권 10~12면.

모든 부인들이 한꺼번에 소매를 들어 코를 가리니 이로 인해 이 잔치 이름을 '엄비연(奄鼻宴)'이라 하였다.

순씨는 모든 사람들이 소매를 들어 코를 막는 것을 보고 오히려 부끄러워 낮을 붉히고 고개를 숙인 채 오래도록 말을 하지 않았다. 소씨가 그 부끄러워하는 모습을 보고 여러 사람들에게 눈치를 주어 진정시킨 후 푸짐한 음식을 내어와 즐기었다. 순씨는 술과 음식을 보자 두 손을 가로 들고 그 맛에 깊이 빠져 바다와 육지에서 나는 진수성찬이 상에 가득하고 맛이 아름다움을 좋게 여겨 한 번에 다 못 먹을까봐 마음이 바빠 푸른 입술을 들추며 함께 쑤셔 넣어 순식간에 마구 씹어 다 먹었다. 순씨가 빈 그릇을 놓고 부끄러운 듯이 앉아 있는 것을 본 강소저가 자기 상에 있던 진미 여러 그릇을 옮겨 놓으며 먹기를 권하니 순씨가 흔쾌히 받아서 먹었다. 자리에 진국 부인 장씨가 있다가 그윽이 우습게 여겨 문득 말했다. (중략)

그리고는 술잔을 내와 서로 권하니 소씨와 장씨가 다 박소저를 향해 치하하면서도 유달리 순씨에게는 권하는 일이 없었다. 순씨가 노기를 머금고 장부인을 깊이 밉게 보니 장씨가 알아보고 빨리 옥잔에 술을 가득 부어 순씨에게 권하며 말했다.

"우리 동서 형제들이 즐기는 가운데 부인의 꽃 같은 얼굴과 별 같은 눈을 대할 수 있을 뿐 아니라 첩의 정성을 저버리지 않으시고 누추한 음식을 맛보아 주시니 감사한 마음을 이기지 못하여 삼가 잔을 들어 치하하고자 합니다."

순씨가 기뻐하며 받아 마시자 장씨가 잇달아 권하였다. 일곱 여덟 잔에 미치자 순씨가 크게 취해 얼굴이 온통 붉어진 채 두 팔을 뽐내며 주흥을 이기지 못하니 강부인이 앉은 자리가 가까우므로 술 냄새를 괴롭게 여겨 문득 일어나 서쪽 난간에 따로 앉았다.[14]

---

14) 〈유씨삼대록〉 7권 45~49면.

모든 여자 식구들이 모이는데 순씨가 오면 더럽고 추한 풍파가 일어날 것이니 부르지 말라는 말에, 심심하지 않도록 부르라고 하니 모두 웃었다고 했다. 그렇게 심심풀이로 불려온 순씨는 정말로 기이한 행동들을 하여 좌중이 웃게 만드는데, 기침과 변 냄새 등 더러운 것들이 동원된다. 술까지 많이 마셔 취하게 된 순씨는 급기야 박씨를 넘어뜨리고 때리며 옷을 찢는 등 추태를 보인다. 순씨가 크게 소리 지르고 박씨 위에 걸터앉아 무수히 난타하고 두 주먹을 어지러이 내두르니 아무도 감히 가까이 가지 못할 정도가 되어 자리에 있던 설씨가 막아 그친다.[15] 하지만 술에 취하여 꺼꾸러져 음식을 무수히 토하고 누워서는 잠에 깊이 들어 코 고는 소리가 우레 같으니, 여덟 살 조카가 보고 와서는 "입에서는 음식이 가득하게 나오고 아래로는 분수가 흐릅니다."라고 하여 자리의 사람들이 모두 크게 웃는 지경에 이른다.[16]

하지만 시아버지는 순씨의 아버지가 죽으면서 그녀를 부탁하고 갔기에 아끼고 감싼다. 세필도 그 말을 듣고는 그녀가 박씨를 때리거나 사고를 치더라도 그냥 둔다. 그러나 서술자는 계속하여 그녀의 행태를 '기괴하고 치졸하다'고 하고 그녀의 '본성이 미련하고 사납다'고 한다. 하지만 순씨는 주변인들의 시선을 아랑곳하지 않으면서, 남편 세필을 좋게 생각하여 그의 일거수일투족을 본받는다. 그래서 남편과 비슷한 모양새가 되어간다.

비록 얼굴은 달랐으나 행동거지나 차림새의 모든 제도가 흡사 학사와

---

15) 〈유씨삼대록〉 7권 50면.
16) 〈유씨삼대록〉 7권 53면.

같게 된다. 세월이 오래 되어 그 성정을 익히고 심성을 교화하여 공부를 다 이루자 완전히 '못나게 생긴 유세필'처럼 되어 온 집안의 젊은 남녀들이 웃지 않을 사람이 없어 다 가리키며 웃고 말했다. "세필이 남자 중 가장 단아한데 순씨의 배우는 제도가 어찌 이렇듯 조용하지 못한가?"

이렇게 말하며 서로 웃으니 설영소저가 형제 중 가장 말하는 것이 화려한 까닭에 학사와 순씨를 보면 항상 놀리며 웃고 말했다. "오라버니는 배우는 제자가 있으니 걸음을 조용히 걷고 가만히 있을 때나 움직일 때나 소매 떨치는 것을 그치고 담소할 때는 부채 치는 것을 자주 하지 마십시오. 하물며 무릎으로 앉아 시사(詩詞)를 음영하는 것은 더욱 부인의 일이 아닌데 어찌 공손한 제자를 이리 잘못 가르치십니까?"[17]

이렇게 순씨는 비웃음이 대상이 되지만 남편이 감싸주기에 외롭지 않다. 순씨가 자신을 따라 배우는 것이 유순한 부덕이라며 칭찬하곤 한다. 그러나 "시누이 설영소저가 이 거동을 보고 크게 우습게 여겨 형제들끼리 서로 이야기하며 기절하여 넘어질 듯이 웃었다."(7권 65~66면), "잔치 자리에서 순씨가 어른들께 잔을 드리는데 긴 의상에 주체 못하는 걸음과 채신없는 모양이 그 자리에 있던 사람들의 웃음을 돋우어 모든 사람들이 기절해 넘어질 듯 웃었다."(7권 83면), "순씨 형님은 본래 추비한 사람이라"(18권 29면)라고 하는 등 계속하여 비웃음의 대상이 되고 있다. 나이가 들고 나서도 다음과 같이 묘사된다.

순씨가 나이가 쇠로한 후에는 우스운 거조가 조금 없어졌으나 본래 타고난 용렬함을 어찌 벗어나겠는가? (중략) 두려워하던 시부모가 없어지자 더욱 방자하여 크게 지껄이며 높은 소리로 호령하여 맏며느리의 소

---

17) 〈유씨삼대록〉 7권 64~65면.

임을 스스로 하고자 하여 항상 장부인의 온유함을 억눌렀다. 장부인이 저를 어찌 눈가에나 두겠는가마는 오직 화협하기를 주로 하여 순씨가 공손하지 못한 행동을 하면 문득 웃고 기뻐하여 말하였다. "'지혜로운 자도 천 번 생각함에 한 번 실수가 있고, 어리석은 자도 천 번 생각함에 한 번 얻을 것이 있다.'라고 하니, 모든 형제와 좌우 사람들은 순부인을 웃지 마시게. 순부인의 꾸짖음이 나의 허물을 깨닫게 하는구려." (중략)

순씨가 크게 소리를 지르고 주먹으로 자녀들을 어지럽게 쳐서 거꾸러뜨리고 부용각에 이르렀다. 장부인이 바야흐로 자녀, 며느리들과 더불어 집안(27면)일을 의논하고 있었는데, 순씨가 뜻밖에 달려 들어와서는 장부인이 쓴 관을 벗기어 찢고 철퇴 같은 주먹으로 어지럽게 장부인을 치면서 매우 꾸짖어 말하였다. (중략) 장부인의 말씀이 더욱 공손하고 온화하며 안색이 태연자약하니, 순씨가 다시 할 말이 없어 입속에서 중얼중얼 모질게 꾸짖고 문득 걸음을 돌이켜 서헌으로 들어갔다.[18]

이렇게 그녀는 가족들에게 비웃음을 사고 소외되는 면이 있었지만, 시아버지의 비호와 남편의 양해 아래 비교적 잘 지냈기에 좌절하지는 않았다. 오히려 큰소리를 치거나 폭력을 행사하기도 했다는 면에서 보통의 며느리들과는 다르다. 가족들이 은근히 비웃고 따돌리면서 소외시키지만 본인에게는 심한 폭력으로 인식되지는 않는다.[19]

(2) 기이함과 음흉함으로 인한 회피와 배척

〈임씨삼대록〉[20]에서 임희린의 아들 창흥의 셋째 부인이 되는 목지

---

18) 〈유씨삼대록〉 19권 24~27면.
19) 본인이 소외된다고 심각하게 느끼지 않는다고 하여 소외되지 않았다고 볼 수는 없다. 지체장애인, 어린아이들은 자신이 소외되는 것을 말하거나 인식하지 못하지만 소외되는 경우가 있는 것이다.

란도 임씨 가문에 편입되면서 가족들의 환영을 받지 못한다. 그녀는 임씨 가문에 며느리로 들어가기 전, 설씨 가문에 할머니의 친척 자격으로 들어가므로 이때부터 보기로 한다. 설씨 가문은 임창흥의 첫째 부인인 설성염의 친정이자, 임세린의 딸 월혜의 사위인 설희광의 본가이다.

목지란은 설천의 아내 목부인의 오빠 목주사의 손녀인데 그 부모가 일찍 죽어 주사가 길렀다. 남동생 지형과 함께 품성과 기질이 기이하고 음흉하며, 차갑고 더러운 기운을 모아 흉악한 모양의 괴물을 내놓은 상이었다고 소개된다. 흉악하고 박색인 얼굴이 얽고 맺었고, 금방울 같은 두 눈은 모나고 흉하였으며 입술이 위로 들려 이가 드러나 보이는 등 야차(夜叉)나 우두나찰(牛頭羅刹) 같은 외모이다. 숨소리도 이상하여 쟁기를 메 단 소 같고, 속이 음흉하고 간특하다고 되어 있다. 가난하여 많이 먹지 못하다가 설씨 집안에 들어와서는 먹을 욕심이 불 일 듯하여 좋아 뛰었고 그 떠드는 소리는 해괴하고 놀라웠다고 묘사되고 있다.[21] 성염의 유모는 지란 남매를 '독사의 정령이자 이리의 후신(後身)'이라고 하면서 시녀들에게 조심하라고 한다.

지란은 먹고 입는 것이 분에 넘치게 풍요롭자 어리석은 기질이 나타나 설성염을 괜히 모함하기도 하는데 그 할머니인 목부인도 성품이 나쁜 사람이었기에 성염의 아버지 설공은 늘 불안해하고 근심거리로 여긴다. 성염 소저의 혼인날에도 지란 남매에게 알리지 않는데 이는

---

20) 김지영·최수현·한길연·서정민·조혜란·정언학 역주, 『임씨삼대록』1~5권, 소명출판, 2010.
21) 〈임씨삼대록〉1권 35~40면.

그들이 '매우 흉악'하고 '행실이 불량하고 어리석어서'이다.

> 지란은 지형같이 간사하고 똑똑하지 못하여 목부인 곁에 있으면서 종
> 일 맛있는 음식과 고기를 입에 달고 살아 완전히 기름진 산돼지 같았는데,
> 몸이 기름지고 살집이 가득하여 걸음을 걸으면 마루가 무너지므로 집안
> 의 유모가 손가락질하며 꾸짖곤 하였다. 나이가 점점 많아지면서 음욕이
> 발동하는지 좋은 계절이 온 것을 반기며 때때로 봄을 느끼고 정원에 발을
> 디뎠으나 어느 남자 눈에나 띌 수 있었겠는가? 그저 목부인 처소에 몸을
> 웅크리고 있다가 설사인 등이 아침 문안을 드리러 오면 그 흉물스런 눈을
> 늘여 그들의 아름다운 풍모를 보고 냅떠 안을 듯 두 아귀에 침을 흘리며
> 보다가 할머게 절하고 나가면 한숨을 쉬며 흐느끼니 그 누추함은 다
> 기록할 수 없을 지경이었다.[22]

이렇게 설씨 집안에서는 그 흉물스러움, 음흉함 때문에 가족들이
피하면서 지란 남매가 일으킬 흉악한 변고가 집안과 나라를 어지럽힐
것을 생각하고는 마음이 서늘하고 뼈가 떨리나 어떻게 물리쳐야 할지
방도를 알 수 없어 한다.

이렇게 설부의 남녀노소는 지란의 예측 불가능한 행사를 꿰뚫고
있었으나 모르는 체한다. 설공도 그녀의 행실을 듣고 놀라고 분한
마음을 품지만, 홀어머니인 목부인의 과실을 드러내는 것이 아들 된
도리가 아니라 여겨 묵묵히 지내는 것이다. 하지만 집안의 시녀들도
그녀를 꺼리고 미워하며 목부인도 한탄하면서 회피한다.[23]

그러던 중 목지란은 임창흥에게 반하여 우여곡절 끝에 억지로 혼

---

22) 〈임씨삼대록〉 2권 45~46면.
23) 〈임씨삼대록〉 3권 5~6면.

인하게 되는데, 혼인날에도 그 모습이 흉물 같고 절 하는 모습이 우스
꽝스럽다고 되어 있다. 절을 할 때의 숨소리가 6월의 뜨거운 날 소가
쟁기를 끌 때 나는 소리 같기에 사람들이 그녀를 바로 보는 것을 흉하
게 여긴다. 그녀가 어깨에 힘을 주면서 으쓱으쓱해 하며 흉한 거동이
막심하니, 곁에 있던 여러 어린 시녀들이 몹시 놀라 호랑이와 표범을
마주 대한 것처럼 한다. 그녀를 모시게 될 시녀들은 서러워 울고 여러
부인들은 소매로 입을 가리고 웃는다.[24]

이렇게 혼인한 날부터 임씨 가문의 사람들에게 비웃음을 당하는데
여기에 더하여, 남자를 엿보고 먼저 골랐다는 이유로 음란하다고 여
겨지면서 피해지고 고립되며 소외된다. 그렇게 살다가 임창흥의 사
랑을 받기 위해 설부인을 모해하던 옥선군주에게 죽임을 당하는 불행
한 여성인물이다.[25]

(3) 가문중심주의로 인한 불용(不容)과 제거

〈소현성록〉[26]에는 고전소설 중 그 어떤 작품에서도 찾아볼 수 없는
대목이 등장한다. 어머니가 딸에게 사약을 먹이는 장면이다. 주인공
소현성의 어머니인 양부인이 둘째 딸 교영이 사통했다는 이유로 죽이
는 것인데, 목숨보다 절개와 가문의 위상을 중요하게 생각하기에 딸
이라도 도저히 용납할 수 없다는 것이다.

---

24) 〈임씨삼대록〉 10권 25~27면.
25) 이와 비슷한 경우가 옥선군주, 옥경군주, 〈조씨삼대록〉의 천화 군주 등이다. 이들도
기이함과 음란함 때문에 소외되는 경향이 있지만, 이들은 악행을 본격적으로 저질렀
기에 비난 받고 징치되는 경우라고 보는 것이 더 적절하여 이 글에서 다루지 않는다.
26) 조혜란·정선희·허순우·최수현 역주, 『소현성록』1~4권, 소명출판, 2010.

부인이 한번 듣고는 딸이 실절(失節)한 것을 알았다. 그러자 부인은 갑자기 매우 화가 나서 주위 사람들에게 교영을 불러오게 하여 당 아래에 꿇리고 죄를 따졌다.

"네가 타향에서 귀양살이를 했으나 몸을 깨끗이 하여서 돌아올 것이거 늘 순간 실절하여 죽은 아비와 산 어미에게 욕이 미치며 조상에게 불행을 끼치니 어찌 차마 살려 두겠느냐? 친정에는 못난 딸이고 시집에는 더러운 여자가 되어 천지간에 죄인이니 죽어 마땅하다. 그러므로 오늘 부모 자식 의 정을 끊어 한 그릇 독주를 주니 빨리 마셔라."

교영이 아뢰었다. "제가 비록 잘못했지만 어머니께서는 남은 목숨을 용서해 주세요."

그러자 부인이 꾸짖었다.

"네가 스스로 네 몸을 생각해 본다면 다른 사람이 죽으라고 재촉할 때 까지 기다리지도 않을 것이다. 하물며 그렇거든 무슨 면목으로 '용서' 두 글자를 입 밖에 내느냐? 내 자식은 이렇지 않을 것이니 내게 어미라 부르 지 마라. 네가 비록 유배지에서는 약해서 절개를 잃었다지만 돌아오게 되어서는 그 남자를 거절했어야 옳거늘 문득 서로 만나자고 언약하고 사 는 곳을 가르쳐 주어 여기까지 찾아왔으니 이는 나를 흙이나 나무토막같 이 여기는 것이다. 내가 비록 일개 여자지만 자식은 처단할 것이니 이런 더러운 것을 집안에 두겠느냐? 네가 비록 구천(九泉)에 가더라도 이생과 아버지를 무슨 낯으로 보겠느냐?"

말을 마치고 약을 빨리 마시라고 재촉하며 교영에게 먹이니 월영이 머리를 두드리며 애걸하고 석파 등이 계단 아래에서 무릎을 꿇은 채로 슬피 빌며 살려주기를 바랐다. 그러나 부인의 노기가 등등하고 기세가 매서워 겨울바람 부는 하늘에 걸린 찬 달 같았다. 소생은 눈물이 비단 도포에 젖어 자리에 고였지만 입을 닫고 애원하는 말은 한 마디도 입 밖에 내지 않으니 그 속뜻을 알 수가 없었다. 부인은 월영과 석파 등을 앞뒤에 서 부축하여 들어가게 하고 그들의 청을 끝내 들어주지 않은 채 교영을 죽였다.[27]

딸에게 분노하여 죽으라고 하는 이유는, 그녀가 절개를 잃었기에 죽은 아버지와 살아 있는 어머니에게 욕을 미쳤으며 조상에게 불행을 끼쳤기 때문이다. 또한 딸 교육을 잘 못하여 이렇게 되었기에 먼저 죽은 사위와 남편을 대할 면목이 없다는 것이다. 다른 가족들이 만류하고 딸이 아무리 애원해도 기어이 사약을 먹게 하여 죽인 어머니의 냉엄함. 이것이 〈소현성록〉에서 보여주는 가문중심주의의 단적인 면이라 할 수 있다. 집단의 위상을 위해 개인의 목숨도 소중하게 생각하지 않으며, 집단의 일원으로 용납하지 못하는 모습이다. '소외'를 '관계가 빚어낸 비인간적인 사태'라고 보기도 하는데[28], 교영의 경우도 어머니와 가족들이 열(烈)이데올로기를 중시하여 비인간적인 사태를 만들었기에 개인이 소외되는 양상이라고 할 수 있다.

이렇게 가문을 우선하고 집단적 가치를 지키기 위해 과도하게 한 개인을 처벌하는 경우는 〈소현성록〉 연작에서 한 번 더 등장한다. 소운성이 조카 소세명을 가차 없이 죽인 일[29]이 그것이다. 물론 대궐 창고로 쳐들어가기를 모의했으므로 처벌하지 않을 수는 없지만, 목숨을 살려둘 수는 있었을 것이다. 그런데도 운성은 망설이는 아우와

---

28) 엄경희, 앞의 논문, 338면.

29) 세명은 운성의 동생 운숙의 둘째 아들로, 어려서부터 거동이 사나워서 할머니와 부모님이 모두 사랑하지 않았다고 되어 있다. 혼인하고 나서도 창루(娼樓)에 드나들며 외입하더니, 마침내 도적의 무리에도 들어간다. 운숙이 산을 유람하다가 우연히 그들이 황성의 대궐 창고로 쳐들어가겠다고 하는 것을 듣고 와 운성에게 말하자, 운성은 이 말이 새어 나가면 그 화가 삼족(三族)에 미칠 것이며, 당당히 그 머리를 베어오면 천하를 줄 것이다. 부자간의 사사로운 정 때문에 큰 화를 부르려 하느냐?"면서 삼천 대의 철 수레를 이끌고 역적 무리를 토벌하러 간다. 이때에 그들은 이를 '충성과 양심을 잃지 않는 일'이라고 표현하면서 조금도 망설이지 않는다.〈소현성록〉14권 69~71쪽.

264 3장 고전소설을 통해 보는 선인들의 감성

원망하는 제수의 만류와 안타까움은 아랑곳하지 않고 혈육을 직접 활로 쏴 죽이는 냉엄함을 보인다. 충(忠)이라는 가치 때문에, 가문의 안위 때문에, 일말의 여지도 없이 조카를 죽인 것이므로 집단 속에서 개인을 중요하게 생각하지 않는, 소외 시키는 양상이라고 할 수 있는 것이다.

3) 개인이 소외되는 원인

(1) 인간 본성을 억제하는 도덕적 이데올로기의 영향

인간의 가장 기본적인 욕구로 식(食)과 색(色)을 들 수 있다. 그래서 공자(孔子)는 사람들이 호덕(好德)보다 호색(好色)에 치중한다고 탄식했으며, 고자(告子)는 식과 색이 사람의 본성이라고 말하였다. 『예기(禮記)』에서도 음식과 남녀가 인간의 큰 욕망이라고 한 것을 보면 인간에게 있어 이 두 가지 욕구가 얼마나 기본적이고도 큰 욕구인지 알 만하다.[30]

이 욕구들을 가족 공동체 내에서 해결할 수밖에 없음에도 불구하고 각 개인의 욕구들은 다른 개인들과 갈등하기도 하기 때문에 제한되고 억압될 수 있다. 특히 도덕적 이데올로기나 문화 이데올로기의 통제를 받게 되기 쉽다. 이러한 이데올로기들을 가족 윤리라고도 하는데 이는 가족의 공동체적 삶을 영위하는 데에 필요한 일종의 규칙이라고 할 수 있다.[31] 그래서 기존의 가족들은 이것이 어떤 것인지

---

30) 이숙인, 「유학의 가족사상」, 한국고전여성문학회 편, 『한국 고전문학 속의 가족과 여성』, 월인, 2007, 38면.

체화하고 있기에 무리 없이 지켜가거나 젖어들어 있지만, 새로 편입된 가족은 그렇지 못 할 수도 있다. 〈유씨삼대록〉의 순씨처럼 원래의 식욕을 그대로 드러내며 많이 먹으면서 취하고 토하기도 하여 비웃음을 사는 것이다.

그러나 영웅소설 유형에 속하는 〈소대성전〉의 소대성이나 〈낙성비룡〉의 이경모 등 남성 주인공들은 대식(大食)을 하고 게으르기까지 하지만 이를 비범성으로 받아들이는 장인이나 조력자가 있어 결국에는 성공하는 영웅이 된다. 많이 먹는 것은 거인설화 속 거인들의 특성이기도 하고 서사무가 〈창세가〉의 미륵이나 〈세경본풀이〉의 정수남, 〈송당본풀이〉의 궤네깃또에게서도 보이는 특성이다. 이경모나 정수남은 많이 자기도 하는데, 많이 먹고 많이 자는 것이 영웅성을 나타내는 상징적 표현으로 사용된 것이다.[32]

이렇게 신화나 무가, 영웅소설의 남주인공들에게서 발견되는 대식성은 영웅적인 면모를 대변하는 것으로 쓰였지만, 국문장편소설의 여주인공에게서 발견되는 대식성은 비웃음의 대상이 된다는 면에서 여성 억압적이다. 그러나 식욕은 모든 인간에게 있고 또 그 자신들도 자신의 대식을 알고 있기에 이를 어기는 이들을 지나치게 몰아세우지는 않고 웃고 마는 정도에 그치기는 한다.

하지만 색(色)을 밝히는 것은 음란함으로 규정되어 더 심하게 규제된다. 정절 이데올로기와 연결되기도 하고 가문의 혈통 보존과도 관련되므로 색욕을 드러내는 여성은 비난 받는다. 남성인물들은 다처

---

31) 이숙인, 위의 글, 39면.
32) 정제호, 「〈낙성비룡〉의 변별적 성격과 그 연원」, 『고소설연구』 37, 2014.

(多妻)에 첩까지 두더라도 여성인물들은 성적 욕망을 드러내면 안 되는 것이다.

식이든 색이든, 삼대록계 국문장편소설에서 이를 드러내어 소외되는 인물들은 대체로 가족이라는 집단에 새로 편입된 여성, 즉 며느리들이거나 아직은 젊은 층이다. 〈임씨삼대록〉의 목지란, 옥선군주, 〈조씨삼대록〉의 천화군주, 〈소씨삼대록〉의 명현공주 등은 남편감을 먼저 알아보고 지목하거나 혼인하고 싶어 하여 억지로 혼인하지만 남편과 가족들에게 소외되거나 냉대 받으면서 더욱 악한 행실을 하게 되는 인물들로 그려진다. 특히 명현공주의 경우 가족들이 그녀를 대할 때에 웃지 않거나 흔연치 않거나 어떤 행동에 대해 이유를 말하지 않거나 웃기만 하거나 침묵한다.[33] 그녀는 점점 멋대로 행동하면서 가풍(家風)에 어긋하게 되고 시아버지나 남편과 극단적으로 대치하게 되는 국면에 이르고 급기야 화병으로 죽게 된다.

여성들의 실제 삶을 담고 있는 〈시집살이노래〉들에서도 시집 가족들의 터무니없는 구박이나 멸시를 견디지 못해 집을 나가 중이 되는 경우를 보면, 며느리에게 가해지는 불평등한 대우 중 가장 서러운 것이 음식을 제대로 주지 않고 찌꺼기를 먹게 했다든지 부뚜막에 혼자 앉아 먹게 했다는 것이다. 이런 대우를 폭로하기 위해 중이 되거나, 죽어서 꽃이 되면 좋겠다고 하기도 한다. 그러나 이렇게 당하고만 있는 것이 아니라 항의를 하는 내용의 〈양동가마노래〉 유형도 있는데 여기서는 양동가마가 깨진 것이 며느리의 결함 때문이 아닌데도 그녀에게 덮어씌우는 것에 대해 사과를 받아내는 것으로 되어 있다.[34] 이

---

33) 〈소현성록〉 6권 42~46면.

렇게 잘못된 일의 원인을 며느리에게 돌리는 것은 시댁 식구들의 '원천적인 미움' 때문이라고 해석하기도 할 정도로 한 가문에서 며느리의 위치는 낮다. 사위의 경우에도 마찬가지인 면이 있기는 하지만 그 정도가 약하거나 위상이 전복되거나 인정받는 것으로 마무리되는 경우가 많아 덜 차별적이다.

(2) 충효열의 집단적 가치와 이념 중시

집단이 개인에게 가하는 은근한 폭력은 집단이 중시하는 가치와 이념을 우선시할 때에 가해진다. 삼대록계 국문장편소설들이 향유되던 조선 후기에 중시되던 가치는 단연 충효열(忠孝烈)이었을 것이다. 그래서 충성을 위해 가문의 일원을 죽이기도 하고, 열절(烈節)을 훼손한 딸을 죽이기도 하며, 효성스런 마음에 어머니의 죽음을 슬퍼해 앓다가 죽기도 한다.

그런데 이런 일들은 신화나 전설에서도 나타나던 바인데, 〈아기장수전설〉, 〈장자못전설〉을 비롯하여 〈바리공주〉 등에서 충성이나 효도를 위해, 가족의 안위를 위해 한 개인이 희생되는 면을 볼 수 있다. 『삼국사기』 열전의 김유신 이야기에서도 김유신은 아들 원술이 신라가 패했는데도 살아 돌아오자 왕에게 그를 죽여 달라고 하기까지 한다. 왕이 죽이지는 않았지만 끝내 아들을 용납하지 않아 원술은 벼슬을 버리고 태백산으로 들어가는 것으로 되어 있다.[35] 사사로운 정으

---

34) 서영숙, 「가족의 변경에 서서 부르는 노래」, 한국고전여성문학회 편, 『한국 고전문학 속의 가족과 여성』, 월인, 2007, 170~177면.
35) 이지영, 「설화에 나타난 가족관계와 갈등양상」, 한국고전여성문학회 편, 『한국 고전문학 속의 가족과 여성』, 월인, 2007, 201~209면.

로 본다면 아들이 살아온 게 반가워야 했을 테지만 나라를 위하는 마음이 앞선다면 이런 판단을 하게 될 것이고, 당대인들은 이런 판단이 어느 정도는 가치가 있다고 여겼을 것이기에 이야기화하여 전했을 것이다.

가문이라는 공동체를 우선했기에 아들인 아기장수를 죽이고 원술을 용납하지 못한 것처럼 여성에게는 공동체의 위신을 위해 열절을 요구하는 경우가 많은데, 〈소현성록〉에서는 딸 교영이 사통했다는 이유로 어머니가 사약을 먹였다. 이렇게 개인의 목숨보다 열절을 중요하게 생각하는 집단의 이념 때문에 수많은 열녀 설화와 열녀전들이 지어지고 전해졌을 것이다. 또 〈소씨삼대록〉에서는 가문을 계승하는 데에 중요한 '장자(長子)'를 보호하기 위해, 팔다리를 다쳐 거동이 힘든 동생은 잠시 저버리는 경우도 있다. 형제들이 함께 산에 갔을 때에 산불이 나 피신해야 하는 상황에서 운성이 맏형을 업고 산 아래로 내려가면서, 다쳐 엎어져 있는 동생에게 "너는 죽어도 상관없지만 맏형을 구하지 못하면 내가 두고두고 욕을 들을 것이다. 내 힘이 능히 두 사람을 거느릴 수는 없구나. (후략)"[36]라고 하는 것이다. 집안의 가장(家長) 역할을 하게 된 운성이 조카를 죽였듯이 맏형을 구함으로써 개인보다는 가문을 중시하는 면을 여실히 보여준다.

삼대록계 국문장편소설들에서는 이렇게 집단의 유지를 중시하는 것과 함께, 집단의 화합을 중시하는 경향도 드러난다. 종족 중심의 대가족에서 부부 중심의 소가족으로의 이행이 점차 진행되던 시기였기에 부모 자식의 새로운 관계가 예고되고 그것 때문에 갈등이 생기

---

36) 〈소현성록〉 12권 65면.

기도 하였던 것이다.[37] 특히 공공 재산이 주는 연대감이 깨어지기를 바라지 않았기에 가족 개인이 사적인 재산을 갖기를 제한하는 경우들이 있는데, 〈소씨삼대록〉에서도 잘 드러나 있다. 서모나 며느리가 개인 재산을 갖지 않는 것을 칭찬하였고, 부모가 죽은 뒤 자녀들이 나가서 따로 살지 않기를 바란다는 언술들이 있었다. 조선 후기의 야담집들에서 그려진 가족 이야기에서도 가족의 중심에는 가문의 이익이 있었다. 이는 개인이 가문의 한 조각으로만 존재할 뿐, 사적으로 독립된 하나의 존재는 아니었다는 것이며, 가문이라는 틀 안에서 복종과 의무가 강요되던 현실을 담은 것이라고 할 수 있다.[38]

이렇게 가문의 가치와 위상을 중요시하다 보면, 가문의 지위가 낮고 가난한 사위는 처가에서 기를 못 펴게 되는데, 〈소씨삼대록〉에서의 사위 김현이 그러하다.[39] 현대의 구비설화에서도 사위에 대한 처

---

37) 이숙인, 앞의 글, 43면.

38) 김준형, 「가족의 의미망을 통해 본 야담」, 한국고전여성문학회 편, 『한국 고전문학 속의 가족과 여성』, 월인, 2007, 152~153면.

39) 김현을 시기하던 형 환과 김현의 첫째 부인 취씨는 시어머니 왕부인을 현혹시켜 소수빙이 간통했다고 모함한다. 환이 법사(法司)에 소장(訴狀)을 내리고까지 하는데, 이를 알게 된 수빙의 오빠 소운성이 그들의 잘못을 밝혀내어 환은 귀양을 가게 되고 수빙은 친정으로 피신하게 된다. 얼마 후 일이 정리되고 김현이 돌아와 수빙에게 시가로 가자고 하자, 수빙은 시아주버니가 자신을 모함하여 힘들게 했으니 다시 돌아가 삼종지도를 지키기 어렵다면서 거부한다. 단호한 그녀의 말에 남편도, 친정아버지인 소승상도 더 이상 말을 하지 못하고 급기야 김현이 처가 옆으로 집을 옮겨 가 살게 된다. 이렇게 하여 김현은 처가 근처에서 살면서 그들이 주는 재화로 풍족하게 살아가는 대신, 형과 어머니를 만날 때에는 소씨 형제들에게 들킬 것을 염려하여 몰래 보는 등 눈치를 보게 된다. 심지어 수빙은 한 달에 열흘을 친정에 가서 머물기도 한다. 물론 사위인 김현의 가족들이 딸을 모해하여 힘들게 했기 때문에 이런 조치가 취해졌지만, 사위가 더 높은 집안이었거나 세력이 컸다면 이렇게까지 되지는 않았을 것이다. 고난을 당하는 착한 아내들의 경우, 대개는 끊임없이 참기만 하는 것에 비해, 수빙은 친정에서 고난을 이겨낼 돌파구를 마련해 주었고, 사위가 처 쪽으로 끌려왔다는 점에서 다르다. 사위

가의 기대와 대우는 그 가문의 위상에 따라 달라진다고 하는데, 위상이 생각했던 것보다 낮으면 실망하게 되고 그것이 반영되면 무시한다고 한다. 사위 자신도 중압감 때문에 반항하거나 보복하기도 하는 서사가 진행되는 경우도 있다. 바보사위가 결국에는 인정받는다는 내용의 설화의 인기는 동정과 연민의 마음이 투영된 것이다.[40]

4) 집단적 가치와 구조적 폭력

지금까지 집단 속 개인이 소외되는 양상과 그 원인에 대해 고찰하였다. 특히 삼대록계 국문장편소설들에서 개인이 가문이나 가족 내에서 소외되는 양상을 집중적으로 보았다. 이들은 가문의 창달이나 번영, 지속을 지향하는 소설들이기에 개인보다는 집단을 먼저 고려하는 경향이 있다. 또한 그 집단 내부에는 공유하는 도덕적 이데올로기나 가치관, 이념 등이 존재하기에 이를 강조하고 강요하는 분위기가 형성되어 있었던 것이다.

이렇게 개인이 소외되는 양상은 그 가문에 새로 들어가는 며느리들이 무식하거나 많이 먹거나 음란할 때에 은근하게 드러난다. 비웃거나 회피하고 배척하며, 가문의 안위를 위해서라면 딸을 죽이거나, 가족의 일원이 따로 나가 살지 않기를 권하거나 사적인 재산을 갖지

의 입장에서는 은근한 폭력으로 여겨질 수 있다. 며느리의 경우에도 같은 추모(醜貌)이지만, 친정 가문의 위상에 따라 시가에서의 차별이 달라진다는 논의(조혜란, 앞의 논문, 2009.)가 있었다.

40) 윤승준, 「기대와 실망, 괄시와 보복의 서사—구전설화 속 처가와 사위의 관계」, 『한민족문화연구』 37, 2011.

않기를 바라는 등 집단의 가치와 이념, 화합을 중시하는 태도들도 나타난다. 이는 식욕이나 색욕 등 본성을 억제하기를 바라는 도덕적 이데올로기의 영향이 클 것이며, 충효열 등을 중시하는 가치관과 가문 위주의 사고방식의 영향도 있을 것이다.

도덕적 이데올로기나 집단적 가치와 이념 등은 그 집단에서 하나의 문화로 자리 잡고 있어서 개인에게는 '구조적 폭력(systemic violence)'으로 작용할 수 있다. 정상적이라고 생각하는 그 상태에 내재하는 폭력, 사회적 조건에 내재하는 폭력인 것이다.[41] '문화'라는 것 자체가 집단적이면서도 특수하며 다른 문화들을 배제하는 속성을 지녔기에 폭력적일 수 있다. 또한 개인의 정체성은 어떤 공동체 속, 이데올로기적 공간 속에서 자기도 모르게 만들어지는데, 이것이 마치 원래 그랬던 것처럼, 본질적으로 그런 것처럼 여겨지게 하는 것이 폭력적인 것이다. 그래서 여기에서 벗어나려면 주체가 가진 존재의 핵심, 보편적인 본질을 분리해낼 수 있어야 하고, 자기가 속한 문화의 바깥에 설 수 있어야 한다.[42]

개인 소외 현상은 신화나 전설, 민요, 야담 등에서도 보였던 바이지만, 소설을 통해 구체적인 정황과 언술, 서술자의 시각 등까지 읽을 수 있어서 독자들에게 더욱 생생하게 전달되었을 듯하다. 현재보다 더 공동체를 중시하고 그 문화를 중시했던 조선 후기의 사람들은 집단의 이념이나 가치관 등에서 벗어나기 힘들었을 것이기에 개인은 더욱 소외되고 경시되곤 했던 것이다. 하지만 소설 향유를 통해 공감이나

---

41) 슬라보예 지젝, 이현우 외 역, 『폭력이란 무엇인가』, 난장이, 2014. 24~25면.
42) 슬라보예 지젝, 앞의 책, 201~208면.

연민과 함께 자각이나 반성을 불러일으키기도 했을 것으로 보인다.

　이 글에서는 삼대록계 국문장편소설들을 주로 다룸으로써 여성인물들이 자신의 욕구를 표출했다가 소외되는 양상을 살폈지만, 연구의 범주를 넓혀 다른 유형의 소설들을 더 고찰한다면 노인이나 이방인, 장애인 등이 소외되는 양상도 살필 수 있을 것이다. 사회와 개인, 개인과 개인의 생각과 감정의 소통이 어려워 관계가 단절되고 서로를 소외시키는 현실에 대한 성찰, 고전문학을 통한 감발과 반성, 위로를 더할 수 있기를 기대한다.

부부관계 속 여성의 감정과 욕망

1) 왕실 관련 여성인물 소설화의 의의

이 장에서는 삼대록계 국문장편소설의 공주와 군주의 형상화를 비교하여 그 차이와 의미를 밝히면서, 부부관계 속에서 여성이 어떤 감정을 느끼고 있는지, 그 감정에는 어떤 욕망이 깔려 있었던 것인지를 살피려 한다.

삼대록계 국문장편소설은 17·18세기에 주로 향유되었으며 한 가문의 삼대(三代)의 이야기가 주를 이룬 연작(連作)들인데, 〈소현성록〉·〈소씨삼대록〉 연작, 〈유효공선행록〉·〈유씨삼대록〉 연작, 〈성현공숙렬기〉·〈임씨삼대록〉 연작, 〈현몽쌍룡기〉·〈조씨삼대록〉 연작이 있다. 그런데 이들의 후편(後篇)들 중에서 〈소씨삼대록〉, 〈유씨삼대록〉에는 공주가 주요 인물로 등장하고, 〈임씨삼대록〉, 〈조씨삼대록〉에는 군주가 주요 인물 중 하나로 등장한다. 소설에서 공주는 황제의 딸이고 군주는 번국(藩國) 왕의 딸이기에 신분상 차이도 있지만 작품 내 형상화 측면에서도 현격한 차이를 보인다. 특히 번왕이나 군주에 대해서는 신하들이 크게 존중하지 않기에 사혼(賜婚)에 대응하는 모습도 다르다. 따라서 그 형상화 양상의 차이를 면밀히 살핌으로써 같은 유형 내에서의 변모 양상을 알 수 있을 것이며, 작품마다 다른 의미 지향과 가문의식의 정도도 파악할 수 있을 것이다.

국문장편 고전소설들은 주로 가문의 창달과 계승이라는 뼈대를 중심에 두고 주인공 부부와 그 자녀 부부의 혼인과 갈등 양상을 다양하게 보여주는 소설이다. 또한 조선 후기의 상층 여성들이 일상 속에서 부담 없이 즐길 수 있는 대상으로 많이 읽었기에 이들을 위로하거나 욕구를 반영하거나 또는 교육시키려는 내용과 시각이 들어 있기도 하다. 향유층의 욕구에 부응하기 위해 일정 부분 여성의 생각과 심리, 상황을 적실하고도 절절하게 표현하여 그들의 공감을 불러일으켰던 것이다.

특히 궁중과 밀접한 관련이 있던 향유층의 존재에 대해 주목할 수 있는데, 〈소씨삼대록〉의 필사자인 용인 이씨(1652~1712)의 할머니는 효종비인 인선왕후(仁宣王后)와 인척간이어서 그녀와의 일화가 남아 있다. 인선왕후(1618~1714)는 장유(張維)의 딸로, 왕비가 되어 아들 현종과 딸 다섯을 두었는데 열렬한 소설독자여서 〈수호전〉, 〈녹의인전〉 등을 즐겨 읽었으며, 용인이씨가 열네 살 때에 언문책을 필사했더니 크게 칭찬하여 그녀가 이후 소설편력을 지닐 수 있는 계기가 되었다고 한다. 〈유씨삼대록〉도 혜경궁 홍씨의 친정 동생이 탐독한 뒤 슬퍼하며 눈물을 흘렸다는 기록이 있으며, 사도세자의 어머니 영빈(暎嬪) 이씨(? ~1763)도 신마적(神魔的)이거나 영웅적(英雄的)인 내용의 소설을 탐독하였다 한다. 낙선재본 번역소설 중 〈손방연의〉와 〈무목왕정충록〉에는 '영빈방(暎嬪房)'이라는 인장이 찍혀 있어 이 책들이 그녀의 소유였음을 알려주며, 그녀의 거처인 선희궁에는 궁체 명필 나인들이 있어 많은 양의 소설들을 필사할 수 있었다고 한다.[1]

실제로 〈소씨삼대록〉에 등장하는 선인황후는 인선왕후의 이름을 바꿔놓은 것으로 생각되는데, 그녀는 소씨 가문의 딸들 중 가장 완벽한 여인으로 설정되어 있어 가문의 위상이 정점에 이르렀음을 보여주는 징표로도 기능한다. 〈유씨삼대록〉의 진양공주도 성인군자 같은 여성, 문재(文才)와 예지력도 뛰어난 여성, 그래서 시부모를 비롯한 모든 사람이 추앙하는 여성으로 묘사되어 있다. 〈소씨삼대록〉의 명현공주는 비록 부정적인 여성으로 설정되어 있지만, 그렇게 된 데에는 일정 부분 부마인 운성의 편벽됨이 원인이 되었음을 가족들도 인정하고 있기에 여성으로서 느끼는 소외감과 질투는 공주도 느낄 수 있음을 보여준 것이라고 할 수 있다. 또 그녀 곁에서 그녀를 바른 길로 인도하려 애쓰는 한상궁을 통해 궁중 여성들의 공감을 샀을 것이며 그녀들과 관련한 궁중 문화나 예법이 드러나 있기도 하다. 또 〈조씨삼대록〉의 전편(前篇)인 〈현몽쌍룡기〉나, 〈임씨삼대록〉의 선본(善本)이 낙선재 소장본들을 저본으로 하고 있어서 그들의 주된 독자층도 궁궐 사람들이었으리라 생각된다.

이처럼 조선 후기의 소설 향유에는 궁중과 관련된 여성들이 중요하

---

1) 장효현, 「장편 가문소설의 성립과 존재양상」, 이수봉 외, 『한국가문소설연구논총』, 경인문화사, 1992. 231면. ; 정창권, 『한국고전여성소설의 재발견』, 지식산업사, 2002. 54면, 77면, 79~80면.

게 자리하고 있었는데 그녀들은 20세기 초까지도 지속적으로 소설을 열독하였으며 자신들 나름의 궁중문화를 반영하면서도 궁 밖의 일반 독서계와 교류하면서 조선 특유의 소설문화를 발전시키는 데에 이바지하였다고 평가된다. 궁중에는 왕비, 세자빈, 후궁, 상궁, 궁녀 등 다양한 계층의 여성들이 살고 있었으며 관련된 친인척들과도 밀접하게 교류하면서 소설을 창작하거나 필사하고 서로 빌려 읽었다. 정조의 후궁 의빈 성씨와 나인들이 국문장편소설인 〈곽장양문록〉을 필사했음도 기록으로 남아 있다.[2] 특히 왕실 여성들은 일반 양반여성들에 비해 엄격한 교육을 받았고 궁궐이라는 공간도 특수한 곳이기에 제도나 법규, 예의범절, 품성 등에 대해 더욱 엄정한 잣대로 규제되었다. 왕비나 공주, 세자빈에 대한 교육은 더더욱 엄격했을 것인데, 〈내훈(內訓)〉, 〈소학(小學)〉, 〈여교(女教)〉 등 일반 사대부가 여성들이 배웠던 교훈서 외에도 〈선원록(璿源錄)〉이나 〈선원계보기략(璿源系譜記略)〉 같은 왕실 보첩류, 〈열성후비지문(列聖后妃誌文)〉과 같은 역대 왕과 왕비의 행적을 기록한 열성록류, 귀감이 될 만한 중국 역대 후비들의 행적을 발췌한 〈후감(后鑑)〉 등을 배우게 했다.[3] 나아가 50책이 넘는 〈조야회통(朝野會通)〉이나 70책이 넘는 〈정사기람(正史紀覽)〉 등이 한글로 번역되어 궁중에 전하는데 이는 왕실 여성들의 역사 교육을 위해서였으며, 중국 연행록이나 〈표해록〉 등을 한글본으로 다수 왕실로 들여온 것도 왕실 여성들의 견문을 넓히기 위해서였다.[4] 이 같은

---

2) 정창권, 앞의 책, 73~74면.
3) 한희숙, 「여학교는 없었다. 그러나 교육은 중요했다」, 규장각한국학연구원 편, 『조선 여성의 일생』, 글항아리, 2010, 226~228면.
4) 이종묵, 「규중을 지배한 유일한 문자」, 규장각한국학연구원 편, 앞의 책, 253면.

정황을 보았을 때에 왕실의 여성들과, 이들과 밀접하게 교류했던 여성들이 다방면에 걸친 지식과 교양이 결코 적지 않았으리라 판단된다.

아울러 조선 후기에 가문의식이 성장하면서 여성들에게도 선친(先親)의 행적을 알리고자 가승(家乘)이나 실기류를 널리 보급해 읽힌 분위기 속에서 이들 궁중 관련 여성들도 국문장편소설 즉 가문소설들도 짓고 필사하면서 독서하였을 것으로 보인다. 또 왕실의 여성들은 여사(女師)라는 사람들에게 교육을 받았는데 이들에게서 특히 〈열녀전〉이나 규훈서들을 배워 공주들도 시집을 가면 그 가르침대로 살도록 하였다. 말을 줄이고 침묵하며 순종하고 질투하지 않아야 하는 등 송시열이 딸에게 준 〈계녀서(戒女書)〉의 내용 같은 것을 교육 받아 친정인 왕실이 흠 잡히지 않도록 힘썼다.[5] 사대부 가문이든 왕실이든 명예를 위해 중요한 문제였기에 사대부 가문에서 왕실로 들어간 왕비, 세자빈도 그러하고, 왕실에서 사대부 가문으로 들어간 공주나 옹주들도 그런 여성 교육을 받았던 것이다.

앞에서 거론했듯이 이 글의 연구 대상 작품들은 궁중과 밀접하게 관련을 맺거나 교류했던 사람들이 향유했기에 이들에서 공주와 군주의 형상화 양상을 살피는 일은 이들의 취향과 욕망을 읽어 내는 데에도 주효할 것으로 보인다. 또한 공주를 형상화한 두 작품이 각각 다르고, 군주를 형상화한 두 작품도 다른데다가, 공주를 형상화한 두 작품과 군주를 형상화한 두 작품 간의 차이도 있기에 이 네 작품을 비교함으로써 삼대록계 장편소설이라는 하나의 유형 내에서의 변이 양상을 짚어낼 수도 있을 것이다.

---

5) 한희숙, 앞의 글, 230~233면.

기존에 이들 작품들에서 공주와 군주의 형상을 연구한 것들이 있기는 하지만, 대부분 타작품들과의 비교[6]나 어떤 주제에 대한 연구[7], 사혼(賜婚)이나 늑혼(勒婚)에 관한 연구[8], 작품에 대한 종합적인 연구[9]의 일부로 이루어졌다. 이에 이 글에서는 특히 이들 공주와 군주들이 그 부부관계[10] 속에서 느끼는 감정에 주목하여 분석하고자 한다. 그럼으로써 당대 여성 향유층이 자신들의 감정을 대변하는 존재로 보통의 여성을 설정한 것이 아니라 지존의 지위에 있거나 왕실의 일원이

---

6) 박영희, 「〈소현성록〉에 나타난 공주혼의 사회적 의미」, 『한국고전연구』 12, 2005. ; 이수희, 「공주혼 모티프의 모티프 결합 방식과 의미-〈구운몽〉·〈소현성록〉·〈유씨삼대록〉을 중심으로」, 『한국고전연구』 19, 2009. 이외에 공주와의 늑혼 삽화를 다룬 연구도 있다. 심재숙, 「고전소설에 나타난 늑혼 삽화의 양상과 그 의미」, 이수봉 외, 『한국가문소설연구논총』 3, 경인문화사, 1999.

7) 한길연, 「〈유씨삼대록〉의 죽음의 형상화와 그 의미」, 『한국문화』 28, 2007. ; 한길연, 「몸의 형상화 방식을 통해서 본 고전대하소설 속 탕녀 연구」, 『여성문학연구』 18, 2008. ; 정선희, 「〈조씨삼대록〉의 악녀 형상의 특징과 서술 시각」, 『한국고전여성문학연구』 18, 2009.

8) 사혼(賜婚)은 특히 늑혼(勒婚)일 때에 문제가 되는데, 이 화소는 전책류(傳冊類)보다는 록책류(錄冊類)에서 부정적으로 받아들여진다.(심재숙, 앞의 논문, 274면) 전책류에서는 주인공 부마의 영화나 출세의 일환으로 그려지는 경우가 많기 때문이다. 기존에 늑혼 연구는 주로 신권과 왕권의 대립이나 가문의식과 관련하여 다루어졌지만, 이 글에서는 공주(군주)와 부마 사이의 부부갈등에 주목하여 고찰한다.

9) 박영희, 「〈소현성록〉연작 연구」, 이화여대 박사논문, 1994. ; 허순우, 「〈현몽쌍룡기〉연작 연구」, 이화여대 박사논문, 2009. ; 최수현, 「〈임씨삼대록〉 여성인물 연구」, 이화여대 박사논문, 2010.

10) 이들 작품의 부부관계에 대한 연구는 많은 편이나, 공주와 군주 부부에 관한 것은 일부분으로 다루어졌기에 참고문헌목록으로만 제시한다. 다만, 최근 문학치료적 관점에서 이들 공주 부부의 갈등과 그 해소의 측면을 다룬 논문들이 있기는 하지만, 현대적 적용에 대해 제안하는 데에 주목적이 있어서 작품의 섬세한 분석은 미진한 면이 있다. 김용기, 「회복적 대화를 통한 고소설의 인물갈등 치료-〈소현성록〉의 소현성과 소운성 부부를 중심으로」, 『문학치료연구』 33, 2014. 10. ; 김서윤, 「고소설에 나타난 공주혼 모티프의 문학치료적 함의-〈소현성록〉과 〈유씨삼대록〉을 중심으로」, 『문학치료연구』 34, 2015. 1.

면서도 부부관계 내에서 억울함을 느낄 수밖에 없었던 현실을 반영하고 극복하고자 공주와 군주 인물형을 활용한 것으로 보이기 때문이다.[11] 아울러 가문과 왕실 간의 관계는 가문소설이라 불릴 만큼 가문의 위상을 중시하는 이들 국문장편소설의 지향을 밝힐 수 있는 중요한 부분[12]이기에 착목하고자 한다.

2) 미묘한 감정 표출과 현실성

(1) 소외 속 자존심과 분노

〈소씨삼대록〉에서 명현공주와 운성의 혼인과 갈등, 파국은 총 15권 중 세 권 정도의 분량에 달하는 중요한 서사에 해당한다. 소씨 가문의 위상은 청렴한 명문가로 자리매김 되어 있고 효를 제일 덕목으로 실천하려 하지만, 나라의 위급함은 솔선수범하여 구하는 충성심도 지니고 있어 이 둘의 조화를 잘 보여준다. 이러한 소씨 가문의 지향과 위상은 이 가문으로 시집온 공주의 서사를 통해 집약적으로 드러나기도 한다.[13]

명현공주와 운성은 관계의 시작부터 어긋나는데, 그 첫 대면은 운성이 황제 앞에서 글을 쓰는 자리에서였다. 공주가 나오자 운성은

---

11) 그래서 이 글에서는, 기존 연구에서 명현공주, 옥선군주, 천화군주를 악녀로 규정했던 것과는 달리, 그녀들도 어떤 의미에서는 남성중심적 부부관계, 가부장적 이데올로기의 희생양이었음을 말하고자 한다.
12) 정선희, 「초기 장편고전소설에서 가문·왕실의 관계양상과 그 의미」, 『한국문화』 69, 규장각한국학연구원, 2015. 3.
13) 정선희, 앞의 논문.

신하와 임금의 강론 시간에 예고도 없이 나온 것에 대해 비꼰다. 그의 뻣뻣한 태도에도 불구하고 공주는 그에게 반하여 황제에게 그와 혼인하게 해달라고 한다. 공주가 방울을 던져 부마를 정하는 자리가 마련되어 운성 형제들에게도 참석하라는 교지가 내려지지만, 운성은 참석하지 않겠다고 버티면서 공주를 음녀(淫女)라고 칭하기 시작한다. 혼례일이 잡히자 소승상은 운성에게 조강지처가 있다고 상소를 올리지만, 황제는 그녀를 폐출하고 공주와 혼인하게 하라고 한다. 이에 격분한 운성은 자결하려고 하면서 버티지만 결국 혼인을 하는데, 공주와 사이좋게 늙어가지는 않겠다고 다짐한다.

　시작부터 이런 과정을 겪었기에 공주 부부의 불화는 극단적으로 치닫는다. 그런데 실은 그 근원에 공주의 아버지 태종의 도덕성에 대한 소현성과 운성의 반감이 자리하고 있어 문제가 커졌다고 볼 수도 있다. 특히 운성은 장인의 제위계승과 관련하여 그 도덕성에 대해 심한 혐오감을 표출하고, 공주도 지지 않고 자기 가문에 대한 자부심을 강하게 표현하기에 둘의 대립은 팽팽하기만 하다. 운성이 공주를 겪어보지도 않은 상태에서 그녀를 평가하는 단어들을 보면, '마음씨가 좋지 않을 것 같다, 은근히 살기(殺氣)가 있다, 흉악한 음녀, 우리 집의 죄인, 시랑의 마음과 이리 같은 행실, 임금과 동생을 죽이려 한 가문의 딸'이라고 하였다. 이 부부의 문제를 조모인 양부인이 적확하게 짚는데, "사람이 어질더라도 박대하면 원망이 생기는데, 하물며 어질지 않은 사람이야 어떻겠느냐? 또 저 운성의 사람됨이 풍요롭지만 고집이 너무 세서 한 가지를 지키면 돌이킬 줄을 모르니…"[14]라고

───

14) 〈소현성록〉 6권 35면.

한 것이 그것이다.

그뿐만 아니라 다른 가족들도 공주를 싫어하거나 은근히 소원하게 대하여 부부의 관계를 악화시킨다. 혼인날에는 가족들이 모두 시름 어린 모습이었고, 부마의 공주 박대함이 심해도 누구도 화해하기를 권하지 않으니 부마가 공주를 더욱 멸시한다.[15] 이렇게 운성과 가족들이 공주의 인성(人性)과 교만함, 사치에 대해 반감을 가지고 있는 상황에서, 공주는 운성의 형씨 상사(想思)와 외입(外入) 때문에 '분노' 하기 시작한다. 혼인한 지 3개월이 지나 공주의 방에 들어간 운성은 내내 엄한 기색으로 있다가 새벽에 나와 버린다. 대답도 제대로 하지 않는 운성을 보고 공주는 '마음을 놓지 못하거나', '매우 원망하며' 그를 살피게 된다. 비록 한 달에 20일은 공주 궁에 가지만 공주와는 남처럼 지낸다. 그러던 중 운성이 지방 관원이 보낸 창기들과 즐기자 공주의 화는 폭발하여 그녀들의 귀와 코를 베고 손발을 자르기에 이른다. 공주의 폭력에 운성은 더욱 화를 내면서 그 대가로 보모를 죽이려 드는데 한상궁과 황제의 중재로 사건은 마무리되지만, 둘의 관계는 더 소원해진다.

운성이 상사병이 나 급격히 수척해졌다는 것을 들은 공주는 차라리 그가 죽어야 시원할 것 같다고 말할 정도로 분격한다. 병문안을 가서도 '위로는 임금을 저버렸고 가운데로는 나를 가볍게 여겼으며 아래로는 부모님의 은혜를 잊었으니 만고의 죄인이며 인면수심(人面 獸心)'이라고 조롱한다. 이에 운성도 지지 않고 더욱 신랄하게 공주의 죄를 헤아리면서 맞선다. 둘은 원수와 같은 사이가 된 것이다. 공주가

---

15) 〈소현성록〉 6권 42~46면.

분노하면서 '운성은 신의 없고 천하게 행동하는 보통 남자이며, 임금에게 등을 돌리고 거역하는 신하'이니 죽는 것이 옳다고 여기거나, '자신을 배반하고 형씨 같은 비천한 첩을 사모하여 병이 들어 죽게 되었으니 분하다'[16]고 화를 내지만, 그녀에게 귀 기울이는 이는 아무도 없다. 병든 운성을 살리기 위해 형씨를 다시 집으로 데려오게 되니 그녀의 분노는 커져가기만 한다.

형씨가 온 후로 운성이 형씨만 찾자 공주는 운성을 꾸짖거나 헐뜯고, 운성도 공주를 달래거나 대화하려 하지 않는다. 그래서 공주는 더욱 투기하고 화를 내며 '형씨를 미워하는 마음이 골수에 사무치게' 되는 것이다. 운성은 형씨만 찾다가 공주의 분노를 키운다고 아버지에게 심하게 매를 맞고 사경을 헤매며, 이를 본 형씨는 자결을 시도하는 등 사태는 파국으로 치닫게 된다. 그러나 운성은 다시 형씨와 화목하게 되고, 공주는 형씨를 더욱 미워하여 그녀를 죽이려고 마음먹게 된다.

하지만 뜻대로 형씨를 죽이지 못한 공주는 황후를 회유하여 그들을 대궐로 잡아들여 옥사를 치르게 하지만, 형씨의 지혜로 모두 풀려나자 공주는 '화병'이 나기에 이른다. 공주가 형씨를 더욱 심하게 괴롭히자 형씨 가족들은 그녀가 죽었다고 연극을 할 정도가 된다. 공주는 운성의 관심을 바랐지만 자기의 속마음을 그대로 표현하지 못한다. 그 앞에서는 자만하고 뻣뻣한 모습으로 대하다가 사태를 악화시키기만 하는 것이다. 가까스로 운성과 다시 밤을 보내게 되었을 때에도 '기운을 엄숙히 하고 운성을 본 체 만 체하거나' 대답도 하지 않고

---

16) 〈소현성록〉 6권 105면.

성난 표정으로 "부마가 나의 위엄을 아느냐? 한 마디 말을 해서 칼 아래 고기가 될 뻔하였으니 이후에는 방자하게 굴지 마라."[17]라고 엄포를 놓는다. 운성의 사랑을 받고 싶어 했기에 소무신이라는 무당을 동원하기까지 하지만 뜻대로 되지 않는다. 둘은 그렇게 제대로 소통하려 하지 않아 풀리지 않는 실타래 같은 관계가 되어가고, 공주는 이제 '그를 빨리 죽이는 것이 옳다'고 생각하게 된다.

모든 일이 뜻대로 되지 않자 공주는 더 패악스러워져서 시조모와 시부에게 막말을 하며 돌이킬 수 없는 상황을 만들어 버린다. 그리하여 사옥(史獄)에 갇히는 등 황제도 구할 수 없는 지경이 되는데, 궁지에 몰린 공주가 조금 온순해졌지만, 운성은 나날이 매몰차게 대하며 형씨를 데려오고자 하니 공주는 분한 마음을 쌓아가다가 병들어 눕게 된다. 병세가 심해지고 운성에 대한 미움만 가득해진 공주는 그를 때리거나 욕하는 것으로만 반응한다. 석부인과 석파 등이 운성의 매몰참과 편애를 탓하지만 운성은 절대 공주를 후대하지 않으며, 공주도 그를 죽이겠다는 마음만 남아 칼을 휘두르기까지 하다가 19세에 요절하고 만다. 그런데도 운성은 슬퍼하는 빛이 없이 그녀가 살던 궁궐도 무너뜨려 버리고 형부인을 다시 만남에 기뻐하는 것으로 공주 관련 서사는 끝난다. 남편의 홀대와 혐오, 가족들의 무심함, 자신의 교만함과 자존심 때문에 불행한 부부 생활을 하다가 죽어간 것이다.

(2) 지지 속 침묵과 울화

명현공주와는 달리 진양공주는 가족들의 무한한 '지지와 존경' 속

---

17) 〈소현성록〉 8권 41면.

에 있었지만 남편과는 '진심으로 화목하지는 못했던' 공주의 삶을 보여준다는 면에서 비교된다. 진양공주는 〈유씨삼대록〉의 반 가까이의 분량에서 서사의 중심에 서 있는 인물이다. 공주는 명나라 정덕황제의 누이로, 제왕의 기맥을 이었으며 씩씩하고 맑은 풍채가 태양과 달의 빛까지도 빼앗을 정도라고 소개되고 있다. '어진 덕'과 '지극한 효성'이 있어 '지성대덕승효(至聖大德承孝) 진양공주(晉陽公主)'라고 칭한다.[18]

공주의 품성이나 능력이 명현공주와 다르고 부마를 자신이 직접 고르지 않아 음란하다는 평을 받지도 않지만, 처음에 사혼(賜婚)의 과정에서 겪는 왕실과 가문 간의 갈등, 신랑의 강한 거부감 등으로 인한 부부 갈등은 비슷한 국면으로 흘러간다. 태후가 유세형의 뛰어남을 보고 부마로 삼으려 하지만 그는 이미 장씨와 약혼을 한 상태였기에 혼인할 수 없다는 상소를 올린다. 그러나 받아들여지지 않자, 어쩔 수 없이 수락하여 혼인이 이루어진다. 처음에 공주와의 혼인을 반대하기는 했지만 유씨 가문에서 공주를 대하는 것은 소씨 가문이 명현공주를 대하는 것과 많이 다르다. 시댁 곁에 지은 공주의 궁이 화려하여 대궐과 다름없는데도 탓하지 않는다. 혼인하는 날에 상궁 수십 쌍과 궁인 수천 명 등을 거느리고 와도 거부감을 드러내지 않는 것이다. 나중에야 검소하라고 권유하는데, 공주가 가르침대로 함으로써 시댁의 가풍을 존중하는 모습을 보인다. 공주를 배척하기보다는 그 위엄에 존경을 드러내면서 화합하기를 바라는 쪽이다.

하지만 세형의 태도는 〈소씨삼대록〉의 운성과 비슷한 면이 많다.

---

18) 〈유씨삼대록〉 1권 78면.

가족들이 모두 칭탄하는 공주를 보고도 장씨만 생각하면서 공주에게
는 악담을 하며 기분 나빠 한다. 일부러 취한 척하며 외당에 거꾸러져
있거나 억지로 공주에게 가서는 혼자 자다가 나와 버린다.[19] '그릇됨
이 금석같이 굳어지고', '공연히 어리석은 남자가 되어 서당에 누워
있는 것이 10여 일에 이르러 식음을 전폐'하면서 비분강개한다.

그런데 이런 상황을 모두 알고 있는 진양공주가 명현공주처럼 노
심초사하거나 분노하는 것이 아니라 '태연자약하여 화평한 기운이
가득'하다는 점이 다르다. 그렇다고 하여 이 부부에게 문제가 없는
것이 아니니, 이들은 '기색을 흔쾌히 하여 화락하는 부부와 같이 하지
만', '이성 간의 친함이 없어 함께 누운 침상 사이가 천리와 같이' 지낸
다. 남편의 외친내소(外親內疎)에 대해 공주도 특별히 내색하지 않고,
남편이 자신에 대해 거부감을 드러내거나 무례하게 행동하며 다른
여자를 그리워하여 병에 걸리는데도 '참거나 마음을 숨긴다.'

그러나 공주의 심정을 묘사하는 부분을 자세히 보면, 탄식하거나
알고도 모르는 척하거나 참는다는 것을 알 수 있다.[20] 분명히 그녀는
불쾌해 하고 있으며 그것이 '울화'로 쌓여가고 있음을 느낄 수 있다.
'마음이 불쾌한데다 부마의 행동거지가 호탕한 것을 더럽게 여겨 기
상이 엄숙한 채로 부마가 정이 있어도 드러내지 못하게 침상을 멀리

19) 〈유씨삼대록〉 1권 89면.
20) 공주가 겉으로는 흔연스럽게 대하지만 마음으로는 부마를 서운하게 생각하는 것이
   곳곳에서 드러난다. 장손 상궁에게 하는 공주의 말이다. "부마의 행동거지가 매우
   이상하여 흔쾌해 하는 중에도 나를 보는 눈이 승냥이와 호랑이를 보는 것같이 좋은
   뜻이 없으니 내가 어찌 기색을 모르겠는가? 이렇듯 겉과 속이 다른 마음이어서 마음의
   병이 일어난 것이다. (중략) 장씨를 맞아 부마의 마음을 위로하고 규방의 원통함을
   없게 할 따름이다." 〈유씨삼대록〉 2권 7면.

하고 장손상궁을 자기 침상 위에 머물게 하여 밤을 지내었다(2권 17면)', '공주는 끝내 입을 열지 않았다(2권 24면)', '공주는 다만 겸손하게 사양할 뿐이었다. 밤이 깊어 비단 휘장으로 나아갔으나 공주가 부마의 흔쾌해 하는 것이 전일과 다른 것을 문득 기뻐하지 않아(2권 31면)' 등등 뜻에 맞지 않는 상황에서는 거의 침묵하거나 피하는 것으로 표현을 대신한다.

공주가 마음을 숨기고 온화하게 부마를 대하면서 가족들에게도 진정으로 배려하니 가족들은 공주를 더욱 공경하고 걱정한다. 하지만 부마는 장씨에게 미혹하여 공주가 있는 것을 싫어하고, 장씨도 자신의 불안정한 처지에 눈물 흘리며 남편에게 불평함으로써 공주를 불편하게 만든다. 그럼에도 불구하고 공주는 장씨를 부마의 계비(繼妃)로 격상시켜 준다. 부마가 자신에게 와서 부부의 즐거움을 누리고 싶어 할 때에는 '세상의 물욕을 영원히 끊고자 하는 마음으로 냉정하고 엄숙하게'(2권 31면) 한다. 즉 부마나 장씨가 하는 것을 평온한 표정으로 감내하기는 하지만 마음은 닫아버린 것이다. 둘 사이에는 또 다른 의미의 '불소통'이 존재하여, 진심으로 친근한 부부 사이가 되는 것이 어려워 보인다.

하지만 시부모가 공주의 마음을 이해해주고 공감하며 다른 가족들도 공주를 존경하고 장씨의 악함을 꿰뚫고 있기에 공주가 홀로 외롭지 않다는 것이 명현공주와 다른 점이다. 그러나 그렇다 하더라도 공주가 진정으로 편안할 수는 없기에 진양공주의 '울화'는 쌓여만 가고, 자신의 지위 때문에 속 시원히 다 표현할 수 없기에 참기만 하다가 급기야는 세상의 욕망을 버리기로 결심한다. 부마와 화목하게 지낼 수 없음을 느끼게 된 공주는 '때때로 더러운 모습과 무단한 곤욕을 달게 받는 것이 우습구나. 마땅히 미양궁에 들어가 어머니를 모시고 평생 효도하며 일생을 대궐에 있어 다시 세상에 참여하지 않으리라(3권 4면)'라고 마음먹는다. 이렇게 뜻을 정하자 마음에 거리낄 것이 없어 화평해졌다고 하는 것으로 보아 남편에게는 마음을 닫고 효도로 평생을 살기로 한 것으로 여겨진다. 궁궐로 들어간 공주는 '마음이 상쾌하여 이후 대궐 안에 머물러 태후를 모시고 즐겼다(3권 10면)'고 하며, 궁궐의 모든 이에게 공경을 받으면서 정치와 궁중의 일을 황제와 함께 처결한다. 정당하지 못한 일이나 숨겨져 있는 일도 밝혀내기를 귀신처럼 밝게 하고 옥사(獄事)도 명쾌하게 해결하여 '여주공(女周公)'이라는 직품을 하사받아 '총재(總裁)'가 되기에 이른다.

그런데 그녀는 부마와 재회하는 것을 염두에 두지 않으며 부부간의 애정에는 관심이 없다. 시댁으로 돌아갈 생각을 하지 않고 시서(詩書)를 섭렵하면서 평안하게 지낸다. 신의 없는 남편을 사이에 두고 총애를 다투는 것이 구차하다고 생각하여 남편과 떨어져 사는 것에 연연하지 않고 4년간을 궁궐에서 지내는 것이다. 공주의 마음을 되돌리기 어렵다고 생각한 부마는 별자리를 알아보는 성태사를 회유하여, 나라를 위해 공주가 궁궐에 있으면 안 된다는 말을 만들어내 집으로 돌아오게 한다. 공주는 이 일을 진공이 꾸민 것도 알고 있었지만 '묵묵히 모르는 척하다가', '자신의 곧은 마음이 어그러지고 사람의 꾀에 걸려 모친인 태후를 떠나 풍진 세상을 향하는 것을 원망하면서 슬퍼하여 종일토록 음식을 먹지 않는다.'[21]

공주와 진공은 혼인한 지 6년 만에야 합방하게 되는데, 이때에도

---

21) 〈유씨삼대록〉 3권 77면.

공주는 '마음이 편치 않아 조금도 기쁜 빛이 없고 사기가 더욱 엄숙' 하였고, '진공이 공주를 존경하고 따르면서 무궁한 애정 가운데서도 삼가고 두려워하는 것이 임금과 부친 앞에 있는 듯이' 하였다고 되어 있다. 이후로도 늘 곁에 있으면서 화락했다고 하지만 공주는 기뻐하지 않고 조용히 옳은 도리로 간하고 엄숙하게 거절하면서 진공의 과도함을 좋아하지 않는다. 그러던 중 공주는 병이 나서 위독해지는데 장씨가 공주의 약탕에 짐독(鴆毒)을 넣어도 그녀를 벌하지 않고, 태후가 알게 되어 장씨를 하옥하려 할 때에도 용서를 빌어주어 풀려나게 한다.

그런데 이때에 공주가 하는 말을 보면, 남편의 편애가 문제이지 장씨는 이해할 만하다는 것이 요지이다. 장씨가 들어온 지 1년이 되어도 남편이 안부를 묻지도 않을 정도로 냉대하니 한여름에도 서리가 내리는 것이 당연하다는 것이다. 〈소씨삼대록〉에서 운성이 형씨에게 빠져 명현공주를 찾지 않아 공주가 분노했던 것이, 여기서는 진공이 공주에게 빠져 장씨를 분노하게 한 것과 같은 맥락으로 설정되어 있다. 그럼으로써 남편의 사랑을 받지 못하는 여성의 한을 말할 수 있게 된 것이다. 공주라는 지위 높은 여성의 입을 통해서[22] 말이다.

이후 공주 중심 서사는 한동안 보이지 않다가 중양절(重陽節) 잔치 자리에서 시를 지어 칭탄 받는 장면으로 다시 등장한다. 그 다음의

---

22) 공주는 남편에게도 다음과 같이 직접적으로 이야기한다. "… 공은 안심하시고 장부인이 무사한 뒤에는 예의로 후히 대하여 다시 원한을 끼치지 마소서. 이 모두 공께서 전후에 애증이 편벽되어 아녀자로 하여금 한을 쌓게 한 것이니 그 누구의 탓이겠습니까?" (중략) "… 공께서는 그 마음을 한결같이 하여 장씨가 무사히 옥에서 나온 후에는 박대하지 마소서." 〈유씨삼대록〉 3권 109~110면.

서사는 부마의 숙부가 갑자기 세상을 떠나 3년 상을 치르는 것으로 연결된다. 그 다음이 8권의 시작인데, 공주가 부부로 지낸 지 10여 년이 되어 아들 둘과 딸 하나를 낳았다는 서술이 간략하게 제시된다. 아들들이 매우 뛰어났으며, 공주는 신령하고 지혜로운 덕과 총명함으로 정사(政事)를 도와 10여 년을 국정(國政)을 다스렸다고 되어 있다. 혼인을 했음에도 불구하고 시댁에서의 생활보다는 친정을 도와 궁궐에 가서 계속 정사를 다스렸다는 것이 부각되고 있다. 그런 그녀를 시댁에서 존중했다는 점을 주목할 만하다. 며느리가 아무리 공주의 신분이라지만 친정인 궁궐 생활이 위주인 것을 용납하고 있는데 이는 현실과는 달리 여성독자들의 바람이 투영된 설정이었을 것이다.

공주는 황제가 죽자 궁궐에서 상례를 지휘한다. 또 태후가 죽자 피를 토하고 정신을 잃을 정도로 슬퍼하며 상례를 치르고 궁궐을 나오는데, 이때부터 스스로 죽기로 마음먹은 듯하다. 집으로 돌아와서는 움막에서 곡읍(哭泣)을 하며 미음 한 끼만 먹으니 병세가 위태롭게 되고, 몇 달이 지나자 위급해져 유언을 남긴다. 상궁에게 두 봉의 편지를 맡기면서 앞으로 가문에 두 번의 큰 일이 있을 것이니 그때에 편지를 보라고 하는데 나중에 이 편지들이 가문을 살린다. 공주는 혼인한 지 15년 만에 25세로 죽었지만 6년은 따로 살았으니 9년 정도를 부마와 함께 한 것인데, 처음에는 박대하던 부마의 마음이 돌아왔지만 공주는 진정으로 부마를 받아들이지 않았기에 행복했다고 할 수 없다.

3) 잠재된 욕망 표출과 환상성

(1) 폭력과 골계, 즉흥성

공주들과는 달리 군주들은 그 지위가 현격히 낮다. 황제 밑 번왕(藩王)의 딸이기에 그러하지만 그렇다 하더라도 왕이 존경할 만한 인품이거나 황제와 친밀하다면 다른 신하들이나 주변의 인물들이 존중했을 터인데 이들은 딸의 악행을 방관하거나 적극 돕기에 그렇지 않다. 이 작품에는 군주가 몇 등장하는데 악녀로 등장하는 옥선군주와 옥경군주가 활약이 많고 그중 옥선군주가 더 주도적이므로 이 글에서는 그녀에 초점을 맞춘다. 하지만 옥선과 옥경은 사촌간이고 지속적으로 공모하므로 같이 논하는 경우도 있을 것이다.

옥선군주의 아버지 조왕은 황제의 아들이지만 사리판단이 엄격하지 못하고 어리석은 인물이며, 옥경군주의 아버지 한왕[23]도 역모를 꾀했다는 죄목을 받기까지 한 인물이다. 두 군주는 과거 급제자들이 유가(遊街)를 하며 돌아가는 모습을 구경하다가 임창흥과 설희광에게 월환(月環)을 던진다. 옥선의 월환을 맞은 창흥은 찡그리면서 그것을 다시 담 안으로 던지라 하는데 '음란한 여자의 해괴한 행동을 보고 비위가 뒤집히는 듯'하다면서 이 같은 변을 당했으니 '너무 더럽게 느껴진다'며 황급히 말을 달려 집으로 간다.[24] 창흥이 이처럼 군주에

---

[23] 한왕과 옥경군주에 대한 자세한 설명은 뒤에 가서야 나오는데, 다음과 같다. 한왕 고구의 막내딸 연주(옥경군주)의 자는 벽완이었다. 한왕이 반란을 일으킨 후 문황제가 차마 골육을 해치지는 못해서 한왕의 왕위를 갈고 산동 낙안주로 옮겨 보냈다. 한왕이 갈 때에 딸인 옥경군주의 유모를 정하고 딸을 동생인 조왕 고수에게 맡겨 조왕의 딸인 옥선군주와 함께 기르게 하였다. 조왕이 조카딸인 옥경군주를 맡아 친딸인 옥선군주와 한 곳에 두고 귀한 보물같이 길러냈다. 〈임씨삼대록〉 17권 45~46면.

대해 반감을 갖는 것과는 반대로, 군주는 그를 한 번 보았을 뿐인데도 혼인하고 싶어 한다. 그러나 황제가 주선해 주지 않고 임씨 가문에서도 허락해 주지 않아 상사병이 난다.

이 부부는 창흥이 보통 남자보다 더 여색에 관심이 없고 음욕을 혐오하는 남성이기에 군주에게 전혀 틈을 주지 않고 무시하는 데에서 문제가 시작된다. 옥선군주는 지위도 낮고 그녀의 아버지도 힘이 없으며 황제도 나서주지 않기에 임씨 가문에서도 쉽게 사혼을 받아들이지 않아 혼인을 하지 못한 채 기회만 엿본다는 점에서 가련해 보일 정도이다. 특히나 감정적인 옥선군주는 자주 '혼절하고 울부짖으며 식음을 전폐'하는 등 침착하지 못해서 많은 어려움을 겪는다. 다 죽어 가는 그녀를 살리기 위해 조왕이 황제 부부에게 다시 한 번 애원하여 겨우 허락을 받아 임씨 가문에 시집가게 된다.

〈소씨삼대록〉에서 운성이 명현공주에게 그랬듯이 창흥도 군주의 행실이 절개가 없고 음란하니 받아들일 수 없고, 첫째 부인인 설씨를 배신할 수도 없으니 더욱더 그녀를 용납할 수 없다고 한다.[25] '분한 기운이 잔뜩 서려 눈에 맹렬한 바람이 어려 있다'고 되어 있을 정도이다. 친척인 효장공주도 그녀의 행실을 더럽고 천하다고 하는 등 어느 누구도 군주를 두둔해 주는 사람이 없는데, 이런 상황도 그녀를 더욱 폭력적인 성향으로 몰고 간다. 더군다나 군주는 직언 듣기를 싫어하여 점점 악한 마음을 길러 차마 사람으로서는 못할 노릇을 하기에 사태가 더욱 악화된다. 시녀들이 뜻에 맞지 않으면 달군 쇠로 몸을

---

24) 〈임씨삼대록〉 5권 34면.
25) 〈임씨삼대록〉 6권 50~52면.

지져 못에 넣어 허우적대는 것을 보면서 웃으니, 악한 시녀 춘교만 남아 악심(惡心)을 부추긴다.

혼인날에도 창흥은 군주를 '저 물건'이라고 칭하며 적대감을 드러 낸다. 그의 박대로 인해 군주는 이제 적국인 설씨를 모해하는 쪽으로 방향을 선회하여, '더욱 분하여 가슴이 막히고 미칠 듯하여' 잠을 못 이룬다. '사납고 표독스러운 마음이 하늘에 사무쳐, 이를 갈고 벼르는 마음이 독사의 마음이나 마찬가지'였고, 임씨 가문을 칭찬하는 소리 를 들으면 '더욱 화가 나서 임씨 가문을 삼킬 듯'이 한다. 그녀를 묘사 하는 단어는 '살기(殺氣), 독기(毒氣), 음녀, 요사한 물건, 남자를 현혹 시키는 여우같은 여자, 태도가 어지럽고 경박스러운 여자' 등이다. 이를 더 부추기는 것은 창흥의 무심함과 박대이고, 여기에 춘교의 지략과, 그녀가 끌어들인 능운, 묘월 등 도사들의 묘술(妙術) 등이다. 이들과 합해지면서 군주의 악행이 폭력적으로 행해지지만, 그녀의 즉흥성과 침착하지 못함 때문에 늘 실패하여 웃음거리가 되고 만다.

군주는 능운도사가 설씨를 없애는 일에 실패하자, 직접 개용단을 먹고 설씨로 변신하여 시조모에게 가서 비수를 휘둘러보지만 실패한 다. 잡힌 군주는 '주검이 다 되어 똥을 찔끔찔끔 흘리고 온 몸이 얼음 같이 굳고 얼굴이 찬 재같이 된 채' 어쩔 줄 몰라 한다. 이제 자신의 힘으로는 임씨 가족들의 눈을 속일 수 없음을 알고 자객을 동원하기 로 한다. 하지만 조급한 군주는 또 혼자 칼을 들고 설씨에게 가 그녀 를 죽이려 하다가 들켜서 잡히고 만다. 묶인 군주를 뜰에 내던지니 '낯이 다 깨어지고 허리가 삐어' 반쯤은 죽은 듯이 된다. 실패만 하는 것이 아니라 우스꽝스러운 모습으로 전락하고 마는 것이다. 능운이 그녀를 빼내 돌아오기는 하지만 상처투성이의 얼굴로 이를 갈며 헛소리를 해대는 군주의 모습은 심하게 격하되어 있다.

이 사건 이후로 군주의 설씨에 대한 적개심은 더욱 커져, 집안의 남자들이 출정한 사이에 설씨를 모략하려 한다. 설씨로 변신하여 목지란을 심하게 때리다 옥에 갇히고 겨우 구출되는 등 이런저런 일을 꾸며 보지만 번번이 실패한다. 그러자 '벽에 머리를 부딪치며 주먹으로 가슴을 때리고 이를 갈면서 분해하고, 분이 복받쳐 숨이 멎어 호흡하기가 어려워지고 손과 발은 얼음처럼 차가워지면서 혼절'하기도 한다. 깨어나서는 왜 자기는 온갖 방법을 써도 일이 제대로 안 되어 운우지정(雲雨之情)을 못 나누는 것이냐고 억울해 하면서 자결하려 하기도 한다.[26] 자기와는 다르게 잘 살고 있는 목지란이 미워져 그녀를 죽이기로 마음먹는데, 이제 그녀의 폭력성은 극에 달해 곁의 시녀를 이유 없이 베어버리기도 한다.

설씨로 변신한 군주는 지란을 죽이고 지형과 공모하여 설씨를 고소하는 소장을 관청에 올린다. 하지만 이것이 거짓임을 말하는 임한규의 표문과 충성스러운 설씨 시녀들의 변론, 태자와 창흥의 지략으로 설씨가 목씨 살해죄를 받지는 않는다. 다만 설씨는 남해로 유배를 갔다가 돌아오는데 그 후부터는 주숙렬의 협실에 숨어 지내게 되어 창흥과 따로 보지 못하는 상황이 되니, 군주의 바람이 조금은 이루어진 셈이기는 하다. 이 대목에서 주변인물들이 공모하여 길게 사건이 이어지지만 군주가 주도적으로 등장하지는 않는다. 서술자는 간간이 군주에 대해 평가하는데, 모질고 악독한 것이 요괴와 같으며 구미호의 정령 같다고 한다.

---

26) 〈임씨삼대록〉 11권 32면.

군주가 계속하여 격하되고 망가지며 골계적으로 형상화된다는 면에서, 같은 악녀이지만 〈소씨삼대록〉의 명현공주와 다르다. 자신의 일을 방해하는 효장공주를 죽이러 가서도 고양이를 피하면서 섬돌 아래로 떨어져 허겁지겁 도망 오는 등 갇히고 잡히고 깨지고 피투성이가 된다. 그런 그녀를 안타까워한 춘교가 양왕을 데리고 와 욕정을 풀어주기에 이르는데, 이로써 그녀가 첫 잠자리를 한 남자가 양왕이 되는 것이다. 그는 창흥과는 달리 그녀를 위해주면서 정비(正妃)로 삼아준다. 어진 아내라고 부르면서 아름다운 인연이라고 하니, 군주가 감동하면서 눈물을 흘린다. 그러나 창흥에 대한 미련을 버리지는 못한다.

자기를 끝내 사랑해주지 않는 창흥을 죽이려고 마음먹은 군주는 실행에 옮기려 하지만, 쉽게 창흥에게 제압되어 섬돌 아래로 굴러떨어져 갇힌다. 춘교도 심문을 당하는데, 그녀가 끝까지 의리를 지키면서 창흥의 매몰찬 대우가 군주를 이렇게 만들었다고 꼬집는 초사를 써서 군주를 대변해 준다. 악행이 드러난 군주는 친정으로 보내지는데 그 길에 또 한 번의 수모를 당한다. 묶여 있는 상태의 그녀를 사람들이 '이리저리 차고 무수히 굴리며 욕을 보이며 얼굴을 할퀴고 뜯는' 것이다. 목지란의 시녀였던 영옥은 그녀의 가슴을 찢고 살을 할퀴면서 욕을 해댄다. 지위 차가 크지만 아랫사람에게 하듯이 퍼부으면서 군주의 피부를 잘근잘근 뜯어 피가 흐르게 한다. 군주는 아픔을 견디지 못하고 불쌍하게 빌기까지 하는데, 옆의 궁노들도 침을 뱉고 어떤 이는 달려들어 입술을 맞추며 희롱한다.[27]

---

[27] 〈임씨삼대록〉 15권 27~29면.

이에 더하여 군주는 예기치 못하게 안남국 오랑캐들과 함께 가게 되는데, 그녀를 구출하려던 양왕의 자객들보다 먼저 임유린이 그녀를 오랑캐의 배에 태웠기 때문이다. 군주는 타라국[28]의 배에 실려 가다가 3~40명의 오랑캐들의 음욕을 풀어주게 되고, 타라국에 가서도 왕이 탐하자 자신을 왕후로 삼는다는 약속을 받고 잠자리에 든다. 이제 그녀는 자신의 미모를 무기로 왕을 유혹하여 힘을 얻어 임, 설 두 집안에게 원수를 갚아야겠다는 생각뿐이다. 황실의 후손이지만 원하는 남자의 사랑을 쟁취하려고 여러 가지 시도를 하다가 번번이 실패하여 성폭행을 당하는 상황으로까지 떨어진 것이다. 하지만 군주는 이런 상황에서 벗어나 임창흥에 대한 원한을 갚겠다는 일념으로 폭력성과 음란함을 마음껏 발휘하여, 왕을 농락하고 왕비를 칼로 베어 타라국을 장악하고는 그곳의 정치를 마음대로 할 수 있게 된다.[29]

그러던 중 묘월도사가 와 옥선에게 요술을 가르치면서 함께 명나라를 칠 기회를 엿보는데, 오랑캐 왕을 마음대로 주무르고 시녀 1만 명을 훈련시켜 명나라를 치러 간다. 한왕과 합병하여 승승장구하던 차에, 명나라에서도 임희린과 임창흥, 설희광 등이 제압하러 출정한다. 그러나 옥경군주가 설희광을 공격하고, 옥선군주도 요술을 행하여 기세를 잡는다. 하지만 임월혜가 희광을 살리고 설성염과 그 시비들이 남장을 하고 와 한나라 진영을 혼란스럽게 하여 전세가 역전된다. 임창흥과 마주한 옥선은 어찌 그리 '무정'했냐면서 전날에 한 일을 뉘우치고 '이제라도 함께 화락한다면' 같이 부귀를 누릴 것이지만

---

28) 오랑캐 나라를 안남국, 타라국, 달목국 등으로 부르고 있는데 동일한 나라이다.
29) 〈임씨삼대록〉 18권 72~74면.

고집을 버리지 못하면 자신의 칼에 죽을 것이라고 하면서 달려든다. 옥선은 여전히 창흥을 사모하여 바라보다가 사로잡히고 만다.[30] 잡혀 있는 옥선과 묘월을 구하러 온 능운도 설성염의 선술(仙術)에 맥을 못 추고, 옥경군주는 설희광의 칼에 죽는다.

묘월과 능운, 목지형, 옥선군주의 초사가 황제에게 올려져 그간의 일들이 모두 드러나는데, 타라국왕이 군주와의 사이에 낳은 남매까지 바친 것을 보고 군주는 피를 토하고 거꾸러진다. 황제는 옥선을 음녀라 지칭하면서 음녀의 자식이자 오랑캐의 피를 이었으니 빨리 목을 베어 죽이라고 하고, 묘월과 능운, 옥선과 춘교는 모두 목을 베라 한다. 이들을 저자거리에서 베니 구경하는 이들이 모두 통쾌하게 생각했다고 하면서 관련된 서사가 끝난다.

(2) 변신과 지략, 계획성

천화군주는 옥선군주와 비슷한 면도 있지만 그녀에 비해 지략과 계획성이 뛰어나고 여러 차례 변신을 한다는 면에서 차이가 있다. 그녀는 예쁘지만 속마음이 어질지 못하며, 겉으로는 인자해 보이지만 속은 악하여 선한 것으로 꾸미니 부모가 기특하게 여기고 보는 이들이 친애한다고 되어 있다. 겉과 속이 다른 것이 부모도 속일 정도라고 하는 점이 옥선과 다른 성향을 만든다. 옥선은 늘 차분하지 못하고 성급하며 기다리거나 계획하지 못하고 기분에 따라 움직이며 주변의 인물들에 의지하는 것에 비해, 천화는 남에게 주도권을 주기보다는 자기가 계획하고 주변인들을 동원하여 뜻을 이루어가는 점이 다른

---

30) 〈임씨삼대록〉 23권 43면.

것이다.

천화군주는 옥선군주나 명현공주와 달리 아버지가 먼저 사위를 점찍는다. 군주의 아버지 연왕은 황제와 성(姓)이 다른 형제간인데 교만하고 엉큼하기 때문에 황제가 그를 멀리한다. 그런데 그가 과거 급제자들을 보는 자리에서 운현을 보고 감탄하면서 황제에게 사혼(賜婚)해 주기를 청한다. 하지만 황제는 연왕 부녀의 성품이 좋지 않음을 알고 있고 운현의 아버지 진왕이 강직한 것도 알기에 혼인을 권하지 못하겠다고 하다가 어쩔 수 없이 사혼의 교지를 내린다. 그러나 예상대로 진왕이 황실과 혼인하기 어렵다고 하니 더 이상 강요하지 않는다. 직후 운현은 남씨와 정혼하는데 이를 들은 연왕은 분노하며, 군주는 절대 다른 가문에 시집가지 않겠다면서 계책을 내서라도 조씨 가문에 들어가겠다고 다짐한다.

운현과 혼인하고 싶은 생각으로 가득 찬 군주는 그를 초대하여 그가 취했을 때에 속이고 정을 나누기까지 한다. 취한 운현을 바라보는 군주의 모습을 묘사한 부분[31]을 보면, 잠든 미남에 미혹되어 몸을 대보고 입술도 깨물어 보는 등 음란한 여자임을 한껏 부각시키고 있다. 잠결에 운현은 외간 남자의 침소에 든 여자라면 창기나 시녀 중 하나일 것이라고 생각하여 동침하는데, 이것이 빌미가 되어 곤욕을 치른다. 그러나 군주 부녀가 꾸민 일임을 눈치 챈 진왕과 황제가 용서하여 그녀의 뜻대로 혼인을 하지는 못 한다. 이후 두 권의 분량에서 등장하지 않고 운현이 아버지에게 꾸중을 듣는 연장선에서 서사가 계속된다.

---

31) 〈조씨삼대록〉 9권 32~33면.

군주는 운현과 혼인하지 못하자, 적국 남씨의 방에 몰래 들어가 그녀를 때리고 욕설을 퍼붓는다. 그런데 이 작품은 〈소씨삼대록〉이나 〈유씨삼대록〉보다 여성인물 즉 군주의 마음이나 감정에 대해 섬세하게 묘사하지 않으며, 〈임씨삼대록〉처럼 서술자나 다른 인물의 입을 통해서 군주의 행실과 감정에 대해 언급하지도 않는다. 앞의 세 작품에 비해 남성 주인공과 그 가족 중심의 서사나 묘사가 월등히 많고 여성 주인공 중에서는 선한 인물의 수난사에 집중하고 있는 점이 다른 것이다. 그래서 군주와 관련한 서술자의 언급도 많지 않은데, 이 부분에서는 '한 여자가 안색이 이슬 맞은 붉은 복숭아꽃에 서리를 띠고 있는 것처럼 노기가 등등하여 두 눈에 살기가 대단하니 천하의 간악한 살기였다.'[32]라고 하였다. '간악함, 살기, 표리부동' 등으로 수식되는 것이다.

군주는 남씨를 보자마자 금척으로 머리를 때리면서 자신의 지위를 과시하는가 하면, 수하의 요승으로 하여금 남씨를 농 안에 넣어 강에 던져버리게 하기도 한다. 그래도 분이 안 풀려 하면서 조씨 가문으로 들어갈 기회를 엿보다가 외삼촌 장당의 양녀가 되어 운현의 둘째 부인이 된다. 아직 군주의 얼굴을 보지 못했던 운현은 그녀가 군주인 줄 모르고 그 미모에 미혹되는데, 마침 운현이 출정하게 되어 군주[33] 관련 서사는 또 한동안 등장하지 않는다.

이후, 운현의 전쟁 활약상, 남씨의 수난사가 이어지다가 운현이

---

32) 〈조씨삼대록〉 11권 36면.
33) 장씨로 개명을 했기에 작품에서는 이제 장씨라고 호명되지만 군주의 형상을 고찰하는 이 글에서는 군주라고 계속 지칭하기로 한다.

전장에서 돌아왔을 때에 군주가 다시 등장하는데 운현이 남씨를 진중하게 대하자 그에게 개심단(改心丹)을 먹여 자기를 좋아하게 만든다. 또 가족들이 남씨를 아끼는 것에 질투가 나 그녀의 아들에게 요술을 써 위중하게 한다. 유현이 의술로 살려 내자 이제는 남씨가 간통을 한 것처럼 편지를 위조하여 운현에게 보여 흥분한 그가 남씨 모자를 죽이게 하기도 한다. 운현이 진왕에게 심하게 매를 맞자 슬퍼하고, 신법사는 요술을 써서 남씨 모자를 연왕부로 데리고 날아가 버린다. 남씨는 경상궁의 기지로 한왕궁으로 옮겨졌다가 나중에 조부로 되돌아온다.

군주는 남씨 모자를 없앴다고 생각하며 기뻐하고, 운현은 그들의 행방을 알 수 없는 것을 분해하면서 반드시 죽이겠다고 한다. 운현이 이처럼 남씨를 미워하는 것은 군주가 먹인 단약 때문이기에 분노는 더 커지고 반대로 군주에게 빠져드는 정도도 심해진다. 이를 이상하게 여긴 진왕이 곁에 두지만 달라지지 않자 셋째 부인으로 방씨를 들이는데, 운현과 시부모가 그녀를 애중하자 군주는 질투가 나지만 화목하게 지내는 척하면서 운현의 사랑을 붙잡아 놓기 위해 아이를 낳고 싶어 한다. 하지만 이를 계획하는 그녀와 신묘랑이 나누는 대화[34]를 엿들은 운현이 모든 악행을 알게 되어 수포로 돌아간다. 운현은 신묘랑을 가두고 황제에게 상소를 올려 법으로 다스리게 하는데, 사실이 드러나 군주는 촉 땅으로 유배되고 연왕도 조주로 보내지며 신묘랑은 죽임을 당한다.

그런데 군주는 유배지에서 여승에게 검술과 요술을 배우고 그녀와

---

34) 〈조씨삼대록〉 18권 113~117면.

결탁하여 촉나라의 후궁이 되었다가 왕비를 독살하고 자기가 왕비가 되는 등 계속하여 힘을 키운다. 〈임씨삼대록〉에서 옥선군주가 오랑캐에게 붙잡혀 가서 행한 일들과 비슷하며, 다시 본국을 치러 들어오는 것까지 같다. 천화군주도 조씨 가문에 복수하는 일환으로 송나라를 치러 군사를 일으켜 오는 것이다. 하지만 출정한 운현이 그녀를 단번에 베어 버리는 것으로 간략하게 처리되어 〈임씨삼대록〉처럼 전쟁 장면이 길지 않고 남주인공의 다른 아내가 함께 출정하여 싸우지 않는 것도 다르다. 군주의 시신은 강에 버려지는데, 그것이 요괴가 되어 울부짖으면서 사람들을 해코지하는 것으로 되어 있다. 이런 장면은 단지 흥미소로만이 아니라 죽어서도 원한이 없어지지 않아 몸부림치는 것으로 읽힐 수도 있다. 하지만 그녀가 적극적으로 발화하는 대목이 없이 허망하게 베어지고 말 뿐이라는 면에서 앞의 작품들보다 여성의 목소리가 약하다고 할 수 있다. 그래도 서촉의 왕 육안걸이 그녀의 머리를 안고 울면서 원수를 갚겠다고 하는 장면[35]을 넣어 군주가 그의 사랑을 받았음을 보여주어 그녀를 위로하고 있기는 하다.

이렇게 천화군주는 앞에서 본 옥선군주와 비슷한 면이 있으면서 차별화되는 면도 있었는데 비교적 주도면밀하고 계획성이 있었으며 그것이 표리부동한 섬뜩함, 지속적인 변신과 공모를 통한 치밀함으로 드러나는 면이 달랐다. 하지만 두 군주의 형상화를 통해 본능적 욕망을 직접적으로 표출하는 여성의 모습, 그에 대한 주변인들의 대응, 그녀들의 끈질긴 시도, 환상적으로 표현될 수밖에 없는 한계 등을 살필 수 있었다.

---

35) 〈조씨삼대록〉 26권 44~45면.

4) 현실과 환상, 감정과 욕망의 사이

지금까지 이 글에서는 삼대록계 국문장편소설들의 후편들 즉, 〈소씨삼대록〉, 〈유씨삼대록〉, 〈임씨삼대록〉, 〈조씨삼대록〉들에서의 공주와 군주의 형상화 양상을 살폈다. 공주는 황제의 딸이고 군주는 번국 왕의 딸이기에 신분 차도 크지만, 작품 내에서의 형상화 양상에서도 현격한 차이가 있었다. 특히 이들 공주와 군주들이 부부관계 속에서 느끼는 감정에 주목하여 분석한 결과, 공주를 형상화한 작품들에서는 현실에서의 시가와 친정 간의 갈등, 부부간의 갈등, 그 안에서의 여성의 내면심리, 남편에의 대응 등의 섬세한 여성 감정과 미묘한 부부 심리가 숨어 있음을 알 수 있었다. 이와는 달리, 군주를 형상화한 작품들에서는 갈등에 처한 인물의 심리보다는, 현실에서는 불가능하지만 환상적인 허구 속에서 당대 여성들에게 잠재되어 있다고 할 수 있는 애정욕이나 권력욕 등을 실행하는 힘 있는 여성의 모습을 그려내는 방편으로 군주를 이용하고 있었다. 그리하여 독자들은 통쾌함을 맛보면서도 그녀를 징치하고 비웃음으로써 자신들의 도덕적 우위를 유지하고 위로 받고자 했을 듯하다.

〈소씨삼대록〉에서 명현공주와 소운성 부부는 관계의 시작부터 어긋나는데, 공주가 먼저 신랑감을 정했다는 것과 사혼 과정에서 시부와 남편을 옥에 갇히게 했다는 것 때문에 생긴 반감 탓이었다. 여기에 더하여 공주의 아버지 태종의 도덕성에 문제를 제기하는 운성의 태도와 강한 고집, 이에 지지 않는 공주의 자존심이 만나 절대 화합하지 못하는 평행선을 만들었다. 가족들도 공주를 은근히 소외시켰고 운성의 박대를 묵인하면서 이런 상황은 지속되었다. 공주의 분노는 화병으로 발전하였으며 급기야는 형씨와 운성을 죽이겠다는 마음만 가득하여 운성과 대립하다가, 남편의 홀대와 혐오, 가족들의 무심함, 자신의 자존심과 교만함 때문에 불행하게 죽어갔다.

〈유씨삼대록〉에서 진양공주와 유세형 부부도 사혼 과정에서 문제가 있어 세형이 공주를 배척했지만 공주의 태도가 명현공주와는 확연히 달랐다. 태연자약하여 화평한 기운으로 응대한 것이다. 하지만 그녀도 속마음으로는 불쾌해 하였으며 이것이 울화로 쌓여가고 있었음을 알 수 있었다. 세형도 그녀를 공경하였지만 무안해 하거나 어려워하는 등 진정한 의미의 소통은 이루어지지 않았다. 특히 공주는 적국 장씨와 남편의 애정을 다투어야 하는 형국을 비루하다 여기고 궁중으로 들어가 정세를 돌보고 태후를 모시는 일에 더 큰 행복을 느꼈다. 혼인을 했지만 친정에서의 생활을 더 편안하게 느꼈고 이를 시댁에서 인정해줬다는 면이 특별한데, 이는 공주라는 지위에 대한 향유층의 공감대가 있었기에 가능한 설정이다.

〈임씨삼대록〉에서 옥선군주와 임창홍 관련 서사는 부부라고 할 수 없을 정도로 군주의 일방적 구애와 실패의 과정이 연속되었는데, 남자에게 월환을 던진 군주의 행위를 음란하고 더럽다고 규정한 창홍이 군주를 심하게 무시하고 혐오했기 때문이다. 군주도 늘 조급하고 철저하지 못해 실패만 거듭하면서 폭력성만 커져갔기에 둘의 관계는 나아지지 않았다. 작품의 초점도 앞의 두 작품과는 달리 부부의 관계보다는 군주의 악행과 그 실패에서 재미를 느끼거나 군주를 비웃게 함으로써 골계미를 만들어내는 데에 있었다.

〈조씨삼대록〉에서 천화군주와 조운현 부부는 조금 다른 양상을 보였다. 군주가 장씨로 개명을 하여 운현과 혼인한다든지 그에게 단약을 먹여 자기만 좋아하게 만든다든지 술사와 짜고 적국 남씨를 쫓아내는 등 여러 가지 계략을 꾸며 제 뜻대로 이루어갔다는 점이 옥선군주와 다른 면이었다.

두 군주의 형상화가 보통의 여성에게 있을 수 있는 애정 욕망을 표출하는 점, 이를 현실에서는 실현하기 어려우므로 도술이나 단약의 힘을 빌려 환상적으로 실현해 보려 한 점 등에서는 비슷했다. 그러나 옥선은 즉흥적이어서 늘 실패하여 비웃음을 당하고 자신은 더욱 폭력적으로 되어간 것에 비해, 천화는 차분히 계획하고 적절히 변신하면서 주변인들을 효과적으로 동원하여 자신의 뜻대로 남편의 사랑을 얻어냈다는 면에서 달랐다. 하지만 천화군주도 결국에는 악행이 발각되어 오랑캐 땅으로 축출되고 강의 요괴가 되는 등 심하게 격하되었다. 이들의 형상화를 통해 여성의 음욕이 철저히 부정되기는 했지만, 그녀들이 힘을 모아 중원을 치려 시도한 점을 주목한다면 기존의 질서를 전복시킬 만한 힘 있는 여성의 모습[36]으로 볼 수도 있다. 이러한 시도가 이루어진 것이 앞의 두 작품과는 다른 점인데 이렇게 체제전복적인 면을 담기 위해 군주라는 지위가 적절했다고 할 수 있다.

이렇게 삼대록계 국문장편소설 네 편의 작품 모두에서 공주와 군주는 비교적 큰 비중을 지니면서 서로 비슷하거나 다른 점들이 공유되기도 하고 변형되기도 했다. 이는 공주와 군주 형상화가 같은 계열 내의 유사성과 변모 양상을 읽어내는 중요한 화소임을 증명하는 것이

---

36) 한길연(앞의 논문)도 특히 옥선군주와 〈쌍성봉효록〉의 교씨 등 탕녀들이 자신의 생동하는 에너지를 가장 극단적으로 확장하여 기존질서를 전복시킬 수 있는 위험한 인물임을 보여주고 있다고 하였다.

기도 하다. 예를 들어 〈유씨삼대록〉에는 진양공주가 악녀 장씨를 이해해주고 용서하는 장면이 많아 악인도 선인이 계속하여 가르치고 따뜻하게 대하면 선하게 만들 수 있음을 보여주는 데에 주력[37]하는 반면, 〈소씨삼대록〉은 악인은 징치해야 한다는 데에 더 주력한다는 것을 알 수 있었다. 명현공주를 위로하거나 계도하기보다는 방치하거나 소외시키는 분위기였는데 이는 자기 가문 단속과 위상 세우기가 더 긴요했기 때문일 것이다. 딸을 어머니가 죽이거나 조카를 삼촌이 죽이고 아내를 남편이 죽어가게 하는 등 좋지 않은 행실을 한 이는 가족이라도 엄하게 처리하는 모습을 보여줄 정도로 가문 위주의 지향을 보이는 작품임을 다시 확인할 수 있었다. 그러나 두 작품 모두 여성 주인공인 공주들의 심리와 감정적 변화를 민감하고도 상세하게 서술해 주어 여성의 현실과 반응에 대해 공감하거나 위로하게 했다는 점에서 나머지 두 편과는 다른 면을 보였다. 부부관계 속에서 여성이 하기 힘든 말을 공주의 입을 통해 허심탄회하게 하거나, 공주의 지위지만 여성이기에 느껴야 했던 불평등과 울화를 시댁 식구들의 배려와 인정을 통해 대리만족하게 하였다는 면에서 의미가 있다.

한편 이들 작품에서의 공주와 군주 형상화는, 앞에서 언급한 바와 같이, 궁중 관련 향유층의 관심사를 반영한 결과이기도 하다. 특히 〈유씨삼대록〉은 공주라는 인물에 긍정적이었기에 그녀의 덕성을 극대화하는 쪽으로 서사들이 진행되어[38] 부부의 불화도 부마의 호색성

---

37) 이는 이부인의 말을 통해서도 드러난다. "며늘아기의 어진 마음과 통달한 식견은 내가 미칠 바가 아니구나. 나 또한 장씨를 불쌍하게 여기지 않는 것은 아니지만 여러 번 훈계해도 듣지 않고 갈수록 악행이 놀라우니 분하여 내버려두었다. 그러나 며늘아기의 말을 좇아 다시 장씨를 깨우치리라." 〈유씨삼대록〉 3권 112면.

과 행패 등에 원인이 있는 것으로 그려졌다. 또한 공주는 시(詩)를 짓는 능력도 가족 중 가장 뛰어나고 정치에도 관여하여 능력을 발휘한 것으로 그려지고 있어 이 작품이 향유되었을 시기의 현실과는 달랐다. 네 작품 모두 지혜로운 상궁이 등장하여 공주나 선한 여성들을 계도하고 돕는 역할을 하는 것도 궁중 관련 사람들을 고려한 설정이라고 할 수 있다.

또한 〈유씨삼대록〉에서의 궁궐의 예의에 대한 묘사나 공주가 시댁으로 되돌아오는 행렬 묘사[39) 등은 이런 일을 잘 모르는 이라면 할 수 없는 정도로 전문적이었다. 어떤 관직의 사람들이 수행을 하며 그때의 복식과 수행원들은 어떠한지, 절차와 예식은 어떻게 진행되

---

38) 박일용, 「〈유씨삼대록〉의 작가의식 연구」, 『고전문학연구』 12, 1997.
39) 이윽고 북소리가 점점 가까워오며 사례감(司禮監) 태감 곡대용이 관복을 바르게 다스려 쌍으로 황태후 절월(節鉞)과 천자의 부월(斧鉞)을 잡고 서 있고 그 가운데 황금 교자에 누런 보를 덮어 붉은 두건에 붉은 옷을 입은 사람 오십 명이 메고 홍옥 교자에 푸른 비단 보를 덮어 자줏빛 두건에 자줏빛 옷 입은 자 오십 인이 메어 나란히 나아왔다. 해와 달, 용과 봉황을 그린 깃발과 온갖 아름다운 색으로 수를 놓은 깃발이 구름같이 옹위하였으니 이 곧 공주의 인수(印綬)와 고명(誥命)을 담은 교자였다. 두 교자에 다 푸른 비단 양산을 받쳐 길 치우는 소리가 큰 길을 움직이고 엄중한 위의가 사람이 감히 바라보지 못 할 정도였다. 궁에 이르자 엄태감이 사례감(司禮監)을 맞아 본부의 궁감을 거느려 교자를 받들어 정전(正殿) 북녘에 옥으로 된 상 위에 놓고 여주공 고명(誥命)과 총재 옥새를 내어 상 위에 봉안하였다. 또 인(印)을 맡은 상궁 설숙혜로 하여금 전문(篆文)을 통하게 하고 궁관과 궁인이 머리를 조아리고 절하면서 천세를 제창하여 예식을 마쳤다. 문득 황금색 비단으로 만든 큰 양산이 보이고 천자의 호위대가 부는 북소리와 피리소리가 은은히 들리며 금은으로 된 절월(節鉞)과 기이한 대나무로 만든 양산이며 생황, 퉁소, 북 등으로 연주하는 음악이 떠들썩하였다. 허다한 궁관과 태감이 칠보로 장식한 봉련(鳳輦)을 금은으로 만든 수레에 여섯 필의 말이 끌게 하여 호분군(虎賁軍) 수천 명이 시위하여 행하고 뒤에 금은으로 꾸민 교자를 타고 좇은 상궁이 삼십여 인이고 빼어난 말 좋은 안장 위에 매미의 날개처럼 얇은 적삼과 푸른 소매를 나부끼는 궁녀가 수백 명이었다. 신기로운 향이 진동하여 십리에 풍기고 보배로운 광채가 영롱하여 태양빛을 가리니 그 장대하고 존귀함이 황후가 행행(行幸)하시는 위의라도 이보다 더하지 못 할 것이다. 〈유씨삼대록〉 3권 79~80면.

는지 등을 비교적 사실적으로 자세하게 묘사하였다. 낙선재본 소설
이라고 하여 모두 이렇게 궁중 생활이나 의식을 상세히 거론하는 것
은 아니지만, 〈위씨오세삼난현행록〉 같은 작품에서는 두드러지게
'의궤(儀軌)'류를 적극적으로 활용하는 특이성을 보이기도 한다. 궁궐
의 국문장(鞫問場)의 모습, 죄인들의 초사(招辭) 내용들, 참여하는 신
하들의 벼슬명, 과거장의 모습, 장원급제 행렬 장면, 궁중연회 장면,
공주의 혼인 장면을 길게 묘사한다. 그런데 이들이 서사가 진행되는
방향과 달리 지엽적인 삽화를 너무 빈번하게 삽입되고 그 나열이 단
순하고 일회적인 나열이기 때문에 미숙함이라고 평가할 수도 있다.[40]
이 작품과는 달리 〈유씨삼대록〉 등에서는 이런 묘사가 서사의 흐름을
방해하지 않으면서 공주 중심 서사를 자연스럽게 보조하는 역할을
하고 있어 오히려 완숙된 소설적 기교라고 볼 수 있다.

---

[40] 송성욱, 「〈위씨오세삼난현행록〉의 특이성」, 임치균 외, 『장서각 낙선재본 고전소설
연구』, 태학사, 2005.

세대 간 갈등의 해법, 공감력

1) 한국문학에서의 노년 형상의 변천

이 장에서는 현대의 가족 갈등과 노인소외의 해법으로서 고전서사 문학에서의 노년상을 살피려 한다. 현대 사회에서는 갈수록 노인 인구가 증가하면서 노년 삶의 질이 저하되고 빈곤과 고독이 힘들게 하며, 가족 간의 관계가 밀접하고 화목하지 않아 소외와 갈등이 야기되고, 사회적으로도 세대 간의 갈등이 고조된다. 이에 이러한 상황을 돌파할 수 있는 정신적 토대를 마련하고, 세대 간 갈등의 해법을 찾아보고자 한다.

노년이나 노후의 문제는 주로 사회복지학, 간호학, 심리학 분야 등에서 연구해왔고, 최근에는 현대문학 분야에서도 관심을 표출하고 있으며[1], 고전문학 분야에서는 노년 여성과 관련된 논의들이 나오고 있다. 조선 후기의 고전시가 특히 〈노인가〉류 가사와 민요, 사설시조

등에서는 노년 여성이 남성 중심 이데올로기로부터 소외되고 젊음으로부터도 소외된 이중 타자화된 존재로 살아갔고 진지하게 자신을 성찰하는 존재로 여겨지지도 않은 것으로 형상화되었다. 가부장적 질서를 내면화하고 있으면서 외면은 추레하고 행동은 볼썽사납게 묘사되어 존경의 대상으로 여겨지지 않았고 그녀들의 성적 욕망은 희화화되었던 것이다. 노년의 남성도 젊을 때와는 다른 낯설고 힘든 경험을 하며 현명하거나 달관하는 모습을 보여주어야 했지만, 특히 여성은 규제와 억압의 대상이었기에 더욱더 타자화 되었다.[2] 그러나 노년기 여성들이 자신의 늙고 아픈 몸을 인식하고 자기술회적 목소리를 낸 시가들을 보면 진지한 내면 성찰과 건강한 자존감이 표출되어 있기도 하다.[3]

특히 회혼(回婚)을 소재로 한 가사 작품들은 부부가 모두 건강하고 자손들이 번창함을 기뻐하면서 송축하는 내용, 가문의 화합과 결속을 다지는 내용이 주를 이루어서 〈계녀가〉류나 〈노인가〉류와는 다른 노년의 모습을 보여주었다. 하지만 이들에서도 시적 화자의 내면이 표출되면서 힘들었던 과거를 담담히 되새기거나 신세를 한탄하는 내용이 들어 있기는 하였다. 그러나 회혼의 주인공과 그 자손들은 행복한 사람들이기에 이를 읊는 화자의 시선에는 일종의 경외감이 스며있

1) 최명숙, 「한국 현대 노년소설 연구」, 경원대 박사논문, 1996. ; 전흥남, 「노년소설의 가능성과 문학적 함의-최일남과 문순태의 소설을 중심으로」, 『내러티브』 14, 2009. ; 전흥남, 「노년소설의 가능성과 문학적 함의」 II, 『현대문학이론연구』 44, 2011.
2) 이수곤, 「조선후기 시가에 나타난 노년 여성의 형상화 양상과 그 의미」, 『한국고전여성문학연구』 23, 2011. 57~85면.
3) 정인숙, 「노년기 여성의 '늙은 몸/아픈 몸'에 대한 인식」, 『한국고전여성문학연구』 21, 2010. 123~158면.

고, 특히나 출가한 여성이 친정 가문에서 거행된 회혼례에 참석한 경우에는 자신의 존재감이 부각되기에 자긍심을 표출할 수 있었다.[4)]

한편, 17~19세기 상층 여성을 대상으로 한 수서(壽序)에서는 찬탄의 대상이 된 여성의 삶이 아내와 어머니, 며느리 등 가족으로서의 역할과 의무에 충실한 삶을 의미했기에 신체의 노화에 대한 서술은 드물고 여전히 젊음을 유지하고 있는 것에 대한 위로와 선망의 시선이 지배적이었다. 수서라는 문예 양식이 회갑(回甲) 등의 생애 주기를 맞이한 이에게 수연(壽宴)을 베풀어 그 자리를 축하하는 글을 서문의 양식으로 서술한 글이기에, 노년의 여성의 행복과 장수, 전범으로서의 여성적 삶, 품성과 처신에 대한 칭탄들이 주로 담겨 있었다.[5)]

근현대 문학에서 '노인'의 모습은 크게 두 가지 요소가 조합되어 소설에 등장하는데, 가부장의 절대권위를 놓지 않으려는 '욕심'과 실제로는 점차 가족 내에서의 영향력을 잃어가는 자신을 응시할 수밖에 없는 이의 '자괴감'의 힘겨루기 사이에 자리한 남성 노인의 형상이 그것이다. 〈삼대〉의 조의관과 〈태평천하〉의 윤직원 등이 대표적인 예이다. 이후, 이태준의 〈박물장수 늙은이〉, 〈영월영감〉 등에서의 노인들은 추상적 '가장'으로서의 전형성을 벗어 던진 자신의 욕망과 자기실현을 향한 능동적인 면을 보여주며, 유진오의 〈창랑정기〉에 이르면 지혜의 원천으로서의 노인의 모습이 보여 고전서사문학에서의 모습을 잇는 면이 있다.[6)] 이후, 1970년대를 거치면서 노년의 작가

---

4) 정인숙, 「회혼가류 가사를 통해 본 노년의 행복과 가문의식 그리고 내면의 갈등」, 『문학치료연구』 19, 2011. 4. 113~141면.

5) 최기숙, 「노년기 여성적 삶의 공론장, 17~19세기 여성 대상 수서」, 『한국고전여성문학연구』 23, 2011. 87~129면.

가 노년의 삶을 주로 다루고 노인을 서술자나 초점화자로 설정하여 서사화한 소설들이 본격적으로 지어지는데 이를 '노년소설'이라 부르기도 한다. 산업화, 도시화되는 세태의 비정함을 통해 노인의 소외된 삶을 다루는 노인 문제 소설들과, 노년의 원숙함과 지혜를 보여주거나 존재에 대한 철학적 성찰을 다루는 소설들이 함께 지어졌다.[7] 이청준의 소설들에서는 지혜를 지니고 있는 남성 노인이 서사의 진행을 주도하면서 화자의 목소리를 앞서 이끌어가고 있어 노인화자의 가능성을 보여주고 있으며, 박완서의 소설에서는 노인의 연애, 재혼, 섹슈얼리티 등에 대한 이야기가 구축되어 노인성과 젠더 문제를 함께 생각하게 한다. 최일남의 소설에서는 노년의 일상과 함께 여유롭게 죽음을 맞는 모습을 이야기함으로써 삶의 본질을 향하는 소설의 지향을 드러내고 있기도 하다.[8]

1960년대 이후의 단편소설들에 함축된 노인 이미지의 변천을 보아도 흥미로운데, 1960년대 소설에서는 노인이 타자화, 주변화 되면서 노쇠하고 무력한 노인, 가족의 짐이 되는 어머니, 가난한 늙은 노파 등의 모습이 그려져 대가족이 안고 있는 세부적인 갈등의 한 면을 보여주었다. 70년대 소설에서는 탈시장화, 비생산성의 낙인화, 빈곤화와 비주체화되면서 탈시장화된 '그들'로 나타났다. 지혜로운 충고자, 조상의 얼로 기억되는 정신적 지도자의 모습과 함께 노인다운 끈기와 옹고집의 가장, 자식사랑이 깊은 가난한 어머니, 버려진 치매

---

6) 서형범, 「노년문학의 세대론과 전망」, 『시민인문학』 21, 2012. 15~17면.
7) 류종렬, 「한국 현대 노년소설연구사」, 『한국문학논총』 50, 2008. 531면.
8) 서형범, 앞의 논문, 26~29면.

노인 등의 모습이 기술된다. 가족 문제와 함께 사회적 문제로까지 이어져 사회적 책임 촉구, 대책의 시급함에 대한 경각심을 심어주기도 했다. 80년대 소설에서는 피부양자로서의 짐과 같은 존재라는 면에서 서사화 되었으며 노화와 죽음에 대한 인식을 시장화하고 노인 부양의 문제를 사회적 차원으로 확대시켰다. 90년대 소설에서는 잉여 인간으로서의 삶을 그리면서 빛바랜 가족사진처럼 가족이라는 틀 안에서 불안을 느끼는 노인의 모습, 정물화된 모습과 함께 자아를 실현하고 여가 활동을 추구하는 모습을 서사화하였다. 2000년대에는 자의식을 지닌 노인의 모습을 그리면서 주체적 삶의 다양한 가능성을 스스로 모색하거나 강인한 생명력과 현실적 태도, 노환과 노추, 노인 간병과 죽음에 이르는 길, 지나온 삶에 대한 반성의 모습 등이 나타난다. 노인 스스로 자신의 죽음에 대해 심각하고 두려운 의문을 지니거나 급변하는 신체적, 심리적 변화에 대해 불안감과 초조감을 느끼는 등의 모습을 좀 더 구체적으로 서사화한다.[9]

이와 같이 현대문학에서는 소외된 노인들의 자괴감과 고통을 주로 드러내었고 동시에 그들의 생명력과 현실적 태도, 지내온 삶에 대한 반성과 죽음에 임하는 자세 등이 서사화 되어 있다. 이런 내용들은 현실을 반영하는 측면이 강하여 노인들의 심리나 생활을 잘 보여주고는 있지만, 노년에 이른 이들의 소외의 감정을 해소하거나 첨예해져 가는 가족 갈등을 풀어가는 데에 도움이 되기는 힘든 면이 있다. 이에 비해 우리 고전서사문학에는 노년의 모습이 대체로 긍정적으로 형상

---

9) 김성희, 「한국 문학에 나타난 노인 이미지」, 세계문학비교학회, 2009년 춘계학술대회 발표집, 217~242면.

화되어 있으며 가족 간에 화목하고 노인을 공경하는 분위기가 조성되어 있어서 현대의 우리에게 시사하는 바가 클 듯하다.

이에 이 글에서는 먼저 고전서사문학 전반에서 나타나는 노년[10]의 모습을 살피고 난 뒤, 다른 고전서사문학 하위유형들에 비해 가족관계 내에서의 노년의 모습이 두드러지게 많이 나타나는 국문장편 고전소설에서의 양상을 살필 것이다. 이때에는 손자와의 관계가 부각될 것이며, 조부모가 된 이후의 나이에 가족관계 내에서의 역할과 위상을 주로 고찰하게 된다.

2) 고전서사문학에서의 사회관계 속 노년상

고전서사문학에서의 노년상은 가족관계 속에서보다는 사회적 관계 속에서 주로 등장한다. 어떤 갈등 상황이나 문제적 상황에서 이를 해결하는 지혜를 지닌 이로 형상화되어 있는 것이다. 우리 서사문학의 원류라 할 수 있는 〈삼국유사〉 속 이야기에서도 그러하다.

먼저, 〈헌화가〉를 부른 노인의 경우를 들 수 있다. 미모가 뛰어난 수로부인을 용이 바다 속으로 끌고 들어가자 계책이 없다면서 실의에 빠진 순정공에게 해법을 제시해준 인물이다. 뭇사람의 입에 오르내

---

10) 이 글에서는 '나이가 들어 늙은 때'라는 의미의 '노년'이라는 단어를 사용하고자 하는데, 이는 사회적 관계 속에서와 가족관계 속에서를 모두 고찰하기에 적절하다. '노인'이라는 단어도 뜻은 비슷하지만 가족에게는 사용하지 않는 단어(호칭)이기에 사회관계 속에서의 노년상을 고찰할 때에만 거론한다. 현대에는 65세 이상의 나이를 노인이라 하는데, 고전문학에서는 대체로 40대부터 노인이라 하였다. 이 글에서는 작품 내에서 '노인', '노파', '어른', '옹(영감)', '할미'라고 불리거나, 손자를 두어 할아버지, 할머니라 불리는 사람들을 '노년', '노인'이라 보았다.

리면 쇠 같은 물건도 녹이므로 바다 속의 짐승도 뭇사람의 입을 두려워할 것이라며 백성들을 모아 노래를 지어 부르고 막대기로 언덕을 치면 부인을 찾을 수 있을 거라고 하자 그대로 하여 부인을 되찾는다. 어려운 상황을 타개할 수 있는 해결책을 제시해주는 지혜로움을 보이는데, 이에 더하여 〈헌화가〉를 통해 노인도 사랑을 느낄 수 있고 그런 욕망도 있음을 보여준다.

〈사금갑〉에서 비처왕에게 편지를 올린 노인도 있는데, 그도 비범한 지혜를 지닌 사람이다. "떼어보면 둘이 죽고 떼어보지 않으면 한 사람이 죽는다."라고 쓰인 편지를 올렸는데 이를 보고 왕이 한 사람만 죽는 게 낫다고 여겨 떼어보지 않으려 하다가 점치는 관리가 그 한 사람이 바로 왕이라고 하는 말을 듣고 떼어보았더니 '사금갑(射琴匣)'이라고 쓰여 있었다는 것이다. 여기서의 노인은 중요한 메시지를 담고 있는 편지를 제시하고 있으면서 그 메시지가 수수께끼 같은 모호성을 지니고 있기에 비범하고 초월적인 존재로 그려져 있다.[11]

〈거타지〉 이야기에서도 노인이 등장하는데 그는 바다의 신이라고 자신을 소개하고 있다. 하지만 늙은 여우에게 자손들을 빼앗기곤 하다가 거타지의 활 쏘는 솜씨를 빌어 그 여우를 죽게 한다. 물론 활은 거타지가 쏘았지만 상황의 원인을 꿰뚫고 그 해결책을 제시했다는 면에서 지혜를 지니고 있다고 할 수 있다. 또 자신의 딸을 꽃으로 변하게 하거나 용들을 지휘할 수 있다는 면에서 지혜를 넘어선 신통력을 지니고 있다고 할 수 있어 용왕이나 산신과 비슷한 초월적 존재로서의 면모를 지닌 노인이라고 할 수 있다.

---

11) 이수곤, 앞의 논문, 60~61면.

이렇게 〈삼국유사〉에서의 노인은 혜안과 신통력을 지닌 문제 해결자로서 신령과 같은 초월적 존재의 모습을 보이는 것이 특징이다. 이후의 여타 고전서사문학에서도 노인이 그다지 많이 등장하지는 않지만, 남성 노인은 주로 '견문이 넓고 지혜가 있는 어른'이라는 존재로 형상화되어 있다.

우화소설 〈두껍전〉에서는 여우와 두꺼비가 윗자리를 다투면서 서로 어른이라고 주장하는데, 두꺼비가 산천 풍경과 명승고적(名勝古蹟)들의 유래와 역사를 잘 말하는가 하면 천문지리(天文地理)와 육도삼략(六韜三略), 의약복술(醫藥卜術)까지 꿰뚫고 있어 여우를 이긴다. 이 이야기에서의 '어른'은 세상의 이치를 많이 아는 사람, 즉 견문과 지식, 지혜가 있는 사람이다.

연암 박지원의 〈민옹전〉의 주인공 '민옹'도 지혜와 안목이 뛰어난 어른으로서의 모습을 보인다. 우울증으로 밥을 잘 못 먹고 잠도 잘 못 잔다는 연암에게 이것은 오히려 재산을 모을 수 있고 시간을 길게 사는 것이니 복이라고 해석해주어 마음을 편안하게 해 준다. 말을 잘 할 뿐만 아니라 상대편의 심리와 상황에 맞게 조언을 해주는데 이는 책을 많이 읽어 학문에 능했고 포부가 크며 상황 적응력이 뛰어났기에 가능한 것이었다. 뭔가 알 수 없는 답답함 때문에 늘 우울하고 병약했던 연암은 그와의 대화 덕분에 삶에 대한 의욕과 흥미를 되찾을 수 있게 된다.

한편, 여성 노인은 할미 또는 노파라는 호칭으로 등장하는데, 주로 말을 잘하고 갈등을 조정하거나 인연을 매개하는 인물로 형상화되어 있다. 〈동래들놀이〉의 '미얄할미'는 할미과장에 등장하는 여성으로, 영감, 젊은 첩과 삼각관계에 놓인 인물이다. 전국을 유람하다가 영감을 만나게 되지만 삼각관계 속에서 고통 받고 영감에게 멸시 받는 불행한 인물이다. 그렇지만 상황에 전혀 주눅 들지 않고 발랄한 화술을 구사하며 배꼽이 드러나는 저고리를 입는 등 생명력이 있는 인물로 묘사되어 있다. 가난에 찌들고 무기력한 모습이지만 한편으로는 섹시하고 적극적이기도 한 이중성을 지닌 독특한 인물형인 것이다.[12] 특히 그녀는 '얄미우리만치 말을 잘한다.'라는 특성에 주목할 수 있는데, 이는 우리 고전서사문학에서 여성 노인들의 중요한 특성으로 꼽을 수 있다.

19세기의 애정소설인 〈절화기담〉이나 〈포의교집〉의 노파들이 바로 이렇게 말을 잘하고 노련하며 생활력이 있는 여성인물들이다. 특히 〈절화기담〉의 노파는 여주인공 순매를 만나고 싶은 남주인공 이생의 애를 태우면서 밀고 당기기를 하는 할미인데, '무슨 일에든 참견하기를 좋아하고 말을 잘 해서 사람을 소개하여 맺어주는 일에 본래부터 노련한 솜씨가 있는'[13] 사람이다. 그녀를 통해서만 순매를 만날 수 있기에 이생은 그녀의 마음을 돌리기 위해 갖은 애를 쓰고 약간의 돈이 필요하다고 하면 돈도 주며 아프다고 하면 약값을 쥐어주는 등 비위를 맞춘다. 그런데도 늘 아슬아슬하게 애를 태우면서 이생과의 약속을 저버리거나 미루면서 이생의 피를 말린다.

　　이생이 즉시 노파에게 얼마의 엽전을 주었다. 이로부터 이생이 여러

---

12) 박경신, 「톡톡 튀는 화법에 섹시한 배꼽저고리」, 『우리 고전캐릭터의 모든 것』 3권, 휴머니스트, 2008.
13) 작자미상, 김경미·조혜란 역주, 『19세기 서울의 사랑 - 절화기담, 포의교집』, 도서출판 여이연, 2003. 42면.

번 노파에게 갔으나, 가면 일이 어그러지곤 하였다. 달포쯤 지나 다시 가보니, 노파가 잔뜩 성이 나서 소리를 지르고 화난 빛으로 말하였다.

"이후로 다시는 순매년의 말일랑은 제게 하지 마십시오."

"이제 와서 무슨 이유로 이렇게 야박하게 대하는 것인가?"

자기도 모르게 입가에 침을 튀기며 노파가 말했다.

(중략)

말이 끝났는데 그 어투나 기색이 몹시 사나웠다. 이생이 재삼 마음을 풀라고 했으나 도저히 마음을 돌이킬 희망이 없어서 처참한 기분으로 머뭇거리다가 하릴없이 돌아왔다.

(중략)

이생은 마음이 동하여 순매 생각을 떨치기가 어려웠다. 이생은 곧 벗들과 헤어져 지름길을 택해 자기 동네로 가서는 길을 돌아 노파를 찾아갔다. 때는 한밤중이라 사람의 자취라고는 없었다. 이생이 문을 밀고 곧장 들어가자 노파가 깜짝 놀라며 물었다.

"상공께서 갑자기 깊은 밤중에 여기에 오시다니, 무슨 급한 일이라도 생기셨는지요?"

"오랫동안 자네를 못 봤더니 보고 싶은 마음이 더욱 간절해서 이렇게 왔다네. 특별히 한 번 만났으니 술이나 실컷 마시면서 한편으로는 자네를 위로하고 한편으로는 내 마음을 달래고자 하네. 자네는 어쩌면 이다지도 박정하단 말인가?"

노파가 감사하며 말했다.

"상공이 지금 오신 것은 순매 때문이지 저 때문이 아니시지요. 어찌 저 때문에 오셨다고 하십니까? 하지만 밤도 깊은데 이렇게 오셨으니 어찌 감히 감사하지 않겠습니까?"

(중략)

"…… 바라건대 할미는 다시 한 번 좋은 마음을 내서 다 죽어가는 목숨을 구해 주오."

노파가 한참을 생각한 뒤에 대답했다.

"이 늙은이가 요즈음 귀가 잘 안 들려 큰 소리든 작은 소리든 도무지 알아듣지를 못 한답니다. 상공께서는 다시 한 번 말씀해 주십시오."

(중략)

"할미는 꾀주머니요, 생각 보따리일세. 그 작은 뱃속에 이런 조화 속을 지니고 있다니. 만약에 할미가 삼국 시대에 태어났더라면 족히 여자 책략가가 되었을 것을!"

이생은 바로 얼마간의 돈을 노파에게 쥐어주며 술과 안주를 준비할 비용으로 쓰게 하고는 노파와 헤어져 집으로 돌아왔다.[14]

위에서 본 바와 같이 이생은 노파의 도움을 구하려고 쩔쩔매고 노파는 이를 놀리는 듯 잘 안 들린다고 하다가 겨우 말을 들어주면서 앞으로는 이러이러하라고 방법을 알려 준다. 이에 감탄한 이생은 또 다시 노파를 고마워하면서 칭찬하고 돈을 주고 가는데, 그 후에도 일이 순조롭게 진행되지 않아 순매를 만나기가 어렵다. 우여곡절을 겪으면서 노파에게 화를 냈다가 고마워했다가를 반복하는 내용이 이 소설의 대부분을 차지한다. 정작 여주인공 순매와 직접 만나는 장면은 적고 노파와 이생의 대화 장면이 더 많은 것이다. 서사의 마무리도 노파가 순매의 이별의 말을 전달하는 것으로 이루어진다. 그 말을 듣고는 이생이 이제 어찌해볼 도리가 없다고 여겨 긴 시를 한 편 쓰는 것으로 끝난다.

여성 노인의 말솜씨, 꾀, 노련함 등의 특성을 잘 살려 서사를 전개해 나간 작품으로 〈포의교집〉도 들 수 있다. 장진사를 따라 서울에서 살게 된 충청도 선비 이생이 그 동네의 새색시 초옥에게 반하여 그녀

---

14) 작자미상, 김경미·조혜란 역주, 『19세기 서울의 사랑—절화기담, 포의교집』, 도서출판 여이연, 2003, 62~66면.

에 대해 묻기도 하고 만남을 주선해 달라고 하기도 하는 노파가 있다. 당파(堂婆) 즉 당할멈이 바로 그녀인데 〈절화기담〉의 노파와는 달리 두 남녀주인공의 매개 역할을 충실히 한다. 이생과 한동안 이별한 뒤 초옥이 어떻게 지냈는지를 전하거나 갑자기 다시 온 이생과 초옥을 만날 수 있게 해주고 주인공들이 마음 아파할 때에는 위로해주는 등 중요한 역할을 한다. 이렇게 남녀 사이, 집과 집 사이를 자유롭게 드나들면서 말을 전할 수 있는 것은 노인이기에 가능한 것이고 말을 잘하고 사태파악을 잘하기 때문에 가능하다는 면에서 남성 노인들이 지혜와 판단력을 지닌 인물로 형상화된 것과 비슷한 맥락이라 할 수 있겠다. 하지만 남성 노인은 좌장(座長), 수장(首長), 문제 해결자로서의 면모가 강한 것에 비해, 여성 노인은 중요한 역할을 하기는 하지만 매개자, 자기 삶의 개척자로서의 면모에 그쳐 한 집단의 어른으로서의 위상은 없었다는 면에서 차별적이다.

3) 국문장편 고전소설에서의 가족관계 속 노년상

앞에서 살핀 고전서사문학에서의 노년상은 주로 사회적 관계 속에서의 모습이기에 '노인', '노파', '할미' 등으로 불렸으며, 문제를 해결하는 지혜로운 인물로 기능하거나 오히려 갈등 해소를 지연시킴으로써 긴장감을 불러일으키는 인물로 기능하였다. 이와는 다르게 국문장편 고전소설들에서는 주로 가족관계 속에서 노년의 모습을 볼 수 있으며 '조부', '조모', '집안의 어른'으로서의 역할에 집중되어 있다.[15]

(1) 엄한 교육과 철저한 자기 관리

17세기 중후반에 지어졌다고 추정되는 국문장편 고전소설인 〈소현성록〉 연작의 양부인은 엄한 가모장(家母長)의 위상을 지닌 인물이다. 아들에게도 엄격했지만 노년에 손자들을 가르칠 때에도 주변 사람들의 모골이 송연하고 식은땀이 났다고 할 정도로 엄하게 교육한다.

태부인이 한 번 눈길을 흘려 안색을 살피고 나서 여러 손자들을 당에 오르라고 하고는 천천히 탄식하며 말하였다.

"자식이 불초하면 어버이에게 욕이 이른다. 그러니 어버이를 팔고 가문에 불행을 끼치는 자식은 외아들이라도 차라리 후사(後嗣)를 돌아보지 말고 죽어야 옳다. 부자간의 천륜(天倫)이 비록 중하지만 이 같은 강렬한 뜻은 문드러지지 않을 것이다. 내가 이제 일개 부인이지만 젊은 날부터 이런 뜻을 가지고 있었기에 네 아비가 만약 불초하면 내가 당당히 먼저 죽여 가문에 욕됨을 더하지 않고 아울러 나도 죽어 설움을 잊어야겠다고 뜻을 정했다. 그러나 30여 년에 이르도록 하나도 부족한 것을 보지 못하였으며, 집 밖에 나가서는 조정에서 고귀한 명성을 얻었다고 하니 잠시 마음을 풀고 있다. 하지만 아직도 잘 못하는 일이 있어 맹자(孟子) 어머니의 가르침에 죄를 얻을까 걱정한다.

그런데 지금 너희들은 아직 어린 아이로 어미젖을 떠난 지 얼마 되지도 않아 문득 부모를 물리치고 때를 틈타 거문고·가야금을 만지며 노랫소리를 늘이며 창녀를 끼고 앉아 태도와 행실이 지극히 패려하였다. 그러니 그 아비 된 사람이 어찌 부끄럽지 않으며, 그 어미 된 사람이 어찌 놀라지 않겠느냐? 경은 부끄러워 자식들을 가르치는데, 그 어미들은 도리어 다

---

15) 이 글에서 2절과 3절로 나누어 고찰하게 된 것은 귀납적인 연구의 결과이다. 고전서사문학 전체 유형에서 노년상을 점검한 결과, 국문장편 고전소설 유형에서만 유독 가족 관계 속에서의 노년상이 유의미하게 형상화되어 있었고 그 외의 유형에서는 매우 소략하거나 사회적 관계 속에서의 노년상이 주로 형상화되어 있었다.

스리는 것을 원망하고, 아들들은 자기 죄를 깨닫지 못하여 후회할 줄 모르고, 그 아내들은 각각 시아비가 너무 심하다고 여기는구나. 그러니 어찌한 무리 예의를 모르는 무리가 아니겠느냐? 내 아들은 모름지기 부자의 정에 거리끼지 말고 매몰차게 다스려 열 아이들이 방자한 데에 빠져 사람들의 욕을 먹는 것이 너희 부부로부터 나오지 못하게 하여 이것이 네 부친께 미치지 않게 하여라."

말씀을 마치니 좌우에 모셨던 사람들이 모골이 송연하여 식은땀이 옷에 젖고 온 몸이 바늘방석에 앉은 듯하였다.[16]

물론 가르침을 들은 손자나 며느리들이 뉘우칠 때에는 자애로운 미소를 보임으로써 분위기를 풀어주기는 하지만, 가문의 명예를 더럽히는 일은 절대 용서하지 않겠다는 의지를 강하게 표현한다. 또 손자들을 직접 가르치는 것은 며느리들이 할 일이지만 그녀들이 아이를 느슨하게 가르치거나 잘 못 가르칠 때에는 그녀들을 꾸짖음으로써 손자교육에 간접적으로 영향을 미치기도 한다. 다른 국문장편 고전소설들에서도 조부모들이 어느 정도 손자 교육에 관심을 가지거나 과거 시험 응시 결정권 등을 가지고 있기는 하지만 양부인처럼 엄하게 다스리는 경우는 많지 않다. 또한 양부인은 나이가 많지만 정력이 쇠하지 않았고 병도 없어 노인의 괴로움이 없다고 되어 있다. 젊은이들보다 더 윤택해 보이고 건강해 보이는 것이다.[17]

남성 노인의 예로 〈소현성록〉의 소현성의 노년의 모습을 보면, 저녁에는 자손들을 데리고 서헌(書軒)에서 시(詩)와 부(賦)를 지어 문장

---

16) 〈소현성록〉 5권 123~125면.
17) 하지만 말년에는 마음이 더욱 너그러워져 자손들을 아낄 뿐 그른 일이 있어도 책망하지 않기도 하였다. 〈소현성록〉 15권 51면.

을 권하면서 노는 것으로 되어 있다. 또 연못의 풀을 베거나 계단의 이끼를 쓸면서 제갈공명의 시를 읊조리기도 하고, 곡식의 풍흉을 논하거나 호미로 김을 매면서 백성들의 농사를 돕기도 한다.[18] 나이가 80여 세가 되어도 기질이 사철나무와 같고 안색이 윤택하며 걸음걸이가 나는 듯하여 겨우 마흔 정도 되어 보이며, 총명과 행실도 점점 더 나아져 일월산천의 정기와 광채가 특별했다. 눈빛이 너무 강하여 북두칠성에 쏘일 정도여서 제자들이 놀라는 장면도 있다. 즉 나이에 비해 정신과 총명이 갈수록 기이하고 기력이 정정하여 젊은이 같아 칭탄 받는데, 이는 젊을 때부터 수행하던 철저한 자리관리에서 기인한 것이다. 여색과 풍류에는 관심이 없고 재물 욕심도 없으며 예법을 준수하므로 당대인들이 예법을 배우려면 소현성 집안으로 가라고 할 정도로 청고(淸高)함의 대명사로 불렸다.

〈유씨삼대록〉의 진공도 관리로 일하는 여가에 손을 책에서 놓지 않고 혹 거문고를 타며 뜻과 기운을 펴고, 부인과 거처하는 방에서는 희롱의 빛과 예의 없는 말씀이 없었으며 의관을 정제하였고, 웃으며 말하는 일이 드물었다. 밑의 관리들을 인의로 사랑하며 백성을 어루만져 다스리고 마음 씀이 공평하여 사사로움이 없으니 천자가 스승의 예로 존경하시고 간신과 환관의 무리가 감히 방자하지 못했다고 한다. 가뭄이 심하고 역병이 크게 일어나 백성들이 이를 면하지 못할 때에도 진궁과 유씨 부중은 안전했는데 이는 진공이 제단을 설치하고 제사 지내기를 열심히 하여 비와 바람이 순조로웠고 전염병이 없어져 편안하게 된 것이었다.[19] 덕망이 높기도 하고 재주가 신이하기도 한

---

18) 〈소현성록〉 15권 20~21면.

인물로 묘사되는 것이다.

(2) 애틋한 사랑과 자애로움 표현

국문장편 가문소설에서의 조손 관계와 부자관계를 보면, 애틋한 애정 표현이나 신체 접촉이 서술되는 경우가 종종 있다. 〈조씨삼대록〉에서 진왕이 아들 운현을 심하게 매질한 뒤에 정신을 못 차리자 밤낮으로 간호하여 보름 만에 눈을 뜬 운현의 손을 잡고 위로하다가 곁에 눕히고 또 어루만지면서 웃음을 머금는 것이나, 〈소현성록〉 연작에서 소현성이 아들 운성을 매질한 뒤에 자는 아들을 간호하며 안타까워하는 장면 등이 그것이다.

〈임씨삼대록〉에서는 아들이 어머니의 가슴에 파고들거나 만지면서 애교를 부리는 장면도 있는 등 신체 접촉이 비교적 빈번하게 묘사되는 편이기는 하지만, 임창흥을 예뻐하는 조부모의 모습은 매우 살갑다. 창흥[20]은 할머니 품속에 들어가 아양을 떨고 귀엽게 말하거나 할아버지의 뜻을 맞춰 드려 편히 잠드시게 한다.[21] 아버지 임상국이 좋아 하는 것을 보고 초왕은 아들인 자기보다 손자인 창흥이 낫다고 생각할 정도이다. 하루는 창흥에게 과거를 보라고 권하자 자신은 아직 어리고 공부가 부족하니 글을 더 읽은 후에 보겠다고 한다. 이

---

[19] 〈유씨삼대록〉 20권 17~18면.

[20] 그런데 창흥은 특별히 신체적인 애정 표현을 많이 하는 인물 중 하나이기는 하다. 어머니 주숙렬에게 가서 무릎에 앉아 가슴을 어루만지는데 나이가 열두 살이고 몸이 장대하지만 즐거워한다. 어머니의 젖가슴을 어루만지며 무릎을 베고 아양을 떤다는 표현도 몇 차례 나온다. 초왕도 딸 채혜를 대할 때에 뺨을 재도 귀여워하는 등 애정 표현이 자연스럽다.

[21] 〈임씨삼대록〉 3권 69면.

말을 듣고 더욱 기특해 하는데, 서술자는 이를 '끔찍이 사랑하며 지나치게 애지중지하였다'라고 표현하고 있다. 상국 자신도 "이 할아비가 창흥을 사랑하는 것이 병이 되어 그 사랑에 잠겨 세상사를 모르는가 하였더니…"[22]라고 하면서 창흥이 철이 다 들었다며 기뻐 어쩔 줄 몰라 하면서 과거 시험을 보게 한다. 창흥이 태부인에게 옥선군주가 싫다고 하는 말을 하는 것을 듣고 꾸짖다가도 그가 감귤과 홍시를 받아먹는 모습을 보고는 그림으로도 표현하지 못할 만큼 귀엽다고 하면서 예뻐한다. 옥선 때문에 창흥이 괴로워하자 그녀를 며느리로 맞아들인 초왕에게 화를 내는데 이는 상국이 아들 초왕을 처음으로 편치 않게 여긴 일이라 식구들이 깜짝 놀라며 천지가 뒤집힐 만한 일이라고 한다.[23]

〈임씨삼대록〉의 다른 부분에서도 조부모나 증조부모의 따뜻한 애정을 느낄 수 있는 부분들이 보이는데, 한 예를 들어본다. 임세린의 아들 경흥이 사천으로 외직을 나가게 되자 그 아내인 주소저가 친정에 인사하러 간 부분이다. 열 살 조금 넘은 증손녀가 남편을 따라 멀리 떠나야 하는 상황이라 슬퍼하는 장면이다.

> 주소저는 증조모의 손을 받들고 증조부의 얼굴을 우러러 헤어지는 회포 끝이 없고 이별의 정이 샘솟아 스스로 슬픔을 제어하지 못하다가 할아버지의 불편하신 기색과 아버지의 질책을 듣고는 황공하고 부끄러워 즉시 눈물을 닦으며 사죄했다. (중략)
> 태부인은 더욱 안타까워 다시 소저를 가까이 두고 뺨을 부비며 이마를

---

22) 〈임씨삼대록〉 4권 75면.
23) 〈임씨삼대록〉 10권 13면.

어루만지고 말했다.

"내가 다른 손자 손녀들보다 난벽을 특별히 사랑하는 것은 창흥의 어미를 막내딸로 얻어 그 사랑이 천륜에 더하다가 시집 간 후 갖은 화란에 죽었는지 살았는지 모를 적에 이 아이가 있어 그 슬픔을 위로받았기 때문이다. 그러니 이 아이가 없었다면 그 슬픔을 누가 위로했겠느냐? 때문에 내가 난벽을 특별히 사랑하고 제 또한 나에게 정성이 간절하여 제 출가하고 시집으로 간 후에도 한 달만 보지 못하면 서로 이별의 슬픔을 이기지 못했다. 그런데 이제 천리 밖 먼 이별을 당하게 되었으니 어찌 슬프지 않을 것이라고 어린아이를 인정 없는 말로 책망하느냐? 너희 부자는 진실로 사람의 마음이 아니구나."

말을 하는데 기색이 심히 불편해 보였다. 이에 상서 부자가 크게 황공하여 불효함을 사죄했다. 소저는 이틀 밤을 머문 후 돌아가려 하였다. 태부인은 소저를 제 처소로 보내지 않고 품에 품어 사랑하고 한 이불을 덮고 아끼며 이별의 슬픔을 금치 못했다. 소저도 왕할머니의 허리를 안고 젖가슴을 쓰다듬으며 이처럼 늙고 약해지셨는데 생전에 자기가 다시 뵙지 못할까 슬퍼하며 눈물이 소매를 적셨다.[24]

이별을 슬퍼하는 딸아이에게 여자의 올바른 행실 운운하며 엄하게 책망하는 손자와 아들 내외 앞에서 증조모인 태부인이 주소저를 두둔하면서 아껴주는 대목이다. 아버지와 조부만 해도 예의범절이나 도리를 내세우면서 가르치지만 증조모의 경우는 한 없이 사랑스럽기만 한 증손녀와의 관계가 부각된다.

(3) 갈등 조정과 분위기 조성

노년의 여성은 사회적 관계 속에서와 마찬가지로 집안에서도 매개

---

[24] 〈임씨삼대록〉 31권 66~68면.

역할을 하는 경우가 많다. 가족 간의 갈등을 조정하거나 화해로운 분위기를 조성하는데, 노년의 여성 중에서도 서모나 고모 등이 이런 역할을 하곤 한다. 〈소현성록〉 연작의 석파가 대표적인 예인데 그녀는 소현성의 서모로, 여가장(女家長)인 양부인의 의중을 잘 읽어내고 늘 엄격한 소현성에게 농담을 하여 웃게 하기도 하며, 손자 운성이 소영을 첩으로 들이고 싶어 할 때에도 본부인 형씨의 마음이 상하지 않고 자연스럽게 성사시키기 위해 투호 놀이 자리를 마련하기도 한다.[25] 나중에 석공의 집에 피해 가 있던 소영을 다시 불러들일 때에도 운성이 석파와 투호 내기를 하여 이겨서 데려오게 된다. 할머니 양부인이나 아버지 소현성 등의 엄함 때문에 감히 말을 꺼낼 수 없을 때에는 서조모인 석파가 매개 역할을 하면서 일을 풀어나가게 되는 것이다. 석파는 또 딸과 며느리, 손자며느리 등이 모여 담소를 나누는 자리에서도 주도적으로 대화를 이끌어 가는데, 예를 들어 백화헌에서 꽃구경을 하고 술을 마시는 자리에서 소씨, 윤씨 등 딸 벌들, 화씨 석씨 등 며느리 벌들에게 술을 따라주면서 그녀들 각각의 인생에 대해 요약적으로 설명한 뒤 품평을 한다.[26] 그녀의 말에 이어 대화가 무르익게 되면서 자신의 생애를 되돌아보기도 하고 서로의 오해를 풀기도 하는 등 여성 가족들의 화해와 위로의 장이 마련되는 것이다.[27]

---

25) 〈소현성록〉 5권 92~93면.

26) 〈소현성록〉 2권 65면.

27) 그녀가 이렇게 가족들의 갈등을 해소하거나 좋은 분위기를 조성하여 긴장을 이완하는 역할을 했기에 죽음에 임해서도 모두 진심으로 슬퍼하는데 특히 소현성이 쓴 제문은 매우 절절하다. 6면에 걸쳐 길게 쓰였는데 어릴 때부터 자신을 잘 길러주신 것, 홀로 된 어머니를 정성껏 받들어 외롭지 않게 하신 것, 노년에는 여러 자손들을 다 마땅하고도 공평하게 대하면서 한결같이 사랑해주신 것 등에 감사하는 마음이 담겨 있다. (〈소

〈조씨삼대록〉에서도 태부인이 갈등 조정의 역할을 하는데, 유현의 아내 강씨가 다른 아내를 모해하는 등 악행을 저지르다가 잘못을 뉘우치고 용서를 비는데도 유현이 다시 보지 않으려 하는 상황에서 그 부부를 화해시키는 자리를 마련한다. 강씨가 바둑을 잘 두는 것을 알고 있었기에 이를 자연스럽게 이용하려고 모든 손자와 손자며느리들을 모아 놓고 바둑을 두게 한다. 역시나 강씨가 다른 손자며느리들을 다 이기자 그녀가 명랑하고 총명함을 칭찬하면서 유현에게 그녀를 용서하고 잘 대하라고 권한다.[28] 이 일을 계기로 하여 이 부부는 다시 화목하게 된다.

(4) 가부장적 이데올로기와 윤리 실행

가족관계 속에서의 노인은 대개 한 집안의 어른의 위치이기에 남녀 성별에 상관없이 가부장적 이데올로기를 체화한 언행을 보이기도 한다. 젊은 세대들이 사사로운 감정에 휘둘린다거나 자유로운 생활을 바라는 것에 비해, 어른들은 개인의 사사로운 감정보다는 가문의 위상 정립이나 유지를 위해 일을 처리하곤 한다. 초기 가문소설이라고 할 수 있는 〈소현성록〉의 여성 어른들이 그런 성향을 짙게 띄는데, 양부인은 절개를 잃은 딸을 죽이기도 하고 며느리가 질투하는 것을 나쁘게 생각하여 아들이 재취하는 것에 동의하기도 한다. 서모인 석파도 아들 소현성이 빼어난데도 아내가 한 명뿐이어서는 안 된다면서 다른 아내를 적극적으로 소개하기도 하고, 남성이 여러 아내를 두거

현성록〉 15권 41~46면.)
28) 〈조씨삼대록〉 19권 102~104면.

나 호색하는 것을 부정적으로 보지 않으면서 웃음으로 넘겨버리기도 한다. 이 노년 여성들은 생물학적으로는 여성이지만 남성중심적인 생각과 이데올로기를 대변하는 듯한 모습을 보이기도 하는 것이다.[29]

또한 국문장편 고전소설은 효(孝)를 실행하는 것을 강조하는데, 노년이 되어서도 부모님께 효도하고 형제간에 우애하는 모습을 자주 서술한다. 〈유씨삼대록〉의 유세기와 세형 형제도 부모님이 연로하시자 이를 두려워하여 8남매가 서로 의논하여 세속의 번다한 일을 다 그만두고, 형제 다섯 사람이 서헌에 모여 밤에는 부친을 모시고 자고 낮에는 부모님을 모시고 유쾌한 농담으로 즐겁게 해드리면서 그 뜻을 받들어 한 때도 곁을 떠나지 않는다. 아침저녁 밥상이 오르는 때면 형제가 친히 주방에 가서 반찬을 살피고 그 아내들이 친히 상을 받들어 시부모님께 내왔고 많은 자손들이 차례로 모시고 앉아 먹는다. 부모님이 상을 물리면 아들들이 그 그릇 뚜껑을 열어 드신 양을 살핀 뒤에 부모님을 모시고 말씀을 나눈다. 혹 몸이 피곤하고 불편해도 자기 방에 돌아가지 않고 중당에서 장막을 친 뒤 그 사이로 가서 쉰 후에 다시 부모님 앞에 나아가 말씀을 나눈다. 부인들도 집안일은 그 며느리들 즉 손자며느리들에게 맡기고 오로지 시부모님 모시기에 힘쓰며 즐거움으로 삼는다.[30]

어머니가 돌아가셨을 때에는 피를 토하고 기절할 정도로 슬퍼하지만 상례를 치를 때에는 과도하게 슬퍼하지 않고 평소와 같이 단정히

---

29) 이런 모습 때문에 국문장편 고전소설에서의 노년상을 고찰할 때에는 앞 절과는 달리 남녀를 나누어 살필 필요가 없었다. 다만, 3번 항목인 갈등 조정과 분위기 조성의 면은 여성의 경우에만 해당한다.
30) 〈유씨삼대록〉 18권 86~87면.

지낸다. 하지만 손자들은 예법에 넘치게 상례를 주관하면서 물과 음식을 입에 대지 않고 곡하기를 그치지 않는다. 손자들도 이미 노년인데도 그렇게 하니 보는 사람들이 더욱 슬퍼하는데, 아버지가 살아 있는 자신을 봐서라도 너무 과하게 슬퍼하지 말라고 꾸중하고 나서야 사죄하고 슬픔을 억제하며 견딘다.[31]

4) 가족갈등과 노인소외의 해법으로서의 공감력

우리 고전서사문학에서는 사회적 관계 속에서의 노년의 모습이 지혜롭고 말을 잘하며 사람 간의 중재, 인연의 매개 등의 역할을 하는 사람으로 형상화되어 있었다. 나라에서도 노인들을 존경하고 축수(祝壽)하는 분위기를 조성했는데, 〈소현성록〉에서도 양부인이 84세가 되었을 때 금은과 비단을 자식들에게 내려주면서 부모님께 바치라고 하고 궁중 악단인 이원(梨園)의 풍류를 내려주면서 3일간 잔치를 열도록 하였다. 그런데 이 잔치는 가족들만의 잔치가 아니라 조정의 대신들과 부인들도 참석하는 대규모 잔치였다. 황제가 참석하도록 명한 것인데 그 축하객이 40여 리에 메일 정도이고 진수성찬이나 풍악소리도 매우 풍성하고 화려했다.[32] 물론 양부인이 3대(代) 공신인 소현성의 모친이자 황후의 조모였기에 그 잔치가 더욱 풍성했지만, 60세 이상의 노인들을 축수하는 것을 공론화하던 때였음을 알 수 있다.

이렇게 노인을 공경하는 분위기였음과 동시에, 가문의 화합과 결

---

31) 〈유씨삼대록〉 19권 11~12면.
32) 〈소현성록〉 15권 7~8면.

속을 다지기 위해 가족은 모두 모여 살아야 함을 역설하는 대목도 있다. 조선 후기에도 이미 가족이 따로 나가 사는 것을 선호하는 경향이 생기기 시작한 듯한데, 장편고전소설에서는 그런 경향을 막아보려는 의도를 담고 있었다. 조부모와 부모가 죽고 나면 형제들이 분가하여 자기 가족만 따로 살기를 원하게 되며 이를 위해 그 전부터 사사로이 재물을 모으는데 이는 좋지 않다는 것이다. 그래서 부모 사후에 가장 노릇을 하게 된 형이 통곡을 하면서 아우들을 단속하기까지 한다. 형제가 함께 사는 게 좋으니 떠나지 말자고 하면서 흰말의 피를 바르며 혈서로 맹세한다. 만약 집안을 어지럽히는 말을 하면 인정사정없이 다스릴 것이고 함께 살자는 맹세를 어기면 부모님의 영혼이 벌을 내릴 것이라고 하니, 이후로는 나가 살겠다는 말이 없이 화평하였다[33]고 되어 있다.

〈유씨삼대록〉에서도 부모를 모두 여읜 후에 진공 형제가 남매 여덟과 동거하며 아침저녁으로 제사를 받들면서 3년 상을 마쳤고, 그 후에도 슬픔이 사무쳐 처소를 옮기지 못하고 형제가 함께 서헌에서 세월을 보내면서 잠시도 떠나지 않았다[34]고 되어 있다. 진공 형제가 죽고 나서도 셋째, 넷째 아들 등 다른 형제들이 화목하여 화락한 기운이 가문에 가득하고 유풍이 변하지 않았으며 재물을 사사로이 축적하지 않았고 의복과 음식을 공평하게 하여 화목한 것이 고금에 드물었다.[35] 물론 현대 사회에서는 형의 강한 권유가 이와 같이 가족의 동의

33) 〈소현성록〉 15권 78~79면.
34) 〈유씨삼대록〉 19권 19~20면.
35) 〈유씨삼대록〉 20권 30면.

로 이어지기 힘들 것이고 형제가 모여 살기도 힘들 것이지만 가족의 끈끈한 애정과 화목함 등은 본받을 만하다.

한편, 가족관계 내에서의 노년의 모습은 자애로운 모습을 가장 먼저 꼽을 수 있었는데, 이는 실제 상황과도 비슷하다. 16세기 양반가의 가족의 모습을 보여주는 유희춘의 〈미암일기〉에서의 조손(祖孫)관계를 보면, 유희춘은 자상한 할아버지이면서도 엄한 스승이었던 것을 알 수 있다. 평범했던 아들에게보다는 손자들에게 가문 창달의 기대를 많이 했기 때문에 손자들을 직접 교육하였으며 말썽을 부리면 매를 들기도 하는 등 엄하게 글공부를 시켰다. 하지만 할아버지의 애틋한 정이 느껴지는 일화가 많은데, 맏손자 광선이 혼인할 때에는 모든 과정을 도맡아 할 정도로 애정을 보였고, 외손녀 은우를 사랑하고 칭찬하는 대목도 종종 있다. 이 가족의 경우에는 조손 관계가 부자 관계보다 더 밀접했다고 할 수 있을 정도이다.[36]

특히 국문장편 고전소설의 노년의 여성인물들은 자신에 대한 자존감이 컸다. 이런 면이 여성 향유층의 현실과 바람을 담은 것이기도 할 터인데, 〈소현성록〉의 양부인이나 석파가 대표적인 예이다. 한 집안의 가장 노릇을 했던 양부인뿐만 아니라 첩, 즉 서모의 위상이었음에도 불구하고 석파는 자신의 생애에 대해 자부심을 느끼고 있었다. 그녀는 집안 물건의 출납과 손님 접대를 담당했으며 종들도 단속하는 역할을 했는데, 자신이 매우 청렴결백하여 재물을 사사로이 쓴 적이 없고 개인 재산도 전혀 모으지 않았음을 자랑스러워한다.[37] 양

---

36) 박미해, 「16세기 양반가의 가족관계와 가부장권―유희춘의 〈미암일기〉를 중심으로」, 『고문서연구』 21, 2002.

부인도 석파를 평가하기를, 같이 지낸 것이 70여 년이 되도록 공손하지 않은 일과 속이거나 사납게 한 일을 보지 못하였고 자기 마음대로 한 일도 없었다고 한다. 또한 말을 화려하게 잘하고 남들에게 순종적이지 않으며 잘못을 드러내는 일도 있었지만 그 실제 행실과 예법이 엄하여 여자 중의 영웅이 될 만하다고 칭탄한다.[38] 절약하고 공평하지만 남의 잘못을 보면 지적하여 고치게 함과 동시에 자기 자신에게도 엄격하여 예의범절을 잘 지키는 사람으로 평가되는 것이다. 또한 양부인과 석파와 같이, 또는 소부인과 윤부인, 화부인, 석부인과 같이 비슷한 연령의 노년의 여성들이 공감하고 위로하는 등 벗이 되어 주는 관계도 긍정적인 노년 생활을 영위하게 할 수 있는 토대가 될 듯하다.

이상에서 본 바와 같이 우리 고전서사문학에서는 노년의 형상이 주로 지혜와 경험이 풍부한 사람, 말을 잘하여 중재를 잘하며 갈등을 해소해 주는 사람, 자애와 엄격함을 함께 지닌 사람, 죽음에 임해서도 의젓하게 대처하는 사람으로 서술되어 있었다. 이렇게 긍정적인 노년상과 더불어, 노년의 어른들을 공경하고 효도하며 가족이 화목했던 점 등을 본받는다면 가족갈등과 노인소외가 줄어들 수 있을 것이다. 물론 현대의 노인 문제나 가정 문제는 이러한 정신적인 부분만으로 해결되지 않는, 사회구조의 변화에 기인한 바가 크기는 하지만, 문학을 통해 우리의 삶이 더 나아질 수 있는 소양을 배울 수 있다는 면에서 의의가 있다.

---

37) 〈소현성록〉 15권 34~35면, 37~38면.
38) 〈소현성록〉 15권 39~40면.

죽음을 선택한 여성들의 감정

1) 여성이 '선택'한 '죽음'과 '말하기'

여성의 죽음을 추모한 제문들은 다른 사람들이 그녀를 기억하는 방식을 보여준다. 그렇기에 그녀가 당대의 규범에 맞게 살아간 것을 칭탄하는 내용이 많고 행적을 위주로 기술되는 편이다. 그러나 죽음을 앞둔 여성은 매우 복잡미묘한 감정을 지녔을 가능성이 크며, 아울러 자신의 생애에 대해 회고하고 반성하거나 다짐하는 시간을 가졌을 듯하다. 특히 조선 후기의 여성들은 자기 생각의 표현인 말하기가 자유롭지 못했기에 누군가에게, 세상을 향해 말하는 것 자체가 큰 의미가 있다. 더군다나 죽음을 앞두고 무엇을, 어떻게 말하는지는 매우 중요한 문제라 여겨진다.

이에 이 글에서는 고전소설 속에서 여성인물이 작품 중간에 죽음을 선택한 경우들에 대해 고찰하려 한다. 〈운영전〉, 〈숙영낭자전〉,

〈삼한습유〉, 〈주생전〉, 〈심생전〉, 〈유씨삼대록〉, 〈소현성록〉 등[1]에서 그런 여성들을 발견할 수 있는데, 죽음에 이르는 과정이나 그때의 감정은 작품마다 차이를 보일 것이다. 그녀들은 자기 의지나 사랑, 억울함 등을 표현하기 위해 죽음을 택하는데, 직접적인 자결을 통해 적극적으로 자기표현을 한 경우, 간접적인 자결 즉 살기를 거부하고 서서히 죽어 감을 통해 소극적으로 자기표현을 한 경우로 대별할 수 있다. 자존감이 센 여성이지만 사랑을 받지 못해 원한으로 남는다고 말하기도 하고, 사랑에 연연하지 않고 체념하거나 낙담하기도 한다. 부부관계보다는 모녀 관계에서의 효도가 더 중요하다고 말하기도 하고 사랑은 부질없으니 이를 다투는 것이 구차하다고 말하기도 한다. 정조가 훼손된 것으로 오해 받아 수치심과 억울함으로 힘들어 하거나 저항하다가, 배신을 당해 슬픔과 자포자기의 심정으로, 남편의 무시와 배제로 분노가 치밀어 죽음을 택하기도 한다.

이같이 다양한 이유로 죽음을 선택한 여성인물들의 양상을 고찰한 뒤, 그녀들의 감정에 대해서 논하고자 한다.[2] 아울러 그녀들의 죽음

---

[1] 이 장의 연구 대상 작품들과 관련된 죽음 연구들만 제시하면 다음과 같다. 김수연, 「운영의 자살심리와 〈운영전〉의 치유적 텍스트로서의 가능성에 대한 시론」, 『한국고전연구』 21, 한국고전연구학회, 2010. ; 이송희, 「〈삼한습유〉에 나타나는 의/열녀의 불안정성－희생양에서 윤리주체로」, 『민족문화연구』 74, 민족문화연구소, 2017. ; 장효현, 「〈삼한습유〉에 나타난 열녀의 형상」, 『한국고전여성문학연구』 2, 한국고전여성문학회, 2001. ; 정선희, 「국문장편 고전소설의 망자 추모에 담긴 역학과 의미－서모, 아내, 아우 제문 분석을 중심으로」, 『비평문학』 35, 한국비평문학회, 2010. ; 정출헌, 「〈향랑전〉을 통해 본 열녀 탄생의 메카니즘」, 『한국고전여성문학연구』 3, 한국고전여성문학회, 2001. ; 조혜란, 「향랑 인물고」, 『고소설연구』 6, 한국고소설학회, 1998. ; 지연숙, 「〈주생전〉의 배도 연구」, 『고전문학연구』 28, 한국고전문학회, 2005. ; 한길연, 「〈유씨삼대록〉의 죽음의 형상화 방식과 의미」, 『한국문화』 39, 서울대 규장각 한국학연구소, 2007.

을 대하는 주변인들의 반응에 대해서도 살필 것이다. 기존에 주로 논의되었던 감정인 사랑, 분노, 질투보다 더 세분화된 감정들 즉 불안, 공포, 죄책감, 고마움, 자존감, 수치심, 모멸감, 반감, 울화, 낙담, 자책, 적대감 등이 여성인물들에게서 표출되었고 이 같은 감정 때문에 죽음에 이를 수밖에 없었던 상황에 대해서 논하게 될 것이다.

마지막으로, 고전소설에서 죽음을 선택한 여성들의 의식과 감정의 양상이 민요, 설화, 열녀전에서와 어떻게 같거나 다른지, 중국이나 일본 고전소설과는 어떠한지, 현대의 여성 자결담과는 어떠한지 등에 대해 간략히 살필 것이다. 고전소설 중, 여성인물이 중간에 죽는 대표적인 작품들 즉 〈장화홍련전〉, 〈심청전〉은 홍련이나 심청이 자신의 죽음에 대해 말하는 부분이 거의 없기에 자기표현의 방식으로서의 죽음을 논하고 그때의 감정을 읽는 이 글에서는 연구 대상으로 삼지 않는다.

---

2) 이 장의 연구 대상 작품들과 관련된 감정 연구들을 제시하면 다음과 같다. 이지영, 「〈상사동기〉, 〈옥소선〉, 〈심생전〉의 열정적 사랑에 대하여」, 『고소설연구』 36, 한국고소설학회, 2013. ; 정선희, 「삼대록계 국문장편소설의 공주/군주 형상화와 그 의미-부부관계 속 여성의 감정과 반응 양상에 주목하여」, 『한국고전여성문학연구』 31, 한국고전여성문학회, 2015. ; 정혜경, 「조선후기 장편소설의 감정의 미학-〈창선감의록〉, 〈소현성록〉, 〈유효공선행록〉, 〈현씨양웅쌍린기〉를 중심으로」, 고려대 박사논문, 2013. ; 주형예, 「〈유씨삼대록〉의 감정 규칙과 독서경험」, 『열상고전연구』 34, 열상고전연구학회, 2012. ; 최기숙, 「고소설의 감성 문법과 감정 기호-〈소현성록〉의 감정 수사를 중심으로」, 『고소설연구』 39, 한국고소설학회, 2015. ; 한길연, 「〈유씨삼대록〉의 진양공주의 이상화 양상 연구」, 『한국고전여성문학연구』 37, 한국고전여성문학회, 2018.

2) 고전소설에서 죽음을 선택한 여성들

(1) 적극적 자기표현으로서의 죽음 – 운영, 숙영, 향랑

고전소설 속에서 그려지는 여성들의 죽음 중, 적극적인 자기표현으로서의 죽음은 〈운영전〉, 〈숙영낭자전〉, 〈삼한습유〉에서 볼 수 있다. 이들 작품에서 여주인공들은 자신의 사랑, 결백, 의지를 관철시키기 위해, 또는 그것을 보여주기 위해 자결을 감행한다. 그녀들이 죽음을 결심하기까지의 감정을 따라가며 그 과정을 살펴보기로 한다.

① 운영 – 자존감, 감사, 죄책감으로 인하여

액자소설 구조인 〈운영전〉에서 운영은 몽유자인 유영에게 자신과 김 진사의 옛이야기를 말하겠다 하면서 마음속에 쌓인 원망을 잊을 수 없다[3]고 한다.

김 진사와 운영의 첫 만남 때의 운영의 감정은, "진사가 붓을 휘둘렀는데, 그만 먹물이 잘못 튀어 내 손가락에 작은 먹점이 묻게 되었지. 내가 그걸 영광으로 여겨 닦아 없애지 않으니"라는 문장에 드러나 있다. 둘의 만남을 '영광으로 여긴' 것이다. 이 상황을 주위의 궁인들도 용문(龍門)에 오른 데에 비유한 것을 보면, 재주 많고 훤칠한 김 진사는 선망의 대상이었던 듯하다.

그러나 그 다음 날 안평대군이 진사의 시들을 읊조리는 것을 들은 뒤부터 운영은 "자려 해도 잠을 이루지 못하고 먹는 것이 줄었으며

---

3) 〈운영전〉, 박희병·정길수 편역, 『사랑의 죽음』, 돌베개, 2007. 34면. 이후 〈운영전〉 인용은 모두 이 책에서 함.

마음이 답답하여 모르는 사이에 옷과 허리띠가 헐렁해졌다"고 고백한다. 자신과 눈이 마주친 뒤로 넋이 날아간 듯 마음을 진정할 수 없다가 지금은 병이 가슴속 깊이 들어와 죽을 것 같다는 진사의 편지를 읽고는 "말문이 닫히고 기가 막혔습니다. 아무 말도 할 수 없었고 눈물이 흐르다 흐르다 피가 되어 떨어졌습니다. 남들이 알까 두려워 병풍 뒤로 몸을 숨겼습니다. 그 후 잠시도 잊지 못하고 바보처럼 미치광이처럼 지내다가 속마음을 말과 얼굴빛에 드러내고야 말게" 된다. "날마다 수척해져서 아리따운 모습을 잃어가고 …… 가느다란 허리가 더욱 야위었으며 얼굴은 초췌하고 목소리는 실낱처럼 힘이 없어 입밖으로 나오지 못하는 듯"하게 된다.

이렇게 운영은 사랑의 열병을 앓는 듯했으나, 죽음을 앞두고 약간은 다른 말을 한다. 궁녀 비경이 위로하자, "불행히도 병에 걸려 조만간 죽을 것 같아.[4] 내 미천한 목숨이야 끊어진들 아까울 게 없지. 다만 나머지 아홉 사람의 문장과 재주가 날로 발전해 훗날 아름다운 시편들이 온 세상을 흔들 텐데 나는 그 모습을 볼 수 없을 테니, 이때문에 슬픔을 금하지 못하겠어."라고 하는 것이다. 친구들의 문장 실력이 늘어 발전해갈 텐데 자신이 그런 모습을 볼 수 없어 슬프다고 한 것인데, 이는 운영의 자존감, 시작(詩作)에 대한 욕심을 드러내는 면이라고 할 수 있다. 하지만 이를 들은 비경이 "그 말이 너무도 서글프고 절절해서 나는 눈물을 흘렸단다. 지금 생각해보니 그 병은 그리

---

[4] 이때의 죽음은 좌절이라기보다는 간절함으로 해석해야 한다고 하기도 하지만(김수연, 「운영의 자살심리와〈운영전〉의 치유적 텍스트로서의 가능성에 대한 시론」, 『한국고전연구』21, 2010. 243면.), 정확히 말하면, 간절함이 강하여 좌절에까지 이른 경우라고 봐야 할 듯하다.

워하는 사람이 있어 시작된 거였어."라고 진단한 것을 보면 운영의 절절한 슬픔은 '사랑으로 인한 아픔'인 면이 더 강하다.

무녀의 집에서 겨우 상봉한 김 진사에게 운영이 준 편지에는 자신의 생애를 돌아보고 재주를 애달파 하며, 진사와의 만남을 회상하고 '이룰 수 없는 사랑에 원한이 맺혔다'는 내용들이 담겨 있다.

① 지난 번 무산(巫山) 신녀(神女)가 편지 한 통을 전해 주었습니다. 맑고도 맑은 음성이 종이 가득 절절하게 담겨 있었습니다. 공경하는 마음으로 세 번을 거듭하여 읽으니 슬픔과 기쁨이 극도로 뒤엉켜서 마음을 진정할 수 없었습니다. (중략) 날아가고 싶지만 날개가 없으니 애가 끊어지고 넋이 사그라져 오직 죽을 날만을 기다릴 따름이었어요. 그러나 죽기 전에 짧은 편지로나마 평생 가슴속에 간직해오던 것을 모두 토로하려 합니다. 낭군께서는 잘 들어 주시기를 간절하게 바랍니다.

② 제 고향은 남쪽 지방입니다. 부모님이 여러 자식 중에서 유독 저를 사랑하셔서 집 밖에서 장난하며 놀 때에도 제가 하고 싶은 대로 놓아두셨어요. (중략) 부모님이 예전에 〈삼강행실도(三綱行實圖)〉와 〈칠언당음(七言唐音)〉을 가르쳐 주셨어요. 열세 살에 주군의 부르심을 받아 부모님과 헤어지고 형제들과 떨어져 궁중으로 들어왔습니다. (중략) 부인께서 저를 아끼시어 친 자식이나 다름없이 대해 주셨고, 주군도 저를 심상한 몸종으로 보지 않으셨습니다. 궁중 사람들 중에서 저를 친형제처럼 사랑하지 않은 사람이 없었습니다.

③ 공부를 시작한 뒤로는 의리를 알고 음률에 정통하였기에 나이 많은 궁인들도 저를 공경했습니다. 급기야 서궁으로 옮긴 뒤로부터는 거문고와 서예에 전념하여 조예가 더욱 깊어졌습니다. 그래서 손님들이 지은 시는 눈에 차는 것이 없었지요. 재주가 이런데도 여자로 태어나 당대에 이름을 날리지 못하였습니다. 운명도 기구하여 어린 나이에 하릴없이 깊은 궁궐에 갇혀 있다 끝내 말라 죽게 되어 버린 제 처지가 한스러울 따름입니다.

④ 사람이 태어나 죽고 나면 누가 알아주겠습니까? 그렇기에 마음속에는 굽이굽이 한이 맺히고 가슴속 바다에는 원통함만 가득 쌓였습니다. 그래서 수놓던 것을 갑자기 등불에 태우기도 하고 베를 짜다가 말고 북을 던지고 베틀에서 내려오기도 했습니다. 또 비단 휘장을 찢어 버리기도 했고 옥비녀를 부러뜨리기도 했습니다. 술 한 잔에 잠시 흥이 오르면 맨발로 산책을 하다가 섬돌 옆에 핀 꽃을 꺾기도 하고, 뜰에 난 풀을 꺾기도 하는 등 바보인 것처럼 미치광이인 것처럼 감정을 억누르지 못했어요.

⑤ 작년 가을밤이었지요. 처음 군자의 모습을 보고 '천상의 신선이 인간 세계에 유배 오신 게로구나.'라고 생각했답니다. 제 용모가 다른 아홉 사람보다 많이 떨어지는데, 전생에 무슨 인연이 있었던 것일까요? 제 옷에 튄 먹물 한 점이 끝내 가슴속 원한을 맺게 한 빌미가 될 줄을 어찌 알았겠어요? 주렴 사이로 바라보면서는 곁에서 모실 인연 만들고 싶었고, 꿈속에서 뵈었을 때는 잊지 못할 사랑을 이루어보고 싶었어요. 비록 한 번도 이불 속의 기쁨을 나눈 적 없지만 아름다운 낭군의 모습은 황홀하게 제 눈 속에 어려 있습니다.

⑥ 배꽃에 두견새 우는 소리며 오동나무에 밤비 내리는 소리를 서글퍼 차마 들을 수 없었어요. 뜰 앞에 가녀린 풀이 돋아나고 하늘가에 외로운 구름이 날리는 모습 역시 서글퍼 차마 볼 수 없었지요. 병풍에 기대앉기도 했고 난간에 기대서기도 했으며 가슴을 치고 발을 구르면서 하늘에 호소해 보기도 했어요. 낭군 또한 저를 생각하고 계셨는지요? 단지 한스러운 것은 낭군을 만나 보기도 전에 제가 갑자기 죽지 않을까 하는 것이에요. 그렇게 된다면 천지가 다하여도 가슴속 정은 사라지지 않을 것이고, 바다가 마르고 바위가 문드러진다 해도 품은 한이 사그라들지 않을 것입니다. (중략)

⑦ 또 졸렬한 시를 적어, 지난번 시 한 편을 보내 주신 은혜에 삼가 답합니다. 제가 지은 글이 아름다워서가 아니라 모쪼록 앞으로 내내 좋은 일이 있기를 바라는 뜻에서 드리는 것입니다. 하나는 가을을 아파하는 시요, 또 하나는 그리는 마음을 담은 시입니다.[5]

유서와도 같은 이 글에 드러나는 운영의 감정은 몇 가지가 혼합되어 있다. 자신이 의리도 알고 음률과 서예에 정통하며 시도 잘 짓는다는 자존감이 표출되어[6] 있으면서도 김진사를 만나고 난 뒤에는 그의 모습에 매혹되어 사랑을 갈망하게 되었으나 이룰 수 없어 한스럽다는 것이다. 애지중지 키워졌고 잘 교육되었으며 재주도 있는 여성이라면 좋은 남성을 만나 사랑도 이룰 수 있어야 하는데 그렇지 못하기에 한이 되는 것이다. 그래서 글도 쓰고 시도 적어 보내보지만 슬프기만 하다. 원통함이 쌓여 물건을 태우고 던지고 찢고 부러뜨리면서 바보인 듯, 미치광이인 듯 감정을 억누르지 못한다고 고백하는 것이다.

다시 진사를 보러 무녀의 집으로 온 운영은 자신을 하찮게 여기지 않고 누추한 곳에서 기다려 주었다고 감격하면서 "제가 비록 어리석고 둔하나 또한 목석은 아니니 감히 목숨을 걸고 허락하지 않을 수 있겠습니까?"라고 하고는 작별하는 순간 눈물을 비 오듯 쏟는다. 그런데 또 진사에게 하는 말이 "저는 서궁에 있어요. 낭군께서 밤을 틈타 서쪽 담장을 넘어 들어오시면 삼생(三生) 동안 다하지 못한 인연을 이룰 수 있을 겁니다."라고 한다. 마음속 갈등이나 슬픔을 넘어서는 사랑의 감정, 그리움의 감정을 표출한 것이다. 그 후 특의 도움으로 서궁에 들어온 김진사와 운영은 날마다 사랑을 나누게 된다.

궁녀의 신분임에도 불구하고 다른 남자를 사랑하는 모험을 감행한

---

5) 〈운영전〉 75~80면.

6) 이런 대목을 출세하지 못한 남성 작자의 불우함과 상실감이 표현된 것이라 보기도 한다. 궁녀들의 일반적인 외로움과는 다르다는 것이다.(이지영, 「〈운영전〉 창작의 문학적 배경과 연원」, 『국문학연구』 26, 2012. 157~158면.) 창작의 배경이나 의도가 어떻든 작품의 문면에서는 여성인물 운영의 재능에 대한 자신감과 자존감이라고 읽어야 할 듯하다.

운영은 당돌하기까지 하다.[7] 이후 위험과 비극적 결말을 감지하고 궁 밖으로 도망하려 했으나 자란이 막아서 나가지 못하고, 자신의 시의 의미를 의심하는 주군 앞에서 비단 수건으로 난간에 목을 맨다. 죽음에 이르지는 않았지만 진사는 다시 궁궐에 들어오지 못한다. 얼마 후 진사가 들어온 날, 병들어 누워 있던 운영은 그에게 편지를 한 통 준다.

기박한 운명을 타고난 제가 두 번 절하고 아뢰옵니다. 보잘것없는 제가 불행하게도 낭군의 마음을 얻어 서로 그리워한 것이 며칠입니까? 또 서로 바라보기만 한 것이 얼마였던가요? 다행이 하룻밤의 기쁨을 나누었지만 바다처럼 깊은 정을 여전히 다하지 못했습니다. 인간 세상의 좋은 일에는 조물주의 시기가 많은 법인가요?

궁인들이 알고 주군이 의심하게 되어 재앙이 코앞에 닥쳐왔으니 이제는 죽음만 있을 뿐입니다. 엎드려 바라기는, 낭군께서는 이별한 뒤 천한 저를 마음에 두어 마음 상하지 마시고, 학업에 더욱더 힘써 과거에 급제하십시오. 벼슬에 나아가 후세에 이름을 날리고 부모님을 영예롭게 하십시오. (후략)[8]

이후에 운영은 주군에게 자신이 정절을 지키지 못한 죄, 끝내 바른대로 말하지 못한 죄, 죄 없는 서궁인들이 함께 죄를 받게 된 죄가 있으니 자결하겠다고 하다가, 갇혀 있던 별당에서 자결한다. 죽음 직전에는 자신이 주군을 배신한 면, 친구들을 난처하게 한 면 즉 '죄

---

7) 그래서 운영을 남녀 간의 사랑을 가로막는 중세 예법뿐 아니라 궁녀의 사랑을 금지하는 엄중한 법률까지 넘어서려는, 조선의 애정소설 중 가장 위험한 사랑을 하는 인물로 평가하기도 한다. 정길수, 「〈운영전〉의 메시지」, 『고소설연구』 28, 2009. 71~103면.
8) 〈운영전〉 95면.

책감'이 가장 부각되어 있다. 그녀는 자신에 대한 자존감이 강했기에 자기 성취를 할 수 없는 상황에서 특별한 인연이 더욱 절실하게 다가왔고 그랬기에 과감했지만 사랑을 이룰 수 없자 슬픔에 빠지고 자결까지 하게 된 것[9]이다.

② 숙영낭자 – 원통함, 수치심으로 인하여

〈숙영낭자전〉의 숙영도 자신의 정조(貞操)가 훼손된 것으로 오해를 받자 자결을 함으로써 적극적인 자기표현을 한 경우이다. 과거 시험을 보러 간 남편이 되돌아와 같이 이야기했을 뿐인데 이를 외간 남자와 사통한 것으로 오해한 시아버지의 꾸짖음에 억울해 했다. '낭자가 억울하기 그지없어 통곡하며 말하기를 (중략) "천지귀신(天地鬼神)과 일월성신(日月星辰)은 제게 죄가 있는지 없는지 아실 것이니, 제발 억울하고 원통한 제 누명을 벗겨주소서.'"[10]라고 되어 있는 것을 보면, 그녀는 억울하고 원통하여 죽음을 선택한 것이다.

그녀가 원통해하며 가슴을 두드리니 귀신도 슬퍼하고 하늘과 땅이 모두 울고 싶지 않겠느냐고 서술자는 말한다. 그녀는 이후에도 '두 눈에서 눈물이 샘솟듯이 흐르고', '목 놓아 섧게 우니', '스스로 목숨을 끊으려 하다가', '땅에 엎어져 기절'하거나, '하늘을 우러러 통곡하며', '억울한 일을 명백히 분간해주옵소서'라고 빈다. 결국 그녀의 결백함

---

9) 운영이 자결하게 되는 심리를, 상실–고독–슬픔–우울이 복합되어 있다고 보기도 하는데(김수연, 앞의 논문, 254~260면.), 그 근저에는 자존감이 자리하고 있다고 하겠다.

10) 이상구 역주, 『숙영낭자전』, 문학동네, 2010, 235면. 이후에는 작품명과 면수만 제시함.

이 입증되어 시아버지가 용서하라고 말하며 위로하기는 했지만, 그녀는 '얼음과 눈 같은 마음'을 지녔기에 원통한 일을 당한 것 때문에 만 번 죽을 수도 있고 천 번 살라고 하는 것도 반갑지 않다고 서술된다.

서리와 같이 차갑고 깨끗한 마음의 소유자이기에 원통함이 있으면 살 수가 없다는 것이다. 그녀는 끝내 "내가 죽지 않고는 이같이 더러운 누명을 끝내 씻어내지 못하리라."라고 하며 죽기를 고집하고, "저같은 계집이 음행을 저지른 죄로 세상에 알려지게 되었으니, 저의 악명은 천 년 후까지 전해질 것이옵니다. 그러니 제가 어찌 부끄럽지 않겠나이까? 또한 낭군이 돌아오신 뒤 얼굴을 마주하기 어려울 것이니, 저는 죽어서 세상을 잊고자 하나이다."[11]라면서 죽고자 한다. 어린 아이들을 놔두고 가는 게 슬프면서도 '한스러운 마음을 억제할 수 없어서', 또 '더러운 세상에 살아남아 어찌 천상과 요지연에서 있었던 일을 잊으리오?'[12]라고 하면서 죽기를 각오한다. 딸에게도 자신이 '원통하게' 죽는다고 말하거나 '태산같이 분한 마음을 이기지 못해'라고 하면서 옥장도로 가슴을 찔러 죽는다.

오해가 풀리기는 했지만 한 번 쓴 오명(汚名) 때문에 자신의 명예가 훼손되었다는 부끄러움 즉 수치심으로 촉발된 억울함과 원통함을 이기지 못하고 죽음으로써 자신의 정조를 다시 한 번 증명하고자 한 것이다.

---

11) 『숙영낭자전』 239~240면.
12) 『숙영낭자전』 240면.

③ 향랑 – 자부심, 저항심으로 인하여

19세기 초의 한문소설 〈삼한습유〉의 여주인공 향랑도 적극적인 자기표현으로 죽음을 선택했다. 그런데 이러한 선택은 그녀의 높은 자존감과 저항 의지가 있었기에 가능했다. 그녀는 '어려서부터 영민했고 커서는 외모가 다른 사람들보다 무척 뛰어났으며, 글도 잘해서 이름이 멀리까지 알려졌다'[13]고 소개된다. 청혼을 하자는 사람이 많았지만 어머니의 권유로 부유한 서쪽 집 남자에게 시집을 간다. 혼인 전날 그녀는 "깃털 고운 봉황새가 까마귀 좇음을 한함이여, 제 명을 다하지 못할까 두렵네. 어찌 다른 까닭이 있으리오. 내 때가 마땅치 않음을 슬퍼할 뿐. 단청에서 깃털을 빌림이여, 하늘 높이 날아오르는 새가 부러워."[14]라고 시를 짓고는 슬픔에 목이 메여 마음을 가라앉히질 못한다. 자기 자신을 봉황새에, 남편을 까마귀에 비유하며 새처럼 하늘을 날아오르고 싶다고 한다. 하지만 현실은 그렇지 못하기에 슬픈 것이다.

향랑은 이렇게 원치 않는 혼인을 하지만 예의에 맞게 행동하고 여자의 도리도 잘 지킨다. 그러나 남편은 자기 집의 부유함을 믿고 향랑이 가난하다고 업신여기면서 몸종처럼 일을 시키거나 첩을 두기도 하며, 시어머니는 늘 구박을 하면서 고되게 일을 시킨다. 향랑은 하소연할 데도 없어 더욱 두렵고 겁이 나고 참담하여 자살을 결심하기에 이른다. 하지만 용기가 없어 단행하지는 못하고 스스로를 애도하는

---

13) 김소행, 조혜란 역주, 『삼한습유』, 고려대 민족문화연구원, 2005, 19면. 이후에는 작품명과 면수만 제시함.
14) 『삼한습유』 29면.

시 두 수를 짓는다.

눈물을 삼키며 옛 일들을 생각하니, 내 한평생 얼마나 될까?
죽으려 하지만 차마 죽지 못하겠고, 그냥 친정으로 돌아갈 수도 없는
일이네.
사람마다 옳다 하는 말 원망스러운 것은 아니지만, 일마다 잘못되는
것이 속절없이 부끄럽네.
고지식한 성품 교화되기 어려우니, 다시 눈물을 흘리며 옷깃만 적시네.

마음이 슬프고 처참하기가 몇 번이나 되었는지 잊었으며, 마음 졸이며
시집가서는 위나라 장강(莊姜)의 슬픔을 겪고 있구나.
예의를 어기지 말라고 한 가르침 말하기 어렵고, 예쁘게 보이려고 생각
하라는 〈시경〉의 말도 도저히 알 수 없네.
하늘을 좇아 죽기를 기다리는 것은 어찌 차마 할 일이며, 목숨을 버리
려 하니 부모님께서 주신 몸을 헐기 두렵네.
진실로 한스럽기는 하루 세 번 두 사람의 노여움을 당하는 것, 모르겠
네, 내가 무엇을 잘못 모셨는지.[15]

죽지도 못하고 친정으로 돌아가지도 못하니 슬프고도 처참하다고
한다. 예의를 어기지 말라는 가르침도, 예쁘게 보이려고 노력하라는
말도 다 거부하고픈 심정인 듯하다. 자신이 무엇을 잘못해서 남편과
시어머니의 노여움을 계속 사는지 모르겠다는 말로 맺고 있다. 약간
은 당돌한 면도 있지만 괴로운 마음이 잘 드러나 있다.
하지만 현실에서는 전혀 내색하지 못하고 자신의 허물을 스스로
탓하면서 계속 노동을 할 뿐이다. 그러다가 남편이 잠자리를 요구하

---

15) 『삼한습유』 34~35면.

자 조용히 거절하면서 하는 말 중에 솔직한 감정을 드러낸다. "오늘은 제가 할 말을 다 해야겠습니다. 하늘이 악연으로 이 두 집안에 화를 내리신 겁니다. 분을 품고 노여움을 안고 성을 삼키고 한을 머금으니, 기운이 목구멍에 맺혀 있고, 화가 눈동자에 어리고 쌓여서 미움과 원한이 된 것을 스스로 풀 길이 없습니다."[16]라고 하는 것이다. 그후로 남편과 시어머니는 향랑의 지조를 의심하면서 더욱 화를 내며 쫓아낸다. 그런데 친정으로 돌아온 지 1년도 안 되어 아버지, 어머니가 연이어 죽으니 곧 '자결하고 싶어진다'. 하지만 3년 상을 치르고자 외종조 숙모 댁에 가서 의탁한다. 그러나 가족들이 재가(再嫁)를 권하자 '또 자결하려 한다.' 그래서 다시는 재가하라는 말을 하지 않기로 하지만 그녀는 슬퍼하며 감회를 담은 부(賦)를 짓는다. 이 장편 시에는 ①자신의 생애가 담겨 있고 ②현 상황이 담겨 있으며 ③마음과 감정이 담겨 있다.

① 옛 덕을 받들어 살펴보니, 천지에 곧고 아름다운 일을 부어 놓았네. / 부모님 옆에서 소꿉장난 하며 중문을 넘어가지 않았네. / 진나라 여인이 여사(女史)가 되고자 함이여, 어진 지아비 흠모하여 정성 기울였고, / 곧고 신실한 마음 한결같이 품었지만, 누가 내 속마음을 살펴 주리. / 천지의 두터운 덕을 믿음이여, 혼인할 때가 되었네.

② 누가 향주머니 친히 매어 주셨는지, 되풀이되는 당부에 걸음이 늦어졌네. (중략) / 생각이 중간에 끊기어 이루지 못함이여, 아, 하늘에 물어볼 수도 없구나. / 시부모님께 하직 인사를 드리고 쫓겨났구나. 갔던 길을 되짚어 돌아오니, / 뵈올 낯 없구나. 가을밤에 비단 장막만 지키고 있네.

16) 『삼한습유』 36면.

③ 저 하늘이 내려앉음이여, 원추리와 대나무가 함께 시들었네. / 죄가 하늘에 이르러 용서받을 수가 없구나. 이 한 몸 온갖 근심에 싸였네. / 시간은 머물러 주지 않는구나. 나머지 근심 거문고 소리에 싣고 / 친척에 기대 살아감이여, 아직 부끄러움 무릅쓰고 목숨을 부지하는데.

④ 주위에서 떠들며 내 마음을 바꾸려 하네. / 말하려 하면 말이 욕되니, / 비록 두 선비가 어긋난 마음을 갖는다 해도 옛날의 나만 특별하네. / 하늘을 우러러 바르게 살고자 하네. 아홉 번 죽는다 해도 후회 없네. / 외짝 거울 품고 스스로 비춰보네. 울며 거문고 줄 도중에 고치면서, / 푸른 솔에 비겨 맹세하네. 날씨 추워지면 알게 되겠지. / 은장도를 손에 쥐고 놓지를 않네. 물도 눈앞에 이같이 흐르는데, / 어디라도 죽을 곳 없으랴, 어찌 독약 한 잔에 나 홀로 슬퍼하리오.[17]

④에서는 자신의 심정을 모르는 주변인들이 재가하라고 하니 죽음으로 거부한다는 내용이 담겨 있다. '바르게 살고자' 하니 이를 위해서는 아홉 번 죽어도 후회가 없다고 한 구절이 향랑의 인생관을 단적으로 보여준다. 자라면서 곧고 신실한 마음을 품어 왔으니 이를 지키며 살고 싶은 것이다. 이를 상자에 넣어 두었는데 집안 어른들이 보고는 그녀가 '죽음으로 자신의 의(義)를 증명해 보이리라는 것을 알고 일절 단념하고 다시는 혼인 일에 대해 말을 꺼내지 않는다' 그녀의 강인한 의지를 알게 된 것이다. 즉 이 시는 그녀의 자기표현임과 동시에 선언이 된 것이다.

그럼에도 불구하고 동네의 조씨 집안에서 억지로 혼인을 하기를 원하자 이제는 물러설 데가 없음을 감지하고 밤에 〈산유화〉 한 곡조를 지어 놓은 뒤 다음 날 아침 오태지라는 못에 가서 자살하기에 이른

---

17) 『삼한습유』 47면.

다. 이 노래에서도 "산에는 꽃 피어 있는데 여자는 집이 없네, 여자에게 집 없으니 어찌하리. …… 나 태어나서 이 온갖 근심 만났다네. …… 이 마음의 일을 누가 알아줄까? …… 생각하니 이 생에서는 이 밤을 넘길 방법이 없네. …… 내 일생 생각하니 무슨 허물이 있기에, 하늘이 가시 내려 슬픔이 이다지도 많은가. 내 죽으니 신의도 효도도 이루지 못해 가르침을 반만 행하는구나. …… 누구와 비겨 내 몸 온전히 하고 내 행실 깨끗이 할까? ……"[18]라고 한다. 갈 곳 없는 자신의 상황을 슬퍼하면서 왜 죄 없이 고통을 받아야 하는지 좌절하다가 성현의 가르침을 행하고 행실을 깨끗이 하기 어려움을 토로하는 것으로 맺는다. 앞에서 바르게 살고자 한다고 쓴 것과 함께 그녀의 의지가 느껴지는 대목이다. 자신의 가치관이 현실에서 용납되지 않자 이를 지키기 위해 자살을 선택하게 되므로 그녀의 자결은 저항의 의미를 담고 있다고 할 수 있다.

그 저항이 혼자만의 것으로 끝나는 것이 아니라 사람들에게 알려지기를 바랐다는 것이 향랑의 특별한 면이다. 세 번이나 죽고자 한 끝에 자결하는 그녀가 죽음의 순간에 한 일은 자신의 죽음을, 자신의 마음을 사람들에게 남기고 전하는 일이었다. 지난 밤에 썼던 〈산유화〉 곡조를 아이들에게 남기면서 전해달라고 한 것이다. 그녀의 바람이 이루어진 것인지 이후에 그녀는 많은 이들의 입에 오르내리며 조정의 상을 받고 사당이 세워지며 의열(義烈)로 칭송된다.[19]

---

18) 『삼한습유』 54~55면.
19) 그녀가 죽음 앞에서 절망적인 심사만을 노래했을 뿐 '국가 열녀'로서의 마음가짐을 가진 것은 아니라거나(장효현, 「〈삼한습유〉에 나타난 열녀의 형상」, 『한국고전여성문학연구』 2, 2001.), '이후에 만들어진 열녀'라고 하는 평가(정출헌, 「〈향랑전〉을 통해

(2) 소극적 자기표현으로서의 죽음 – 배도, 소녀, 진양공주, 명현공주

운영이나 숙영, 향랑처럼 자존감이나 의지가 강하지 않고 순응하는 듯한 모습을 보이는 여성인물들도 있는데 〈주생전〉의 배도, 〈심생전〉의 소녀가 그들이다. 배도는 자신의 의도대로 일이 되지 않자 시름시름 앓다가 죽어갔고, 소녀도 사랑을 나누던 남성이 말없이 오지 않자 병들어 죽었다. 앞에서 본 운영과 향랑, 숙영낭자가 적극적 의지의 실현으로 자결한 것에 비해, 이후에 볼 여성들은 모두 슬퍼하다가 또는 분노하다가 병이 들어 죽는 것도 차이가 나는 지점이다. 이들은 소극적으로 자결을 한 셈이다.

① 배도와 소녀 – 포기와 낙담, 자책으로 인하여

〈주생전〉에서 배도는 애인 주생이 선화의 집에 다녀와 술에 취해 잠들자 가방을 열어 보는데, "자신이 지은 노랫말이 먹물로 더럽혀져 있는 것을 보고 몹시 의심스러운 생각이 들었고", 선화의 노랫말을 발견하고는 "화가 나서" 앉아서 밤을 새운다. 이렇게 주생과 선화가 사통하는 것을 알게 된 뒤로는 "그동안 속았던 것이 생각나 마음이 편치 않다가" 몇 달 뒤 병에 걸려 일어나지 못하게 된다. 죽음에 임박해 주생의 무릎을 베고 눈물을 삼키며 말한다.

"미천한 제가 서방님의 그늘에 의지해 살아왔거늘, 꽃이 시들기도 전에 두견새가 먼저 울 줄 어찌 알았겠습니까? 이제 서방님과 영원히 이별이군요. 화려한 옷과 아름다운 음악도 오늘로 끝이고, 지난날의 바람도 이미

본 열녀 탄생의 메카니즘」, 『한국고전여성문학연구』 3, 2001.)도 있지만, 저항과 자기 목소리 내기의 일환으로 죽은 것이라고 보아야 할 것이다.

허사가 되었네요. 한 가지 소원이 있어요. 제가 죽은 뒤 선화를 아내로 맞으시고 서방님이 자주 오가는 길가에 제 뼈를 묻어 주세요. 그렇게만 해 주시면 저는 죽어도 산 것과 다름이 없을 거예요."

　말을 마치고 기절하더니 한참 뒤에 다시 깨어 눈을 뜨고 주생을 보며 말했다. "서방님. 부디 몸 건강히 지내세요. 부디 몸 건강히 지내세요." 그렇게 몇 번이나 연이어 말하고는 숨을 거두었다.[20]

　배도는 배신을 당해서 사랑을 이루지 못하는 경우이므로, 처음에는 화가 났다가 마음이 불편했다가 이것이 지속되어 병이 난다. 마음의 병이 낫지 않아 죽지만, 죽음에 임해서는 화가 없어지고 오히려 남성을 축복하기에 이른다. 혼인해서 건강히 잘 살라는 유언을 남기고 죽는 것이다. 그러나 이는 눈물을 삼키며 말하는 것이므로 슬픔과 자포자기의 마음으로 하는 말[21]이라고 할 수 있다. 물론 배도가 주생에 대해 애정의 감정만 가지고 있었던 것은 아니다. 자신을 기적(妓籍)에서 빼 주어 신분이 회복, 상승되기를 바라는 마음도 있어서 주생을 만난 것인데, 이 두 가지 목표가 좌절되었기에 낙담하여 병이 들어 죽은 것이다.

　〈심생전〉의 여주인공 소녀는 심생이 자신의 방 앞에서 기다린 지 며칠이 지나자 이를 알고 "번뇌하며 잠을 이루지 못하기도"하고, "몸

---

20) 권필, 〈주생전〉, 박희병·정길수 편역, 『끝나지 않은 사랑』, 돌베개, 2010. 49~50면.
21) 배도가 사랑의 아픔으로 죽은 것이 아니라 우연히 죽은 것이라고 하면서 이 유언에서 주생에게 책임을 묻지 않는 것도 하나의 근거로 드는 연구자(지연숙, 「〈주생전〉의 배도 연구」, 『고전문학연구』 28, 2005. 338면.)도 있다. 하지만 위에서 본 대로 배도가 배신당했음을 안 이후에 주생이 초췌해졌고 국영이 병들어 죽었으며 선화도 병들었다는 것 이외에 다른 사건이 없고, 바로 "몇 달 뒤 배도가 병이 들어"라는 서술이 나오므로 사랑의 아픔으로 죽었다고 보는 것이 타당하다.

이 좋지 않다며 저녁 8시 무렵부터 자리에 누워, 손으로 자주 벽을 치면서 길고 짧은 한숨을 내쉬기도"[22]한다. 이렇게 고민하다가 삼십일이 되는 날, 날마다 꾸준히 늘 와서 기다리는 심생에게 관계를 허락하는 결정을 한다. 그러나 결단을 내리고 맺은 사랑은 금세 끝나고 만다. 부모님께 들킨 심생은 말도 없이 북한산성으로 올라가 공부하게 되고, 그 사이에 소녀는 앓다가 죽는다. 그녀의 유서(遺書)를 읽음으로써 죽기 직전의 감정을 보기로 한다.

봄추위가 아직 매서운데 절에서 하는 공부는 잘 되시는지요? 늘 그리워하며 잊을 날이 없습니다. 낭군이 가신 뒤에 우연히 병이 생겼어요. 병이 차차 골수에 미쳐 약을 먹어도 소용이 없어, 이제 죽게 될 듯합니다. 저처럼 운명이 기박한 사람이 살아봐야 뭐 하겠어요? 단지 세 가지의 큰 한이 마음속에 구구하게 남아 죽어도 눈을 못 감겠습니다.
저는 무남독녀인지라, 부모님의 사랑을 많이 받고 자랐어요. (중략) 천한 제가 지체 높은 낭군과 만나게 되어, 같은 신분의 사위를 얻어 오손도손 살았으면 하던 꿈은 다 어그러지게 되었어요. 그래서 제가 시름에 빠져 끝내 병들어 죽기에 이르렀습니다. 이제 늙으신 부모님이 기댈 곳이 영영 없어졌으니, 이것이 첫째 한입니다.
여자가 시집가면 비록 계집종이라도 창녀가 아니고야 모두 남편이 있고 시부모가 계십니다. 시부모가 알지 못하는 며느리는 세상에 없는 법입니다. 그러나 저는 남의 눈을 피하면서 살았기에, 몇 달이 지나도록 낭군 댁 늙은 여종 한 사람도 본 적이 없습니다. 그러니 살아서는 부정한 자취, 죽어서는 돌아갈 곳 없는 혼이 되고 말았기에, 이것이 둘째 한입니다.
아내가 남편을 섬기는 일은, 음식을 잘해 드리고 옷을 잘 만들어서 입혀 드리는 일일 겁니다. (중략) 그런데 제가 낭군을 모신 것이라고는 오직

---

22) 이옥, 〈심생전〉, 박희병·정길수 편역, 『사랑의 죽음』, 돌베개, 2007. 18면.

잠자리에서뿐이기에, 이것이 셋째 한입니다.

만난 지 얼마 안 되어 급작스럽게 이별하고 병들어 누워서 죽음이 가까워오지만, 낭군의 얼굴을 보며 마지막 작별 인사를 할 수가 없군요. 이런 저의 슬픔을 말할 만한 가치가 있겠습니까? 생각이 이에 이르니 애간장은 끊어지고 뼈는 녹으려 합니다. 연약한 풀은 바람을 따라 흔들리고 시든 꽃은 흙이 된다고 하지만, 아득하게 깊은 이 한은 어느 날에야 그칠지요?

아아. 창을 사이에 두고 만났던 것도 이것으로 끝입니다. 낭군께서는 천한 저에게 마음 쓰지 마시고 학업에 더욱 정진하시어 하루빨리 벼슬길에 오르시기 바랄게요. 부디 안녕히 계세요. 부디 안녕히 계세요.[23]

소녀는 과감하게 사랑을 단행했으나, 심생이 갑자기 말도 없이 발길을 끊는 바람에 좌절한다. 그러면서 자신의 처지를 객관적으로 바라보게 되는데 그 결과, 여성의 바른 행실이나 규범, 정절 이데올로기 등에 맞지 않음을 인지하고 마음 아파한다. 사랑을 온전히 이루지 못한 채 이별하여 그리움이 병이 되었음과 동시에, 딸의 도리, 아내의 도리, 며느리의 도리를 다하지 못함이 한이 되었음을 말하고 있다.

② 진양공주 – 자기 억제, 울화로 인하여

이들처럼 순응하는 것은 아니지만, 한 번에 자결한 것은 아니라는 면에서 소극적인 표현이라고 할 수 있는 죽음이 삼대록계 국문장편소설 〈유씨삼대록〉과 〈소현성록〉에 형상화되어 있다.

〈유씨삼대록〉의 진양공주는 모든 면에서 뛰어나 모든 이들에게 칭

---

23) 이옥, 〈심생전〉, 앞의 책, 22~24면.

탄 받는 인물이다. 다만 남편 진공이 사혼(賜婚)으로 공주와 혼인한 것에 반발하며 공주를 박대했을 뿐이다. 그런데 이런 부부 불화가 해소된 뒤에도 그녀는 남편에게 마음을 열지 않고 '평생 어머니께 효도하면서' 대궐에서 살고 싶어 한다.[24] 집으로 돌아가자는 상궁의 말에, 남편의 마음이 돌아왔다고는 하지만 적국 장씨의 어질지 못함 때문에 또 어려움에 처할 것을 예견하고 '구차하게 애정을 다투지 않겠다'고 한다.[25]

대궐에서 4년을 살다가 시댁으로 돌아가게 되었을 때에는 "공주는 자신의 곧은 마음이 어그러지고 사람의 꾀에 걸려 모친인 태후를 떠나 풍진 세상을 향함을 원망하며 기뻐하지 않아 눈물이 아름다운 뺨을 적시고 종일토록 음식을 먹지 않았다."[26]라고 되어 있다. 앞으로는 화목하게 지내자는 남편의 말에, 정색을 하고서 다음과 같이 말한다.

"장씨가 비록 숙녀가 아니나 타고난 기질이 무식한 여자는 아닙니다.

---

24) 〈유씨삼대록〉 3권 4면. 한길연·김지영·정언학 역주, 『유씨삼대록』 1~4권, 소명출판, 2010. 앞으로는 원전의 권과 면수만 제시함.

25) 공주가 듣기를 다하자 봉황의 눈썹을 찡그리고 천천히 말하였다. "비자(婢子)가 주인을 위한 충성이 있으나 그 도리를 모르는구나. 내가 이미 시부모님의 자애를 끊고 대궐 안에 들어옴이 부마와의 정의를 생각하지 않는 것이다. 이제 부마가 개과했다고 해서 나의 곧은 마음을 쉽게 고치겠느냐? 하물며 저 장씨는 평범한 여자가 아니다. 아직 개과할 뜻이 없고 원망하는 마음이 뼛속까지 사무쳐 잘못이 없는 나를 미워하여 원수로 치부하리니 사람이 이른 바 속과 겉이 전혀 달라 사색이 온순하고 말씀이 겸손하니 비록 밝은 군자와 현명한 대장부라도 그 간악함을 일시에 알아보지 못 할 것이다. 이 같은 여자로 더불어 가까이 있어 총애를 다투는 것이 더럽고 구차하니 어찌 진공의 신의 없는 은애(恩愛)로써 나의 곧은 마음을 바꾸겠느냐? 비자는 빨리 나가 소임을 조심하여 다스리고 다시 어지럽게 왕래하여 낭랑께서 괴이하게 여기시게 하지 마라." 〈유씨삼대록〉 3권 71~72면.

26) 〈유씨삼대록〉 3권 77면.

그런데 그 가장이 어질게 인도하지 못하고 허물을 아녀자에게 미루는 것은 옳지 아니합니다. 지난 일은 제가 구태여 한할 것이 없고 군후(君侯)께서도 별로 후회할 까닭이 없으니 스스로 몸을 존중하시고 부질없는 한담을 하지 않으신다면 다행일 것입니다. 다만 한 가지 일이 있으니 제가 선제(先帝)를 일찍 여의고 태낭랑(太娘娘) 은애를 각별히 받으니 보통 사람들의 자애로 비길 바가 아닙니다. 불행하여 나이 열 살 안팎을 겨우 지나 성스런 가문에 시집와 대궐 출입이 뜻과 같지 못하니 아녀자의 구구한 사정과 모후(母后)의 마음속에 늘 잊지 못하는 자애가 피차 꿈을 빌어 흐느꼈습니다. 하물며 낭랑의 춘추가 높으시고 성체(聖體)가 자주 편찮으시니 어떠하겠습니까? (중략) 남자가 아내를 둠에 자신의 몸을 닦고 집안을 다스림은 나라를 다스리고 천하를 평정하는 근본입니다. 공이 스스로 몸을 닦지 못하고 아내를 인도하지 못하여 도리어 규방의 세세한 곡절로 인하여 임금을 속임에 천리(天理)를 가탁하니 다른 사람이 말하지 않더라도 어찌 스스로 부끄러워함이 없겠습니까? 제 말이 방자하나 그 지아비가 그른 일을 하여도 그 뜻을 순종하기만 하여 아부하는 것은 끝내 배척하는 바입니다. 하물며 군후가 지위가 천승(千乘) 출장입상(出將入相)하는 자가 이와 같은 권도(權道)를 쓴다면 가문을 보전하지 못 할 것이니 조심하고 삼가야만 하지 않겠습니까?"[27]

자신은 어려서 시집오는 바람에 어머니를 자주 보지 못해 슬프다, 어머니가 요즘 아프시니 더욱 곁에 있고 싶다, 당신이 임금을 속여 나를 다시 집으로 데려왔지만 당신의 잘못을 알아라, 집안을 잘 다스려라 등등의 말을 당당하게 한다. 이를 들은 부마가 사기가 꺾여 식은 땀을 흘리며 사죄할 정도가 된다. 이후 부마가 날마다 공주의 방에 가서 관계를 회복하려는 노력을 하지만 공주는 숙연하고 침착하기가

---

27) 〈유씨삼대록〉 3권 85~87면.

찬 서리 같고 늘 시서(詩書)를 문답하고 예악(禮樂)을 의논할 뿐이다. 혼인한 지 6년 만에 친합(親合)을 이루지만 공주는 '평안하지 않고 기쁜 빛이 없으며 사기(辭氣)가 더욱 단정하고 엄중'[28]하다.

공주가 이미 대궐에서 천자와 황후가 스승의 예로 받들고 난 뒤 시가에 돌아온 것이기에 시부모도 감히 며느리로 보지 못할 정도였으며, 공주는 남편과 시댁에 정을 못 붙이고 궁궐에 살면서 10여 년을 국정을 돌본다. 황제가 죽은 뒤 상례(喪禮)를 치르고, 연이어 어머니인 태후가 죽자 매우 슬퍼하며 상례를 치른 뒤 집으로 돌아와서는 움막을 지어 살면서 하루에 미음 한 끼만 먹으며 슬퍼하다가 몇 달이 지나 위급해진다. 의사를 데려오지만 자신은 병이 이미 몸 속 깊이 들어왔고 천수(天壽)가 다했으니 약을 쓸 필요가 없다고 한다. 공주가 날로 슬픔이 더하여 점점 기운이 달라지고 더욱 위급하게 되었으나 황제도 공주의 효심을 돌이키지 못하였다고 되어 있다.

급기야 공주는 유언을 남기는데, 아이들에게 다른 어머니인 장부인을 잘 따르라고 하고 장부인에게는 아이들을 부탁한다. 남편에게도 너무 슬퍼하지 말라고 말하고는 시부모님께 먼저 죽어 슬퍼하시게 해 죄송하다고 한다.[29] 이후에는 "진양이 죽은 후 유표(遺表)와 인수(印綬)를 나라에 드리십시오."[30]라고 하는데, 유표는 신하가 죽을 때에 임금께 올리는 글이고, 인수는 관인(官印)의 끝에 달아 몸에 찰 수 있게 한 끈을 말하므로 공주는 나라의 일을 하는 자신의 정체성에

---

28) 〈유씨삼대록〉 3권 96면.
29) 〈유씨삼대록〉 8권 33~34면.
30) 〈유씨삼대록〉 8권 38~39면.

더 관심이 많아 보인다. 그러나 마지막에 자신의 죽음 앞에서 남편도 죽고자 하니 이는 자신이 남편을 잘못 인도하는 격이 되므로 그러지 말라고 하면서 미생이나 신생처럼 사사로운 감정에 얽매이거나 융통성 없게 행동하지 말라고 당부한다. 자신의 수명은 다했으므로 이제 부모님 섬기기와 자녀들 키우기에 전념하라고 하면서 이별을 고한다.[31]

진양공주는 이렇게 부부관계나 남편의 대우에는 연연해하지 않고 나라의 일에 더 관심이 많았으며 어머니께 효도하는 데에 주력하며 살았다. 그랬기에 어머니가 돌아가시자 삶의 의미가 없어지면서 제대로 먹지도 자지도 않고 슬퍼하다가 죽어간 것으로 보인다. 적극적 자살은 아니지만 스스로 죽은 것에는 틀림없다. 하지만 애정전기소설의 여성들처럼 자신의 죽음에 대한 변(辯)은 남기지 않고 가족들에 대한 당부와 남편을 위로하는 말에 그친다. 그러나 시가와 남편의 장래에 결정적으로 도움을 줄 수 있는 편지 두 통을 남김으로써 죽어서도 자신의 역할을 다한다.

③ 명현공주 – 미움과 분노로 인하여

같은 삼대록계 국문장편소설 속 인물이지만 〈소현성록〉의 명현공주는 남편이나 시댁 식구들과 지속적으로 사이가 좋지 않아 미움과 분노로 가득 찬 상태에서 죽음을 맞이했다는 면에서 진양공주와 큰 차이를 보인다. 〈소현성록〉에서 중심 가문 소씨 집안의 아들 소운성은 첫째 부인 형씨가 있는 가운데 명현공주와 억지로 혼인하게 되자

---

31) 〈유씨삼대록〉 8권 44~46면.

그녀를 소외시키고 애정을 주지 않는다. 이에 화가 난 공주는 형씨를 괴롭히거나 운성에게 반발하면서 발악의 수준에 이르는 행동을 하게 되지만, 결국 처녀인 채로, 혼인한 지 6년 만에 19세에 병들어 죽는다.

공주가 처음 소개되는 부분을 보면, "자색이 탁월하고 성품이 총명하니 황상과 황후가 지극히 사랑하시어 부마를 택하려 하는데 마땅한 재주 있는 선비가 없었다."[32]라고 되어 있다. 그럼에도 불구하고 운성은 여성인 공주가 남성인 자신을 골라 혼인했다는 이유, 공주의 아버지 태종이 정의롭지 못하게 왕위에 앉았다는 의심 때문에 결혼 초부터 그녀를 소외시킨다. 혼인 날, 명현공주에게 이를 갈며 평생토록 함께 즐기지 않을 것이라고 맹세하면서[33], 공주의 방에 들어가지도 않는다. 운성의 태도뿐만 아니라 식구들의 무관심이나 방임도 공주를 더욱 힘들게 한다. 부마의 공주 박대함이 매우 심하지만 이를 모르는 듯 화해하기를 권하지 않으니, 부마가 더욱 공주를 멸시하였다고 되어 있다.

운성과 공주의 관계가 파국으로 치닫게 되는 때에 공주는 주로 '화를 내게' 된다. '공주가 발끈하여 화가 난 얼굴로 본 체도 하지 않으니, 운성이 마음속으로 우습게 여겨 옅게 웃으며(7권 16면), 공주가 크게 화를 내며 여러 가지 말로 헐뜯으면서 살벌하게 책망하기를 그치지 않았으나, 운성은 단지 웃으며(17면) 공주와 궁인들이 알고 분함을 이기지 못하였는데(37면)' 등으로 서술되고 있다.

---

32) 〈소현성록〉 6권 1면. 정선희 역주, 『소현성록』 2권, 소명출판, 2010. 앞으로는 원전의 권과 면수만 제시함.
33) 〈소현성록〉 6권 32면.

운성도 마찬가지로 화와 미움이 극에 달해 공주와 자신을 모두 죽여 달라고 할[34) 정도가 된다. 계속하여 공주는 부마가 매몰찬 것을 한스럽게 여기면서(8권 50면) 형씨 부녀와 운성을 참소하여 벌을 받게 한다. 이렇게 되니 시아버지 소현성이 나서서 황제에게 표문을 올려 그들이 무죄함을 말하는데, 이때에 공주의 죄로 지목한 것은 여섯 가지나 된다.[35) 소현성으로 인해 공주의 뜻대로 되지 않고 운성은 풀려나는데, 집으로 돌아온 공주에게 태부인이 성을 내며 빨리 내치라고 하니, 공주가 크게 성을 내며 난간을 박차면서 온갖 욕을 하는 것이 참혹할 정도가 된다. 그때 마침 시아버지가 아들들과 함께 들어오자 공주가 몹시 화가 나 더욱 소리를 높여, "필부(匹夫) 소경아, 네가 무슨 이유로 내 허물을 성상께 참소하였느냐? 내가 너와 함께 한 칼에 죽으리라.[36)라고 한다. 이후에 승상과 공주 사이에 심한 말이 몇 차례 오간 뒤 승상은 공주를 사옥(私獄)에 가둔다. 선친과 어머니를 욕했기에 용서할 수 없다는 것이다.

---

34) "신이 진실로 공주와 원수 같은 사이가 되어, 공주는 이미 저를 가두었고 저도 공주가 죽었으면 하는 뜻이 생겼습니다. 엎드려 바라건대, 성상께서는 신을 빨리 죽이시어 임금의 명령을 어기고 공주를 경시한 죄를 속해 주시며, 또 공주의 목을 베시어 지아비를 해치려 하는 찰녀(刹女)를 경계하십시오. 또 신이 일만 가지 죄를 달게 받기는 하겠지만, 황후와 성상을 비방한 죄는 없습니다."〈소현성록〉 7권 71~72면.

35) "공주가 이미 신의 집에 오셨으나 조금도 부녀의 도리를 하지 않으셨습니다. 먼저 신의 어미와 마주 대하여 앉으시고, 이어 창첩 5인의 귀를 자르고 코를 베었으며, 셋째는 운성을 사형에 처하라고 비셨고, 넷째는 형씨를 데려와 못에 동여 넣으라고 하셨으며, 다섯째는 요사스런 무당 소무신을 청하여 운성의 목숨을 꾀하였고, 여섯째는 신의 어미를 욕하셨으니 폐하는 밝게 헤아려보십시오. 그 죄상이 마땅히 출부(出婦)가 될 뿐이겠습니까? 실로 그 목숨 보전한 것이 다행입니다."〈소현성록〉 8권 63~64면.

36)〈소현성록〉 8권 66면.

이렇게 하여 명현공주는 옥에 갇히는데, 아무도 구하는 사람이 없자 공주는 매우 화를 내며 혼잣말로 계속하여 승상을 욕한다. 10여 일이 지나니 매우 괴로운데도 끝내 위로하는 이가 없을 정도로 소외된다. 우여곡절 끝에 승상에게 용서를 받아 풀려난 뒤에는 조금 순해 졌지만 운성은 여전히 냉대하며 형씨 데려오는 것에만 신경을 쓴다. 이에 또 화가 난 공주는 운성에게 "내가 너와 더불어 무슨 원수가 있기에 박대하는 것이 이 지경에 미쳤느냐? 내가 반드시 너의 고기를 한 점 한 점 먹은 뒤에야 그칠 것이다."[37]라고 내뱉는다. 그래도 운성 은 여전히 불쾌한 얼굴빛만 할 뿐 더는 말하지 않고 나가버린다. 공주 는 분한 것이 끝이 없어 병들어 누웠다.

운성이 병문안을 오면 '공주가 문득 화가 나 앞에 놓인 철여의(鐵如意)를 잡아 있는 힘껏 운성을 때리니' 운성이 맞고는 또 나가버린다. 그러자 곁의 사람들이 모두 놀라며 공주를 애달파 하고, 그 뒤로 공주 가 나날이 위태로워져 살아나지 못하게 된다. 거의 죽어갈 무렵 운성 이 다시 한 번 오는데 이때에도 공주는 옆에 있던 칼로 운성의 얼굴을 향하여 찌른다. 임종에 이르러 공주가 마지막으로 한 말은, "제가 다 른 까닭은 없는데 다만 원하는 바는 소운성과 형씨의 머리를 베어 저자거리에 호령하면 죽어도 즐거운 영혼이 될 것입니다."[38]라는 짧 은 말이었다. 남편 운성과 그가 사랑한 다른 아내를 죽이고 싶다는 소망을 말하고, 젊은 나이에 그렇게 죽는다.

이처럼 명현공주는 늘 화를 내다가, 남들과 섞이지 못하고 외로이

---

37) 〈소현성록〉 8권 85면.
38) 〈소현성록〉 8권 88면.

있다가 죽는다. 자신의 인생에 대해 회고를 하거나 자부심이나 의지를 드러내는 일 없이 남에 대한 원망과 복수만을 말하며 죽은 여성이다. 자신의 체면이 손상되었다고 느껴졌을 때 부정적이고 자기파괴적인 감정인 수치심이 드는 것인데 공주의 경우가 바로 그러했던 것이다.

3) 여성의 죽음과 관련된 감정과 인식

(1) 죽음에 이른 여성의 감정들

지금까지 본 것처럼 고전소설 속 여성들은 간절함과 원한, 죄책감, 자존감과 저항, 억울함과 원통함, 포기와 낙담, 자책과 한, 울화와 슬픔, 미움과 분노, 수치심 등의 감정을 지니고 죽음에 이르렀다. 인간의 감정은 기본 감정인 희노애락(喜怒哀樂) 이외에 이러한 복합 감정들이 얽혀 있지만, 그것들을 구체적으로 읽어내는 작업은 많지 않았기에 섬세하게 읽어보려 하였다.

〈운영전〉의 운영은 자신의 재주에 대한 자부심, 김진사에 대한 선망의 감정을 보이다가 둘의 사랑이 발각된 후부터는 불안, 공포의 감정이 커졌으며 죽음을 앞둔 상황에서는 '죄책감'이 커진 경우이다. 죄책감은 타자에 대해 부채의식을 느낄 때에, 또는 감사한 마음을 수행할 수 없을 때에 갖게 된다. 그런데 '감사'는 다른 사람이 의도적으로 나의 복리를 증진시키는 행위를 인지했을 때에 발흥된다고 하며, 자신이 받은 혜택보다 더 확장된 보답을 하고자 하기 때문에 준사회적인 행위로 발전될 가능성이 높다고 한다.[39] 따라서 죄책감은 도덕 감정[40]의 결산물로 나오는 감정이라고 할 수 있기에 운영의 경우와 비슷하다. 그녀는 안평대군의 노기(怒氣)가 점점 풀어져갔음에도 불구하고, 대군과 대군의 부인의 은혜를 저버릴 수 없었기에, 또 자신을 변호해주고 친하게 지냈던 궁녀들을 곤경에 빠뜨릴 수 없었기에 죄책감을 느껴 죽음을 택했기 때문이다.

〈삼한습유〉의 향랑은 '자존감'이 컸는데 이는 '자부심'이라 표현되기도 하는 감정이다. 자부심은 자기의 가치나 능력을 믿고 당당하게 생각하는 마음이다. 향랑은 어릴 때부터 글을 잘 지어서 이름이 멀리까지 알려졌던 여성이다. 하늘을 높이 나는 새를 부러워하였고 여사(女史)가 되고 싶어 했다. 하지만 혼인을 잘 못하여 불행한 생활을 하다 친정으로 쫓겨난 처지였다. 이 때문에 자부심에 상처를 입었고 여기에 더하여 자기의 의지와는 달리 재가(再嫁)를 권유 받자 '수치심'마저 든 것이다.

〈숙영낭자전〉의 숙영도 자신의 명예에 대한 '수치심'으로 죽음을 택한 것인데, 수치심은 완벽하고 규범적인 이상적 자아에 미치지 못함을 의식하면서 자기 경멸이나 불안감, 당혹감이 생기는 과정을 거

---

39) 김왕배, 「도덕 감정─부채의식과 죄책감의 연대」, 최기숙 외, 『감성사회』, 글항아리, 2014, 68~72면.

40) 도덕 감정은 공동체의 구성원, 공동체적 개인의 내면세계에 내면화된 사회적 실재로서의 도덕, 집합 의식을 뜻한다. 즉 개인의 행위를 통제하는 행위 양식 또는 감정을 말하므로 삶의 영역에 속하면서 타자와 교류하는 상황에서 존재한다. 도덕이 감정으로 작동하는 경우이다. 특히 유학의 도덕 감정론은 본성의 문제, 마음의 문제, 감정의 문제를 포함할 뿐만 아니라 감정의 조절을 위한 수양의 문제까지 함축하고 있으며, 서양의 'emotion' 연구와 유사한 측면이 있지만 그대로 접목될 수만은 없는 복잡한 양상을 보인다. 김경호, 「한국유학 : 도덕 감정」, 정용환 외, 『유교, 도교, 불교의 감성이론』, 경인문화사, 2011, 39면.

쳐 만들어진다.[41] 모멸감, 분노를 동반하기도 하는데, 분노가 커진 경우가 〈소현성록〉의 명현공주이다. 공주로서의 명예와 위상이 훼손되었기에 '모멸감'과 '분노'를 느꼈고 아무리 그런 감정을 표출해도 변화가 없는 상대방 즉 남편의 태도에 점차 자기파괴적인 감정까지 커져 마음의 병이 들게 되었다고 생각되는 것이다. 마음의 병이 육체의 병으로 옮아가 죽음에 이르기까지 한 것이다.

〈유씨삼대록〉의 진양공주는 화가 쌓여 세상에 대한 생각, 남편에 대한 애정 등에 초연해지는 과정을 겪는다. 애정을 다투는 상황에 대한 반감이 커져서 그렇게 되었다고 보이는데, '반감'은 평안함을 깨뜨리고 모든 것에 대한 욕구가 없어지게 한다. 그래서 그녀는 그렇게 세상을 등지게 된다. 〈주생전〉의 배도와 〈심생전〉의 소녀는 울화나 반감과는 조금 다르게, 낙담과 자책에 빠진다. 편안함을 벗어나 두려움과 불안함까지 생겨 낙담하고 포기하고 자책하게 된 것이다.

인간에게 고통을 주는 감정의 상태라고 여겨지는 대표적인 것은 분노, 적대감, 슬픔이다. 여기에 더하여 자기 연민, 죄의식, 우울증, 마음의 동요, 불안함, 자기 억제 등을 들 수 있다.[42] 배도와 소녀, 명현공주와 진양공주는 적극적 자결이라고 할 수는 없지만, 이러한 감정적 고통 속에서 죽어간 이들이라고 할 수 있다. 건강에 가장 크게 해가 되는 마음의 상태가 분노라는 점에서 더욱 그러하다.

고전소설 속에서 여성인물들이 죽음에 이르게 된 것은, 장자(莊子)가 말한 '사람의 고요한 마음을 동요하게 하는 구속적 정서의 야기자

---

41) 김왕배, 앞의 글, 72~73면.
42) 김재성, 「초기불교 : 분노, 집착, 갈애 그리고 치유」, 정용환 외, 앞의 책, 2011, 130면.

24가지'에 해당하는 것들이 감정의 동요를 일으켰기 때문이라고 할 수도 있다. 장자는 우리 마음에 동요를 일으키는 것을 크게 네 가지 영역으로 나누어 설명했는데, 의지, 마음, 덕성, 원리의 측면에서 구속적 정서를 이야기하였다.[43] 그중 덕성의 측면에서 고요함을 깨뜨리는 것으로 미움, 욕망, 노여움, 슬픔, 기쁨, 즐거움을 들었는데, 이것들이 모두 감정의 동요라고 할 수 있으며 여성인물들이 죽음에 이르게 된 감정들과 맞닿아 있다. 사랑의 기쁨과 즐거움에 들떠 있다가 혼인에 이르고 싶은 욕망, 일상적 기쁨을 누리고 싶은 욕망, 영원하고 싶은 욕망을 지니게 되었으나 그것이 좌절되자 슬픔, 미움, 노여움이 커지게 되는 경우가 대부분이었다. 장자는 이러한 구속적 정서에서 벗어나려면 마음을 풀어놓거나 얽매임을 풀거나 의혹을 풀고 이해하고 속박에서 벗어나라고 했지만, 그녀들은 그럴 수가 없어 마음의 병을 얻고 죽어간 것이다.

(2) 여성의 죽음에 대한 반응들

그렇다면 그녀들의 죽음을 대한 주변인들의 반응은 어떠했을까? 〈운영전〉에서 운영의 죽음에 궁궐 사람들은 친형제를 잃은 듯이 서럽게 울부짖었고 김진사는 그 곡소리에 오랫동안 기절한다. 저녁에야 깨어나 운영과의 약속을 생각해내고 부처님께 공양을 드리려고 쌀 40석을 마련하여 청량사에 가 불공을 드리려 한다. 김진사는 또 한 번 하인 특에게 속은 뒤 청량사에 가 제(祭)를 올리는데, 운영이 다시 살아나 자신의 배필이 되게 해 주시고, 노비 특은 죽여 달라고 한다.

---

43) 정용환, 「해체 : 구속적 정서」, 정용환 외, 앞의 책, 2011, 81면.

이후 7일 만에 특은 죽고, 진사는 세상일에 뜻이 없어 목욕재계하고 방에 누워 있으면서 4일간 아무것도 먹지 않고 지내다가 끝내 일어나지 못한다.

〈주생전〉에서 주생은 배도의 죽음을 몹시 애통해 하면서 그녀의 소원대로 호숫가 큰길가에 그녀를 묻고 제문을 지어 준다. 그녀가 기녀이지만 뜻이 언제나 그윽한 정절에 있었다고 하면서 자신은 뜻이 방탕하여 외롭게 떠돌아다니다 그녀와 좋은 인연을 맺었다. 이렇게 인연이 끝나고 즐거움이 다하여 슬픔이 왔으니 한스럽다. 이제 타향에서 누구에게 의지할까, 세상은 험하기만 한데 머나먼 만리 길을 간들 어디에 의탁할까, 당신을 위해 다시 통곡하고 싶어도 드넓은 세상이라 기약하기 어렵다는 내용들로 채워진다. 슬픔이 들어 있기는 하지만 타향에서 자신이 의지할 사람이 없어진 것에 더 마음 아파한다고 여겨질 정도이다. 제사를 마치고는 작별하며 떠나는데, 이후 선화를 사모하는 마음에 갈수록 초췌해진 것으로 보아 배도에 대한 마음이 크지는 않았음을 알 수 있다.

〈심생전〉에서는 "심생은 울음이 터져 나오는 것을 참을 수 없었다. 그러나 소리 내어 통곡해 본들 이미 어쩔 수 없는 일이었다."[44]라고 하였다. 그 뒤에 심생은 붓을 던지고 무과에 나가서 벼슬을 했으나 일찍 죽었다고 마무리된다. 〈운영전〉의 김진사와 비슷한 면이 있다. 사랑으로 인해 삶을 저버리는 것이다.

〈숙영낭자전〉의 백선군은 낭자가 죽은 뒤 꿈을 통해 그녀의 억울함을 알게 되어 그녀를 죽게 만든 매월의 죄를 밝히고 죽임으로써

---

44) 이옥, 〈심생전〉, 앞의 책, 24면.

원수를 갚는다. 낭자의 시신을 안장하기 위해 장례 준비를 한 날 꿈에 또 낭자가 나타나 자신의 누명을 벗겨주고 매월을 죽여주어 '한이 없어졌다'고 하며 고마움을 표한다. 백선군은 무수히 통곡하는데 그 모습이 온갖 초목과 짐승들이 우는 듯, 산천이 무너지는 듯할 정도였다고 묘사된다.

〈유씨삼대록〉에서는 진양공주가 죽은 뒤에 온 가족이 슬퍼하는데 특히 시어머니 이부인은 '마음을 정하지 못하고', '매우 비참해 하며', '흐느끼며 밤낮으로 목 놓아 우니 역시 기력이 약해져서 병이 들었다', '정신을 잃고 통곡하여', '더욱 슬퍼 눈물을 비같이 흘렸다'라고 되어 있다. 공주가 살아 있을 때에도 공경하며 칭탄하곤 했었듯이 죽음에도 매우 슬퍼한다. 남편 진공도 "공주가 죽은 것을 깨달으면 기운이 막히고 혹 잊으면 평상시처럼 사람을 대하지만 정신이 혼미하여 울며 곡하지 못할"[45] 정도로 슬퍼한다. 장례를 치른 뒤에 지은 제문(祭文)에서 그녀의 성품과 능력을 칭찬한 뒤, 자신이 고루하여 그녀에게 괴로움을 많이 끼쳤는데도 원망하는 기색과 화를 내는 뜻이 없이 어질고 밝았다고 한다. 자신이 허물을 뉘우치니 부부간 금슬이 좋았고 내조하는 덕도 컸으며 시부모님 섬기는 정성도 컸다고 한 뒤 다음과 같은 내용을 담는다.

> …… 충성스럽고 효성스러운 마음은 더하였도다. 천수(天壽)가 다 되었으니 무익하게 재앙을 쫓는 것을 허락하지 않았도다. 죽음을 보기를 본향으로 돌아가는 것 같이 여기니 높은 학문이 성인의 가르침을 저버리지

---

45) 〈유씨삼대록〉 8권 51면.

않았도다. 고복(皐復)하기에 이르렀으나 맑은 정신과 엄중한 예법을 떳떳하게 잡은 것을 그만두지 않았도다. 현비의 이 같은 성스러움과 이 같은 덕(德)으로도 천도가 어찌 갚는 것이 박한가! (중략) 이제 현비를 잃으니 어찌 한갓 부부의 사사로운 정을 생각하리오. 어진 스승을 잃어 몸의 허물을 바로잡아 고쳐줄 사람이 없고, 나랏일을 더불어 의논할 사람이 없음을 더욱 슬퍼하니 어찌 나의 불행뿐이리오. 진실로 진국 백성의 불행함이로다. ......[46]

그녀는 보통의 여성과는 다르게 나라에 충성하고 친정어머니에게 효도하는 것을 중요하게 생각하고 실천하며 살았다. 죽음에 초연하였고 학문이 높았으며 예법을 엄중하게 지키는 등 성스럽고 덕이 있는 모습 그대로였음을 말하고 있다. 아내지만 어진 스승 같은 존재여서 자신의 허물을 바로잡아 줄 사람, 나라의 일을 의논할 수 있는 사람이라고 평가하는 것은 최상의 평가라고 할 수 있다.

〈삼한습유〉에서는 향랑이 죽자 고을 사람들은 비석을 세웠고, 조정에서도 상을 내렸으며 온 나라 사람들이 탄복하였다. 이 소식을 들은 효렴이 그녀의 제문을 짓는데, 그는 향랑이 혼처를 구할 때 동쪽 집 자제라고 호칭되던 남자로 나중에 향랑과 천상에서 혼인을 하게 되는 인물이다. 제문에서 그는 향랑의 성품과 미모를 칭탄한 뒤, 다음과 같이 쓴다.

...... 낭자는 자신의 재주를 사모하여 요조숙녀에 맞는 짝을 구하여 군자와 함께 해로하며 규중에서 여자의 도리를 받들고자 하였네. 이는 믿음

46) 〈유씨삼대록〉 8권 59~65면.

과 의가 서로 통한 데서 나온 것이지 애초에 얼굴을 중히 여기고 외모를 취한 것이 아니었네. 들으니 낭자는 존경할 지아비를 얻지 못하여, 남편이 바람이 몰아치듯 사납게 굴었으나 차라리 스스로 깨끗이 하여 더럽히지 않았고, 길가의 이슬에 젖어서 믿음을 잃게 하고 근심을 끼칠까 두려워하였네. (중략) 제가 복이 없어 낭자와 맺어질 좋은 기회를 잃었습니다. 낭자의 기박한 운명 드디어 천한 사람에게 영향을 끼쳤습니다. 유명은 사이가 없는데 이 한은 오히려 남아 있어 이제 한 장 부질없는 종이에 의지해 평생의 큰 한을 씻고자 합니다. 신령께서 아신다면 제 마음을 굽어 살펴 주옵소서. ......[47]

향랑이 여자의 도리를 받들면서 믿음과 의리로 살아가려 했으나 남편의 사나움 때문에 그렇지 못하였다. 하지만 스스로 깨끗이 하여 더럽혀지지 않았다고 하면서 자신과 맺어지지 못해 한이 남으니 그 한을 씻고 싶다는 말에 화답이라도 하듯이 향랑이 밤에 나타나 대화를 나누게 된다. 즉 이 제문은 끊어졌던 인연을 이어주는 다리가 되는 것이다. 이후에 귀신의 유무(有無)와 그 원리, 향랑의 존재, 천문 역법 등에 대해 토론을 하면서 마음을 나누게 된다.

다만, 〈소현성록〉에서는 명현공주가 죽은 뒤에 가족들은 그 요절함을 참혹하게 여기고 눈물을 흘렸지만, 남편인 '운성은 조금도 슬퍼하는 빛이 없고 오히려 온화하며 기뻐한다.'[48] 그 어머니가 어떻게 그리 매몰차냐고 꾸짖는데도 운성은 자신은 아내가 죽어도 슬퍼하지 않는다면서, 특히 "공주가 이미 자기를 뼈 속 깊이 미워하여 죽을 때 유언하기를 저의 머리를 베라고 청하였는데, 제가 무슨 청승으로 슬

---

47) 『삼한습유』 73~74면.
48) 〈소현성록〉 8권 88면.

퍼하겠습니까? 4·5년을 저를 해치지 못해서 괴로워하다가 죽었으니 등에 졌던 가시를 벗은 듯하여 시원합니다."[49]라고 하고는 크게 웃는다. 부부간의 분노가 사후에도 없어지지 않은 경우이다.

운영, 숙영낭자, 향랑, 소녀, 진양공주가 죽자 상대 남성인 애인이나 남편, 가족들이 매우 슬퍼했지만, 배도가 죽자 주생은 새로운 애인인 선화를 사모하는 마음이 더 컸고, 명현공주가 죽자 운성은 그녀가 죽은 게 시원하다고까지 하였다. 이렇게 여성인물의 죽음을 대하는 타인들의 감정과 평가가 다른 이유는 작품 내에서의 그녀들의 위상과 선악(善惡)이 달랐기 때문일 것이다. 애정전기소설과 애정소설의 주인공들의 죽음에는 공감하는 반응이 지배적이었다. 특히 애정전기소설에서 여주인공은 소외된 인물을 대변하는 위상을 지니고 있기 때문에 그녀를 애도하고 칭탄하며 재생하게 하기까지 한 것이다. 국문장편소설에서 진양공주와 명현공주는 울화가 쌓여 소극적인 자기표현으로 죽음을 선택했다. 상층 여성의 경우 내적 분노를 침묵으로 삭이거나, 발산이 용이하지 않을 때에 병이 들어 죽는 것이 현실과 가까운 듯하다.

4) 고전소설 속 여성인물들의 '죽음'의 의의

이상에서 고전소설 속에서 죽음에 이르는 여성들이 죽음에 처했을 때에 어떤 말을, 어떤 감정으로 하는지를 살펴보았다. 〈운영전〉, 〈숙영낭자전〉, 〈삼한습유〉, 〈주생전〉, 〈심생전〉, 〈유씨삼대록〉, 〈소현성록〉에서 이러한 여성인물들이 발견되는데, 사랑과 자기 성취에 대

---

49) 〈소현성록〉 8권 89면.

한 간절함, 은혜를 베풀어주었던 이들에 대한 죄책감을 표출하면서 원한을 드러낸 경우, 자존감과 의지로 현실에 저항하면서도 슬픔을 이기지 못하는 경우, 수치심과 모멸감, 반감 등 적극적인 자기표현으로써 죽어간 이들이 있었다. 이들보다는 소극적인 자기표현으로 죽음에 이르는 경우들에서는, 현실을 자신의 탓으로 돌리거나 낙담과 한으로 가득하여 죽어간 이들, 울화와 슬픔으로, 분노와 미움으로 죽어간 이들이 있었다.

같은 애정전기소설 속 여주인공들이지만, 운영은 간절함과 원한을, 배도는 포기와 낙담을, 소녀는 자책과 한을 드러내면서 죽음에 이르렀다. 조선 후기 여성들의 삶을 비교적 현실적으로 담고 있다고 하는 국문장편소설 속 여주인공들인 진양공주와 명현공주는 삶과 죽음을 대하는 면에서도 여성의 심리를 대변하는 면이 있었다. 화가 나지만 안으로만 감추면서 슬픔과 한이 쌓여 죽거나, 애정보다는 친정어머니에 대한 효도를 더 중요하게 생각하거나, 미움과 분노를 더 이상 표출할 수 없는 지경에 놓여 화병이 나서 죽어갔기 때문이다.

이렇게 죽어간 여성인물에 대한 타인의 반응들도 작품마다 달랐는데, 애인이나 남편이 여성의 사랑을 알아주고 같이 아파하면서 세상을 등진 경우도 있었고, 더 강하게 사랑을 표현한 경우도 있었으며, 생전에는 만나지 못했던 것을 아쉬워하면서 사후에라도 만나고 싶어 하기도 하였다. 반면에, 주동인물에 반하는 행동을 했던 여성은 죽으니 시원하다고 하는 경우도 있는 등 다양한 면을 보여 주었다.

또한 소설의 유형에 따른 차이도 있었는데, 애정전기소설과 애정소설의 주인공들의 죽음에는 공감하는 반응이 지배적이었다. 특히 애정전기소설에서 여주인공은 소외된 인물을 대변하는 위상을 지니고 있기 때문에 그녀를 애도하고 칭탄하며 재생하게 하기까지 한 것이다. 국문장편소설들에서는 진양공주와 명현공주의 위상이 판이하게 다르기 때문에 동일 유형으로서의 공통점은 적다. 다만 두 여성모두 울화가 쌓여 소극적인 자기표현으로 죽음을 선택한 면이 있다. 상층 여성들의 경우 내적 분노를 침묵으로 삭이거나, 발산이 용이하지 않을 때에 병이 들어 죽는 것이 현실과 가까운 듯하다.

소설 속에서의 여성의 죽음에 대한 다양한 양상과 감정 표현들은 조선 후기의 열녀전들과는 다른 면이 있었다. 거개의 열녀전들에서는 부부관계와는 상관없이 의연하고 장렬하게 윤리를 행하는 양상을 보여주거나, 아내는 남편에게 속한 존재임을 확인해주는 남성중심적인 부부 윤리를 보여주거나, 부부의 윤리가 효보다 우선시되는 경우들을 보여준다.[50]

한편, 설화에 나타난 여성의 자살담의 양상을 보면 죽음의 원인이 정절, 상사(相思), 원한, 좌절, 속죄 등으로 나타나는데, 자살은 개인의 차원이 아니라 사회적 환경과 집단의 세계관 등이 복합된 문제라고 할 수 있다. 어떤 연구자가 대상으로 한 동일 자료에서 여성의 자살담은 76편, 남성의 자살담은 17편이어서 여성의 자살을 다룬 자료가 월등히 많다. 여성의 자살 설화 중 가장 큰 비율을 지니는 열녀의 죽음 설화가 48편이나 된다는 것도 시사하는 바가 크다.[51] 정절이데올로기를 지키기 위해 어쩔 수 없이 택한 죽음이 유독 여성에게

---

50) 김경미, 「죽음으로 가시화되는 여성의 기록, 열녀전」, 정하영 외, 『고전서사문학에 나타난 삶과 죽음』, 보고사, 2010, 109~130면.
51) 박기현, 「자살 관련 설화의 특성과 인식 연구」, 『동양한문학연구』 40, 동양한문학회, 2015.

많은 것이기 때문이다.

이는 한국과 중국처럼 강력한 유교의 영향 하에 있던 나라의 고전
문학에서 발견되는 현상이며 같은 동아시아이지만 일본처럼 유교적
사회윤리의 영향이 다소 느슨한 곳에서는 조금 더 적게 형상화되어
있다. 일본은 오히려 강력한 불교의 영향, 섬이라는 고립된 환경, 무
인(武人) 정신 등의 영향으로 자결담이 많다.[52] 특히 한국의 자결담에
서는 여성들이 공적(公的)인 신원(伸冤)을 통해 윤리적 정당성을 확보
하며 복수를 감행한 것과는 달리 일본의 자결담에서는 자기 스스로
무차별적 복수를 자행한다는 점이 다르다. 그녀들은 한국의 설화나
소설 속 여성들과는 달리 보잘것없는 악녀 또는 질투심 많은 악녀라
보통 여성으로 설정되어 있기 때문이며 중앙의 위정자에게 억울함을
호소할 수 있는 통로가 덜 마련되어 있었기 때문이라고 진단된다.[53]

민요에서는 여성이 자신의 억울함을 '말하는' 수단으로 죽음을 감
행한 경우들이 많다. 친정오빠의 모함에 억울해 하면서 죽겠다고 하
는 〈쌍금쌍금쌍가락지〉, 시댁 식구들의 모함을 못 이겨 자살하는 〈누
명쓰고 자살한 며느리〉, 첩을 둔 남편 때문에 자살하는 〈진주낭군〉,
〈큰어머니 노래〉 등이 그것이다.[54] 이 여성들은 모두 결혼한 여성이
고 남편이나 가족과의 관계 속에서 자기의 존재와 감정을 표현할 방
법이 없어 좌절하다가 죽은 경우이다. 고전소설 속의 인물들은 연애

52) 이경미, 「한·중·일 고전문학 속에 보이는 여성과 자살」, 『중국학』 47, 대한중국학회,
2014.
53) 고영란, 「전근대 한일 여성괴담 속 여성의 죽음과 복수—17~19세기 유명 여성괴담을
중심으로」, 『민족문화연구』 59, 민족문화연구소, 2013.
54) 길태숙, 「민요에 나타난 '여성적 말하기'로써의 죽음」, 『여성문학연구』 9, 한국여성문
학회, 2003.

의 단계에서도 자결을 하였으나, 민요나 설화에서는 거의가 혼인 후의 일이라는 것은 차이가 있다.

현대의 노년 여성들의 자기 생애담 구술에서는 죽음의 의미가 타인과의 관계 속에서 중요한 사람이 있는가 하면, 자신의 성취를 중심으로 하여 어떤 깨달음을 얻은 뒤 획득한 자격으로 중요하다고 말한 사람도 있고, 제어할 수 없는 상황에서 우연한 사건으로 맞이하는 것이라고 생각하는 사람도 있었다.[55]

요컨대, 고전소설에서 죽음을 선택한 여성들을 형상화한 양상은 열녀전이나 구비설화, 민요, 현대의 생애담 등에서의 양상과 다른 면이 있었다. 열녀전에서는 의연하고 장렬하게 윤리를 행하는 경우가 많고, 구비설화의 자결담에서는 공적인 신원을 통해 윤리적 정당성을 확보하면서 복수를 감행하는 경우가 많으며, 민요에서는 자신의 억울함을 말하는 수단으로 죽음을 감행하는 경우가 많은 것과도 구별되는 것이다.

고전소설에서는 여성인물의 죽음을 통해, 그녀들이 죽음에 직면해서 말하는 것을 통해, 그녀의 감정 표현을 통해, 그녀가 세상을 향해 말하고 싶었던 것과 작품에서 강하게 문제제기하고 싶었던 것들을 부각시켰다고 할 수 있다. 운영은 자신은 소중하고 재능 있었으며 사랑을 성취하고 싶다고, 향랑은 자기 인생은 자기가 선택하겠다고, 숙영낭자는 자신은 결백하니 억울하다고 말하고 싶어 했다. 사랑과 정욕은 소중한 것이고 여성도 자기결정권이 있다고 말하였으며 사족

---

55) 김정경, 「노년기 여성 생애담의 죽음의 의미화 양상 연구」, 『한국고전여성문학연구』 27, 한국고전여성문학회, 2013.

남성의 무책임함에 문제제기를 하기도 했다. 이들은 이데올로기나 윤리에 경도되기보다는 한 인간의 자연스러운 감정의 발로로 죽음에 이르렀다고 할 수 있다.

참고문헌

작품 ─────────────────────────────

• 『명주보월빙』 1~10, 한국정신문화연구원, 1980.
• 『유이양문록』 1, 낙선재본 고전소설총서 3, 한국학중앙연구원, 2009.
• 권순긍 역, 『장화홍련전』, 휴머니스트, 2012.
• 김경미·조혜란 역주, 『19세기 서울의 사랑－절화기담·포의교집』, 여이연, 2003.
• 김만중, 김태준 역주, 『사씨남정기』, 명지대 출판부, 1995.
• 김문희·조용호·장시광 역주, 『현몽쌍룡기』 1~3, 소명출판, 2010.
• 김문희·조용호·정선희·전진아·허순우·장시광 역주, 『조씨삼대록』 1~5, 소명출판, 2010.
• 김소행, 조혜란 역주, 『삼한습유』, 고려대 민족문화연구원, 2005.
• 김시습, 심경호 역주, 『금오신화』, 홍익출판사, 2005.
• 김지영·최수현·한길연·서정민·조혜란·정언학 역주, 『임씨삼대록』 1~5, 소명출판, 2010.
• 남영로, 김풍기 역주, 『옥루몽』 1~5, 그린비, 2006.
• 박희병·정길수 편역, 〈운영전〉, 『사랑의 죽음』, 돌베개, 2007.
• 박희병·정길수 편역, 〈주생전〉, 『끝나지 않은 사랑』, 돌베개, 2010.
• 서유영, 장효현 역주, 『육미당기』, 한국고전문학전집 17, 고려대 민족문화연구원, 1993.
• 송성욱 역주, 『구운몽』, 민음사, 2003.
• 신재효, 강한영 역, 『한국판소리전집』, 서문문고, 2007.
• 신해진 역주, 『조선조 전계소설』, 월인, 2001.
• 신해진 역주, 『조선후기 가정소설선』, 월인, 2000.
• 신해진 역주, 『조선후기 세태소설선』, 월인, 1999.
• 유광수 역, 『홍계월전』, 현암사, 2011.

- 이상구 역, 〈숙영낭자전〉, 문학동네, 2011.
- 이상구 역주, 『17세기 애정전기소설』, 월인, 2003.
- 이상옥 역, 『예기』 상, 명문당, 2003.
- 이상옥 역, 『예기』 하, 명문당, 2003.
- 이옥, 〈심생전〉, 박희병·정길수 편역, 『사랑의 죽음』, 돌베개, 2007.
- 임민혁 역, 『주자가례』, 예문서원, 2007.
- 정병헌 외 편, 『쉽게 풀어쓴 판소리 열두 바탕』, 민속원, 2011.
- 정하영 역주, 『심청전』, 고려대 민족문화연구원, 1995.
- 조혜란·정선희·허순우·최수현 역주, 『소현성록』 1~4, 소명출판, 2010.
- 한길연·김지영·정언학 역주, 『유씨삼대록』 1~4, 소명출판, 2010.

논저

- 고영란, 「전근대 한일 여성괴담 속 여성의 죽음과 복수-17~19세기 유명 여성 괴담을 중심으로」, 『민족문화연구』 59, 2013.
- 공병석, 「상례의 이론적 의의와 그 기능-『예기』를 중심으로」, 『동양예학』 14, 2005.
- 공혜란, 「가문소설의 여성인물에 대한 구조적 폭력 연구」, 한국외대 박사논문, 2018.
- 구선정, 「공존과 일탈의 경계에 선 타자의식 고찰-〈도앵행〉과 〈취미삼선록〉에 등장하는 공주들의 시대 생활을 중심으로」, 『한국고전연구』 26, 2012.
- 권정은, 「〈양화소록〉과 〈부생육기〉에 내포된 화훼 취미의 자연미와 치유적 가치」, 『문학치료연구』 44, 2017.
- 길태숙, 「민요에 나타난 '여성적 말하기'로써의 죽음」, 『여성문학연구』 9, 2003.
- 김경미, 「18세기 양반여성의 글쓰기의 층위와 그 의미」, 『한국고전여성문학연구』 11, 2005.
- 김경미, 「주자가례의 정착과 〈소현성록〉에 나타난 혼례의 양상」, 『한국고전연구』 13, 한국고전연구학회, 2006.
- 김경미, 「죽음으로 가시화되는 여성의 기록, 열녀전」, 정하영 외, 『고전서사문학에 나타난 삶과 죽음』, 보고사, 2010.

- 김경미, 「조선후기 여성의 노동과 경제활동 : 18~19세기 양반 여성을 중심으로」, 『한국여성학』 28-4, 2012.
- 김동욱, 「한글장편소설의 '우부형 인물'을 통해 살펴본 정의의 문제-〈유씨삼대록〉, 〈명주보월빙〉, 〈이씨효문록〉, 〈임씨삼대록〉을 대상으로」, 『2018 전국고전문학자대회 발표자료집』, 2018.
- 김문희, 「조씨삼대록의 서술전략과 의미」, 『고소설연구』 26, 2008.
- 김문희, 「장편가문소설의 전고와 독서 역학적 연구」, 『한국고전연구』 21, 2010.
- 김미현·정선희 외, 『한국어문학 여성주제어사전 4 – 공간과 사물』, 보고사, 2013.
- 김서윤, 「고소설에 나타난 공주혼 모티프의 문학치료적 함의-〈소현성록〉과 〈유씨삼대록〉을 중심으로」, 『문학치료연구』 34, 2015.
- 김성희, 「한국 문학에 나타난 노인이미지-1960년대 이후 한국단편소설을 중심으로」, 세계문학비교학회, 2009년 춘계학술대회 발표집, 2009.
- 김수경, 「'여행'에 대한 여성적 글쓰기 방식의 탐색」, 『한국고전여성문학연구』 17, 2008.
- 김수연, 「운영의 자살심리와 〈운영전〉의 치유적 텍스트로서의 가능성에 대한 시론」, 『한국고전연구』 21, 2010.
- 김정경, 「노년기 여성 생애담의 죽음의 의미화 양상 연구」, 『한국고전여성문학연구』 27, 2013.
- 김준형, 「가족의 의미망을 통해 본 야담」, 한국고전여성문학회 편, 『한국 고전문학 속의 가족과 여성』, 월인, 2007.
- 김진영, 『고전소설과 예술-예술요소의 기능을 중심으로』, 박이정, 1999.
- 김청우, 「예술의 소통 과정과 감성의 구조」, 『감성 연구』 4, 2012.
- 김현주, 「'악처'의 독서심리적 근거」, 『한국고전연구』 22, 2010.
- 나정순 외, 『규방가사의 작품세계와 미학』, 2002.
- 노우정, 「동한·동진 시기 지식인들의 생활과 취향에 대한 미적 탐색」, 『중국어문학지』 57, 2016.
- 류정월, 「조선후기 여성 생활의 규범화-탈규범화 관계에 대한 연구」, 『여성문학연구』 28, 2012.
- 류종렬, 「한국 현대 노년소설연구사」, 『한국문학논총』 50, 2008.

- 류준필, 「조선후기 취향 연구의 동향과 의미 – 조선후기 문학사상사의 가설적 이해와 관련해서」, 『국문학연구』 11, 2004.
- 르네 지라르, 김진식·박무호 역, 『폭력과 성스러움』, 민음사, 개정판, 2005.
- 박경신, 「톡톡 튀는 화법에 섹시한 배꼽저고리」, 『우리 고전캐릭터의 모든 것』 3, 휴머니스트, 2008.
- 박경주, 「규방가사가 지닌 일상성의 양상과 의미 탐구 – 여성들의 노동과 놀이에 주목하여」, 『한국고전여성문학연구』 25, 2012.
- 박기현, 「자살 관련 설화의 특성과 인식 연구」, 『동양한문학연구』 40, 2015.
- 박명희, 『한국의 생활문화』, 교문사, 2003.
- 박미해, 「16세기 양반가의 가족관계와 가부장권 – 유희춘의 〈미암일기〉를 중심으로」, 『고문서연구』 21, 2002.
- 박연정, 「한일 고전 여성소설의 여성적 글쓰기 비교 연구」, 『일본연구』 14, 2010.
- 박영희, 「〈소현성록〉 연작 연구」, 이화여대 박사논문, 1994.
- 박영희, 「〈소현성록〉에 나타난 공주혼의 사회적 의미」, 『한국고전연구』 12, 2005.
- 박은정, 「인물분석을 통해서 본 〈주생전〉의 욕망 연구」, 『시학과 언어학』 31, 2015.
- 박일용, 「〈유씨삼대록〉의 작가의식 연구」, 『고전문학연구』 12, 1997.
- 박일용, 「〈현몽쌍룡기〉의 창작 방법과 작가의식」, 『정신문화연구』 92, 2003.
- 박정애, 「〈서화잡지〉를 통해 본 성해응의 회화감평 양상과 의의」, 『온지논총』 33, 2013.
- 박주택, 「김수영 시의 소외 연구」, 『현대문학이론연구』 74, 2018.
- 박혜숙, 「여성적 정체성과 자기서사 – 〈자기록〉과 〈규한록〉의 경우」, 『고전문학연구』 20, 2001.
- 백두현, 「조선시대 한글 편지에 나타난 제례와 상례」, 『선비문화』 8, 남명학연구원, 2005.
- 백순철, 「〈소현성록〉의 여성들」, 『여성문학연구』 창간호, 태학사, 1999.
- 서영숙, 「가족의 변경에 서서 부르는 노래」, 한국고전여성문학회 편, 『한국고전문학 속의 가족과 여성』, 월인, 2007.
- 서은주, 「냉전의 지식문화 – 1960~1970년대 소외론을 중심으로」, 『민족문학

사연구』 67, 2018.

- 서정민, 「조선후기 한글대하소설 속 여성의 시작(詩作) 양상과 그 소통-〈소현성록〉, 〈유씨삼대록〉, 〈명행정의록〉을 대상으로」, 『여성문학연구』 24, 2010.
- 서정민, 「한글 대하소설 속 여성 그림 활동의 특징과 문화적 배경-〈소현성록〉과 〈유이양문록〉을 중심으로」, 『한국고전여성문학연구』 25, 2012.
- 서형범, 「노년문학의 세대론과 전망」, 『시민인문학』 21, 2012.
- 송성욱, 『조선시대 대하소설의 서사문법과 창작의식』, 태학사, 2003.
- 송성욱, 「〈위씨오세삼난현행록〉의 특이성」, 임치균 외, 『장서각 낙선재본 고전소설 연구』, 태학사, 2005.
- 슬라보예 지젝, 이현우 외 역, 『폭력이란 무엇인가』, 난장이, 2014.
- 신진, 「한국 도시시의 소외의식」, 『한국문학논총』 57, 2011.
- 실시학사연구회 역, 『이옥전집』 2권, 소명출판, 2001.
- 심재숙, 「고전소설에 나타난 늑혼 삽화의 양상과 그 의미」, 이수봉 외, 『한국가문소설연구논총』 3, 경인문화사, 1999.
- 안예선, 「송대 문인의 취미생활과 보록류 저술」, 『중국어문논총』 39, 2008.
- 알프 뤼트케 외, 나종석 외 역, 『일상사란 무엇인가』, 청년사, 2002.
- 양민정, 「대하 장편가문소설에 나타난 여성인식과 의의」, 『연민학지』 8, 2000.
- 엄경희, 「이상의 시에 내포된 소외와 정념」, 『한민족 문화연구』 48, 2014.
- 오윤주, 「심미적 경험으로서의 소설 교육」, 『문학교육학』 55, 2017.
- 오탁번·이남호, 『서사문학의 이해』, 고려대 출판부, 1999.
- 유권종, 「유교의 상례와 죽음의 의미」, 『철학탐구』 16, 중앙철학연구소, 2004.
- 윤승준, 「기대와 실망, 괄시와 보복의 서사-구전설화 속 처가와 사위의 관계」, 『한민족문화연구』 37, 2011.
- 이경미, 「한·중·일 고전문학 속에 보이는 여성과 자살」, 『중국학』 47, 2014.
- 이덕화, 「여성적 글쓰기로서의 자서전」, 『여성문학연구』 8, 2002.
- 이민희, 「고소설 삽입 '놀이'의 서사적 역할과 의미 연구-〈옥루몽〉을 중심으로」, 『고소설연구』 25, 2008.
- 이민희, 「고소설에 나타난 놀이의 서사적 성격과 놀이 문화」, 『열상고전연구』 30, 2009.
- 이민희, 「재미있는 고소설 교육을 위한 실천적 수업활동의 실제」, 『문학교육학』 52, 2016.

- 이상일, 「〈흥부전〉에 나타난 인간 소외의 두 양상」, 『고전문학과 교육』 27, 2014.
- 이송희, 「〈삼한습유〉에 나타나는 의/열녀의 불안정성 – 희생양에서 윤리주체로」, 『민족문화연구』 74, 2017.
- 이수곤, 「조선후기 시가에 나타난 노년 여성의 형상화 양상과 그 의미」, 『한국고전여성문학연구』 23, 2011.
- 이수빈, 「공자의 정감교육에 관한 고찰」, 『동양예술』 34, 2017.
- 이수희, 「공주혼 모티프의 모티프 결합 방식과 의미 –〈구운몽〉·〈소현성록〉·〈유씨삼대록〉을 중심으로」, 『한국고전연구』 19, 2009.
- 이숙인, 「유학의 가족사상」, 한국고전여성문학회 편, 『한국 고전문학 속의 가족과 여성』, 월인, 2007.
- 이순구, 「조선시대 여성의 일과 생활」, 한국여성연구소 여성사 연구실 저, 『우리 여성의 역사』, 청년사, 1999.
- 이승복, 『고전소설과 가문의식』, 월인, 2000.
- 이은봉, 『한국인의 죽음관』, 서울대 출판부, 2004.
- 이종묵, 「규중을 지배한 유일한 문자」, 규장각한국학연구원 편, 『조선 여성의 일생』, 글항아리, 2010.
- 이지영, 「조선후기 대하소설에 나타난 일상」, 『국문학연구』 13, 2005.
- 이지영, 「조선시대 대하소설과 청대의 탄사소설의 비교를 통해 본 여성·문자·소설의 상관관계」, 『한국고전여성문학연구』 10, 2005.
- 이지영, 「〈운영전〉 창작의 문학적 배경과 연원」, 『국문학연구』 26, 2012.
- 이지영, 「설화에 나타난 가족관계와 갈등양상」, 한국고전여성문학회 편, 『한국 고전문학 속의 가족과 여성』, 월인, 2007.
- 이지하, 「조선후기 여성의 어문생활과 고전소설」, 『고소설연구』 26, 2008.
- 이지하, 「고전소설 속 긍정적 가부장의 형상화를 통해 본 담당층의 인식 차이」, 『정신문화연구』 37-4, 2014.
- 이혜순 외, 『조선 중기 예학 사상과 일상 문화–주자가례를 중심으로』, 이화여대출판부, 2008.
- 이희재, 「한국 전통상례의 윤리적 의미」, 『비교한국학』 6, 2000.
- 임채광, 「소외개념에 대한 프롬과 마르쿠제의 정신분석학적 해명」, 『동서철학연구』 67, 2013.

• 임치균, 『조선조 대장편소설 연구』, 태학사, 1996.
• 장시광, 「〈소씨삼대록〉의 여성반동인물 연구」, 『온지논총』 9, 2003.
• 장효현, 「장편 가문소설의 성립과 존재양상」, 이수봉 외, 『한국가문소설연구논총』, 경인문화사, 1992.
• 장효현, 「〈삼한습유〉에 나타난 열녀의 형상」, 『한국고전여성문학연구』 2, 2001.
• 전흥남, 「노년소설의 가능성과 문학적 함의-최일남과 문순태의 소설을 중심으로」, 『내러티브』 14, 2009.
• 전흥남, 「노년소설의 가능성과 문학적 함의」 II, 『현대문학이론연구』 44, 2011.
• 정규희, 「1960년대 소설에 나타난 소외양상 연구」, 『동남어문논집』 27, 2009.
• 정길수, 「〈운영전〉의 메시지」, 『고소설연구』 28, 2009.
• 정길수, 「17세기 동아시아 소설의 여성 서사 비교-〈운영전〉, 〈원원전〉, 〈호색일대녀〉의 경우」, 『고전문학연구』 43, 2013.
• 정병설, 『완월회맹연 연구』, 태학사, 1998.
• 정선희, 「〈조씨삼대록〉의 악녀 형상의 특징과 서술 시각」, 『한국고전여성문학연구』 18, 2009.
• 정선희, 「17세기 후반 국문장편소설의 딸 형상화와 의미」, 『배달말』 45, 2009.
• 정선희, 「삼대록계 국문장편소설에 나타난 상례(喪禮)서술의 변모양상과 그 의미」, 『고소설연구』 28, 2009.
• 정선희, 「〈조씨삼대록〉의 보조 인물의 양상과 서사적 효과」, 『국어국문학』 158, 2011.
• 정선희, 「장편가문소설의 놀이 문화의 양상과 기능」, 『한민족문화연구』 36, 2011.
• 정선희, 「조선후기 여성들의 말과 글 그리고 자기표현-국문장편 고전소설을 중심으로」, 『한국고전여성문학연구』 27, 2013.
• 정선희, 「초기 장편고전소설에서 가문·왕실의 관계양상과 그 의미」, 『한국문화』 69, 규장각한국학연구원, 2015.
• 정선희, 「삼대록계 국문장편소설의 공주/군주 형상화와 그 의미-부부관계 속 여성의 감정과 반응 양상에 주목하여」, 『한국고전여성문학연구』 31, 2015.
• 정선희, 「고전서사문학에서의 노년상과 현대적 의의」, 『한국고전연구』 33,

2016.

- 정선희, 「고전소설 속 일상생활의 양상과 서술 효과」, 『한국고전연구』 35, 2016.
- 정선희, 「고전소설 속 예술 활동의 양상과 교육적 의의」, 『고전문학연구』 53, 2018.
- 정선희, 「고전소설 속 여가생활의 양상과 그 의미 – 놀이를 중심으로」, 『한국고전연구』 42, 2018.
- 정선희, 「삼대록계 국문장편소설에서 개인이 소외되는 양상 연구」, 『한국고전연구』 45, 2019.
- 정선희, 「고전소설에서 죽음을 선택한 여성의 감정과 반응들」, 『한국고전여성문학연구』 40, 2020.
- 정용환, 「자기기만의 감정과 반사실적 자아」, 호남학연구원 인문한국사업단 편, 『감성담론의 세 층위』, 경인문화사, 2010.
- 정용환, 「한국 감성의 개념사적 이해」, 『감성 연구』 2, 2011.
- 정인숙, 「노년기 여성의 '늙은 몸/아픈 몸'에 대한 인식」, 『한국고전여성문학연구』 21, 2010.
- 정인숙, 「회혼가류 가사를 통해 본 노년의 행복과 가문의식 그리고 내면의 갈등」, 『문학치료연구』 19, 2011.
- 정제호, 「〈낙성비룡〉의 변별적 성격과 그 연원」, 『고소설연구』 37, 2014.
- 정창권, 「〈소현성록〉의 여성주의적 성격과 의의」, 『고소설연구』 4, 1998.
- 정창권, 「〈완월회맹연〉의 여성주의적 상상력」, 『고소설연구』 5, 1998.
- 정창권, 『한국고전여성소설의 재발견』, 지식산업사, 2002.
- 정출헌, 「〈향랑전〉을 통해 본 열녀 탄생의 메카니즘」, 『한국고전여성문학연구』 3, 2001.
- 정충권, 「판소리 문학에 나타난 일상성」, 『국문학연구』 14, 2006.
- 조광국, 「〈소현성록〉의 벌열 성향에 관한 고찰」, 『온지논총』 7, 2001.
- 조광국, 「19세기 고소설에 구현된 정치이념의 성향 – 〈옥루몽〉, 〈옥수기〉, 〈난학몽〉을 중심으로」, 『고소설연구』 16, 2003.
- 조성진, 「고전시가에 나타난 음식 이념의 양상과 그 의미」, 『한국고전연구』 32, 2015.
- 조세형, 「가사를 통해 본 여성적 글쓰기, 그 반성과 전망」, 『한국고전여성문학

연구』12, 2006.
- 조용호, 「삼대록소설 연구」, 서강대 박사학위논문, 1995.
- 조혜란, 「향랑 인물고」, 『고소설연구』 6, 1998.
- 조혜란, 「〈옥루몽〉의 서사미학과 그 소설사적 의의」, 『고전문학연구』 22, 2002.
- 조혜란, 「〈소현성록〉 연작의 서술과 서사적 지향에 대한 연구」, 『한국고전연구』 13, 2006.
- 조혜란, 「조선 시대 여성 독서의 지형도」, 『한국문화연구』 8, 2006.
- 조혜란, 「삼대록계 국문장편소설에 나타난 추모(醜貌)연구 −〈유씨삼대록〉의 순씨와 〈임씨삼대록〉의 목지란을 중심으로」, 『한국고전여성문학연구』 18, 2009.
- 조혜란, 「가문과 개인 사이 −〈임씨삼대록〉의 임관흥을 중심으로」, 『고소설연구』 29, 2010.
- 지연숙, 「〈주생전〉의 배도 연구」, 『고전문학연구』 28, 2005.
- 차충환·김진영, 「고소설에 나타난 놀이문화 연구 −〈옥루몽〉과 〈옥선몽〉을 중심으로」, 『공연문화연구』 24, 2012.
- 최기숙, 「노년기 여성적 삶의 공론장, 17~19세기 여성 대상 수서」, 『한국고전여성문학연구』 23, 2011.
- 최기숙, 「감정이라는 복잡계, 인문적 신호와 접속하기」, 최기숙 외, 『감정의 인문학』, 봄아필, 2014.
- 최기숙, 「춘향전을 둘러싼 조선시대 감정 유희」, 최기숙 외, 『감성사회』, 글항아리, 2014.
- 최명숙, 「한국 현대 노년소설 연구」, 경원대 박사논문, 2006.
- 최수현, 「〈임씨삼대록〉 여성인물 연구」, 이화여대 박사논문, 2010.
- 한국고문서학회 편, 『조선시대 생활사』 2, 역사비평사, 2002.
- 한귀은, 「서간체 글쓰기의 문학치료 및 문학교육적 효과」, 『배달말교육』 31, 2010.
- 한길연, 「〈옥원재합기연〉과 〈완월회맹연〉의 비교 연구 −정치적 갈등양상을 중심으로」, 『국문학연구』 11, 2004.
- 한길연, 「대하소설의 '일상서사'의 미학 −일상과 탈일상의 줄타기」, 『국문학연구』 14, 2006.

- 한길연, 「〈유씨삼대록〉의 죽음의 형상화와 그 의미」, 『한국문화』 28, 2007.
- 한길연, 「몸의 형상화 방식을 통해서 본 고전대하소설 속 탕녀 연구-〈쌍성봉효록〉의 교씨와 〈임씨삼대록〉의 옥선을 중심으로」, 『여성문학연구』 18, 2008.
- 한길연, 「〈유씨삼대록〉의 예법에 관한 연구」, 『한국학연구』 34, 2010.
- 한길연, 「여성교육과 부부갈등의 관련양상 연구-〈유씨삼대록〉을 중심으로」, 『인문논총』 66, 2011.
- 한길연, 「〈유씨삼대록〉의 여성의 놀이문화 연구」, 『여성문학연구』 28, 2012.
- 한길연, 「〈완월회맹연〉의 정인광-폭력적 가부장의 '가면'과 그 '이면'」, 『고소설연구』 35, 2013.
- 한희숙, 「여학교는 없었다. 그러나 교육은 중요했다」, 규장각한국학연구원 편, 『조선 여성의 일생』, 글항아리, 2010.
- 허순우, 「〈현몽쌍룡기〉 연작 연구」, 이화여대 박사논문, 2009.
- 허순우, 「국문장편소설 〈소현성록〉을 통해 본 17세기 후반 놀이 문화의 일면」, 『한국고전연구』 31, 2015.
- 허원기, 「『곤범』에 나타난 여성 독서의 양상과 의미」, 『한국고전여성문학연구』 6, 2003.
- 허원기, 「조선시대의 심성지식장과 소설문학」, 『국제어문』 77, 2018.
- 호이징하, 김윤수역, 『호모루덴스-놀이와 문화에 관한 한 연구』, 까치, 2009.
- 홍성민, 『취향의 정치학-피에르 부르디외의 〈구별짓기〉 읽기와 쓰기』, 현암사, 2012.
- 황수연, 「17세기 사족 여성의 생활과 문화-묘지명, 행장, 제문을 중심으로」, 『한국고전여성문학연구』 6, 2003.
- 황수연, 「자결을 통해 본 욕망의 문제」, 『한국고전여성문학연구』 16, 2008.

찾아보기

정선희 鄭善姬

홍익대학교 국어국문학과 교수.
이화여자대학교 국어국문학과를 졸업하고 동대학원에서 문학박사학위를 받았다.
저서로 『한국고전소설의 교육적 확산과 문화적 전파』, 『국문장편 고전소설의 인물
론과 생활문화』, 『고전소설의 인물과 비평』, 『19세기 소설작가 목태림 문학 연구』,
『한국어문학 여성주제어 사전』(공저), 『고전서사문학에 나타난 가족』(공저), 역서로
『소현성록』(공역), 『조씨삼대록』(공역) 등이 있다. 국문장편 고전소설의 인물형상과
서술 시각, 작품에서 드러나는 여성들의 생활 문화와 감성 등에 대해 탐구하고 있으
며, 대학에서의 고전소설 교육, 고전소설을 활용한 한국문화교육과 문화콘텐츠기획
에도 관심을 갖고 있다.

한국고전소설의 생활문화와 감성

2020년 10월 26일 초판 1쇄 펴냄

지은이 정선희
발행인 김흥국
발행처 보고사

책임편집 황효은
표지디자인 손정자

등록 1990년 12월 13일 제6-0429호
주소 경기도 파주시 회동길 337-15 보고사
전화 031-955-9797(대표), 02-922-5120~1(편집), 02-922-2246(영업)
팩스 02-922-6990
메일 kanapub3@naver.com / bogosabooks@naver.com
http://www.bogosabooks.co.kr

ISBN 979-11-6587-100-0 93810
ⓒ 정선희, 2020

정가 24,000원

이 저서는 2016년 정부(교육부)의 재원으로 한국연구재단의 지원을 받아
수행된 연구임(NRF-2016S1A6A4A01017691).